한국 초사 문헌 집성 上

본고는 중국 국가사회과학기금 중대과제 "東亞楚辭文獻의 發掘과 整理 및 研究"(번호: 13&ZD112), 중국 국가사회과학기금 청년과제 "韓國楚辭學研究"(번호: 16CZW016) 등의 지원을 받은 연구 성과이다.

한국초사문헌총서 2

한국 초사 문헌 집성 上

가첩·허경진·주건충

보고사
BOGOSA

머리말

『초사(楚辭)』는 전국시기부터 동한시기까지 오랜 역사시기 동안 유안(劉安)과 유향(劉向) 등 여러 사람들의 손을 거쳐 점차 편집되었으며 굴원의 시가 작품과 송옥 등 문인들이 소부(騷賦)를 모방하여 창작한 작품들을 수록하였다. 한·당부터 명·청까지 수백 종의 『초사』 주석본이 간행되었으며 각 주석본은 또한 시대의 변천에 따라 누차 번각되거나 중각되었다. 현재 중국의 초사학계에서 편찬한 초사서목의 해제에 서양과 일본에서 간행된 초사 문헌에 대해서는 매우 상세하게 기록되어 있지만 한국의 초사 문헌에 대해서는 소개된 것이 매우 적다. 그러나 사실 초사 작품은 일찍 『사기(史記)』, 『문선(文選)』의 전파를 통해 이미 삼국시기에 한국에 전파되었고 그 후 조선시기의 번성한 인쇄업과 과거시험의 필요에 의해 왕일(王逸)의 『초사장구(楚辭章句)』, 홍흥조(洪興祖)의 『초사보주(楚辭補注)』, 주희(朱熹)의 『초사집주(楚辭集注)』·『초사후어(楚辭後語)』·『초사변증(楚辭辯證)』, 임운명(林雲銘)의 『초사등(楚辭燈)』, 굴복(屈復)의 『초사신주(楚辭新注)』 등 많은 중국의 초사 간행본이 조선에 지속적으로 유입되었으며, 동시에 조선에서도 초사 복각본이나 중간본들을 대량으로 간행하였다. 한국의 초사 문헌은 상당히 많은 수량이 존재하며 문헌 가치와 학술 가치도 상당히 높다. 하지만 현재 초사 학계에서는 일본과 서양의 초사 문헌에 대한 연구는 어느 정도 이루어졌으나 한국의 초사 문헌에 대해서는 연구가 아직도 매우 미비한 상태이다. 중국이나 한국의 학자들은 아직 한국의 초사 문헌에 대한 관심이 적고 자료에 대한 조사와 발굴도 거의 없는 상태이다.

그러므로 한국의 초사 문헌에 대한 전면적이고 체계적인 연구가 매우 필요한 시점이다. 이런 필요에 의해 필자는 오랜 연구를 통해 2017년에 박사논문을 완성하였으며 이에 기초하여 저서『한국 초사 문헌 연구』를 출판하였다. 이제 한국 초사 문헌의 전파와 간행 상황을 더욱 직관적이고 구체적으로 보여주기 위해서『한국 초사 문헌 집성』이라는 영인본을 출판하기로 하였다. 이 영인본 자료의 수집과 출판은 필자와 연세대학교 국문과 허경진 교수, 중국 남통대학교 초사연구센터의 주임 주건충 교수와 공동으로 수행하였다. 이 영인본은 초사 연구 학계와 연구자들에게 기초 자료를 제공하고 더욱 발전된 연구성과를 위한 기초작업의 일환이 되기를 희망한다.

한국에 현존하는 초사 문헌과 여러 문헌 속에 기록되어 있지만 현재는 유실된 간인본과 필사본, 그리고 초사의 영향을 크게 받은 기타 문헌자료 등에 대한 전반적인 통계와 연구를 통해 필자가 수집한 한국의 초사 문헌은 총 148종이다. 그중에 초사의 중국 간인본은 28종, 일본 간인본은 7종, 한국 간인본은 12종, 한국 필사본은 101종이 있다. 본서는 이상 수집한 자료 중에서 문헌적 가치가 높은 자료들을 선별하여 영인을 진행하였다. 여기서 본서의 영인 자료에 대해 약간의 설명을 하겠다. 한국 간인본 중에서『초사후어』(연세대학교 소장, 청구기호: 고서(귀) 282-0, 권1-권6)와『초사집주』(국립중앙도서관 소장, 청구기호: 일산貴3745-42, 권1. 고려대학교 소장, 청구기호: 화산貴180-2, 권2.

규장각 소장, 청구기호: 南雲古69, 권3)는 잔권인데 조선 초기 목판본으로서 귀중한 자료이므로 전부 영인하였다. 일본 내각문고(청구기호: 別43-6)에 소장된 『초사집주』·『초사변증』·『초사후어』 1429년 이후 목판본(경자자 복각본)은 한 세트이므로 역시 전부 영인하였다. 즉 본서 목차에서의 처음 3종이다. 이 외의 초사 문헌 자료는 본문 내용은 모두 주희의 『초사집주』·『초사변증』·『초사후어』와 동일하지만 판식이나 서발문 등 판본과 서지상의 차이가 있으므로 전부 영인하지 않고 목차, 권수면, 권말, 서발문 등 필요한 부분만 영인하여 판본을 구분하여 볼 수 있도록 하였다. 『선부초평주해산보(選賦抄評注解刪補)』 관판본과 방각본은 초사와 관련된 부분만 선취하여 영인하였다. 비록 부분적으로 영인하였으나 매종 자료에 대해 모두 해제를 붙였다. 그리고 간행 연도의 순서에 따라 차례로 배열하였다.

이 외에 또한 한국 문집 속에 실린 초사 관련 서발문을 모두 정리하여 표점본을 만들어 함께 실었다. 이 서발문들은 한국의 초사 연구에 있어 역시 매우 귀중한 참고 자료이다.

초사 문헌 자료를 수집하고 연구하고 또한 영인 허락을 받아 이 책을 완성하기까지는 많은 분들의 도움이 있었기에 가능했다. 국립중앙도서관, 규장각, 장서각, 고려대학교, 연세대학교, 일본 내각문고(內閣文庫), 일본 존경각(尊經閣), 일본 궁내청(宮內廳) 서릉부(書陵部)의 자료보본관리팀의 선생님들, 연세대학교 이윤석(李胤錫) 교수님과 임미정(林美貞) 선생님, 성균관대학교 김영진(金榮鎭) 교수님, 중국 남통대학교 서의(徐毅) 교수님과 천금매(千金梅) 교수님, 최영화(崔英花) 선생님, 중국 산동이공대학교 최묘시(崔妙時) 선생님, 중국 국가도서관 유명(劉明) 연구원, 대만 보인대학교 진수새(陳守璽) 교수님, 북경 울령(伍倫)

국제경매회사 정덕조(丁德朝) 선생님들께서는 초사 문헌의 조사와 수집을 진행할 때에 저에게 큰 도움을 주셨다. 그리고 무사시노 미술대학교 고천청(顧倩菁) 선생님, 남통대학교 유우정(劉宇婷) 선생님도 일본 자료의 수집과 번역에 많은 도움을 주셨다. 이 자리를 빌려 그동안 저를 이끌어주시고 도움을 주신 모든 분들께 깊이 감사드린다.

마지막으로 수익성도 없는 이 책을 〈총서〉로 출판해주신 보고사 김흥국 사장님, 박현정 편집장님, 황효은 책임편집자님께도 감사드린다.

2018년 3월

엮은이를 대표하여

가첩

序

『楚辭』中的作品是戰國至東漢時期，由劉安，劉向等人逐漸增補彙編而成，其中包含屈原作品，以及宋玉以下文人模仿騷體而創作的擬騷作品．自漢唐到明清，有數百種『楚辭』注本被刊行，而每種注本經時代變遷又被多次翻刻，重刻．目前，中國楚辭學界編寫的楚辭書目解題中對日本，歐美楚辭文獻已有詳細的記錄，但關於韓國楚辭文獻的介紹甚少．

事實上，楚辭作品最早在韓國的三國時期，依託『史記』，『文選』等文獻傳入韓半島．此後，受朝鮮時期繁盛的印刷業以及科擧考試的影響，在王逸『楚辭章句』，洪興祖『楚辭補注』，朱熹『楚辭集注』·『楚辭後語』·『楚辭辯證』，林雲銘『楚辭燈』，屈復『楚辭新注』等中國楚辭文獻不斷流入東國的同時，大量的朝鮮刊楚辭覆刻本、重刻本被刊印．因此，韓國現存有數量可觀的楚辭文獻，並具有很高的文獻價值和學術研究價值．正因楚辭學界對日本，歐美楚辭文獻已有一定的研究，對韓國楚辭文獻幾乎沒有得到中韓兩國學者的重視．所以，韓國楚辭文獻亟待全面系統的研究．

鑒於此種研究現狀，2017年筆者撰寫完成的博士論文對其進行專門研究，并基於博士論文出版『韓國楚辭文獻研究』一書．同時，爲直觀展現韓國楚辭文獻的傳播與刊行情況，欲出版『韓國楚辭文獻集成』影印本．此影印資料的收集，整理，出版經筆者，延世大學國語國文學科許敬震教授，中國南通大學楚辭研究中心周建忠教授共同完成，其影印內容將爲楚學界同仁提供基礎的文獻資料．

筆者對韓國現存的楚辭文獻，已散佚但在文獻中被記錄的韓國楚辭文獻, 以及受楚辭影響較大的韓國文獻等資料進行全面統計與深入研究. 筆者發現, 韓國的楚辭文獻共148種中, 其中有中國刊印本28種, 日本刊印本7種, 韓國刊印本12種, 韓國筆寫本101種. 在以上調查的148種韓國楚辭文獻中, 我們選取有價値的文獻進行影印.

以下對本書中影印文獻的體例做簡要說明. 在韓國刊印本前三種中, 第一種『楚辭後語』(延世大學藏本, 請求番號: 고서(귀) 282-0, 卷1-卷6)與第二種『楚辭集註』(國立中央圖書館藏本, 請求番號: 일산貴3745-42, 卷1. 高麗大學藏本, 請求番號: 화산貴180-2, 卷2. 奎章閣藏本, 請求番號: 南雲古69, 卷3) 雖是殘卷, 但爲朝鮮初期珍貴的木板本, 故本書對其進行全部影印. 第三種日本內閣文庫藏『楚辭集註』·『楚辭辯證』·『楚辭後語』(請求番號: 別43-6) 爲1429年以後刊行的木板本(庚子字覆刻本), 因是善本故全部影印. 之後, 若影印的楚辭文獻與朱熹『楚辭集注』·『楚辭辯證』·『楚辭後語』內容一致, 只在版式, 序跋文等有所不同, 則不全部影印. 但爲反映不同文獻間的區別, 我們僅影印與書誌學有關的目錄, 卷首頁, 卷末, 序跋文等. 就『選賦抄評注解刪補』官版本與坊刻本僅影印與楚辭有關的部分. 同時, 在目錄中每種文獻按照刊行時間的順序進行排列, 並對每種文獻都加以解題. 此外, 本書亦收錄韓國文集中記載有關於楚辭文獻的序跋文, 並對其進行整理. 此類序跋文是韓國楚辭文獻研究中非常重要的參考資料.

總之, 楚辭文獻資料收集, 整理, 研究, 以及獲得影印出版許可, 是經多方學者相助才得以完成. 首先, 要感謝國立中央圖書館, 奎章閣, 藏書閣, 高麗大學, 延世大學, 日本內閣文庫, 日本尊經閣, 日本宮內廳書陵部的古籍保護管理老師們同意影印楚辭文獻的請求. 其次, 在韓國文獻調查與收集中, 延世大學李胤錫教授, 林美貞老師, 成均館大學金榮鎭教授, 中國南通大學徐毅教授, 千金梅教授, 崔英花老師, 中國山東理工大學崔妙時老師, 中國國家圖書館劉明研究員, 台灣輔仁大學陳守璽教授, 以及北京伍倫國際拍賣有限公司丁德朝先生給予我們很多幫助. 日本武藏野美術大學顧倩菁先生, 中國南通大學劉宇婷老師在日本文獻調查與日語翻譯方面亦鼎力相助. 因此, 借此機會衷心感謝以上一直以來關心本書出版的學者.

最後, 還要感謝寶庫社社長金興國先生, 編審朴賢貞先生, 責任編輯黃孝恩先生, 其爲本書免費出版, 不勝感激.

2018年 3月

編者代表

賈捷

차례

한국 초사 문헌 집성 上

제1장 초사의 한국 간인본

한국 초사 문헌 집성 中

한국 초사 문헌 집성 下

제2장 초사의 한국 필사본

제3장 기타 한국 초사 문헌자료

目錄

韓國楚辭文獻集成 上

第1章 楚辭的韓國刊印本

韓國楚辭文獻集成 中

韓國楚辭文獻集成 下

해제

제1장 초사의 한국 간인본

1. 『초사후어』, 조선 초기 목판본

『초사후어(楚辭後語)』는 중국 송나라 학자 주희(朱熹)의 저술이다. 주희는 『초사집주(楚辭集註)』 8권을 저술하는 동시에 『초사후어』 6권, 『초사변증(楚辭辯證)』 상하를 저술하였다. 현재 한국에 목판본 『초사후어』는 국립중앙도서관에 권1~4 1책(청구기호: 古3716-78)이 소장되어 있고, 연세대학교 도서관에 6권 1책(청구기호: 고서(귀) 282-0)이 소장되어 있다. 본서는 연세대학교 소장본을 영인하였다.

연세대학교 소장의 이 고서의 서지사항은 목판본, 상하단변, 좌우단변·쌍변 혼용(混用), 유계(有界)·무계(無界) 혼용, 9행 18자, 소자쌍행(매행 18자), 흑구, 내향이엽화문어미(內向二葉花紋魚尾), 반엽광곽(半葉匡郭)이 17.0×11.7cm, 책 크기가 30.2×15.8cm이다. 출판시기에 대해서는 국립중앙도서관에서는 고려 말기 조선 초기 목판본이라고 기재하였고, 연세대학교 도서관에서는 미상으로 기재하였다. 그러나 천혜봉의 『한국전적인쇄사(韓國典籍印刷史)』에 수록된 〈한국고활자실물대비표(韓國古活字實物對比表)〉의 글자체 모양과 비교해 볼 때 조선 초기의 계미자(癸未字) 복각본일 것으로 추정된다. 이 목판본은 현재 한국의 초사 문헌 간행본 중에서 비교적 이른 시기의 것으로 추정된다.

2. 『초사집주』, 조선 초기 목판본

목판본 『초사집주(楚辭集注)』는 현재 국립중앙도서관에 권1(청구기호: 일산貴3745-42), 고려대학교에 권2(청구기호: 화산貴180-2), 규장각에 권3(청구기호: 南雲古69)이 각각 한 권씩 잔본(殘本)으로 소장되어 있다. 주희의 『초사집주』는 원래 8권으로 되어 있고, 『초사후어』는 원래 6권으로 되어 있으며 『초사변증』은 상하 두 권으로 되어 있다. 그러므로 『초사집주』(권1~3)에 해당하는 이 목판본은 세 도서관에 영본(零本)으로 각각 한 권씩 남아있는 셈이다. 그 외 『청분실서목(清芬室書目)』[1]에도 이 목판본에 대한 소개가 있다. 본서는 세 곳 도서관의 영본을 각각 영인하여 권1부터 권3까지 모아 놓았다.

각 소장기관의 고서를 직접 확인한 결과 이 책은 목판본, 상하단변, 좌우 단변·쌍변 혼용, 권내 무계, 권말 유계, 11행 20자, 소자쌍행(매행 24자), 상하세흑구(上下細黑口), 내향삼엽흑어미(內向三葉黑魚尾), 반엽광곽이 19.2×12.5cm, 책 크기가 26.2×15.6cm이다. 국립중앙도서관, 고려대학교도서관, 규장각 및 『청분실서목』에서는 모두 사주단변에 무계라고 잘못 기재하였다. 간행 시기에 대해서 국립중앙도서관에서는 조선 초기라고 하였고, 규장각과 고려대학교 도서관에서는 미

1 李仁榮, 『清芬室書目』, 寶蓮閣, 1968, 212쪽.

상이라 하였다.

고려대학교 도서관 소장본에는 이성의(李聖儀) 선생이 이 고서에 대해 판별한 필기가 첨부되어 있다. 그 필기에는 "檀紀 四二九三年 三月 十七日 華山書林主人 考證한다. 此冊은 紙質로 보와서 成宗朝에 刻해서 其後 中宗初年에 刊行한 冊이다. 紙質鑒定으로 보와서 國初나 世宗時代는 未及하다. 字亂는 宋板覆刻으로 大端히 좋은 字□이다."라고 하였다. 『한국전적인쇄사』 중 〈한국고활자실물대비표〉의 글자체 모양과 대조해본 결과 조선 초기의 계미자 복각본일 것으로 추정된다. 또한 『청분실서목』의 기록에 "융경(隆慶) 을해자본. 『고사촬요(攷事撮要)』에 의하면 이 목판본의 책판(冊板)은 평양(平壤)에 소장되어 있다. 『경적방고지(經籍訪古志)』 권6을 참조하다."[2]라고 한 것에 의하면 이 목판본은 최초에 평양에서 간행된 것임을 알 수 있다.

3. 『초사집주』·『초사변증』·『초사후어』, 1429년 이후 목판본

이 초사 문헌은 일본의 내각문고(內閣文庫, 청구기호:別43-6)에 소장되어 있고 목판본(경자자 복각본)으로서 사주 단변·쌍변 혼용, 유계, 11행 21자, 소자쌍행(매행 21자), 세흑구(細黑口), 상하내향흑어미(上下內向黑魚尾), 반엽광곽 14.9×22.1cm, 책 크기 19.8×31.2cm이다. 목록의 첫머리에는 '淺草文庫', '日本政府圖書', '林氏藏書', '直齋', '辛璉器之', '鷲山世家', '道春', '紅雲渭樹' 등 장서인들이 찍혀 있다. '直齋', '辛璉器之', '鷲山世家'의 장서인으로부터 이 목판본은 조선 중기

2 李仁榮, 『淸芬室書目』, 寶蓮閣, 1968, 212쪽.

의 문인 신련(辛璉)이 소장했던 적이 있음을 알 수 있다. 신련은 중종 12년(1517)에 태어나서 선조 6년(1573)에 죽었다. 자는 기지(器之), 호는 직재(直齋)이고 본관은 영산(靈山)이며 취산군(鷲山君) 신극예(辛克禮)의 5세손이다. 그는 중종 35년(1540)에 진사 3등으로 합격한 후에 명종 3년(1549)에 문과에 급제하였으며 통훈대부(通訓大夫), 사헌부집의(司憲府執義), 춘추관편수관(春秋館編修官) 등 관직을 역임하였다. 그 외에 '道春', '林氏藏書'의 장서인으로부터 이 목판본은 일본의 에도시대 초기 유학자 임라산(林羅山)이 소장했던 적이 있음을 알 수 있다. 임라산은 1583년에 태어나서 1657년에 죽었으며 자는 자신(子信)이고 출가했을 때 호는 도춘(道春)이다. 그러므로 이 고서는 원래 조선의 판본이 일본으로 전해졌고 현재도 조선 판본 그대로임을 알 수 있다.

이 목판본은 3책으로 나뉘어 있으며 제1책은 『초사집주』 8권이고 제2책은 『초사변증』 상하, 제3책은 『초사후어』 6권이다. 이 목판본의 첫 장에는 하교신(何喬新)의 「초사서(楚辭序)」가 필사되어 있다. 그 다음에 목록과 본문이 있다. 제3책 「초사후어목록(楚辭後語目錄)」이 있는 장에 "建安 虞信亨宅 重刊 至治辛酉 臘月 印行"이라는 간기가 있다. 이것은 중국의 간기이다. '건안(建安)'은 중국의 지명이고 '우신형(虞信亨)'은 인명, '지치(至治)'는 중국 원(元)나라 연호로서 신유(辛酉)년은 곧 지치 원년인 1321년이다. 이 간기 뒤에는 추응룡(鄒應龍), 주재(朱在), 주감(朱監)의 발문이 부록되어 있는데 이들도 역시 모두 중국 사람들이다. 추응룡은 송나라 소무(邵武) 태녕(泰寧) 사람이고, 자는 경초(景初)고, 호는 남용(南容)이다. 주재는 주자의 막내아들이다. 자는 숙경(叔敬)이고, 호는 립기(立紀)이다. 주감은 주희의 손자이다. 주감의 발문 끝에는 "端平乙未秋七月朔孫監百拜敬識"라고 하여 발문을 쓴 시기를 밝혔다. 즉 단평(端平) 을말(乙未, 1235)의 가을 칠월 초하루에 주희의 손자 주감이 백번 절을 한 후에 쓴 것이다. 그리고 권말에는 조선 문관 변계량(卞季良)의 발문과 "宣德四年已酉正月 日印"라는 간기가 있다.[3] 변계량의 발문은 다음과 같다.

> 주자의 설비로 가히 많은 서적을 인쇄하여, 영원히 세상에 전하게 하니, 이는 진실로 무궁한 이익이 된다. 그러나 처음 주조한 글자의 모양이 아름답고 좋은 점을 다하지 못함이 있어서 서적을 인쇄하는 자가 그 공역을 용이하게 이루지 못함을 병통으로 여기더니, 영악(永樂) 경자년 겨울 11월에 우리 전하가 염려하옵신 충정에서 비롯되어 공조 참판 신 이천(李蕆)에게 명하시어 새로 주조하니, 글자 모양이 극히 정치하였다. 지중사(知中事)[4] 신 김익정(金益精)과 좌대언(左代言) 신 정초(鄭招) 등에게 명하시어 그 일을 감독 관장하게 하여, 7개월을 지나 공역을 마치니, 인쇄하는 자가 매우 편리하고, 하루에도 종이 20여 매나 되는 많은 숫자를 인쇄하였다. 공경히 생각하옵건대 우리 공정대왕[5]께옵서는 앞에서 창작하옵시고, 지금의 우리 주상전하께옵서는 뒤에서 이어 쫓으셨으나, 조리의 치밀함은 다시 더함이 있었다. 이로 말미암아 인쇄하지 않는 책이 없고, 배우지 않은 사람이 없어, 문교의 진흥이 마땅히 날로 전진하고, 세도의 융숭함이 마땅히 더욱 성대할 것이니, 저 한(漢)·당(唐)의 인주가 재정의 관리와 군비의 확충에만 혈안이 되어, 이것을 국가의 선

---

3 『資治通鑒』庚子字本과 東洋文庫 소장 『文選』庚子字本은 刊記가 보이지 않는다. 화봉문고 소장 1429년에 간행된 『文公朱先生感興詩』庚子字本의 刊記에는 "宣德四年已酉九月 日印"이라고 되어 있다.

4 여기서 "知中事"의 "中"은 오자이다. 동양문고 소장 『文選』 경자자본에는 "中"이 "申"으로 쓰여 있다. 또 『資治通鑒』 경자자본에도 "申"으로 쓰여 있고 화봉문고 소장 1429년 간행의 『文公朱先生感興詩』 경자자본에도 "申"으로 쓰여 있다. 또한 조선시대에 "知申事"라는 관직이 있다.

5 『資治通鑒』 경자자본에는 "恭定"이 "光孝"로 되어 있다.

무로 삼은 것을 본다면 하늘과 땅의 차이일 뿐 아닐 것이니, 실로 우리 조선 만대에 그지없는 복이다. 선덕(宣德) 3년 윤사월일(閏四月日)[6] 숭정대부 판우군도총제부사 집현전대제학 지경연춘추관사 겸 성균관대사성 세자이사 신 변계량이 머리 조아려 절하고 삼가 쓰다.[7]

鑄字之設, 可印群書, 以傳永世, 誠爲無窮之利矣. 然其始鑄字樣, 有未盡善者, 印書者病其功不易就. 永樂庚子冬十有一月, 我殿下發於宸衷, 命工曹參判臣李蕆新鑄字樣, 極爲精緻. 命知申事臣金益精, 左代言臣鄭招等監掌其事, 七閱月而功訖, 印者便之, 而一日所印多至二十餘紙矣. 恭惟我恭定大王作之於前, 今我主上殿下述之於後, 而條理之密又有加焉者. 由是而無書不印, 無人不學. 文教之興當日進, 而世道之隆當益盛矣. 視彼漢唐人主, 規規於財利兵革, 以爲國家之先務者, 不啻霄壤矣. 實我朝鮮萬世無疆之福也. 宣德三年閏四月日崇政大夫判右軍都摠制府事集賢殿大提學知經筵春秋館事兼成均大司成世子貳師臣卞季良拜手稽首敬跋.

위 변계량의 발문에서 "경자년 겨울 11월에 우리 전하가 염려하옵신 충정에서 비롯되어 공조 참판 신 이천(李蕆)에게 명하시어 새로 주조하니"라고 한 말은 조선 최초의 동활자인 계미자(癸未字)의 단점을 보완하여 1420년 경자년에 세종이 명하여 다시 개주(改鑄)하게 한 사실을 말한다. 발문에서는 조선의 두 번째 동활자인 경자자의 주조에 과정을 소개하였고 그 공덕을 찬송하였다. 변계량이 위 발문을 쓴 시기는 선덕 3년 즉 1428년이고, 이 책의 간기에는 "宣德四年已酉正月 日

6 이 낙관은 『文選』 경자자본, 『文公朱先生感興詩』 경자자본과 동일하다. 그러나 『資治通鑑』 경자자본에는 "永樂二十年(1422) 冬十月甲午 正憲大夫 議政府參贊 集賢殿大提學 知經筵同知 春秋館事 兼成均大司成 臣 卞季良 拜手 稽首 敬跋"이라고 되어 있다.

7 한국고전번역원의 번역문 참조.

印" 즉 1429년 1월에 인쇄하여 간행했다라고 하였다. 이런 점들을 종합하여 본다면 이 초사 간행본은 원래는 1429년에 경자자 금속활자로 인쇄한 경자자활자본임을 알 수 있다. 실제로 『조선왕조실록』 세종 10년(1428) 11월 12일 기록에 의하면 "○庚申/경연에 나아갔다. 左代言 金赭에게 명하여 이르기를 『文章正宗』과 『楚辭』 등의 서적은 공부하는 사람들은 불가불 알아야 하니 鑄字所로 하여금 이를 印行하게 하라.(○庚申/御經筵. 命左代言金赭曰: 『文章正宗』, 『楚辭』等書, 學者不可不知, 其令鑄字所印之.)"라고 하였다. 또한 세종 11년(1429) 3월 18일 기록에 의하면 "○집현전 관원과 동반 군기부정 이상 사람들에게 『楚辭』를 나누어주었다.(頒賜『楚辭』於集賢殿官及東班軍器副正以上.)"라고 하였다. 이상 내용으로 볼 때 조선 세종 때에 1428년, 1429년쯤에 확실히 경자자로 『초사』를 간행한 적이 있음을 알 수 있다.

1429년에 조선에서 간행한 『초사집주』·『초사변증』·『초사후어』 경자자본은 총 210엽(葉)이다. 간기에 의하면 이 경자자 활자본은 1429년 정월에 인쇄가 완료되어 간행되었을 것이다. 그러므로 1429년 3월 18일에 세종이 집현전에서 관직이 동반군기부정(東班軍器副正) 이상 되는 신하들에게 초사를 하사할 수 있었다. 또한 중국 원나라 지치원년의 간기가 그대로 있는 것으로 보아 아마도 우신형댁 간본을 저본으로 삼았을 것으로 추정된다. 그러므로 중국의 원나라 지치 원년(1321)에 간행한 우신형댁본이 이미 1428년 이전에 이미 조선에 유입되었음을 알 수 있다. 그러나 현재 일본 소장본은 서지사항이나 글자, 판식을 보았을 때에 활자본이 아니라 목판본이다. 그러므로 이것은 경자자 활자본의 목판 복각본인 것이다. 그리고 소장자였던 신련의 생몰년을 고려해 볼 때에 이 목판본은 1429년 경자자본의 복각본이며 늦어도 1573년 이전에 간행되었음을 알 수 있다.

건안 우신형댁 간본의 판본은 현재 중국의 산동성도서관(청구기호: 01009)[8]에 소장되어 있는데 『초사집주』 8권, 『초사변증』 상하, 『초사후어』 6권이 있으며 4책으로 되어 있다. 서지사항은 "광곽의 높이는 20.0cm, 넓이는 12.5cm, 반엽(半葉) 11행 20자, 소자쌍행 24자, 세흑구(細黑口), 좌우쌍변(左右雙邊)이며 '建安虞信亨宅 重刊 至治 辛酉 臘月 印行'의 패기(牌記)가 있고 '徵明' 등 도장이 있다."[9]고 하였다. 이로부터 조선의 1429년 경자자본과 그 복각본은 현재 중국 산동성 소장의 건안 우신형댁 각본과 매행의 글자 수, 판각의 글자체, 책 수, 판식 등 면에서 모두 서로 다르다는 사실을 확인할 수 있다. 그러므로 1429년의 경자자본과 그 복각본은 건안 우신형댁 각본의 복각본이 아니라 이것을 저본으로 한 중간본임을 알 수 있다.

사실상 한국에도 경자자본으로 기록되어 있는 『초사집주(楚辭集注)』 8권이 있는데 다섯 곳의 소장처가 있다. 하나는 장서각에 소장되어 있는 『초사집주』(청구기호: D1-4) 잔권(殘卷)인데 경자자본이다. 이 고서는 반엽광곽 8행 17자, 소자쌍행(매행 17자)이며 간기는 없다. 또 하나는 화봉문고에 소장된 경자자본인데 중·소자(中·小字) 경자자로 간행하였으며 세흑구(細黑口)이고 상하내향흑어미(上下內向黑魚尾)이며 크기가 19.2×31.0cm이라고 한다.[10] 또 하나는 한국의 개인장서가

---

8 이 목판본은 비록 현재 중국 산동성도서관에 소장되어 있지만 도서관에서 고서 복원 작업을 하고 있기에 독자들에게 열람을 제공하지 않는다. 다만 『第一批國家珍貴古籍名錄圖錄』과 『楚辭書錄解題』 등 책에 기록된 내용에 근거해 목판본 양상을 볼 수 있었다. 그러나 『楚辭書錄解題』에서는 원나라 지치원년을 1335년이라고 잘못 썼다.

9 中國國家圖書館, 中國國家古籍保護中心編, 『第一批國家珍貴古籍名錄圖錄』 第四冊, 國家圖書館出版社, 2008, 225쪽.

조병순(趙炳舜) 선생이 창립한 성암고서박물관(誠庵古書博物館)에 소장된 『초사집주』(청구기호: 성암4-3)이다. 이 고서는 한국고전목록종합시스템의 서지사항 기록에 의하면 경자자이며 선장(線裝) 8권 3책이고 사주쌍변에 반엽광곽 22.9×14.9cm, 유계, 11행 21자, 세종 11년(1429) 간행이라고 되어 있다. 그러나 조병순 선생이 2013년에 작고한 후에 그의 성암고서박물관이 매각되었기에 현재로서는 이 고서의 실물을 찾아볼 수 없다. 또 하나는 고려대학교 도서관에 소장된 『초사집주』 잔권(청구기호: 만송貴180E-3)이다. 도서관의 서지사항 기록에 의하면 이 고서는 영본(零本) 1책이고 사주쌍변, 반엽광곽 22.6×15.0cm, 11행 21자, 소자쌍행, 상하흑구(上下黑口), 세종 11년(1429) 활자본이라고 하였다. 마지막 하나는 한국인 조성덕(趙誠德)이 소장한 경자자본이다.

이상 다섯 곳의 서지 기록에는 모두 오류가 존재한다. 그중 장서각에 소장된 고서의 판식(版式)을 본다면 1429년 경자자본이 아니고 간행된 시기를 확정할 수 없다. 고려대학교 소장본은 실물 확인 결과 목판본으로서 경자자의 복각본이다. 화봉문고에 소장된 고서의 간행연대, 간행지, 간행자 등은 사실 고증할 길이 없다. 조병순과 조성덕이 소장한 고서는 비록 1429년에 간행되었다고 하지만 실물을 확인할 수 없기에 간행연대와 간행지, 간행자 등 정보를 확인할 길이 없다. 그 외에 천혜봉의 『한국금속활자인쇄사(韓國金屬活字印刷史)』에는 『초사후어(楚辭後語)』의 경자자본이 있다고 기록되어 있으나[11] 도록이 없어

10 여승구, 『한국 고활자의 세계』, 화봉문고, 2013, 33쪽.
11 千惠鳳, 『韓國金屬活字印刷史』, 법무사, 2013, 449쪽.

역시 확인할 수 없다.

조사에 의하면 단종 2년(1454) 간인본 『초사집주』·『초사후어』·『초사변증』은 경자자의 복각본이다. 이 밀양부 복각본에 수록된 이교연(李皎然)의 발문에 이숭지(李崇之)가 이 간인본을 간행한 경위를 기록하였는데 "오늘 한 책을 얻었는데 주석이 상세하고 명백하다. 다행히도 임금의 덕이 높고 문치의 날을 만났으니 복각하여 널리 전하기에 합당하다.(今所得一本, 注釋詳明. 幸逢聖明文治之日, 宜鋟梓以廣其傳.)"고 하였다. 이로부터 이 목판본은 간행될 시기에 이숭지가 갖고 있던 1429년 경자자의 초인본 혹은 후인본을 저본으로 하여 다시 복각하였음을 알 수 있다.

이상의 내용을 종합하여 볼 때 일본 내각문고에 소장되어 있는 이 경자자 복각본의 초사 목판본은 조선에서 간행되었던 것이 일본으로 전해져 간 것이고, 조선에서는 1429년에 경자자로 초사의 동활자본을 인쇄한 적이 있는데 현재 그 활자본은 유실되고 그 활자본의 목판 복각본이 유전되고 있다. 그러나 이 복각본의 서지와 발문 등을 통해 당시 경자자 초사 문헌의 간행상황을 확인할 수 있게 되었다. 한국 국내에는 경자자 초사 문헌은 잔본으로 또는 확인할 수 없는 자료로 남아 있는데 비해 일본 내각문고에는 중국 우신형댁 간본을 저본으로 중각한 경자자본의 복각본이 비교적 완전하게 보존하고 있다는 점에서 매우 귀중한 가치가 있다.

한국 초사문헌 집성 上

여기서부터는 影印本을 인쇄한 부분으로 맨 뒤 페이지부터 보십시오.

232

予羆霏霏皃臺臺也麏狀嵬峨頭角高皃從鶴也羆如羆黃白文從此以上皆陳山林傾危草木茂盛麏鹿

所居處皃所行不且育道德養精神欲使屈原還歸鄉也攀援桂枝兮聊淹留虎豹

鬬兮熊羆咆禽獸駭兮亡其曹王孫兮歸來山中兮不

可以久留援一作折一無援字也蒲交反叶蒲侯反曹叶徂侯反歸來一作來歸○再言其援桂枝

聊淹留者明原未有歸意不可得而招也故又言山中之不可居者而於終篇卒致其意若曰非不可留但不

可久耳不敢遽必其來之詞也

楚辭卷第八

夏生秋死啾啾衆聲坱兮軋山曲岪心淹留兮恫慌忽罔兮沕憭

兮栗虎豹穴叢薄深林兮人上慄坱烏朗反軋烏黠反叶烏没反岪音佛一

音皮筆反恫音通慌上聲沕叶無日反又義筆反一音勿憭音了一音聊一音留栗一作慄穴音血叶胡役反

一作屼○坱軋相切摩之音岪亦曲也恫痛也慌忽鬼神也罔失志皃沕潛藏也又有虎豹穴於其間林薄高

深而上者恐慄也嶔岑碕礒兮碅磳磈硊樹輪相糾兮林木茷

骫青莎雜樹兮薠草靃靡白鹿麏麚兮或騰或倚狀貌

崟崟兮峩峩凄凄兮漇漇獼猴兮熊羆慕類兮以悲嶔音

欽一作歁岑音吟一作崟一作鍪碕音綺一作崎礒音蟻一作嶬碅綺矜反一字从囷又苦本反字从囷磳七氷

反磈於鬼反又口罪反硊魚毁反相糾一作糾紛一無林木二字茷音跋又音旆一作茇一作拔音同骫音委

薠一作蘋靃音髓一作蘼一作蘺一作麏音君又居筠反一作麕麚音加一作麍峨音蟻一作蟻兮一作而漇踈綺

反一作縱羆音陂○嶔岑碕礒碅磳磈硊金石皃輪横枝也茷木枝葉盛紆皃骫骫骪詘曲也莎草根名香附

士招致賓客客有八公之徒分造詞賦以類相從或稱大山或稱小山如詩之有大小雅焉漢藝文志有淮南王群臣賦四十四篇此篇視漢諸作最爲高古說者以爲亦託意以招屈原也

桂樹叢生兮山之幽偃蹇連蜷兮枝相繚山氣巃嵸兮石嵯峨谿谷嶄巖兮水曾波猨狖群嘯兮虎豹嘷攀援桂枝兮聊淹留蜷音權一作卷繚居休反巃力孔反一作巄嵸音揔嶄鉏咸反曾一作增猨一作蝯狖以狩反嘷呼高反𠯁胡求反○郭璞云桂白華叢生山峯冬夏常青間無雜木繚紐也巃嵸雲氣皃嵯峨高皃嶄巖險峻皃言山谷之中幽深險阻非君子之所處猨狖虎豹非賢者之偶欲使屈原急來而原卒不肯來也

王孫遊兮不歸春草生兮萋萋歲暮兮不自聊蟪蛄鳴兮啾啾遊一作游聊叶音留蛄音姑啾音揫○原與楚同姓故云王孫蟪蛄夏蟬春生夏死

十二

聲獨便悁而煩毒兮焉發憤而紓情時曖曖其將罷兮
遂悶歎而無名伯夷死於首陽兮卒天隱而不榮太公
不遇文王兮身至死而不得逞懷瑶象而佩瓊兮願陳
列而無正生天墜之若過兮忽爛熳而無成邪氣襲余
之形體兮疾憯怛而萌生願壹見陽春之白日兮恐不
終乎永年撫一作慨狂一作枉真一作德非是飲於㯹反嘆音莫一作漠便悁一作悁悒曖一作薆
罷音疲陽下一有之山字夭於表反一作殀一無得字逞叶丑京反正叶側京反爛一作瀾一無躰字怛多達
反壹或作一年叶奴京反○撫㵄也狂攘亂皃猒飲自足而不樂見聞之意也寘端藏其端緒不使人少見之
也無正言無人能知已之賢而平其是非也

招隱士第十五

招隱士者淮南小山之所作也淮南王安好古愛

不歸處卓卓而日遠兮志浩蕩而傷懷眐音正从目眐獨視也一作聇
从耳獨行也汩于筆反卓一作違遠一作高懷叶胡威反鸞鳳翔於蒼雲兮故矰繳
而不能加蛟龍潛於旋淵兮身不挂於罔羅知貪餌而
近死兮不如下游乎清波寧幽隱以遠禍兮孰侵辱之
可為子胥死而成義兮屈原沈於汨羅雖體解其不變
兮豈忠信之可化志怦怦而內直兮履繩墨而不頗執
權衡而無私兮稱輕重而不差繳音酌一無而字加叶音戈旋一作深挂一作
絓罔一作網而一作之禍一作既為叶五禾反其一作而化叶胡戈反怦普庚反一作拼頗平聲差叶七何反
○言以貪餌而得死者固不可為若以忠義而死則不憚也摡塵垢之狂攘兮除穢
累而反真形體白而質素兮中皎潔而淑清時厭飫而
不用兮且隱伏而遠身聊竄端而匿迹兮嘆寂默而無

蓋也蒸竹炬也背曰負肩曰擔丈尺言行於丈尺之下也幾臂弩身也阨隘也務光自投於深
淵兮不獲世之塵垢孰魁摧之可久兮願退身而窮處
鑿山楹而為室兮下被衣於水渚霧露濛濛其晨降兮
雲依斐而承宇虹霓紛其朝霞兮夕淫淫而淋雨怊茫
茫而無歸兮悵遠望此曠野下垂釣於谿谷兮上要求
於僊者與赤松而結友兮比王僑而為耦使梟楊先導
兮白虎為之前後浮雲霧而入冥兮騎白鹿而容與叶始
音古楹下而一作以一無下濛字一作朦朦斐音非一作霏依斐一作斐斐霓一作倪茫一作芒曠一作廣野
叶上與反一作鑿要平聲求一作結者叶章與反結上一叶無而字耦叶魚古反導一作道後叶胡古反○務光
古清白之士也言不見從自投深淵而死不為讒佞所塵汙也魁摧未詳依斐雲貌朝霞莫雨明不能久也梟
楊山神即佛佛也爾雅佛佛如人被髮迅走食人
魂眐眐以寄獨兮汨徂往而

而求歎(欿音坎憯大暫反○憯安也)愁脩夜而宛轉兮氣涫澫其若
波握剞劂而不用兮操規榘而無所施(而一作之涫音館又官貫二音)
(澫與沸同其一作而剞居綺反劂居衛反一無所字施叶踈何反○剞劂刻鏤刀也應劭曰剞曲刀劂曲鑿)
騁騏驥於中庭兮焉能極夫遠道置猨狖于櫺檻兮夫
何以責其捷巧(猨一作蝯狖一作貁于一作於櫺音零捷一作㨗○櫺階際欄)駟跛鼈
而上山兮吾固知其不能陞釋管晏而任臧獲兮何權
衡之能稱(陂彼可反○臧為人所賤繫也獲為人所係得也方言云臧獲奴婢賤稱也)箟簬
雜於黀蒸兮機蓬矢以射革負檐荷以丈尺兮欲伸要
而不可得外迫脅於機臂兮上牽聯於矰隹肩傾側而
不容兮固陿腹而不得息(箟音昆簬音路黀音鄒檐都監反一作擔荷下可反於一)
(作以臂一作辟毗亦反矰音增隹音弋一作弋不下一有得字陿音狹一作愜腹一作腸○箟簬竹箭也黀麻)

之玉燒之三日其色不变檡木名板桐山名也在閬風之上將猶長也淋離長皃也言已雖不見容猶整飾衽
紉與衆異也擷葉儲與不舒展皃袪袖也左袖挂於榑象右衽拂於不周以六合為小不足肆行也比親也周
合也為鳳皇作鶉籠兮雖翕翅其不容靈皇其不寤知兮
焉陳詞而効忠俗嫉妒而蔽賢兮孰知余之從容願舒
志而抽馮兮庸詎知其吉凶璋珪雜於甑窐兮隴廉與
孟娵同宮舉世以為恒俗兮固將愁苦而終窮幽獨轉
而不寐兮惟煩懣而盈匈魂眇眇而馳騁兮心煩寃之
忡忡皇下一有而字翕及反翅一作翼一無寤字詞一作鏵馮一作憑懣一作懣一作愁璋珪一作珪璋
甑子孕反窐音擕又音龜娵音鄒一音須竈一作魂之一作而忡丑弓反○鶉鳥之小而無尾者從容言守道
而自得也馮滿也璋半珪也珪玉端也甑瓦器所以炊者也窐甑帶也隴廉醜婦也孟娵好女也志歟
慽而不憯兮路幽昧而甚難塊獨守此曲隅兮然欿切

進退之宜當冠崔嵬而切雲兮劒淋離而從橫衣攝葉
以儲與兮左袪桂於榑桑右衽拂於不周兮六合不足
以肆行上同鑿枘於伏戲兮下合矩矱於虞唐願尊節
而式高兮志猶卑夫禹湯雖知困其不改操兮終不以
邪枉而害方世並舉而好朋兮壹斗斛而相量衆比周
以肩迫兮賢者遠而隱藏居一作尻以一作呂並古字遁一作達萸叶於良反擥一
作擥襌大男大店二反一作撣板一作阪一作坂桐叶音唐沺音骨又于筆反齗一作鹽一作絶通叶音湯以
一作呂度一作瘦憫一作閔彷徨一作彷徉一惝昌掌反呂一作而軨當作軫以一作閔呂絶古作鹽糧一作悵于
一作兮字下一有此字晼一作宛茀一作不罷音疲徊一作迴行叶户郎反崔音摧淋音林攝之葉反一作儽
與攝反儲音佇又音佇挂一作絓榑一作扶與搏同桑一作桒與桑同行叶户郎反戲一作羲合一作同矩一
作規邪一作衺下同壹或作一斗一作井以一作而遠一作隱隱一作退○鍾山在崑崙山西北淮南言鍾山

扳一作攀俠一作來㦊手閭反遅丑郢反杇常與反一作抒蜀音燭烔古茗反一作泂隱一作幾謀叶謨悲反
欿音坎情一作愲○遘遇也言自哀生時不及古賢聖之出而當貪亂之世也遅快也蜀續也欿不自滿足意
委情㦒惓也 居處愁以隱約兮志沈抑而不揚道壅塞而不
通兮江河廣而無梁願至崑崙之懸圃兮采鍾山之玉
英擥瑤木之橝枝兮望閬風之板桐弱水汨其為難兮
路中斷而不通勢不能淩波以徑度兮又無羽翼而高
翔然隱憫而不達兮獨徙倚而彷徨悵惝罔以永思兮
心紆軫而增傷倚躊躇以淹留兮日飢饉而絕糧廓抱
景而獨倚兮超永思乎故鄉廓落寂而無友兮誰可與
玩此遺芳白日晼晚其將入兮哀余壽之弗將車既弊
而馬罷兮蹇邅徊而不能行身既不容於濁世兮不知

則逝得坎則止縱軀委命不私與己坎史作坻水中小洲也謂其生兮若浮其死兮若休澹虖若深淵之靚氾虖若不繫之舟史無二兮字靚與靜同史作靜不以生故自寶養空而游寶漢書作保游漢書作浮今從史○養空而游若空舟也德人無累知命不憂細故芥蔕何足以疑蔕丑介反史作慸芥史作薊疑叶音牛○芥蔕不草也

哀時命第十四

哀時命者梁孝王客莊忌之所作也

哀時命之不及古人兮夫何予生之不遘時往者不可扳援兮徠者不可與期志憾恨而不逞兮杼中情而屬詩夜炯炯而不寐兮懷隱憂而歷茲心鬱鬱而無告兮衆孰可與深謀欿愁悴而委惰兮老冉冉而逮之逮一作遝

有命烏識其時 謀叶謨悲反速史作数烏史作惡 且夫天地為鑪造化
為工陰陽為炭萬物為銅 以合鑄為喻 合散消息安有常則
千變萬化未始有極 則法也 忽然為人何足控揣
物又何足患 揣音團史作慱患音環控揣玩手愛惜之意也 ○小智自私賤彼
貴我達人大觀物亡不可 智史作知 貪夫徇財列士徇名夸
者死權品庶每生 以身從物曰徇每貪也史作憑品庶猶庶品也 怵迫之徒或
趨西東大人不曲億變齊同 怵音戌又丑六反億漢書作意今從史○怵為利所
誘也迫為勢所逼也趨西東言所向不定也十万為億 愚士繫俗僒若囚拘至人
遺物獨與道俱 僒音塊又欺全反史作㩲華板反 眾人惑惑好惡積意
真人恬漠獨與道息 惑史作或意於力反○積意言積之曾臆也恬安也漠靜也 釋
智遺形超然自喪寥廓忽荒與道翱翔 喪息浪反叶平聲 乘流

220

而還形氣轉續變化而嬗沕穆亡間胡可勝言斡音管還音旋
嬗音蟬與禪同沕音勿斡轉也嬗相傳與也沕穆深微皃禍兮福所倚福兮禍所
伏憂喜聚門吉凶同域伏叶蒲力反○倚伏二句老子之言彼吳彊大夫
差以敗越棲會稽勾踐伯世勾音鉤伯讀作霸○會稽山名勾踐越王名避吳之
難棲於此山故曰棲也斯遊遂成卒被五刑傅說胥靡乃相武丁
斯李斯也遊於秦始皇以為丞相後為趙高所譖具五刑而死傳說事已見騷經胥靡連鎖役作也夫禍
之與福何異糾纆命不可測孰知其極纆音墨索也則史作說○糾絞
也水激則旱矢激則遠萬物回薄震蕩相轉○震史作振水激則
去遠而流盡故旱也或曰旱與悍同雲烝雨降糾錯相紛大鈞播物坱圠
無垠糾錯史作錯繆鈞史作專播史作槃坱烏郎反圠於黠反○造化者謂所轉者為鈞言造化為人亦
猶陶之造化故謂之大鈞也坱圠無限齊也天不可與慮道不可與謀遲速

219

彷彿而楊雄之論常高彼而下此韓愈亦以馬楊
厠於孟子屈原之列而無一言以及誼余皆不能
識其何說也是以因序其賦而并論之以俟後之
君子云

單閼之歲四月孟夏庚子日斜服集余舍止于坐隅貌
甚閒暇閼於葛反斜史作施叶音斜歲下史有号字至篇終並同○大歲在卯曰單閼文帝六年丁卯也
異物來崪私怪其故發書占之讖言其度曰野鳥入
室生人將去崪史作萃讖初禁反史作策○崪聚也讖驗也問於予服余去何
之吉虖告我凶言其灾淹速之度語余其期問於史作請問子史
作于速史作數○服者加之義稱也子服乃大息擧首奮翼口不能言請
對以意萬物變化固亡休息意叶意億史作臆斡流而遷或推

反鱣竹連反螻音婁螻蛄也蟺與螾同叶五居反○般反也離遭也都過也歷經過也八尺曰仞增重也八尺曰尋倍尋曰常汙瀆不過之水也鱣大魚无鱗口在腹下鯨魚長者數里

服賦第十三

服賦者賈誼之所作也誼在長沙三年有服飛入誼舍止於坐隅服似鴞不祥鳥也服訓狐也其名自呼故因而命之誼以長沙卑溼自恐壽不得長故為賦以自廣太史公讀之歎其同死生輕去就至為爽然自失以今觀之凡誼所稱皆列禦寇莊周之常言又為傷悼無聊之故而藉之以自誑者夫豈真能原始反終而得失朝聞夕死之實哉誼有經世之才文章蓋其餘事其奇偉卓絕亦非司馬相如輩所能

其高逝兮夫固自引而遠去襲九淵之神龍兮沕淵潛
以自珍偭蟂獺以隱處兮夫豈從蝦與蛭螾所貴聖之
神德兮遠濁世而自藏使麒麟可係而羈兮豈云異夫
犬羊吾史作我无兮子字壹史作壍語去聲縹匹遙反史作漂逝史作遰引史作絶沕音去又于筆反偭
音面蟂音梟獺音闥三字史作弥䗉蠕又作弥蝸蠕蠖音蹤蛭音質螾音引叶平聲藏古藏通○壹鬱猶拂鬱
也縹縹皋兒襲重也九淵九泉之淵言至深也偭背也蟂獺皆水蟲害魚者蝦蛭螾亦水蟲之小者言龍自絶
於蟂獺況肯從蝦與蛭螾乎般紛紛其離此郵兮亦夫子之故也歷
九州而相其君兮何必懷此都也鳳皇翔于千仞兮覽
德煇而下之見細德之險徵兮遥增擊而去之彼尋常
之汙瀆兮豈容吞舟之魚橫江湖之鱣鯨兮固將制於
螻蟻般音班字从舟青之舟郵與尤通史作尤故叶音孤史作辜歷史作䮾覸也其君史作其字汙一胡

216

反造七到反○極止也誶曰讒人罔極爲虖哀哉兮逢時不祥鸞鳳伏竄
兮鴟鴞翺翔闒茸尊顯兮讒諛得志賢聖逆曳兮方正
倒植謂隨夷溷兮謂跖蹻廉莫邪為鈍兮鉛刀為銛鴞史
訛作梟闒吐盍反茸人勇反植音值跖之石反蹻居畧反鈍史作頓銛息廉反○闒茸下材不肖之人也植立
也隨卞隨讓天下而不受夷伯夷讓國而餓死跖盜跖蹻莊蹻秦楚之大盜也莫邪寶劒名銛利也于嗟
默默生之亡故兮斡棄周鼎寶康瓠兮騰駕罷牛驂蹇
驢兮驥垂兩耳服鹽車兮章父薦屨漸不可久兮嗟苦
先生獨離此咎兮默史作嘿斡音管罷讀曰疲或曰苦當作若易曰則嗟若史此一節兮字
皆在句中實上有而字○默默不自得意也生謂屈原
也言其无故而遭此溷也斡轉也康瓠瓦盆底也蹇跛
也驥駿馬也服駕也章甫冠名薦屨反誶音碎史
在屨下也嗟咨嗟也若勞苦也若語辭誶曰作訊○誶
告也即乱辭也已矣國其莫吾知兮子獨壹鬱其誰語鳳縹縹

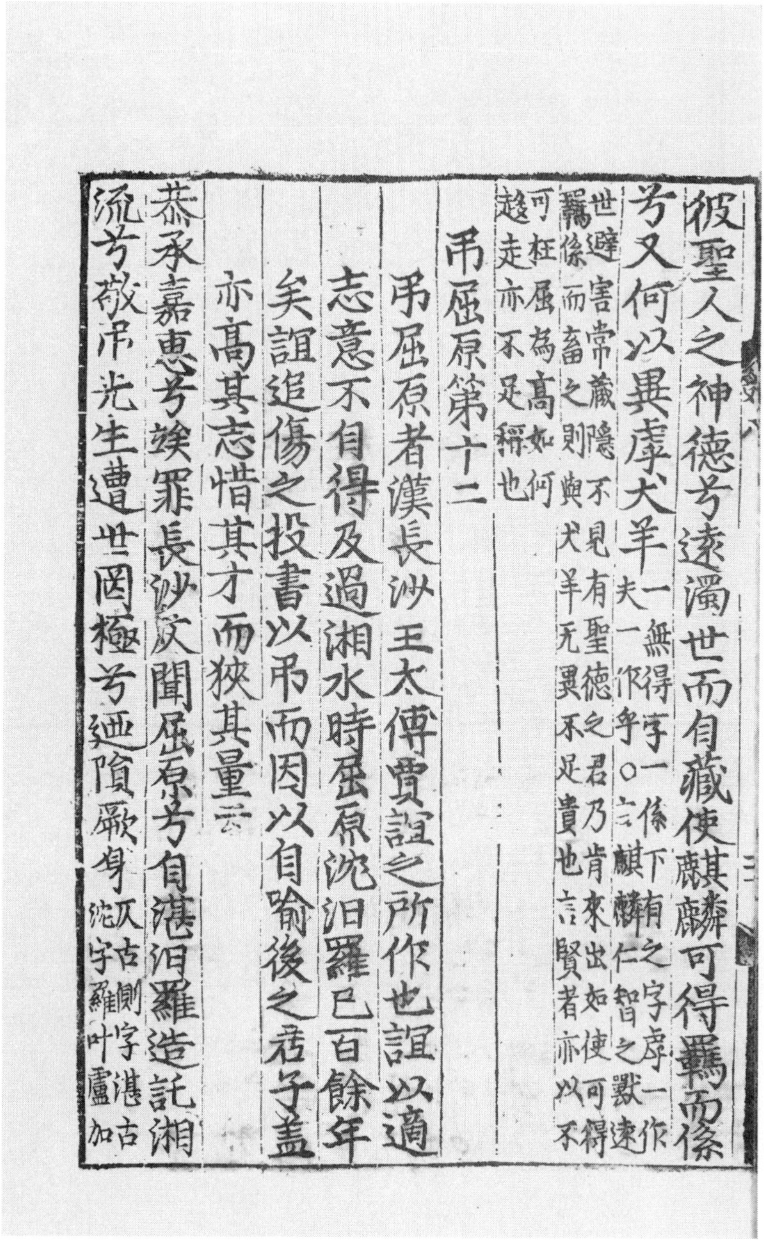

彼聖人之神德兮遠濁世而自藏使麒麟可得羈而係
兮又何以異虖犬羊一無得字一係下有之字虖一作夫一作乎○言麒麟仁智之獸速
世避害常藏隱不見有聖德之君乃肯來出如使可得羈係而畜之則與犬羊无異不足貴也言賢者亦以不
可枉屈為高如何趍走亦不足稱也

弔屈原第十二

弔屈原者漢長沙王太傅賈誼之所作也誼以適
志意不自得及過湘水時屈原沈汨羅已百餘年
矣誼追傷之投書以弔而因以自喻後之君子蓋
亦高其志惜其才而狹其量云

恭承嘉惠兮竢罪長沙仄聞屈原兮自湛汨羅造託湘
流兮敬弔先生遭世罔極兮迺隕厥身仄古側字湛古沈字羅叶盧加

伯數諫而至醢兮來革順志而用國悲仁人之盡節兮反爲小人之所賊逯一作𢓜移譔一作譾緲一作繩而无莽字賊下一有於字石叶時若反海音遶醢一作菹一醢上别菹字國叶姑仄反賊叶組各反○諤諤直言皃語曰千人之諾諾不如一士之諤諤周武諤諤以昌殷紂諾諾以惡來惡來也與革皆紂之佞臣也用國見用於國也比干忠諫而剖心兮箕子被髮而佯狂水背流而源竭兮木去根而不長非重軀以慮難兮惜傷身之無功剖一作割佯一作詳竭一作渴音同軀一作躯功叶音光○背流而源竭疑當作背源而流竭王逸注云水背其源泉則枯竭似當時本末譌也傷身而無功若比干箕子是也已矣哉獨不見夫鸞鳳之高翔兮乃集大皇之壄循四極而回周兮見盛德而後下一无字大一乇作太壄一作野回一作徊而回周一作以周覽○太皇之壄大荒之藪言鸞鳳高飛於大荒之野循於四極回旋而藏見仁聖之王乃下來集歸於有德也以言賢者亦宜處山澤之中周流觀望見高明之君乃受仕也

聲清者半聲也又言雖得長生久仙猶思楚國念故鄉忠信之至思義之篤也黃鵠後時而寄

處兮鴟梟羣而制之神龍失水而陸居兮為螻蟻之所

裁夫黃鵠神龍猶如此兮況賢者之逢亂世哉黃一作鴻鵠雞

脂反梟堅堯反螻音婁蟻一作螘裁叶即詞反哉叶即思反○鴟鵂怪鳥梟不孝鳥螻螻蛄也蟻蚍蜉也載制

也壽冉冉而日衰兮固儃回而不息俗流從而不止兮

衆枉聚而矯直固一作國儃一作邅○矯揉也枉者自以為直又群衆而聚合則其黨盛而反

欲揉責以為枉也或偷合而苟進兮或隱居而深藏苦稱量之

不審兮同權槩而就衡量平聲衡叶胡郎反○稱所以知輕重量所以別多少權稱錘

也槩平斛木也衡平也權槩皆所以取平也或推迻而苟容兮或直言之諤

諤傷誠是之不察兮并紉茅絲以為索方世俗之幽昏

兮眩白黑之美惡放山淵之龜玉兮相與貴夫礫石梅

而朱者羽族赤而翔上集必附木此火之象也或云鳥即鳳也然天文家朱鳥乃取象於鶉南方七宿曰鶉首
鶉火鶉尾是也蓋鶉无尾故以翼爲尾云象輿以象齒飾輿也王女青要乘弋等也墟大丘也樂窮極
而不猒兮顛從容虖神明涉丹水而駝騁兮右大夏之
遺風黃鵠之一舉兮知山川之紆曲再舉兮睹天地之
圜方臨中國之衆人兮託回颷乎尚羊乃至少原之壄
兮赤松王喬皆在旁二子擁瑟而調均兮余因稱乎清
商澹然而自樂兮吸衆氣而翱翔念我長生而久僊兮
不如反余之故鄉虖一作乎明一叶謨郎反駝一作馳一風叶孚光反黃一作鴻一或作壹睹一
作覩一作知颷音標一作風一作飆尚音常壄一作野喬一作僑澹一作淡○顛從容乎神明顛與神明俱遊
戲也丹水猶赤水也大夏外國名也在西南黃鵠一飛則見山川之盘曲再舉則知天地之圜方居身益高所
睹愈遠也少原之壄仙人所居均亦調也國語云韋者所以立均出度也清商歌曲名五音各有清濁濁者本

賦詞指略同意爲誼作亡疑者今玩其辭實亦褱
異奇偉計策誼莫能及故特據洪說而竝錄傳中
二賦以備一家之言云
惜余年老而日衰兮歲忽忽而不反登蒼天而高擧兮
歷衆山而日遠設言高擧經歷衆山去日遠也觀江河之紆曲兮離四
海之霑濡攀北極而一息兮吸沆瀣以充虛飛朱鳥使
先驅兮駕太一之象輿蒼龍蚴虯於左驂兮白虎騁而
爲右驂建日月以爲蓋兮載玉女於後車馳騖杳冥
之中兮休息虛崑崙之墟以一作曰蚴於糾反虯渠糾反騁叶音無夏虛一作乎墟
丘於反○晋志云北極五星天運无窮三光迭耀而極星不移故曰居其所而衆星共之淮南云左青龍右白
虎前朱雀後玄武注云角亢爲青龍參爲白虎星張爲朱雀斗牛爲玄武沈存中云朱雀莫知何物但謂鳥

楚辭卷第八

惜誓第十一

惜誓者漢梁太傅賈誼之所作也誼洛陽人漢文
帝聞其名召爲博士超遷至太中大夫納用其言
議以任公卿之位絳灌之屬毀誼年少初學專欲
擅權紛亂諸事於是天子亦疏之以誼爲長沙王
太傅三年復召以爲梁太傅數問以得失多欲有
所匡建數年梁王騎墮馬死誼自傷爲傅無狀哭
泣歲餘亦死死時年三十三矣史漢於誼傳獨載
弔屈原服鳥二賦而無此篇故王逸雖謂或云誼
作而疑不能明獨洪興祖以爲其間數語與弔屈

209

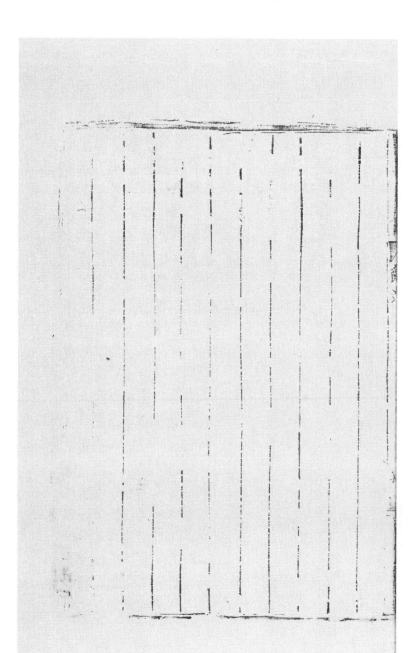

明叶謨郎反降一作王卿叶乞郎反讓叶如羊反○雄
雄赫赫威勢盛也穆穆和美皃諸侯位次三公其班既
設乃使九卿立其下也昭質謂射侯所畫之地如言白
質去質之類也大侯謂所射之布如言虎侯豹侯之類
也上手延登曰揖厭手退避爲讓致辭以讓爲辭古者
六射耦則耦射之揖耦射者皆執弓挾矢以相揖又相
每讓而後升射皆飲國守此禮已廢久矣故景差特於卒
章言之以招魂之意欲其徠歸而尚此三王之道以
矯衰世之失也不特此耳其他若云察幽隱存孤寡賑
田邑阜人民禁苛暴察德澤舉賢能退罷劣亦三王之
政也

楚辭卷第七

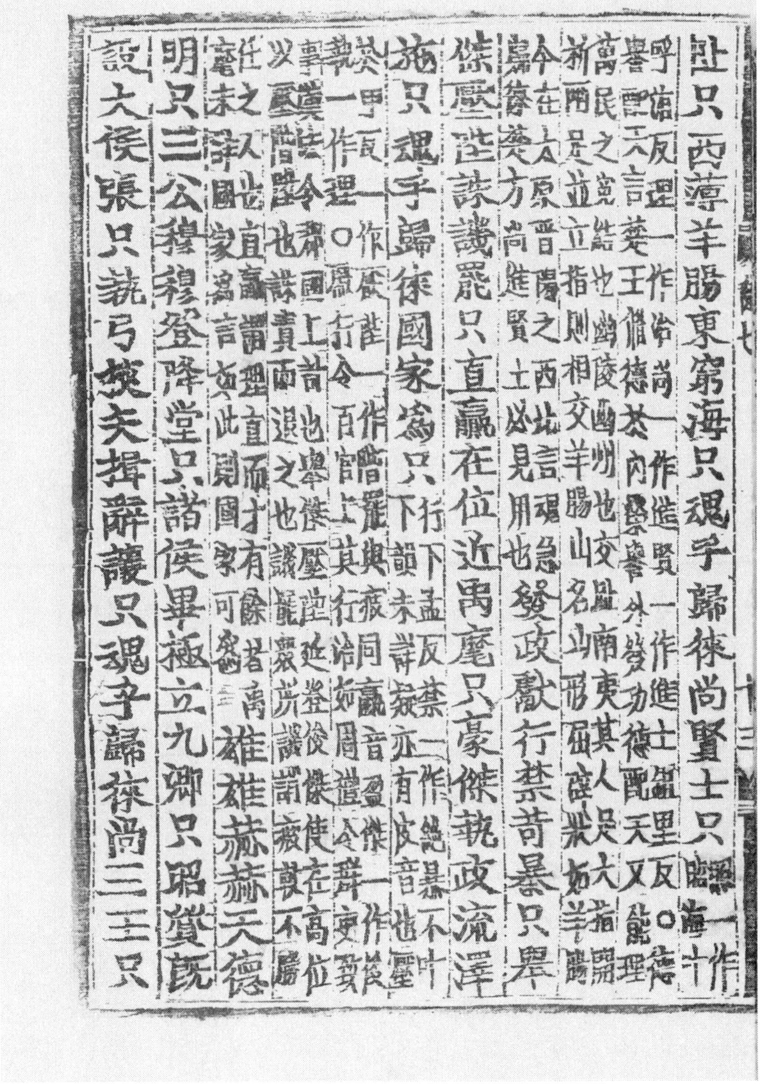

趾只西薄羊腸東窮海只魂乎歸徠尚賢士只[illegible]一作[illegible]十

乎協反理一作治尚一作進賢一作進士里反○德譽配天言楚王備德於內譽聲外發功德配天又能理

萬民之冤結也幽陵幽州也交趾南夷其人足大指開析兩足並立指則相交羊腸山名山形屈曲如羊腸

今在太原晉陽之西北言魂急歸徠尚方尚進賢士以見用也發政獻行禁苛暴只舉

傑壓陛誅譏罷只直贏在位近禹麾只豪傑執政流澤

施只魂乎歸徠國家爲只行下孟反禁一作絕暴一不叶下韻未詳疑亦有良音也壓

於甲反一作厭陛一作階罷與疲同贏音盈傑一作桀執一作理○獻行令百官上其行治如周禮令羣吏致

事漢法令舉國上計也舉傑壓陛延登俊傑使在高位以壓階陛也誅責而退之也譏罷衆所譏議罷軟不勝

任之人也直贏謂理直而才有餘者禹麾未詳國家爲言如此則國家可爲也雄雄赫赫天德

明只三公穆穆登降堂只諸侯畢極立九卿只昭質既

設大侯張只執弓挾矢揖辭讓只魂乎歸徠尚三王只

206

爵祿盛只魂乎歸徠居室定只始一作台盛一作盛保壽一作長保○始音兒

室家謂宗族盈延滿朝廷也接徑千里出若雲只三圭重侯聽類神只

察篤夭隱孤寡存只魂乎歸徠正始昆只神叶式云反夭一作年

徑一作經○接徑猶言通路也出若雲言人民衆多其出如雲也三圭謂公侯伯也公執桓圭侯執信圭伯

執躬圭故曰三圭也重侯猶曰陪臣謂子男也蓋楚僭王寵其縣宰皆號曰公如申公葉公之類其小者亦稱

比子男也聽類神者言其聽察詳審如神明也篤厚也夭早死也隱幽蔽也孤者幼而無父者也寡者老而無

夫者也察夭隱者而厚之則孤寡皆得其所矣昆後也正其始以及後人也田邑千畛人阜

昌只美冒眾流德澤章只先威後文善美明只魂乎歸

徠賞罰當只畛之忍反昭叶讓郎反當叶平聲○田畔也邑君也周禮九夫爲井四井爲邑畛田

上道也阜盛也昌熾也冒覆也章明也威武也言光以威武嚴民後以文德撫之既善美而又光明也名

聲若日照四海只德譽配天萬民理只北至幽陵南交

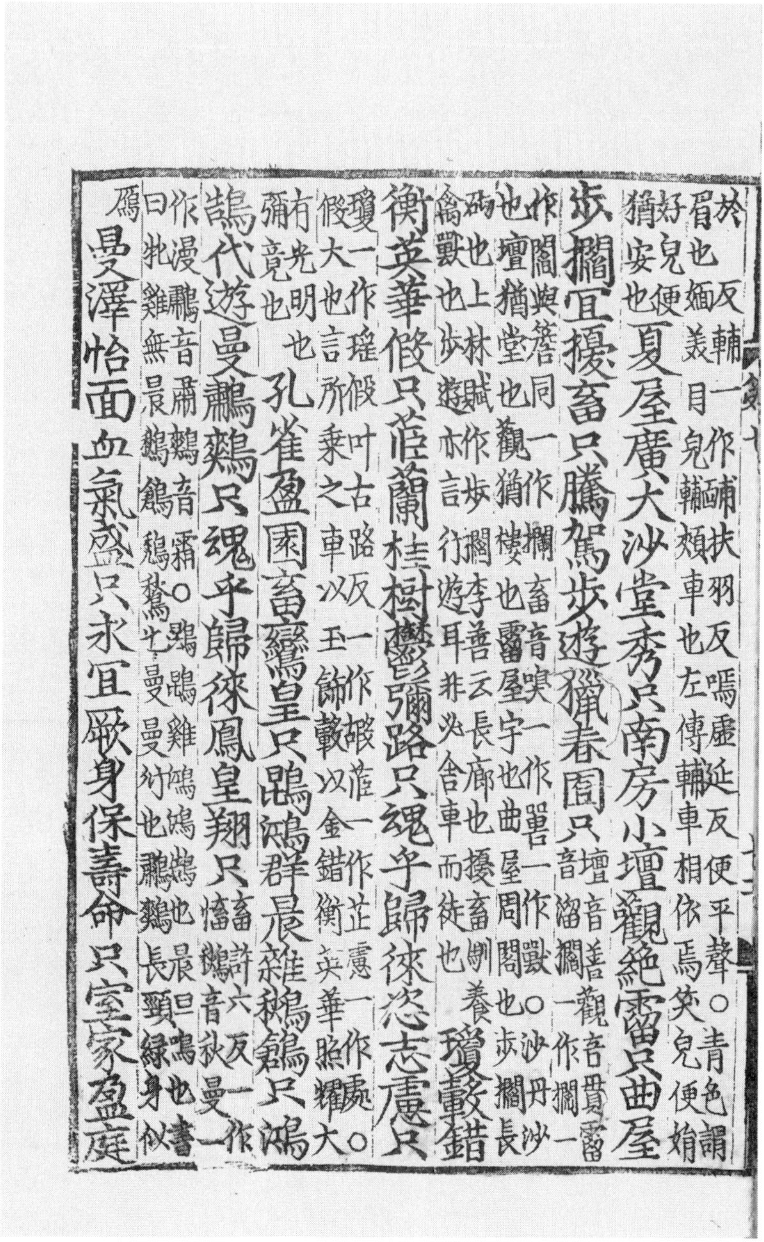

於反 輔一作酺 扶羽反 嗎靨延反 便平聲○青色謂眉也 媔美目皃 輔頰車也 左傳輔車相依 焉笑皃 便娟

好皃 便猶安也 夏屋廣大沙堂秀只南房小壇觀絕霤只曲屋

步櫩宜擾畜只騰駕步遊獵春囿只 壇音善 觀音貫 霤音溜 櫩一作欄 一

作閻 與簷同 一作欄 畜音嗅 一作署 一作獸○沙丹沙也 壇猶堂也 觀猶樓也 霤屋宇也 曲屋周閣也 步櫩長

砥也 上林賦作步櫩 李善云長廊也 擾畜馴養禽獸也 步遊亦言行遊耳 非必舍車而徒也 瓊轂錯

衡英華假只茝蘭桂樹鬱彌路只魂乎歸徠恣志慮只

瓊一作瑤 假叶古路反 一作瑕 茝一作芷 慮一作處○假大也 言所乘之車以玉飾轂以金錯衡英華照耀大

有光明也 彌竟也 孔雀盈園畜鸞皇只鵾鴻群晨雜鶖鶬只鴻

鶬代遊曼鷫鷞只魂乎歸徠鳳皇翔只 畜許六反 一作慉 鶖音秋 曼一

作漫 鷫音肅 鷞音霜○鵾鵾雞 鴻鴻鵠也 晨晨鳴也 書曰牝雞無晨 鶬鶬鴰 鶖禿鶖 曼曼衍也 鷫鷞長頸綠身似

鴈 曼澤怡面血氣盛只求宜厥身保壽命只室家盈庭

魂乎歸徠靜以安只姱與嫮同○嫮眄也曼長而輕細也則法也揮勿也姱脩滂
浩麗以佳只曾頰倚耳曲眉規只滂心綽態姣麗施只
小腰秀頸若鮮卑只魂乎歸徠思怨移只姱脩滂浩一作脩脩廣攡心一
嬿一作遠佳叶居宜反滂一作漫綽一作婥思總一作怨思○脩長也滂浩廣大也佳善也曾重也倚辟也規
圓也言面豐滿頰肉若重兩耳郭辟曲眉正圓也綽綽約也鮮卑衮帶頭也言胥支細小頭皴秀長若以鮮卑
之帶約而束之也補曰鮮卑之帶漢匈奴傳所謂黃金犀毗孟康以為要中大帶張晏以為鮮卑襲俗帶端獸
名東胡好服之者也魏書曰鮮卑東胡別保鮮卑山因號焉移去也言可以志去怨思也易中利心
以動作只粉白黛黑施芳澤只長袂拂面善留客只魂
乎歸徠以娛昔只易以豉反澤叶待洛反客叶苦各反昔叶先約反一作夕○易中利心皆
敏慧之意芳澤芳香之膏澤也昔夜也青色直眉美目媔只靨輔奇牙宜
笑嗎只豐肉微骨體便娟只魂乎歸徠恣所便只媔音綿靨

注謂不以飲賤役之人言酒醇美役人飲之易醉仆失禮故不以飲之也再宿為醴蘖米麴也瀝清酒也言使
吳人醲醴和白麴以作蘗瀝也代秦鄭衛鳴竽張只伏戲駕辯楚勞商
只謳和揚阿趙簫倡只魂乎歸徠定空桑只代一作伐○代秦鄭
衛當世之樂也伏戲之駕辯楚之勞商皆古曲名而未有考或謂伏羲始作瑟也徒歌曰謳揚阿即陽阿已
見前篇趙簫趙國之簫也以趙簫奏揚阿為先倡而謳以和之也空桑琴瑟名見周禮二八接武
投詩賦只叩鐘調磬娛人亂只四上競氣極聲變只魂
乎歸徠聽歌譔只作一作舞賦與下亂變譔不叶未詳○接連也武迹也投合也詩賦雅樂
關雎鹿鳴之類是也叩擊也金曰鐘石曰磬亂理也四上未詳譔具也朱脣皓齒嫭以姱
只比德好閒習以都只豐肉微骨調以娛只魂乎歸徠
安以舒只嫭音護姱叶苦胡反比必寐反閒音閑○嫭姱好皃好閒謂美好而閒暇習謂習於禮節
都謂容態之美不鄙也嫮目宜笑娥眉曼只容則秀雅穉朱顏只

魂兮歸徠恣所擇只鱄一作鱅豚一作䐁一作臑音同苴即魚反蓴普各反一匹沃反一
作蒪酸蒿蔞一作鮓䤈醯醬音模醯音途沾音添兮一作乎擇叶徒各反○生潔為鮮鱄大龜也酩乳漿也醢
肉醬也苦以膽和醬也世所謂膽和者也苴蓴一名蘘荷本草云葉似初生甘蔗根似薑牙蓋切以為香也蒿
白蒿春生秋乃香美可食蔞蒿葉似艾生水中脆美可食沾多汁也薄無味也言吳人工調鹹酸㵲蒿蔞以為
蘘其味不醲不薄適甘美也炙鴰烝鳧煔鶉敶只煎鰿臛雀遽爽存
只魂乎歸徠麗以先只炙音柘鴰古活反一作鶬鳧一作鳧煔音潛鰿積嘖責二音臛
一作臛存叶祖陳反麗一作進先叶桑津反○炙燔肉也鶬鸍鴰也煔爚也鶉鴽也鰿小魚也遽爽存未詳
四酎幷孰不澀嗌只清馨凍飲不歠役只吳醴白糵和
楚瀝只魂乎歸徠不遽惕只澀一作澁嗌叶音益一於革反飲一作飮一作歠○
酎三重釀酒秦月令云春釀之孟夏始成漢亦以春釀八月乃成此云四酎則是四重釀矣幷俱也舊注以為
四器俱熟未知孰是也澀不滑也嗌咽喉也言不澀人之咽喉也馨香之遠聞者也凍猶寒也不歠役未詳舊

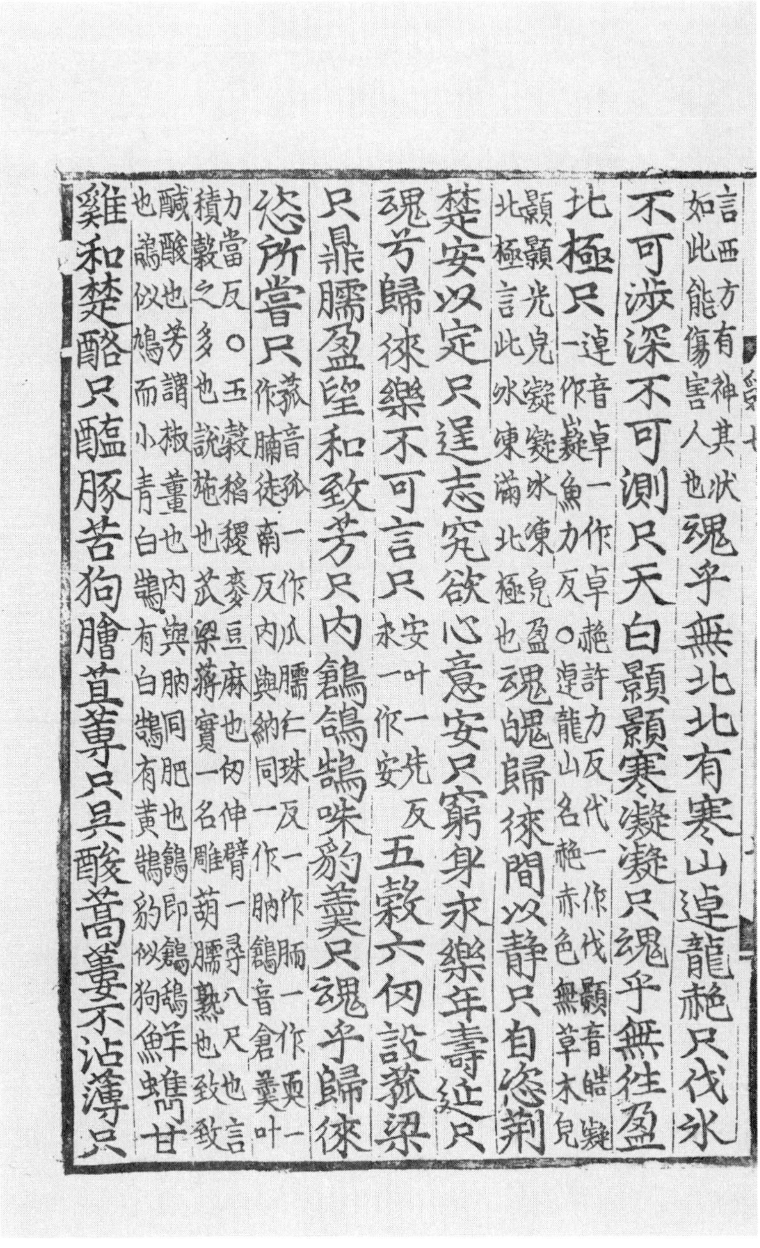

言西方有神其狀如此能傷害人也魂乎無北北有寒山逴龍赩只代水
不可涉深不可測只天白顥顥寒凝凝只魂乎無往盈
北極只逴音卓一作卓赩許力反代一作伐顥音皓凝一作嶷魚力反○逴龍山名赩赤色無草木皃
顥顥光皃凝凝冰凍皃盈北極言此冰凍滿北極也魂魄歸徠閒以靜只自恣荊
楚安以定只逞志究欲心意安只窮身永樂年壽延只
魂乎歸徠樂不可言只安一叶一先反永一作安五穀六仞設菰粱
只鼎臑盈望和致芳只內鶬鴿鵠味豺羹只魂乎歸徠
恣所嘗只菰音孤一作瓜臑仁珠反一作胹一作耎一作腩徒南反內與納同一作肭鶬音倉羹叶
力當反○五穀稻稷麥豆麻也仞伸臂一尋八尺也言積穀之多也說苽粱蔣實一名雕葫臑熟也致致
醎酸也芳謂椒薑也內與肭同肥也鶬即鶬鴰鮮雋也鵠似鳩而小青白鶡有白鶡有黃鶡豺似狗魚虫甘
雞和楚酪只醢豚苦狗膾苴蓴只吳酸蒿蔞不沾薄只

200

膠只魂乎無東湯谷宗寥只按下章例此句上當有魂乎無東四字闕一作弱泚

音悠悠悠一作攸攸一一作脩脩皓一作浩膠叶居幽反
一音豪寥寥叶刀求反一無寥字非是○悠悠蟠龍行皃

皓膠冰凍皃皓然正白回錯膠戾也湯谷日
之所出其地無人視聽宗然無所見聞也

南有炎火千里蝮蛇蜒只山林險隘虎豹蜿只鰅鱅短

狐王虺騫只魂乎無南蜮傷躬只蜒音延林一作陵蜿音鴛鰅魚恭反鱅以

恭反騫讀若騫音軒蜮音域一音或躬叶君延反○蜒
長皃也蜿虎行皃鰅魚名皮有文鱅魚音如彘鳴短狐

蜮也說文曰蜮似鼈三足陸機曰一名射影人在岸上
影見水中投人影則射之或謂含沙射人孫思邈云亦

名射工其虫無目而利耳能聽聞人聲便
以口中毒射人王虺大蛇也騫舉頭皃也魂乎無西西

方流沙漭洋洋只豕首縱目被髮鬤只長爪踞牙誒笑

狂只魂乎無西多害傷只漭毋朗反縱將容反鬤而羊反一作長長爪一作豕爪踞

音嫮一作倨疑當作鋸誒音嬉○漭水大皃洋洋無涯
皃縱直竪也鬤髮亂皃鋸牙言其牙如鋸也誒強笑也

先後要爲近於儒者窮理經世之學予於是竊有
感焉因表而出之以俟後之君子云
青春受謝白日昭只春氣奮發萬物遽只冥淩浹行魂
無逃只魂魄歸徠無遠遙只只音止遽叶渠驕反蟲徠一作徠歸後並同○青陳
方春位其色青也謝去也言玄冬謝去而青春受之也白日昭著冬寒則日無光輝故春氣和暖而發白日昭
明也只語已詞遽猶競也言春氣奮發而萬物忽遽競起而生出也冥幽暗也淩冰凍也浹周洽也言春氣既
發幽暗冰凍之地無不周浹而流行故魂魄之已散而未盡者亦隨時感動而無所兆於是及此時而招之致
其無遠去而即歸來也祭義所謂春雨露既濡君子履之必有怵惕之心如將見之故禘有樂以迎其來意亦
如此非嘗覃思於有無動靜之間者不能知也讀者宜深玩之魂乎歸徠無東無西無
南無北只乎一作兮徠一作兮下並同無東西無南無北一作無東西而南北東有大
海溺水浟浟只螭龍並流上下悠悠只霧雨淫淫白皓

大招第十

大招不知何人所作或曰屈原或曰景差自王逸時已不能明矣其謂原作者則曰詞義高古非原莫及其不謂然者則曰漢志屈原賦二十五篇今自騷經以至漁父已充其目矣其謂景差則絶無左驗是以讀書者往往疑之然今以宋玉大小言賦考之則凡差語皆平淡醇古意亦深靖閒退不爲詞人墨客浮夸豔逸之態然後乃知此篇决爲差作無疑也雖其所言有未免於神怪之惑逸欲之娛者然視小招則已遠矣其於天道之詘伸動靜蓋若粗識其端倪於國體時政又頗知其所

招之也絕罟爲驪結連也四馬爲駟懸火懸鐙也玄天
也顔容也言夜獵懸鐙林中其火延及楚甚野澤上烝
玄天使天赤色也步及驟處步行而及驟馬所至之處
言走之疾也誘蓋爲前導而驅騁以先誘獵衆若儀禮
射儀之有誘射也若順也止馳騖者使順通獵事引車
右轉以射獸之左也夢澤名楚有雲夢澤方八九百里
跨江西岸雲在江北今玉沙監利景陵等縣是也夢在
江南今公安石首建寧等縣是也憚懼也兕似牛一角
青色重千斤言王親發矢
以射青兕中之而懼走也朱明承夜兮時不可淹皐蘭
被徑兮斯路漸可一作見一無可字一可下有以字皆
非是漸音尖一作趣○朱明日也承續
也淹久也日夜相承四時不得淹止皐澤也被覆
也徑路也漸沒也春深則草盛水生而路沒也湛湛
江水兮上有楓目極千里兮傷春心魂兮歸來哀江南
楓叶孚金反南叶尼金反○楓木名也似白楊葉圓而
岐有脂而香厚葉弱枝善搖至霜後葉丹可愛故騷人
多稱之目極千里言湖澤博平春時草短望見千里令
人愁思也玉意欲使原復歸郢故言江南之地可哀如
此不宜
久留也

196

作酌歡下一有旣字君叶擧慶反○不廢猶言不已也
沈沈湎也鐙錠也徐鉉曰錠中置燭故謂之鐙華謂其
刻飾華好或爲禽獸之形也錯置也撰述也假大也謂
結述其深至之情思爲詞以相樂如蘭芳之甚大也
傾倒竭盡也賦者不歌而誦其所撰之詞也蓋人各以
其所極而同心陳之也究故舊事也陳嬰母曰汝家先
故未曾
貴是也
亂曰獻歲發春兮汨吾南征菉蘋齊葉兮白芷
生路貫廬江兮左長薄倚沼畦瀛兮遙望博
汨于筆反
征下一有
些字芷生下同一至騁先下皆同菉蘋音並見騷經○
獻歲言歲始來進也汨去皃菉蘋芷皆已見上貫穿過
也廬江長薄皆地名左者行出其右也倚依也沼池也
畦猶區也瀛池中也楚人名池澤中曰瀛依已成之沼
而復爲瀛也遙
遠也博平也
青驪結駟兮齊千乘懸火延起兮玄顏
烝步及驟處兮誘騁先抑騖若通兮引車右還與王趨
夢兮課後先君王親發兮憚青兕
驪呂知反烝叶之孕
反一作蒸還叶音旋
一作旋夢音蒙一云聲先叶音孔柏梁詩此字入時韻
也憚當割反兕叶音詞○自此以下述言歌舞之樂以

詣反 보叶蘇律反○組綬也纓冠系也妖妧妖好可玩
之物也結頭髻也激楚之結蓋歌舞此曲者之飾也秀
先言秀異而先進於衆也菎蔽象棊有六簙些分曹並進遒相迫些
成梟而牟呼五白些晉制犀比費白日些鏗鍾搖簴揳
梓瑟些菎音昆一作琨蔽一作薇簙音博一作博迫叶
補各反梟堅堯反白叶蒲各反比頻二反費芳
未反日叶音若鏗苦耕反一作鏗音同簴音巨舉反揳古
八反一作戛瑟叶音瑟○菎玉名蔽字從竹簙著也博
雅云投六箸行六棊故爲六簙也言宴樂旣畢乃設六
簙以菎蔽作箸象牙爲棊也曹偶也遒亦迫也投箸行
棊轉相遒迫使不得擇行也倍勝爲牟五白簙齒也言
已棊已梟當成牟勝故呼五白以助投也晉制犀比
晉國工作簙棊著比集犀角以爲雕飾貴甚也費白日
言博者爭勝發著不已耗損光陰也鏗撞也搖動也簴
懸鍾格揳擊也娛酒不廢沈日夜些蘭膏明燭華鐙錯些結撰
至思蘭芳假些人有所極同心賦些酎飲盡歡樂先故
些魂兮歸來反故居些夜叶羊茹反燭一作爥鐙音登一作雕假叶音故一音路酎一

194

眇視目曾波些被文服纖麗而不奇些長髮曼鬋艷陸
離些陳一作敶按一作按萎一作薆揚一作陽荷一作阿酡徒何反一音馱一作酡一作佗娭一作嬉音
叶古何反鬘一作鬒鬟叶力戈反○看骨射又茹也我僛味窩蓋按猶擊也荷當何阿涉江采菱揚阿皆楚歌
名酡飲而赭色著面娭戲也眇眺也曾重也文謂綺繡纖細也下音奇也二八齊容起鄭舞
些衽若交竽撫案下些竽瑟狂會搷鳴鼓些宮庭震驚
發激楚些吳歈蔡謳奏大呂些衽而甚反一作袵撫案一作譔搷一作叶音户指
一作搷田殺二音疑當从入聲讀鹹音鍼又一作奏非是○鄭舞鄭國之舞也衽衣襟也言舞人迴轉衣襟相
交如竽也撫案下者以手撫案其節而徐行也狂猶猛也搷急擊如投擲之勢者也激楚歌舞之名即漢祖所
謂楚歌楚舞也此言狂會搷鼓震驚激楚即大合衆樂而為高張急節之奏也吳蔡國名也歈謳皆歌也大呂
律名士女雜坐亂而不分些放敶組纓班其相紛些鄭衛
妖玩來雜陳些激楚之結獨秀先些敶一作陳班一作班陳一作敶結古

酢䤈亨之為美也臇少汁也鳧野鴨也鴻鴻鴈也鶬
鶬鶬鴰也露雞露棲之雞也有菜曰羹無菜曰臛蠵大龜
之屬也厲烈也爽敗也楚人名羹敗
曰爽老子曰五味令人口爽 粔籹蜜餌有餦餭些
瑤漿蜜勺實羽觴些挫糟凍飲酎清涼些華酌既陳有
瓊漿些歸反故室敬而無妨些 粔音巨籹音女一音汝餦音張餭音皇蜜一古今
如此今作蜜非是勺音酌又時酌反挫宗卧反酎直又
反歸下一有來字一無有歸來歸來四字而反上亦無
來字○粔籹環餅也吳人謂之膏環亦謂之寒具以蜜和
米麪煎熬作之餌擣黍為之方言謂之餻者也餦餭餳
也以糵熬米為之亦謂之餹此則其乾者也瑤
如玉者蜜見禮經通作冪以疏布蓋尊也勺挹酒器也
實滿也羽觴飲酒之器為生爵形似有頭尾羽翼也言
舉冪用勺酌酒而實爵也挫捉也凍冰也酎醇酒也言
盛夏則為覆蹙乾釀捉去其糟但取清醇居之冰上然
後飲之酒寒涼又長味好飲也酎酒斗也言君德反
所居故室子孫承事恭敬長無禍害也 肴羞未通女樂羅些陳鐘按鼓造
新歌些涉江采菱發揚荷些美人既醉朱顏酡些娭光

192

木叢生曰薄藂木嘉木之美名也言蘭薄當戶而
種又以嘉木爲籬落也何遠爲言何以遠矣爲哉室家
遂宗食多方些稻粢穱麥挐黃粱些大苦鹹酸辛甘行
些肥牛之腱臑若芳些和酸若苦陳吳羹些胹鼈炮羔
有柘漿些鵠酸臇鳧煎鴻鶬些露雞臛蠵厲而不爽些
穱音捉挐女居反鹹一作鹻行叶胡郎反腱居言反一[illegible]
仕角反一作[illegible]音粟一作胹音而又作腝而兖反若一
作[illegible]羹叶音郎胹音而一作[illegible]一作濡炮蒲交反柘一
作蔗臇子兖反鶬音倉臛呼各反一作臛又音霍蠵一
作蠵音攜又以規[illegible]圭一反羹叶音霜○室家宗族也
宗尊也言君既歸來則室家之衆皆來宗尊當爲設食
其方法多端也稻今稱粳二米也粢稷也亦名穄穱擇
也穱麥稻[illegible]種麥而擇取其先熟者也挐糅也黃粱出
蜀漢商淅間亦種之香美逾於諸粱號爲竹根黃言此
數種之米相雜爲飯也大苦豉也鹹鹽也酸酢也辛謂
椒薑也甘謂飴蜜也腱筋頭也臑若熟爛也或曰若謂
杜若用以煑肉去腥而香也若苦之若則訓及也吳美
吳人工作羹也胹熟也羔羊子也炮合毛裹物而燒之
也柘藷蔗也言取藷蔗之汁爲漿飲也鵠鴻鵠也酸以

○靡緻也膩滑也遺視眄視也矊脈也方言驢瘻之子謂之矊注云矊䰟也榭別也脩長也幕大帳也閒閑暇
也翡帷翠帳飾高堂些紅壁沙版玄玉之梁些帳一作幬一無
之字○翡翠已見上紅赤白色沙丹砂也仰觀刻桷畫龍蛇些坐堂伏檻臨
曲池些芙蓉始發雜芰荷些紫莖屏風文緣波些文異
豹飾侍陂陁些軒輬既低步騎羅些蘭薄戶樹瓊木籬
些魂兮歸來何遠為些桷音角蛇池並叶徒河反緣一作綠陂音頗又音坡陁音駝一
作陁蘇音離所音羅為叶音訛○桷椽也春秋刻桓宮桷說並刻為龍蛇而彩畫之也坐堂伏檻堂一面坐而
檻可憑伏也芙蓉芰荷已見騷經屏風水葵也又名鳧葵又名防風即荇菜也生水中莖紫色文緣波言葵之
文采風起水動即緣波而生也陂陁長陛也言侍從之人皆被虎豹之文異采之飾侍衛階陛也或曰侍君遊
陂陁之中也軒曲輈藩車也輬臥車也皆輕車也說見也凡車行之勢一低一昂詩所謂如輊如軒者是也則
指其方低而未昂方輕而未軒之時而言耳徒行為步乘馬為騎羅列也言官屬之從衛者羅列而待發也皇

之觀多珍怪些蘭膏明燭華容備些二八侍宿射遞代
些珍俗作珎怪俗作恠燭一作燭備叶步介反射音亦遞一作遰○金玉爲珍詭異爲怪蘭膏以蘭香煉膏
也華容謂美人也二八二列也大夫有二列之樂故晉悼公賜魏絳女樂二八歌鍾二肆也射猒也遞更也意
有猒倦則使更相代也九侯淑女多迅衆些盛鬋不同制實滿宮
些衆叶直恭反鬋音翦○九侯淑女設言有九侯之女入之綺而不喜鄙者也迅衆未詳鬋鬢也制法也盛
飾理鬢其制不同來實滿充後宮也昔容態好比順彌代些弱顔固植謇
其有意些好如字一去聲代叶徒系反一作世益一作立謇一作蹇○態姿也比親也彌猶竟也自
始來至代去彖頻如一也弱顔固植皃柔弱而立堅定也謇語詞姱容修態絙洞房些
蛾眉曼睩目騰光些姱苦瓜反絙古鄧反一作絚與亘同蛾一作娥曼音万一作睌睩音
祿○姱好皃脩長也絙竟也洞深也曼長而輕細之皃睩目睐謹也騰發也靡顔膩理遺視矊
矊些離榭修幕侍君之閒些矊文吏反矊音綿一作矊又作瞷閒音閑叶許研反

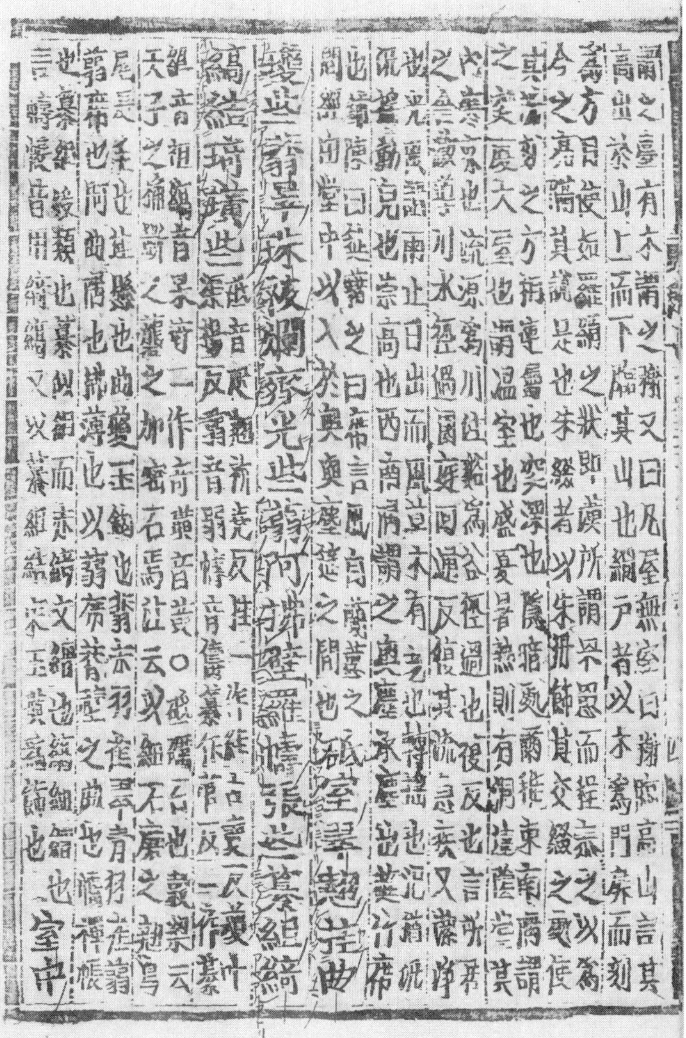
謂之臺有木謂之榭又曰凡臺無室曰榭臨高山言其
高出於山上而下臨其山也綱戶者以木為門扉而刻
為方目使如羅網之狀即漢所謂罘罳而程赤之以為
今之亮隔其讀是也朱綴者以朱飾其交綴之處使
其[illegible]翦之方槅連屬也穾深也廈[illegible][illegible]爾雅東南隅謂
之窔廈大屋也謂溫室也盛夏暑熱則有清涼陰室其
內寒奧也流源為川注谿為谷徑過也復反也言所居
之舍鑿導引水經過園宇回通反復其流急疾又潔淨
激光風謂雨止日出而風草木有光也轉搖也汎猶
汎搖動貌也崇高也西南隅謂之奧塵承塵也筵竹席
也鋪陳曰筵藉之曰席言風自蘭蕙之
間經由堂中以入於奧與塵筵之間也砥室翠翹挂曲
瓊些翡翠珠被爛齊光些蒻阿拂壁羅幬張些纂組綺
縞結琦璜些砥音底翹祈堯反挂一作絓古賣反翡扶[illegible][illegible]反蒻音弱幬音儔纂祖管反一作纂
組音祖縞音杲琦音奇璜音黃○砥礪石也穀梁云
天子之桷礱之加密石焉注云以細石磨之翹鳥
尾長毛也挂懸也曲瓊玉鉤也翡赤羽雀翠青羽雀
蒻席也阿曲隅也拂薄也以翡翠之羽雕飾幬帳
也纂類組而赤繒文綺也縞細繒也
言幬張皆用綺縞又以纂組結琦玉璜為飾也室中

物食以爲甘美以魂兮歸來入修門些工祝招君背行先些秦

篝齊縷鄭綿絡些招具該備永嘯呼些魂兮歸來反故

居些門叶莫連反背音倍篝古侯反綿一作緜絡叶力戶反呼叶荒故反君叶渠殷反○修門郢城門也

已見九章工巧也男巫曰祝背倍也倍行以魂先行以導之也篝落也又曰籠也可熏衣縷綫也綿纏也絡

縛也秦齊鄭蓋其國工善爲此也招具即謂此上三物禮所謂上服也該亦備也嘯呼即所謂皐也天地

四方多賊姦些像設君室靜閒安些地一作墬一作墜君一作居閒音閑

○賊害也姦惡也即上所言虎豹之等也像蓋楚俗人死則設其形貌於室而祠之也高堂邃宇

檻層軒些層臺累榭臨高山些網戶朱綴刻方連些冬

有突廈夏室寒些川谷徑復流潺湲些光風轉蕙氾崇

蘭些經堂入奧朱塵筵些網一作罔突徒忽反廈胡雅反一作夏谷一作谿徑一作

逕氾音泛經一作徑古作陞奧烏到反古作奧○邃深也檻楯也從曰檻橫曰楯軒樓版也層累也皆之言上也無奇

187

狼從目往來侁侁些懸人以娭投之深淵些致命於帝
然後得瞑些歸來歸來往恐危身些上上聲天叶鐵因反千叶七因反從
即容反是用反非是侁叶式巾反一作莘懸一作縣娭一作嬉許其反一作娭淵叶一因反瞑叶芒丁反一作眂
○虎豹九關言天門九重虎豹守之下人有欲上者則齧殺之也又有丈夫一身九頭從朝至暮拔大木九千
枚也從豎也侁侁衆皃投擿也豺狼得人先懸其頭用之娭戲尸乃擿於深淵而棄之也瞑卧也言投人已許
致其所受之命於天帝然後乃得瞑卧也魂兮歸來君無下此幽都些土伯
九約其角觺觺些敦脄血拇逐人駓駓些參目虎首其
身若牛些此皆甘人歸來歸來恐自遺災些一無此字都叶丁奚
反觺一作觺音疑又牛力反脄一作脢并音誨入每妹二音拇莫茍反又音母駓音丕參一作三蘇甘反牛叶
魚奇反遺去聲災一作菑與災同叶子私反○幽都地下后土所治也地下幽冥故稱幽都土伯后土之侯伯
也約屈也觺觺角犯皃其身九屈有角觸害人也敦厚也脄背也拇手大指也駓駓走皃參三也甘美也言此

得脫其外曠宇些赤螘若象玄蠭若壺些五穀不生藂
菅是食些其土爛人求水無所得些彷徉無所倚廣大
無所極些歸來歸來恐自遺賊些旋辭戀反淵一作泉非是蓋避唐諱也藂
莫高反柔一作幸螘一作蟻蠭一作蜂一作螽並音峯
臺叶行古反藂一作叢菅一作菱並音姦彷蒲忙反一
作仿徉一作佯遺巳季反。流沙巳見騷經靡碎也曠
宇無人之土也螘蚍蜉也壺乾瓠也藂叢生也菅茅屬
髙者至丈餘可以食牛言其地不生五穀其人但食此
菅草也又言西方之土溫暑而熱燋爛人肉渴欲求水
不可得之令寰靈夏之間有旱海六七百里無水泉即
其證也倚依也西方之土廣大遙遠無所蓺極雖欲方
徉求所依止不可得也自遺賊自吊賊害也魂兮歸來北方不可以止些增
冰峨峨飛雪千里些歸來歸來不可以久些久叶居止反。言北
方常寒其水重累峨峨如山涼風急時疾雪隨之飛行千里乃至地也魂兮歸來君無上
天些虎豹九關啄害下人些一夫九首拔木九千些豺

楚辭七 三

來歸來不可以託些託叶先各反鑠叶詩若反石叶詩若反釋叶詩若反歸來兮歸來一作
兮歸來一作歸來苦逝下六章並同○託寄也八尺曰仞索求也言東方有長人之國人高千仞使主求人魂而
食之也鑠銷也言東方有扶桑之木十日並在其上以次更行其熱酷烈金石堅剛皆爲銷釋也彼謂其長
人也釋也魂兮歸來南方不可以止些雕題黑齒得人肉
以祀以其骨爲醢些蝮蛇蓁蓁封狐千里些雄虺九首
往來儵忽吞人以益其心些歸來歸來不可以久淫些
黑一作墨一無肉字以一作而醢叶呼彼反蝮音福蓁音臻虺許鬼反儵一作倏一無以字○雕畫也題額也
雕刻其肌以丹青涅之也南方人常食蠃蚌得人之肉則用以祭神復以其骨爲醬而食之今湖南北有殺人
祭鬼者即其遺俗也蝮大蛇也蓁蓁積聚之貌山海經蝮蛇色如綬文大者百餘尺一名反鼻蝟封狐大狐也
健走千里求食也虺亦蛇也九首一身九頭也儵忽疾急貌說見天問淫遊也魂兮歸來西
方之害流沙千里些旋入雷淵爢散而不可止些幸而

其魂魄離散身將顛沛故使巫陽筮問所在而與之使反其身也巫陽對曰掌㝱上帝[illegible]音
其命難從若必筮予之恐後之謝不能復用巫陽焉
夢一作夢二無命字之謝一作謝之一無之字陽卅七公反○此一節巫陽對語不可曉蓋有脫誤然其大意
以謂帝命有不可從者如必筮其所在而後招之則恐其離散之遠而或後之以至徂謝且弊不得復用
巫陽之袁矣乃下招曰魂兮歸來去君之恒幹何爲乎四方
些舍君之樂處而離彼不祥些歸來一作徐歸恒胡登反一無乎字乎一作兮
些蘇賀反舍一作捨離一作雜○巫陽既對上帝語畢不復筮亦不後帝命之可否而徑下招於四方蓋其未
遠而或值之也恒常也幹體也些說文云語詞也沈存中云今夔峽湖南北江獠人凡禁呪句尾皆稱些
乃楚人舊俗西域呪語末皆云娑婆訶亦三合而爲些也舍置也祥善也此下乃歷說上下四方之不善而盛
稱楚國之美也魂兮歸來東方不可以託些長人千仞惟魂是
索些十日代出流金鑠石些彼皆習之魂往必釋些歸

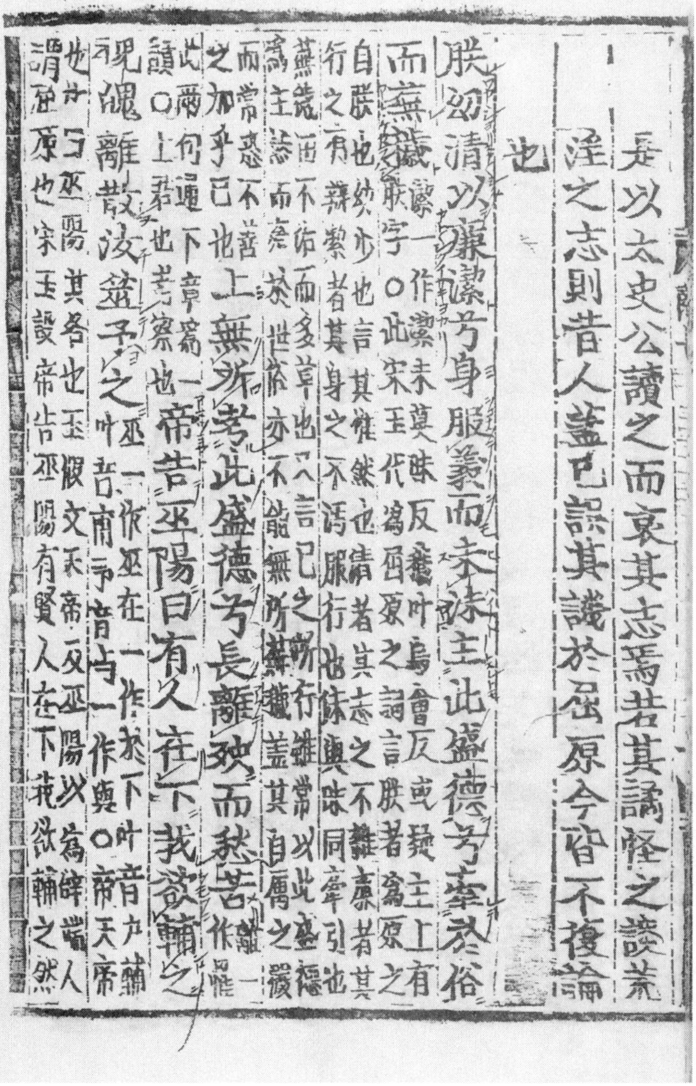
是以太史公讀之而哀其志焉若其譎怪之談荒
淫之志則昔人蓋已誤其譏於屈原今皆不復論
也
朕幼清以廉潔兮身服義而未沫主此盛德兮牽於俗
而蕪穢 潔一作絜未莫昧反穢叶烏會反或疑主上有朕字○此宋玉代屈原之詞言朕者屈原之
自朕也幼少也言其雖然也清者其志之不雜廉者其行之有辯潔者其身之不污服行也沬與昧同牽引也
蕪穢不治而多草也又言己之所行雖常以此盛德爲主誘而處於世俗亦不能無所蕪穢蓋其自屬之[illegible]
而常恐不善之加乎己也 上無所考此盛德兮長離殃而愁苦 離一作罹
此兩句通下章爲一讀○上帝也考察也 帝告巫陽曰有人在下我欲輔之
魂魄離散汝筮予之 巫一作巫在一作於下叶音戶輔叶音甫予音與一作與○帝天帝
也女曰巫陽其名也巫假文天帝又巫陽以爲辟端人
謂屈原也宋玉設帝告巫陽有賢人在下我欲輔之然

182

楚辭卷第七

招魂第九

招魂者宋玉之所作也古者人死則使人以其上服升屋履危北面而號曰皐某復遂以其衣三招之乃下以覆尸此禮所謂復而說者以爲招魂復魂又以爲盡愛之道而有禱祠之心者蓋猶冀其復生也如是而不生則不生矣於是乃行死事此制禮者之意也而荊楚之俗乃或以是施之生人故宋玉哀閔屈原無罪放逐恐其魂魄離散而不復還遂因國俗託帝命假巫語以招之以禮言之固爲鄙野然其盡愛以致禱則猶古人之遺意也

181

180

然非擇而爲之也又言君以皇天之靈使吾君及此無恙之時而一寤焉則是吾之深願也說文恙憂也一曰虫入腹食人心古者艸居多被此毒故相問無恙乎

右九願此章首言前聖之可法次言已志之不伸次願乞身以遠去而終不忘於顧天以正其君文意方足而舊本誤分願賜不肖之軀以下爲別章則前段無尾後段無首而不成文矣今正之

楚辭卷第六

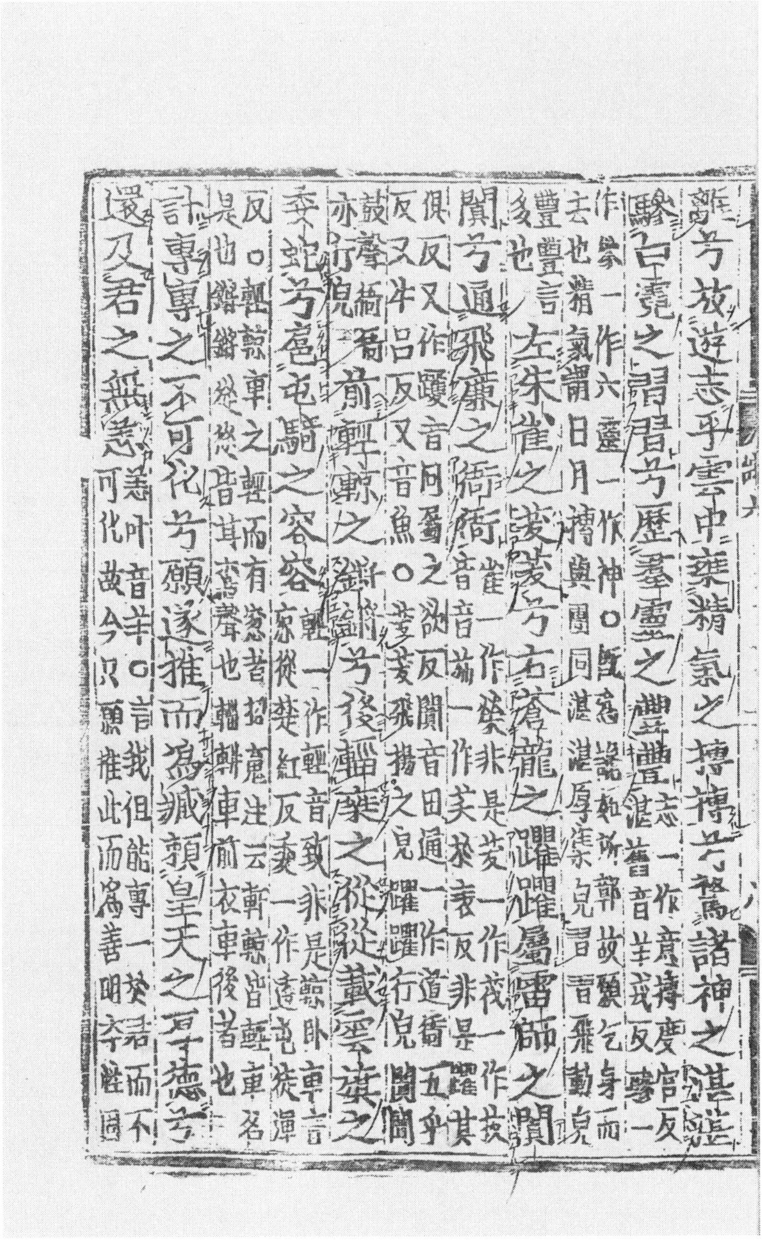
離兮放遊志乎雲中乘精氣之摶摶兮騖諸神之湛湛
驂白霓之習習兮歷群靈之豐豐志一作意摶度官反湛沓音羊戎反豐一
作豫一作六臺一作神○既竊諾軛所郭故願乞身而去也精氣謂日月摶與團同湛湛厚集皃習習飛動皃
豐豐言多也左朱雀之茇茇兮右蒼龍之躣躣屬雷師之闐闐
闐兮通飛廉之衙衙雀一作燊非是茇一作茷一作拔音音蒲一作芺癸衰反非是躣其
俱反又作躩音同蜀之洌反闐音田通一作道衙五乎反又牟呂反又音魚○茇茇飛揚之皃躣躣行皃闐闐
鼓聲衙亦行皃前輕輬之鏘鏘兮後輜乘之從從載雲旗之
委蛇兮扈屯騎之容容輕一作輊音致非是輬臥車言家從楚紅反委一作逶虵徒渾
反○輕輬車之輕而有窗者招魂注云軒輬皆輕車名是也鏘鏘從從皆其鸞聲也輜軿車前衣車後者也
計專專之不可化兮願遂推而為臧賴皇天之厚德兮
還及君之無恙恙叶音羊○言我但能專一於君而不可化故今只願推此而為善明吾經固

178

過兮功不成而無效惝怳運反惝音敞效叶音要○逭行不進幽窮幽也生天地謂人生
天地之間也若過言如行所經歷不久留也古詩云人生天地間忽如遠行客是也願沈滯而不
見兮尚欲布名乎天下然潢洋而不遇兮直怐愗而自
苦不一作無下叶音户怐愗一作怐憃上遘寇二音下音茂苦一作若一作善皆非是○怐愗愚也言欲進
而自脩以立名於世然亦未有所遇以著其節空愚昧而自苦耳莽洋洋而無極兮忽
翱翔之焉薄國有驥而不知乘兮焉皇皇而更索更平聲索
山洛反叶蒲各反甯戚謳於車下兮桓公聞而知之無伯樂之
善相兮今誰使乎譽之罔流涕以聊慮兮惟著意而得
之紛純純之願忠兮妒被離而鄣之譽下一有哉字相息亮反譽一作譽
音賞著直畧反忳一作純被一作披鄣一作章非是○甯戚見前篇著意猶言著乎心言存於心而不釋也桓
公惟心常在於求賢故聞甯戚之歌而知其非常人也惝怳事壹見願賜不肖之軀而別

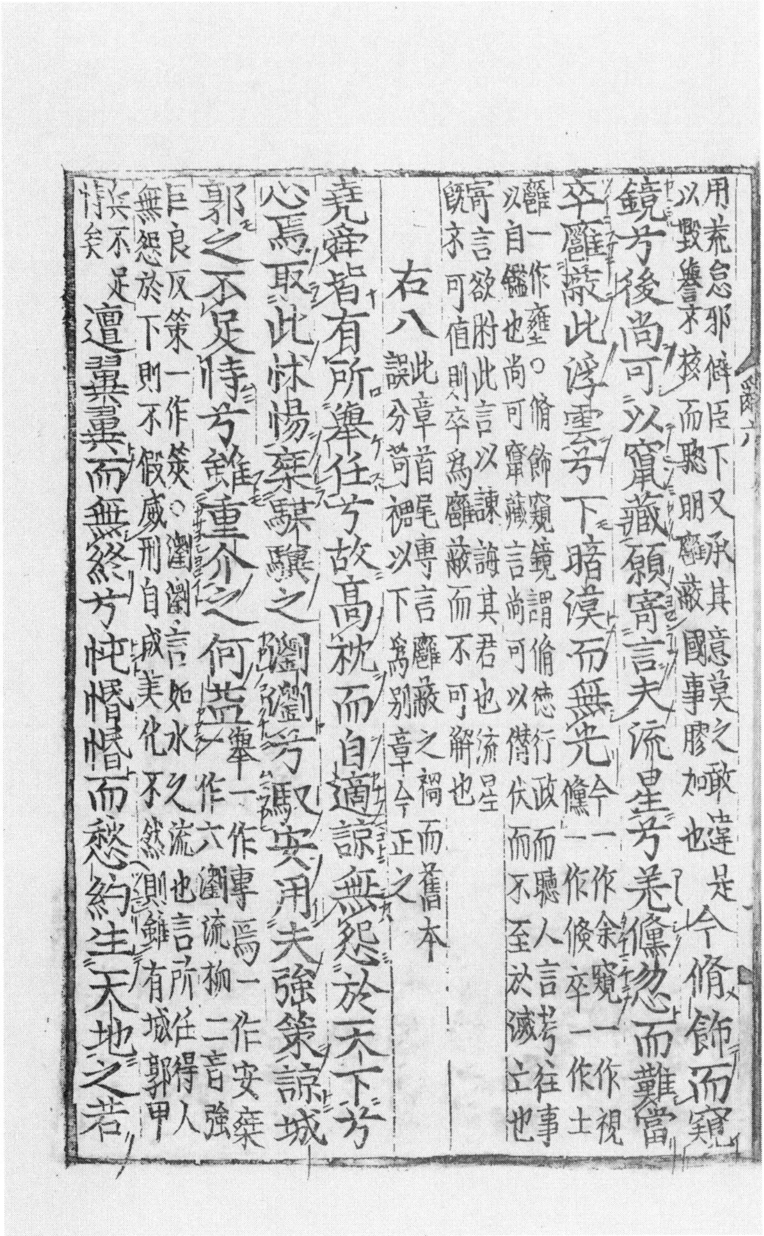
用羌怠邪佞臣下又承其意莫之敢違是以聾瞽不核而聰明蔽壅國事膠加也今脩飾而窺
鏡兮後尚可以竄藏願寄言夫流星兮羌儵忽而難當
卒壅蔽此浮雲兮下暗漠而無光今一作余窺一作視儵一作倏卒一作士
壅一作壅○脩飾窺鏡謂脩德行政而聽人言考往事以自鑑也尚可竄藏言尚可以隱伏而不至於滅亡也
寄言欲附此言以諫誨其君也流星既不可值則卒為壅蔽而不可解也
右八此章首尾專言壅蔽之禍而舊本誤分爲二以下爲別章今正之
堯舜皆有所舉任兮故高枕而自適諒無怨於天下兮
心焉取此怵惕乘騏驥之瀏瀏兮馭安用夫強策諒城
郭之不足恃兮雖重介之何益舉一作擧作一作事焉一作安乘一作六瀏流栁二音強巨良反策一作筴○瀏瀏言如水之流也言所任得人無怨於下則不假威刑自成美化不然則雖有城郭甲兵不足恃矣
遭翼翼而無終兮忳惛惛而愁約生天地之若

176

薄天何險巇之嫉妬兮被以不慈之僞名 瞭音了一作杳音義並見
九章 彼日月之照明兮尚黯黮而有瑕何況一國之事兮
亦多端而膠加 黯鄔感反黮徒感反有瑕一作不假非是膠豪加立加二反○黯黮雲黑黯黮
日月使有瑕也膠加戾也 被荷裯之晏晏兮然潢洋而不可帶既驕
美而伐武兮負左右之耿介憎慍惀之脩美兮好夫人
之慷慨衆踥蹀而日進兮美超遠而逾邁農夫輟耕而
容與兮恐田野而蕪穢事緜緜而多私兮竊悼後之危
敗世雷同而炫曜兮何毀譽之昧昧 被音披又如字裯音刀晏一作晏潢
戶廣反洋音養驕一作憍耿古幸反慍惀好夫慨踥蹀逾並見九章穢叶烏桂反緜緜一作綿綿○此亦謂有
美名而無實用者也驕美自矜其美也伐武自誇其武也負恃也左右侍臣也耿介亦剛勇之意也農夫輟耕
而容與言不恤國政而嬉遊也多私徇己意任女謁聽讒言之類也雷同雷聲相似有同無異也人君矜能自

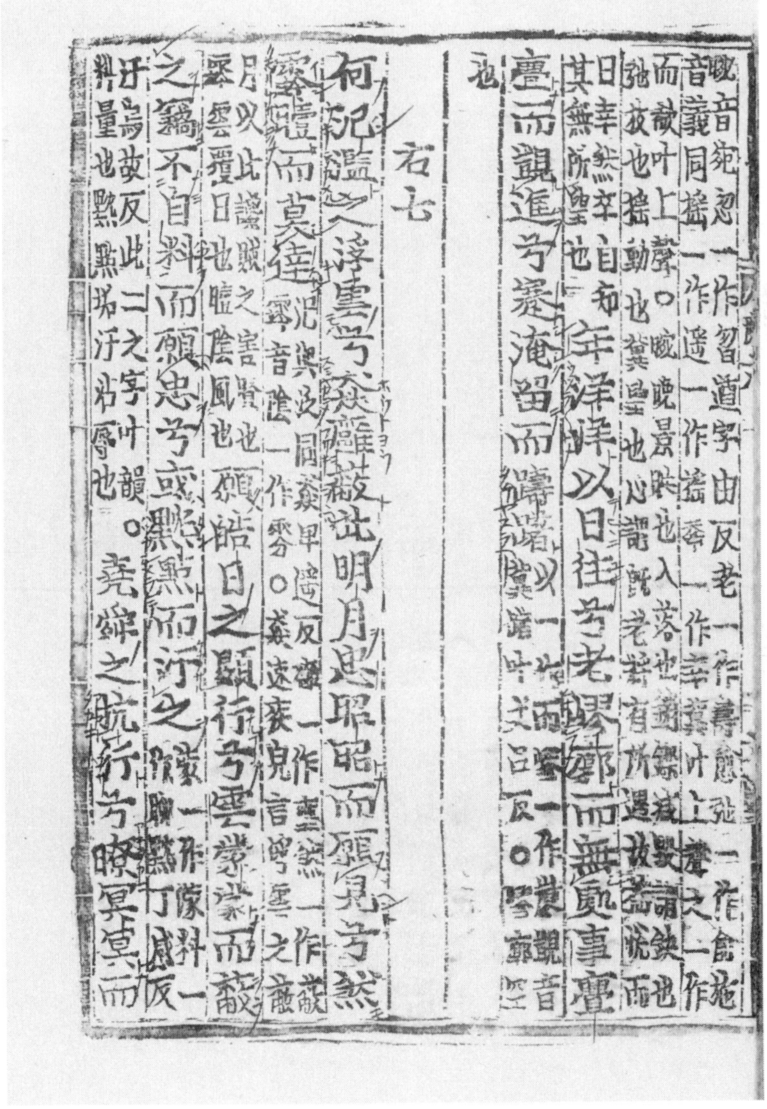

晼音宛忽一作曶道字由反老一作壽愈一作瘉施一作食施
音義同搖一作遙遙一作搖奔一作幸冀叶上聲之一作
而歡叶上聲○晼晚景昳也入落也翦鑠鑠缺也
強孜也搖動也冀望也心詭老其有所遇故強歡而
日幸然幸自希
其無所望也
年洋洋以日往兮老嵺廓而無處事亹
亹而覬進兮蹇淹留而躊躇以一作而一作蹇覬音冀躇叶丈呂反○亹亹
也

右七

何氾濫之浮雲兮猋壅蔽此明月忠昭昭而願見兮然
霠曀而莫達氾與泛同猋卑遙反壅一作雍然一作蔽
霠音陰一作雾○猋速疾貌言雲之蔽
月以比讒賊之害賢也
翠雲覆日也曀陰風也願皓日之顯行兮雲蒙蒙而蔽
之竊不自料而願忠兮或黕點而汙之蒙一作濛料一作
黕丁感反
汙烏故反此二之字叶韻○堯舜之抗行兮瞭冥冥而
料量也黕黑點汙

174

也言衣食固非不欲其温飽但不可以非義而苟媮以得之耳故寧不素餐無衣裘而饑凍以死也詩人言不素餐兮見伐檀篇素空餐食也謂無功德而空食其祿也充倨誌作充詘注謂喜失節皃御止也

右六 舊本此章誤分竊美申包胥以下爲別章并誤以同字爲固字既斷語脉又不叶韻又使章數增減不定今皆正之

靚杪秋之遥夜兮心繚悷而有哀春秋逴逴而日高兮然惆悵而自悲四時遞來而卒歲兮陰陽不可與儷偕 靚音靜一作靚千定反冷寒也繚音了悷憂帝反又音列又作悷哀如字又叶音衣逴竹角反悲叶補皆反又如字遞李作遞一作迭儷音戾偕如字又叶居奚反○靚與靜同杪末也繚繳繞也悷悲結也逴遠也遞更易也儷偶也不可偶而與之偕言彼去而已獨也

白日晼晚其將入兮明月銷鑠而減毀歲忽忽而遒盡兮老冉冉而愈弛心搖悅而日幸兮然怊悵而無冀中憯惻之悽愴兮長太息而增欷

罭按皆抑止之意言欲速則不達欲綣則無門故自折而止也學誦未詳王注以為吟詠禮未知是否褊急也
狹也從容宛轉委曲之意申包胥楚大夫也伍子胥得罪於楚將適吳見申包胥謂曰我必亡郢申包胥曰子
能亡之我能存之子胥奔吳為吳王闔閭臣興兵而伐楚破郢昭王出奔於是申包胥乃之秦請救兵鵠立於
秦庭啼呼悲泣七日七夜不絕聲勺飲不入於口秦伯哀之為發兵救楚昭王復國此言已能為包胥之事也
恐時世不同不為人所信耳 何時俗之工巧兮滅規榘而改鑿獨耿
介而不隨兮願慕先聖之遺教處濁世而顯榮兮非余
心之所樂與其無義而有名兮寧窮處而守高鑿叶音造教叶
音告樂叶五告反高叶孤到反又苦浩反食不媮而為飽兮衣不苟而為溫
竊慕詩人之遺風兮願託志乎素餐蹇充倔而無端兮
泊莽莽而無垠無衣裘以御冬兮恐溘死而不得見兮
陽春媮他鉤反一無兩而字餐一作飧音孫倔俱物巨勿二反御音禦一作禦死下一無而字○媮即偷

172

右五

霜露慘悽而交下兮心尚㚔其弗濟霰雪雰糅其增加

兮乃知遭命之將至願徼幸而有待兮泊莽莽與野草

同死慘一作憯㚔一作幸二字一作倘佯非是糅下其一作而徼古堯反泊一作汩莽莫古反下一有兮

字壄一作埜並野字死叶去聲○霜露下而霰雪加逾衰亂之愈甚也泊止也莽莽草盛也㚔望至再而卒不

能免也願自直而徑往兮路壅絕而不通欲循道而平驅

兮又未知其所從然中路而迷惑兮自厭按而學誦性

愚陋以褊淺兮信未達乎從容竊美申包胥之氣晟兮

恐時世之不固直一作徑往一作遊疑或當作逝欲一作願厭一作壓並益涉反按字从手誦一

叶夕恭反褊卑善反乎一作於此上四句一作然中路而迷惑兮悲躊躇而無歸性愚陋以褊淺兮自壓按而

學誦蘭蓀雜於蕭艾兮信未達其從容今按歸誦與容不韻俗本誤也晟一作盛固當作同叶通從誦容韻○

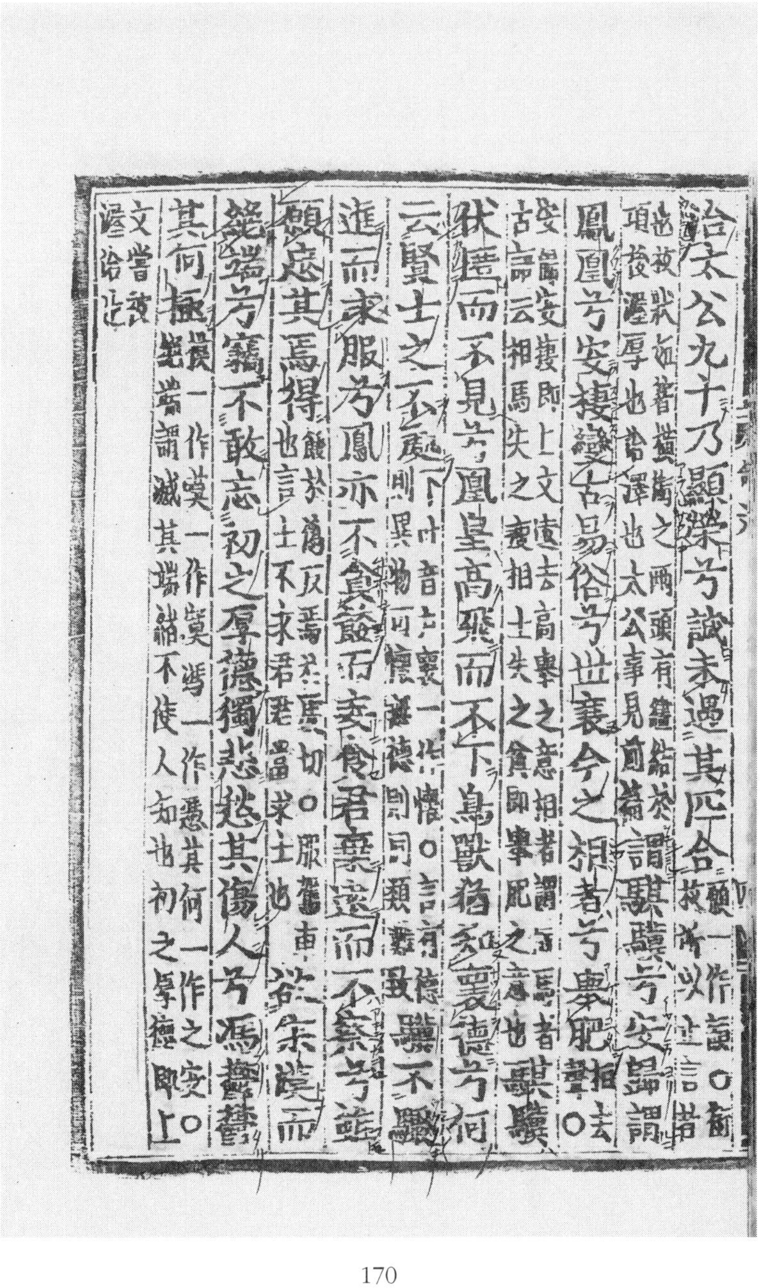

合太公九十乃顯榮兮誠未遇其匹合 顯一作顧○御故所以言皆
也被服如著黃衛之兩頭有鐔鋏然 項後遷厚也當澤也太公事見前篇 謂騏驥兮安歸謂
鳳皇兮安棲變古易俗兮世衰今之相者兮舉肥 肥拍去聲○
安論安棲則上文遠去高舉之意相者謂以馬者騏驥 古詩云相馬失之瘦相士失之貧即舉肥之意也騏驥
伏匿而不見兮鳳皇高飛而不下鳥獸猶知懷德兮何
云賢士之不處 處上聲叶音戶裏一作懷○言有德 則異物可懷懷德則同類聚 驥不驟
進而求服兮鳳亦不貪餧而妄食君棄遠而不察兮雖
願忠其焉得 餧於偽反焉於虔切○服駕車也 也言士不求君君當求士也 欲寂漠而
絕端兮竊不敢忘初之厚德獨悲愁其傷人兮馮鬱鬱
其何極 寂一作莫漠一作寞馮一作憑其何一作之安○ 絕端謂滅其端緒不使人知也初之厚德即上
文嘗被 遷洽也

170

右四

何時俗之工巧兮背繩墨而改錯却騏驥而不乘兮策
駑駘而取路當世豈無騏驥兮誠莫之能善御見執轡
者非其人兮故駶跳而遠去鳧鴈皆唼夫粱藻兮鳳愈
飄翔而高舉 錯七故反不一作弗駑音奴駘音臺一無者字駶音局跳徒聊反一作驕一作踴
駶背非是鴈一作鵝唼音霎一無夫字愈一作兪翱一作飄舉叶音倨○騏驥良馬喩賢才也駑駘喩不肖御
謂御馬者此言今世豈無賢才但君不能用故駑而不當謂之踶跳躍也言賢才見君之不能用故皆遠引
而去之唼喋鳧鴈食皃粱米名藻水草言群小在位食重祿也鳳翔高舉言賢者避世竄山谷也 圜鑿
而方枘兮吾固知其鉏鋙而難入衆鳥皆有所登棲兮
鳳獨遑遑而無所集 鑿音造枘音芮一無其字鉏牀所沭塞七魚三反鋙音語一無而字
遑一作偟○圜鑿方枘見騷經鉏鋙相距皃 頗銜枚而無言兮嘗被君之渥

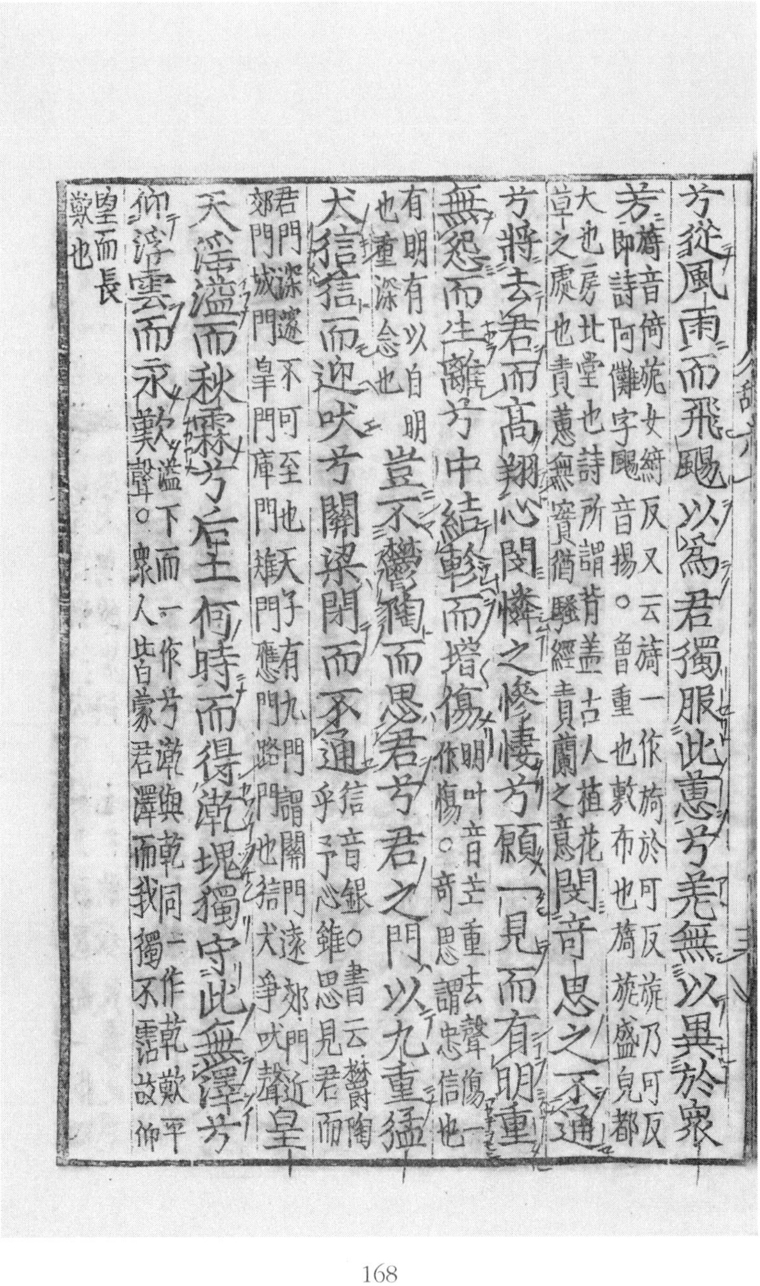

兮從風雨而飛颺以爲君獨服此蕙兮羌無以異於衆
芳旖音倚旎女綺反又云旖一作旖於可反旎乃可反即詩阿儺字颺音揚○曾重也敷布也旖旎盛皃都
大也房北堂也詩所謂背盖古人植花草之處也青蕙無實猶騷經青蘭之意閔奇思之不通
兮將去君而高翔心閔憐之慘悽兮願一見而有明重
無怨而生離兮中結軫而增傷明叶音芒重去聲傷一作傷○奇思謂忠信也
有明有以自明也重深念也豈不鬱陶而思君兮君之門以九重猛
犬狺狺而迎吠兮關梁閉而不通狺音銀○書云鬱陶乎予心雖思見君而
君門深邃不可至也天子有九門謂關門遠郊門近郊門城門皐門庫門雉門應門路門也狺犬爭吠聲皇
天淫溢而秋霖兮后土何時而得漧塊獨守此無澤兮
仰浮雲而永歎溢下而一作兮漧與乾同一作乾歎平聲○衆人皆蒙君澤而我獨不霑故仰
望而長歎也

168

又音朔䉤音蕭槮音森瘀於去反糅女救反而一作之
○宇重也愀合廣大皃歆𤸎滲止也言收斂長養之氣
使𤸎止而沈藏也菸邑傷壞也煩挐擾亂也淫溢積漸
也罷毀也乏也萎約死弛萷木枝𣗋也欃槮樹長皃蕭
血敗也惟思也
紛糅衆雜也擥騑轡而下節兮聊逍遙以相佯歲忽
忽而遒盡兮恐余壽之弗將悼余生之不時兮逢此世
之俇攘澹容與而獨倚兮蟋蟀鳴此西堂心怵惕而震
盪兮何所憂之多方卬明月而太息兮步列星而極明
擥力敢反一作擥啓妍反非是騑音非佯一作羊道即
由反一作逆非是弗一作不俇音匡攘而羊反一作惟
勒一作遊澹徒敢反怵音黜盪音蕩卬音仰一作仰
太一作大明叶音芒○擥持也騑驂馬也下節按節也
適迫也盡也將長也俇攘在遽皃澹容與徐
步也倚立也盪搖動皃方猶端也卬望也

右三

竊悲夫蕙華之曾敷兮紛旖旎乎都房何曾華之無實

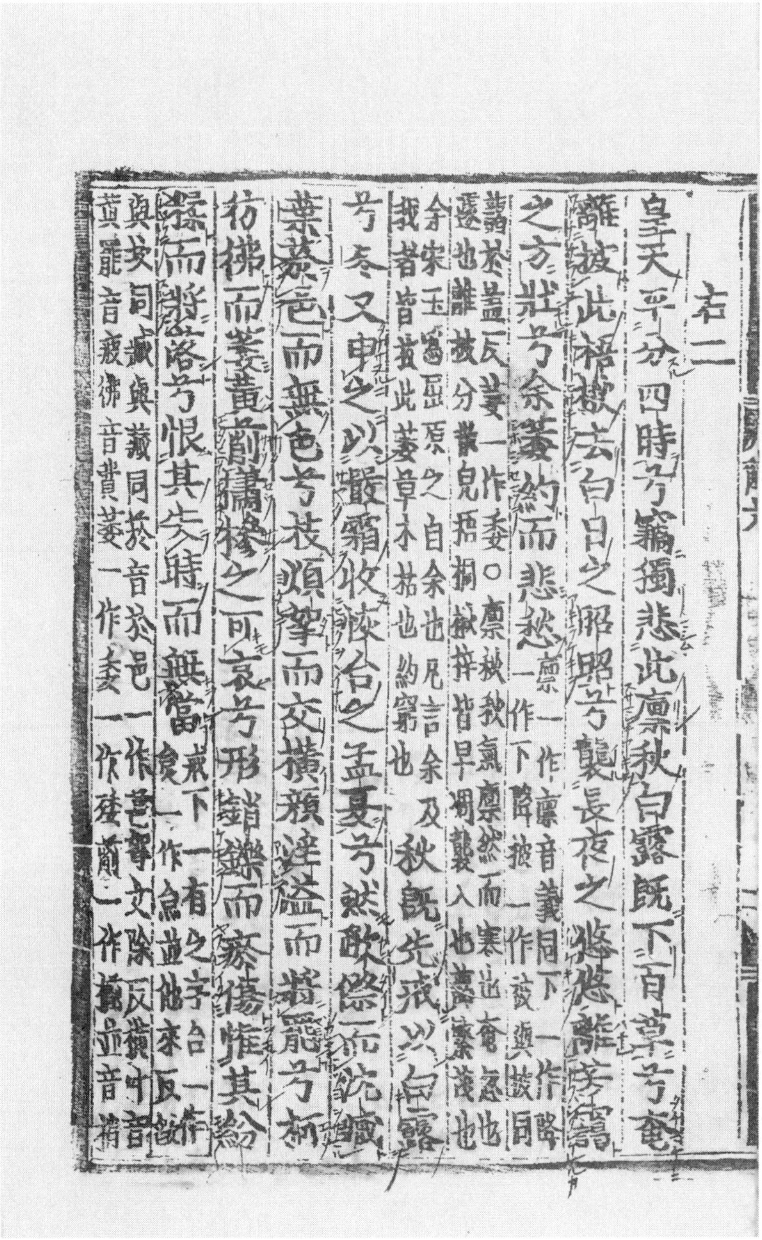
右二
皇天平分四時兮竊獨悲此廩秋白露既下百草兮奄
離披此梧楸去白日之昭昭兮襲長夜之悠悠離芳藹
之方壯兮余萎約而悲愁廩一作凜音義同下一作降
一作下降披一作彼與披同
藹於蓋反萎一作委○廩秋秋氣廩然而寒也奄忽也
遝也離披分散貌梧桐楸梓皆早凋襲入也藹藹深茂也
余宋玉爲屈原之自余也凡言余及秋既先戒以白露
我者皆若此萎草木枯也約窮也
兮冬又申之以嚴霜收恢台之孟夏兮然欿傺而沉藏
葉菸邑而無色兮枝煩挐而交橫顏淫溢而將罷兮柯
彷彿而萎黃萷櫹槮之可哀兮形銷鑠而瘀傷惟其紛
糅而將落兮恨其失時而無當糅下一有之字台一作
食一作怠並他來反欿
與坎同藏與藏同菸音於邑一作悒挐女除反橫叶音
黃罷音疲彿音費萎一作委一作痿萷一作蕭並音消

悲憂窮戚兮獨處廓有美一人兮心不繹去鄉離家兮
徠遠客超逍遙兮今焉薄六二反爰音呂反繹以淫 薄一作憾一作癃並令遷子
反離字又力智反徠一作來客叶苦各反焉於乾反
○廓空也有美一人謂屈原也繹解也補曰繹抽繹也
又恐或是釋字薄止也專思君兮不可化君不知兮可柰何蓄怨
兮積思心煩憺兮忘食事願一見兮道余意君之心兮
與余異車既駕兮朅而歸不得見兮心傷悲下一作化何 悲一作悠
憺徒敢反思去聲余一作我一無既字朅丘傑反一無傷
字○此君字乃指楚王而言食事食與事也朅去也
倚結軨兮長太息涕潺湲兮下霑軾忼慨絕兮不得中
瞀亂兮迷惑私自憐兮何極心怦怦兮諒直軨音零一無長字一
無下字愓一作悽口朗反瞀音茂私一作悉怦普耕反
○軨車軾下縱横木也軾所憑以爲敬者也怦怦心急
皃

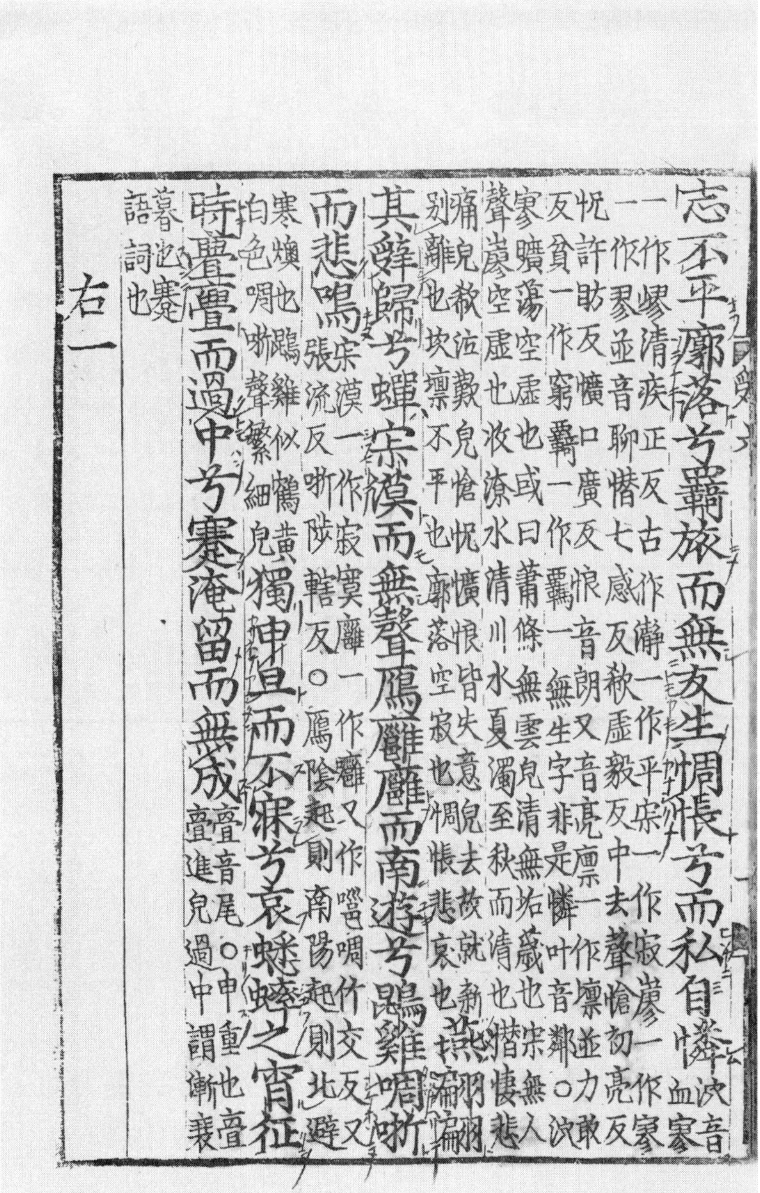
志不平廓落兮羇旅而無友生惆悵兮而私自憐沈音血寥
一作嵺清疾正反古作瀞一作平寂一作寂嵺一作寥
一作寥寥並音聊憯七感反欷虛穀反中去聲愴初亮反
怳許昉反懭口廣反悢一音朗又音亮懍一作懔並力敢
反貧一作窮羇一作羈一無生字非是憐叶音鄰○沈
寥曠蕩空虛也或曰蕭條無雲皃清無垢穢也寂無人
聲嵺寥空虛也泬潦水清川水夏濁至秋而清也憯悽悲
痛皃欷泣歔皃愴怳懭悢皆失意皃去故就新燕翩翩
別離也坎壈不平也廓落空寂也惆悵悲哀也翩偏
其辭歸兮蟬寂漠而無聲鴈廱廱而南遊兮鵾雞啁哳
而悲鳴寂漠一作寂寞廱一作雝又作嗈啁竹交反又
張流反哳陟轄反○鴈陰起則南陽起則北避又
寒燠也鵾雞似鶴黃
白色啁哳聲繁細皃獨申旦而不寐兮哀蟋蟀之宵征
時亹亹而過中兮蹇淹留而無成亹音尾○申重也亹
亹進皃過中謂晚衰
暮也蹇
語詞也
右一

164

楚辭卷第六

九辯第八

九辯者屈原弟子楚大夫宋玉之所作也閔惜其師忠而放逐故作九辯以述其志云

悲哉秋之為氣也蕭瑟兮草木搖落而變衰憭慄兮若在遠行登山臨水兮送將歸 哉一作夫落下一有兮字憭音流又音了○秋者一歲之運盛極而衰肅殺寒涼陰氣用事草木零落百物凋悴之時有似叔世危邦主昏政亂賢智屛絀姦凶得志民貧財匱不復振起之象是以忠臣志士遭讒放逐者感事興懷尤切悲歎也蕭瑟寒涼之意憭慄猶悽愴也在遠行羈旅之中而登高望遠臨流歎逝以送將歸之人因離別之懷動家鄉之念可悲之甚也

泬寥兮天高而氣清寂漻兮收潦而水清憯悽增欷兮薄寒之中人愴怳懭悢兮去故而就新坎廩兮貧士失職而

楚辭卷第五

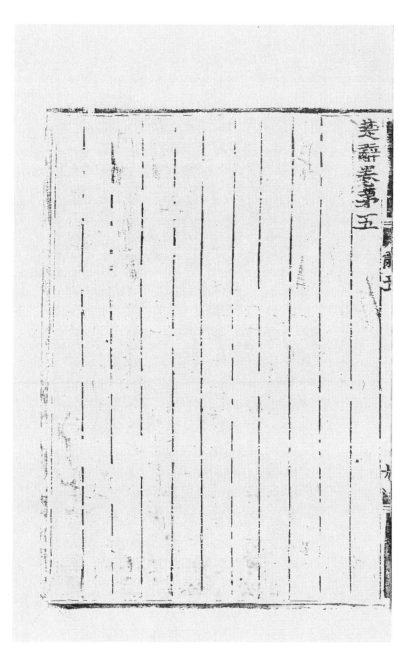

162

之新沐者必彈冠新浴者必振衣安能以身之察察受
物之汶汶者乎衣如字从史則叶於巾反安一作誰汶音問又音昏叶莫悲反从史則叶敦巾
反○察察潔白也汶汶沾辱也寧赴湘流葬於江魚之腹中安能以皓
皓之白而蒙世俗之塵埃乎湘史作常音長葬上史有而字於史作乎一無之字
字下史有耳字皓皓一作皎皎一無而字塵埃史作溫蠖若從諸本則埃叶衣字於支反若从史則白叶蒲各
反蠖烏郭反而二字自相叶矣○溫蠖猶惛憒也漁父莞爾而笑鼓枻而去乃
歌曰滄浪之水清兮可以濯吾纓滄浪之水濁兮可以
濯吾足遂去不復與言莞胡板反枻一作栧音曳一無乃字吾一作我下句同濁叶析
六反○莞爾微笑貌鼓枻扣船舷也滄浪之水即漢水之下流也見禹貢纓冠索也

漁父者屈原之所作也漁父蓋亦當時隱遁之士

或曰亦原之設詞耳

屈原既放游於江潭行吟澤畔顏色憔悴形容枯槁 槁音

考漁父見而問之曰子非三閭大夫與何故至於斯 史與

作歟至於斯作而至此 屈原曰舉世皆濁我獨清衆人皆醉我獨

醒是以見放 舉世一作世人皆史作混我上一有而字下句同放下一有爾字 漁父曰

聖人不凝滯於物而能與世推移世人皆濁何不淈其

泥而揚其波衆人皆醉何不餔其糟而歠其釃何故深

思高舉自令放爲 曰下史有夫字人下史有者字於下史有萬字世人史作舉世皆一作混

淈古沒胡沒二反淈其泥史作隨其流波叶補悲反餔布乎反歠昌悅反釃力支反一作醨深思以下史作懷

瑾握瑜而自令見放爲○餔食也歠飲也糟釃皆酒滓也以水瀋糟曰釃醨薄酒也 屈原曰吾聞

不清蟬翼爲重千鈞爲輕黃鍾毁棄瓦釜雷鳴讒人高張賢士無名吁嗟默默兮誰知吾之廉貞張音悵吁一作于黙一作嘿○此因而自嘆之詞也蟬翼言輕薄也黃鍾謂鐘之律中黃鍾者器極大而聲最闊也瓦釜無聲之物雷鳴謂妖恠而作聲如雷鳴也張自侈大也左傳曰隨張必弃小國詹尹乃釋策而謝曰夫尺有所短寸有所長物有所不足智有所不明數有所不逮神有所不通用君之心行君之意龜策誠不能知事明叶音芒數所具反通叶他光反知下一有此字○釋捨也謝辭也尺長於寸然爲尺而不足則有短者矣寸短於尺然爲寸而有餘則有長者矣物有所不足天傾西北地不滿東南之類也智有所不明堯舜知不偏物孔子不如農圃之類也數有所不逮如言日月之行雖有定數然既是動物不無贏縮之類是也神有所不通惠迪者未必吉從逆者未必凶伯夷餓死首陽盜跖壽終牖下之類是也

漁父第七 離騷二十五

洪興祖曰上句皆原所從也下句皆原所去也

將哫訾栗斯喔咿儒兒以事婦人乎哫一作促並音足又子祿反訾音貲栗一作栗一作慄斯一作凘音斯喔音握咿音伊儒兒一作嚅兒音同○哫訾以言求媚也栗从來詭隨也其从來者謹飭也非是斯辭也喔咿儒兒强語笑貌婦人蓋謂鄭袖也寧廉潔正直以自清乎將突梯滑稽如脂如韋以絜楹乎潔一作絜突吐忽反滑音骨稽音雞絜胡結反一作潔音若結反非是○突梯滑澾兒滑稽圓轉貌脂肥澤韋柔軟也絜楹未詳或疑絜如大學絜矩之絜謂圍束之也楹屋柱亦圓物又以脂灌韋而絜之是以突梯滑稽而無所止也未知是否寧昂昂若千里之駒乎將氾氾若水中之鳧與波上下偷以全吾軀乎昂五岡反一作仰音同氾一作泛鳧下一有乎字非是偷一作婾與偷同○駒馬之未壯者鳧野鴨也寧與騏驥亢軛乎將隨駑馬之迹乎○軛於革反亢舉也軛車轅前衡也寧與黃鵠比翼乎將與雞鶩爭食乎黃鵠大鳥一舉千里鶩鴨也此孰吉孰凶何去何從此結上八條正問卜之詞也世溷濁而

世俗說者乃謂原實未能無疑於此而始將問諸
卜人則亦誤矣
屈原既放三年不得復見竭知盡忠而蔽鄣於讒心煩
慮亂不知所從知一作智一無而字慮一作意乃往見太卜鄭詹尹曰
余有所疑願因先生決之一無乃字詹尹乃端策拂龜曰君
將何以教之一無將字○端正也策蓍也正之將以筮也龜龜底殼也拂拭也將以卜也四將見
曲禮屈原曰吾將悃悃款款朴以忠乎將送往勞來斯無
窮乎悃苦本反款一作款苦管反勞去聲來如道或亦讀作去聲非是○悃款誠實傾盡之皃朴質也勞
來來者勞之也寧誅鋤草茅以力耕乎將游大人以成名乎一鋤
作鉏士魚反○鋤去穢助苗也游偏謁也大人謂貴人也寧正言不諱以危身乎將
從俗富貴以媮生乎媮音偷舊音俞非是寧超然高舉以保眞乎

157

流六漠上至列缺兮降望大壑漠漠樂歌作幕缺一作闕○六漠謂六合也列
缺天際電照也大壑在渤海東實惟無底之谷名曰歸墟下崢嶸而無地兮上寥廓
而無天視儵忽而無見兮聽惝怳而無聞超無為以至
清兮與泰初而為鄰崢助耕反嶸音宏一作崝寥一作廫閒叶無巾反○崢嶸深遠皃寥
廓廣遠皃惝怳耳不諦也列子曰泰初者氣之始也莊子曰泰初有無無有無名屈子本以來者不聞為憂而
願為方仙之道至此則真可以後天不老而凋三光矣下視人世蠢蠢之間百千蚊蚋須臾之頃萬起萬滅何
足道哉何足道哉司馬相如作大人賦多襲其語然屈子所到非相如所能窺其萬一也

卜居第六　　離騷二十四

卜居者屈原之所作也屈原哀憫當世之人習安
邪佞違背正直故陽為不知二者之是非可否而
將假蓍龜以決之遂為此詞發其取舍之端以警

156

五結二反說見騷經便毘連反娟於緣反亦雅䟽引作𡡉嫖音同撓而眑反軒一作鶱音同其字从鳥翥章庶反馬充𩗗反逝一作遊非是以一作而○蹕止行人也御禦也咸池堯樂承雲黃帝樂也又曰顓頊樂又曰有虞氏之樂無所稽考未詳孰是二女娥皇女英也御侍也九韶已見騷經湘靈湘水之神也海若海神號莊子有北海若馮夷水仙莊子亦云馮夷得之以遊大川又曰河伯也象國語所謂水之怪龍罔象也蟉虯盤曲皃便娟輕麗皃撓纏也翥舉也博衍寬平之意焉語詞也

舒并節以馳騖兮逴絕垠乎寒門軼迅風於清源兮從顓頊乎增冰

逴敕角反一作踔敕孝反門叶弥巾反軼音逸源一作涼○逴遠也絕垠天之邊際也寒門北極之門也軼後出前也迅疾也北方壬癸其帝顓頊其神玄冥北方地寒故有增積之冰

歷玄冥以邪徑兮乘間維以反顧召黔嬴而見之兮為余先乎平路

黔具炎反嬴从羊論為反一从女餘輕反未知孰是然二字史記作含靁漢書作黔靁則當為从羊之嬴矣先下一有道字○間維補引孝經緯曰天有六間黔嬴舊說天上造化神名或曰水神皆怪妄之說不可考矣

經營四方兮周

邉傍也謂而驂也 思舊故以想像兮長太息而掩涕氾容與而
遐舉兮聊抑志而自弭 ○以一作而像一作象氾與汎同弭一作彌謂脩身念道得遇仙人
託與倶遊周歷萬方升天乘雲役使百神而非所樂猶思楚國念故舊欲竭忠信以寧國家精誠之至德義之
厚也 指炎帝而直馳兮吾將往乎南疑覽方外之荒忽兮
沛潤瀁而自浮 神一作帝疑一作嫔覽一作覺潤摩郎反瀁以養反一作罔象浮叶扶眇反 ○
南方丙丁其帝炎帝其神祝融南疑九疑也沛流皃潤瀁水盛皃 祝融戒而蹕御兮騰
告鸞鳥迎虙妃張咸池奏承雲兮二女御九韶歌使湘
靈鼓瑟兮令海若舞馮夷玄螭蟲象並出進兮形蟉虯
而逶蛇雌蜺便娟以增撓兮鸞鳥軒翥而翔飛音樂博
衍無終極兮焉乃逝以徘徊 而蹕御一作其還衡歌叶居支切令一作命徘一作
馮螭丑知反象一作蟓似兩反玄蠖蟲象並出進一作列螭象而並進蟉於九反虯巨九反蛇一作迤蛇五一歷

斗柄北斗之柄所謂杓也麾旗屬蜀叛篠隸分散之皃旹曖曃其曭莽兮召玄武而

奔屬後文昌使掌行兮選署衆神以並轂曖音愛曃音逮一作晻曖

上烏感反下於計反一作黮黮上音晻下徒感反曭音黨莽莫郎反屬音燭○曖曃昧暗也曭日不明也玄武

北方七宿謂龜蛇也位在北方故曰玄身有鱗甲故曰武文昌在紫微宮北斗魁前六星如匡形路曼

曼其脩遠兮徐弭節而高厲左雨師使徑待兮右雷公

而為衛曼莫干反脩一作悠徐一作弭徑待見騷經而一作以○厲憑陵之意欲度世以

忘歸兮意恣睢以担撟內欣欣而自美兮聊媮娛以淫

樂欲上一有遂字欲下一有遠字一有遂字恣如字又千恣上反睢許鼻反担居桀反撟音矯一去上丘列反

下居廟反而一作以淫一作自樂叶五教反○度世謂度越塵世而仙去也恣睢放肆也担撟軒舉也淫樂

之深也莊子曰孰居無事淫樂而勸是也涉青雲以汎濫游兮忽臨睨夫舊

鄉僕夫懷余心悲兮邊馬顧而不行一無以字一無游字行叶户郎反○

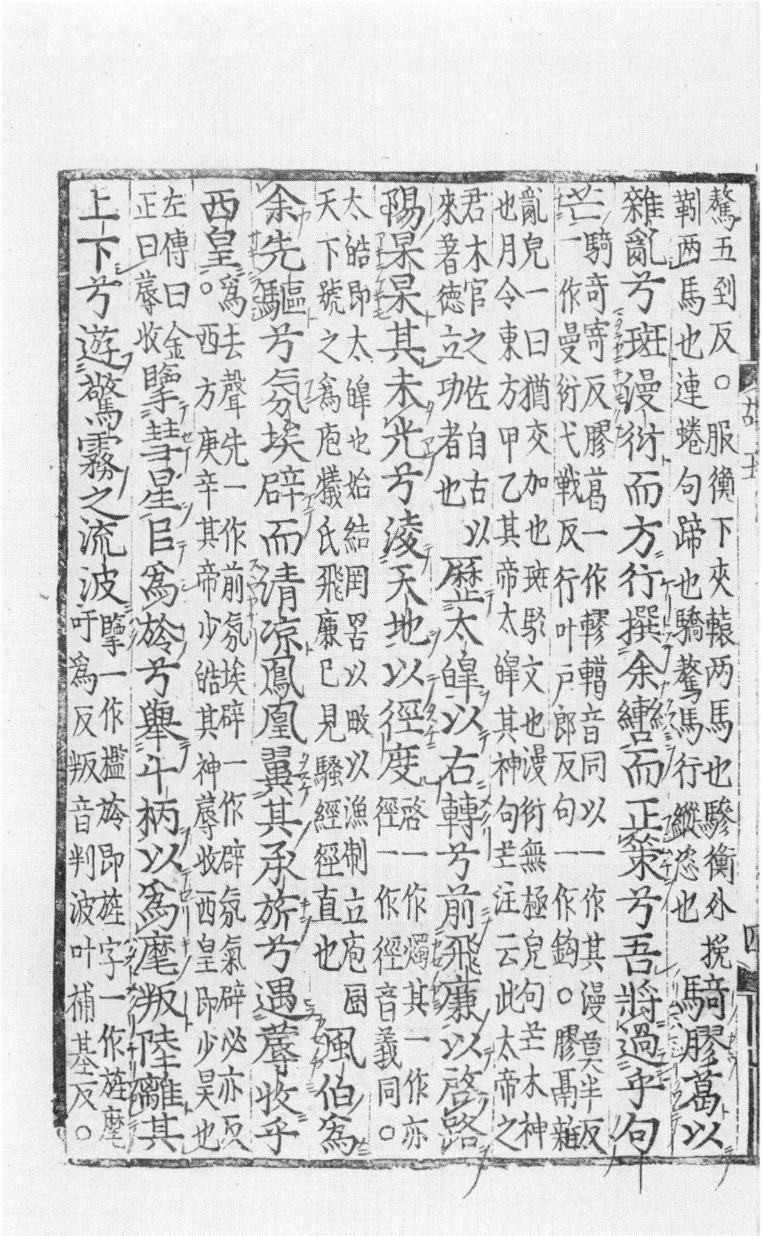
騖五到反○服衡下夾轅兩馬也驂衡外挽靷兩馬也連蜷句蹄也騎騖馬行縱恣也騎膠葛以
雜亂兮斑漫衍而方行撰余轡而正策兮吾將過乎句
芒○騎奇寄反膠葛一作轇轕音同以一作其漫莫半反一作曼衍弋戰反行叶戶郎反句一作鉤○膠葛猶雜
亂皃一曰猶交加也斑駁文也漫衍無極皃句芒木神也月令東方甲乙其帝太皞其神句芒注云此太帝之
君木官之佐自古以來著德立功者也以歷太皞以右轉兮前飛廉以啓路
陽杲杲其未光兮淩天地以徑度啓一作燭其一作亦徑一作徑音義同○
太皞即太皞也始結罔罟以畋以漁制立庖廚天下號之爲庖犧氏飛廉已見騷經經直也風伯爲
余先驅兮氛埃辟而清涼鳳凰翼其承旂兮遇蓐收乎
西皇爲去聲先一作前氛埃辟一作辟氛氣辟必亦反○西方庚辛其帝少皞其神蓐收西皇即少昊也
左傳曰金正曰蓐收擥彗星以爲旍兮舉斗柄以爲麾叛陸離其
上下兮遊驚霧之流波擥一作攬旍即旌字一作旌麾吁爲反叛音判波叶補基反○

魄說見九歌矣此言熒魄者陰靈之聚若有光景也霞
與遐通謂遠也蓋魄不受魂魂不載魄則魂遊魄降而
人死矣故脩鍊之士必使魂常附魄如日光之載月質
魄常檢魂如月質之受日光則神不馳而魄不死遂能
登仙遠去而上征也命天閽其開關兮排閶闔而望予召豐隆使
先導兮問大微之所居集重陽入帝宮兮造旬始而觀
清都朝發軔於太儀兮夕始臨乎於微閭其一作而閭閭一作闔閭
予一作余大音泰陽下一有以字於於其反一作微毋閭○排推也望予須我之來也與騷經倚閭闔而望予
者意不同矣豐隆已見騷經太微宮垣十星在翼軫北重陽者積陽爲天天有九重故曰重陽旬始星名清都
列子以爲帝之所居也太儀天帝之庭也於微閭周禮東北曰幽州其山鎮曰醫無閭屯余車之
萬乘兮紛溶與而並馳駕八龍之婉婉兮載雲旗之逶
蛇溶音容婉婉一作蜿蜿蜿音苑○溶水盛也建雄虹之采旄兮五色雜而炫
燿服偃蹇以低昂兮驂連蜷以驕驁炫音懸燿音曜蜷巨負反驕居召反

仍羽人於丹丘兮留不死之舊鄉行叶户郎反○至貴謂至妙之言其眞無
敝也仍因就也羽人飛仙也丹丘晝夜常明之處也不死之鄉仙靈之所居也朝濯髮於湯谷
兮夕晞余身兮九陽吸飛泉之微液兮懷琬琰之華英
湯音陽琬音宛琰音剡英叶於姜反○湯谷見天問九陽猶說謂湯谷上有扶木九日居下枝一日居上枝亦
寓言耳飛泉已見上琬琰玉名玉色頩以脕顏兮精醇粹而始壯質銷
鑠以汋約兮神要眇以淫放頩普茗普經二反脕音晩又音萬一作曼一作晏光
叶音莊汋音綽眇與妙同放叶音方○頩美皃一日斂容皃脕澤也醇厚也粹不雜也質銷鑠消形鍊化
也汋約柔弱皃莊子曰藐姑射山有神人焉汋約若處子要眇深遠皃淫遊戲也嘉南州之炎德
兮麗桂樹之冬榮山蕭條而無獸兮野寂漠其無人載
營魄而登霞兮掩浮雲而上征野一作埜寂與寂同一作宗漠一作寞其一作
中霞與遐同古字借用征一作升○上四句記時物也下二句言以此時昇仙而去也載猶加也營猶熒熒也

者陵陽子明經言春食朝霞日欲出赤黃氣也秋食淪陰日沒以後赤黃氣也冬飲沆瀣北方夜半氣也夏食正陽南方日中氣也幷天地玄黃之氣是爲六氣也又曰日入爲飛泉爢物不精也

順凱風以從遊兮至南巢而壹息見王子而宿之兮審壹氣之和德南風曰凱風南巢舊說以爲南方鳳鳥之巢朱湯放桀之南巢也宿與肅通審究問也

曰道可受兮而不可傳其小無內兮其大無垠毋滑而魂兮彼將自然壹氣孔神兮於中夜存虛以待之兮無爲之先庶類以成兮此德之門受一作愛非是一無而字垠叶魚堅反毋滑一作無涽並音骨一滑士別有涽字有叶才緣反門叶謨連反○曰者王子之言也受心受也傳言傳也小無內大無垠言無所不在也滑亂也而汝也壹專也孔甚也此言道妙如此人能無滑亂其魂則身心自然而氣之甚神者當中夜虛靜之時自存於己而不相離矣如此則於塵世之卷皆虛以待之於無爲之先而庶類自成萬化自出蓋廣成子之告黃帝不過如此實神仙之要訣也

聞至貴而遂徂兮忽乎吾將行

莫知其所如超一作絶鄭一作尤其一作乎都一作鄉非是○氛昏濁之氣淑尤言其淑善而絶
尤也此以上言所羨仙去之樂也恐天時之代序兮耀靈曄而西征微
霜降而下淪兮悼芳草之先蘦聊仿佯而逍遙兮永歷
年而無成誰可與玩斯遺芳兮長鄉風而舒情高陽邈
以遠兮余將焉所程曄音饁蘦令一作零仿音旁佯音羊而一作以與一作以非是斯遺芳
一作此芳草長一作晨鄉一作向以一作已焉一作安○耀靈日也曄閃光皃言行之速也淪沈也零落也此
一節自歎其將老一恐其學之不及也而重曰春秋忽其不淹兮奚久留此
故居軒轅不可攀援兮吾將從王喬而娛戲湌六氣而
飲沆瀣兮漱正陽而含朝霞保神明之清澄兮精氣入
而麤穢除重直用反娛一作遊戲音嬉叶音虛二字一作戲娛非是湌七安反沆戶郎反瀣音械霞
叶音胡麤七胡反○軒轅黃帝名王喬周靈王太子晉也列仙傳曰好吹笙作鳳鳴遇浮丘公接之仙去六氣

148

（列仙傳赤松子神農時爲雨師服水玉教神農能入火自燒至崑山上常止西王母石室隨風雨上下炎帝少女追之亦得仙俱去張良欲從赤松子遊即此也）貴眞人之休德兮美往世之登仙與化去而不見兮名聲著而日延（眞一作至德一作聽一作是美作美仙一作僊著一作章○身隱而不可見獨有名字可聞耳）奇傅說之託辰星兮羨韓衆之得一形穆穆以浸遠兮離人羣而遁逸（羨以面反一作美衆一作終○傅說武丁之相辰星東方蒼龍之房心尾箕之星所謂大辰也莊子曰傅說得之以相武丁奄有天下乘東維騎箕尾而比於列星音義云今尾上有傅說星是也羨念慕也韓終亦見列仙傳形寖遠即上文與化去之意）因氣變而遂曾舉兮忽神奔而鬼怪時髣髴以遙見兮精皎皎以往來（曾音增皎皎一作皦皦以一作而來叶音賚○此亦上文化去形遠之意髣髴見不諟也冊經所謂服食三載輕舉遠遊入火不焦入水不濡能存能亡長樂無憂者此也）超氛埃而淑郵兮終不反其故都免衆患而不懼兮世

之無窮兮哀人生之長勤往者余弗及兮來者吾不聞
勤渠云反吾不一作余弗○此章四言乃此篇所以作之本意也夫神仙度世之說無是理而不可期也審矣
虽子於此乃獨眷眷而不忘者何哉正以往者之不可及來者之不得聞而欲久生以俟之耳然往者之不可
及則已末如之何矣獨來者之不得聞則夫世之惠迪而未吉從逆而未凶者吾皆不得以須其反復熟爛而
睹夫天定勝人之所極是則安能使人不爲沒世無涯之悲恨此虽子所以頗以須臾無死而僥倖万一於神
仙度世之不可期也嗚呼遠矣是豈易與俗人言哉步徙倚而遙思兮怊惝怳而
永懷意荒忽而流蕩兮心愁悽而增悲怊音超惝昌兩反怳呼往反永
一作乖非是懷叶胡威反荒呼廣反悽一作悽○悽痛也神儵忽而不反兮形枯槁
而獨留內惟省以端操兮求正氣之所由儵一作倏反一作返操七
刀七到二反由一作繇○知愁歎之無益而有損乃能反自循省而求其本初也漠虛靜以恬
愉兮澹無爲而自得聞赤松之清塵兮願承風乎遺則

楚辭卷第五

遠遊第五　　離騷二十三

遠遊者屈原之所作也屈原既放悲歎之餘眇觀宇宙陋世俗之卑狹悼年壽之不長於是作為此篇思欲制鍊形魂排空御氣浮遊八極後天而終以盡反復無窮之世變雖曰寓言然其所設王子之詞苟能充之實長生久視之要訣也

悲時俗之迫阨兮願輕舉而遠遊質菲薄而無因兮焉託乘而上浮（阨音厄一作隘因一作由乘時證反）遭沈濁而汙穢兮獨鬱結其誰語夜耿耿而不寐兮魂營營而至曙（濁下而一作之語魚據反耿一作炯並古茗反營一作煢○耿耿猶儆儆不寐皃也營營猶曰煢煢亦耿耿之意也）惟天地

144

近下二句說已見哀郢

右悲回風

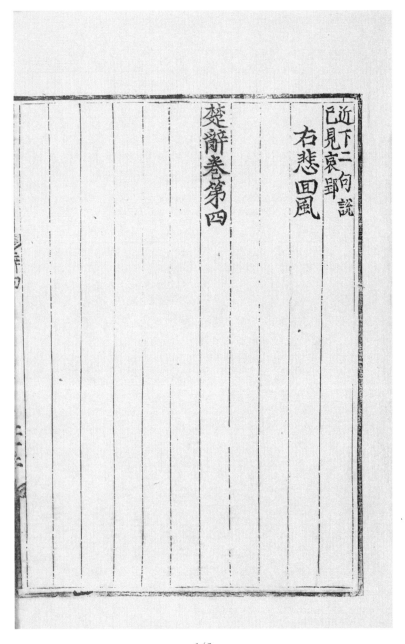

楚辭卷第四

煙液者火氣鬱而爲煙煙所著又凝而爲液也潮海水以月加子午之時一日而再至者也朝日潮夕日汐

借光景以往來兮施黃棘之枉策求介子之所存兮見伯夷之故迹黃棘棘刺也枉曲也以棘爲策旣有芒刺而又不直則馬傷深而行速舊注以爲蘋借神光電景飛注往來施黃棘之刺以爲策以求子推伯夷之故迹是也心調度而弗去兮刻著志之無適曰吾怨往昔之所冀兮悼來者之悐悐弗一作不一無昔字悐宅的反一作遂○調度見騷經悐悐一作憂懼皃言心乎二子之調度而不忍去刻爲二子之明志而無它適往昔所冀謂猶欲有爲於時來者悐悐謂將赴水而死也浮江淮而入海兮從子胥而自適望大河之洲渚兮悲申徒之抗迹子胥事見前篇適便安也莊子曰申徒狄諫紂不聽負石自沉於河驟諫君而不聽兮任重石之何益心絓結而不解兮思蹇產而不釋君而一作而君石一作祏一作枯一本無末一句非是○任負也石或謂百二十斤也補引文選江賦注云任石卽懷沙也其說爲

出之處也傾寤傾側而覺寤也嬋媛已見前太息悲感流連之意也馮崑崙以瞰霧兮隱岷山以清江憚涌湍之礚礚兮聽波聲之洶洶馮皮冰反瞰一作瞰霧下一有露字隱於靳反礚古蓋反洶音凶○馮據也如馮軾之馮瞰霧去其昏乱之氣也隱依也如隱几之隱清江去其濁穢之流也岷與岷同在蜀郡江水所出也礚礚水石聲洶洶風水聲紛容容之無經兮罔芒芒之無紀軋洋洋之無從兮馳委移之焉止委音逶一作逶移一作蛇焉於虔反止一作至○容容紛乱之皃軋傾壓之皃言己心煩乱無復經紀欲進則無所從欲退則無所止也漂翻翻其上下兮翼遙遙其左右氾潏潏其前後兮伴張弛之信期漂音飄一作飄翻一作旛一作繙右叶羽已反潏音沉伴與叛同弛音矢期叶上聲○上三句亦皆言其反覆不定之意叛繚散之皃也言其憂心雖若不能自定而其張弛進退又自不失其時也觀炎氣之相仍兮窺煙液之所積悲霜雪之俱下兮聽潮水之相擊擊音亦○炎氣火氣也相仍者相因而不已也

眇眇之無垠兮莽芒芒之無儀聲有隱而相感兮物有
純而不可為儀匹也或曰儀猶像也言已之愁思浩然廣大幽深不可為像也聲有隱而相感意
其可以寤於君心也物有純而不可為則其心已一於彼而不可變矣不可為如言疾不可為之意邈漫
漫之不可量兮縹綿綿之不可紆愁悄悄之常悲兮翩
冥冥之不可娛凌大波而流風兮託彭咸之所居邈一作藐
漫一作蔓縹匹妙反紆音迂悄親小反○邈遠也縹細也紆縈也翩疾飛也冥冥遠去也流猶隨也凌波隨
風而從彭咸自況之意也上高巖之峭岸兮處雌蜺之標顛據青
冥而攄虹兮遂儵忽而捫天吸湛露之浮涼兮漱凝霜
之雰雰依風穴以自息兮忽傾寤以嬋媛峭一作陗並七笑反蜺五
說反詳見騷經標从木近小反攄敕居反儵音叔捫音門湛丁感反涼一作源非是漱縮又反雰音分叶孚袁
反嬋媛一作儃佪非是○峭峻也標杪也顛頂也攄舒也捫撫也湛厚也漱蕩口也雰雰分散貌風穴風從地

若頹兮旹亦冉冉而將至薠蘅槁而節離兮芳巳歇而
不比曶音忽薠一作蘋蘅一作蘩巳一作以比音鼻○時謂衰老之期也節離草枯則節處斷落也比合
也憐思心之不可懲兮證此言之不可聊寧溘死而流
亡兮不忍此心之常愁聊叶音留溘一作逝此心一作為此聊賴也孤子唫
而抆淚兮放子出而不還孰能思而不隱兮昭彭咸之
所聞唫古吟字抆音吻一作收還叶胡昆反昭一作照○幼而無父曰孤放棄遯也隱痛也昭明也登
石巒以遠望兮路眇眇之默默入景響之無應兮聞省
想而不可得巒落官反景於境反葛洪始加彡為影字響一作嚮古字借用省息井反○山小而
銳曰巒省想聞見所不能接而但可省記思想者也愁鬱鬱之無快兮居戚戚而
不可解心鞿羈而不開兮氣繚轉而自締之一作而快一作決一無
可字解居隘反叶居豈反開一作形繚音了締丈尒反又音啼○繚轉自締謂繚戾回轉而自相結也穆

官職也相羊浮遊之皃因自言其志之高遠與浮雲齊
而不能有合於世是以其志不能無感而遂賦詩以明
之也惟佳人之獨懷兮折芳椒以自處曾歔欷之嗟嗟兮
獨隱伏而思慮涕泣交而淒淒兮思不眠以至曙終長
夜之曼曼兮掩此哀而不去芳一作若曾音增伏一作居交下一有下字一有流
字淒音妻曼莫半反寤從容以周流兮聊逍遙以自恃傷太息之
愍憐兮氣於邑而不可止容下以字一作而恃叶上聲憐一作歎於音烏邑烏合反
又並如字糺思心以為纕兮編愁苦以為膺折若木以蔽光
兮隨飄風之所仍糺吉酉反纕音襄一作囊○糺戾也纕已見騷經編結也膺胷也謂絡胷
者也光謂日光也仍因就之意言欲自晦迹隨俗也存髣髴而不見兮心踴躍其
若湯撫珮衽以案志兮超惘惘而遂行髴音弗又音沸踴躍一作沸怒
案从木與按从手者同惘音罔行叶戶郎反○髣髴謂形似也蓋指君而言也衽裳際也歲曶曶其

138

暨志介而不忘萬變其情豈可蓋兮孰虛僞之可長暨其
異反蓋古太反其情豈一作情豈其○因回風之有實而雖蕙遂感彭咸之志雖萬變而不可易亦以其有其
實也若涉虛僞則汜不能久矣鳥獸鳴以號群兮草苴比而不芳魚葺
鱗以自別兮蛟龍隱其文章故荼薺不同畝兮蘭茝幽
而獨芳號音豪苴七古子閭子呂反賈反加五反比音鼻別彼列反荼音徒薺一作若茝一作芷○葺
枯草也葺整治也荼苦菜也薺甘菜也言秋冬向寒鳥獸鳴號以求群類則草已故矣雖比而合之亦不能有
芳芳之氣魚正洽其鱗以自別異則蛟龍亦隱其文章以避之皆言時勢之不同如回風既起則蕙不得不隕
其性也蓋荼薺甘苦不能同生而蘭茝雖更幽僻而能自芳亦其情之不可蓋者而非有虛僞之飾也惟
佳人之永都兮更統世以自貺眇遠志之所及兮憐浮
雲之相羊介眇志之所惑兮竊賦詩之所明更平聲貺叶平聲羊
一作佯惑一作感明叶音芒○佳人原自謂也都義也更歷也統世謂先世之垂統傳世也自貺謂已得續其

地兮閑必結反俗作閑非是失叶音試一作失過一無失字皆非是或疑過字亦衍文願歲并謝與長友兮淑離不淫梗其有理兮友叶羊里反離下一有而字○并謝猶永謝也歲并謝而長與友則是終身友之矣淑善也離如離立言孤特也梗強也年歲雖少可師長兮行比伯夷置以為像兮長上聲行去聲比音鼻像上聲○年歲雖少亦言其卒性自少而然非積習勉強也伯夷孤竹君之長子也父欲立少子叔齊叔齊以讓伯夷伯夷又不肯受兄弟棄國俱去之周及武王伐紂伯夷叔齊扣馬而諫左右欲殺之太公曰不可引而去之遂不食周粟而餓死言橘之高潔可比伯夷宜立以為像而效法之亦因以自託也

右橘頌

悲回風之搖蕙兮心冤結而內傷物有微而隕性兮聲有隱而先倡冤一作菀倡音昌○回風旋轉之風也亦上篇悲秋風動容之意言秋令肥行微物唱隕風雖無形而實先為之倡也世之治亂道之興廢亦猶是矣夫何彭咸之造思兮

命不遷記所謂橘踰淮而北為枳也舊說屈原自比志節如橘不可移徙是也篇內意皆故此深固難
徙更壹志兮綠葉素榮紛其可喜兮榮一作華喜許志反一作嘉叶居例
反○以其受命獨生南國故壹志而難徙橘葉青華白紛緐盛而可喜也曾枝剡棘圓果摶
兮青黃雜糅文章爛兮曾音層剡以冉反圓果一作圜實摶从手从專徒官反爛叶盧
于反○曾重累也剡利也果草木之實可食者也摶圜也與團同青未熟時黃已熟時也先後雜糅文章爛然
也精色內白類任道兮紛緼宜脩姱而不醜兮道叶徒苟反一
作可任非是紛音濆緼音氳○精色外精明也內白內懷潔白也外精內白似有道也紛緼盛皃嗟爾
幼志有以異兮獨立不遷豈不可喜兮喜見上○尒指屈而言幼志言
自幼而已有此志盖其本性然也自此以下申前義以明己志深固難徙廓其無求兮
蘇世獨立橫而不流兮補曰凡與世遷徙者皆有求售吾之志舉世莫得而傾之諸無
求於彼故也死而復生曰蘇閉心自慎終不過失兮秉德無私參天

流兮無舟檝而自備背法度而心治兮辟與此其無異
漢時按王逸解爲駑馬又詳下文恐當作駑駘載叶子開反汜音汜泭音敷舟字疑當作維檝一作楫治一作
殆非是辟與譬同一作譬。轡馬韁銜焉勒也載乘也汜泭編竹木以渡水者也既無騏驥而但乘駑馬又無
轡銜與御者而自乘載既無舟航而但乘汜泭又無維檝與舟人而自爲備禦其亦可謂危矣背法度而以私
意自爲治者與此無以異也寧溘死而流亡兮恐禍殃之有再不畢
辭以赴淵兮惜廱君之不識再叶子賜反識音志又音試自可佩至此十二句爲
二韻。不死則恐邦其淪喪而辱爲臣僕故曰禍殃有而箕子之憂蓋如此也識記也說者不盡其辭而閔默
以死則上官靳尚之徒廱君之罪誰當記之取其爲後世君臣之戒可謂深切著明矣
右惜往日
后皇嘉樹橘徠服兮受命不遷生南國兮徠古來字服叶蒲比反國
音或。后皇指楚王也嘉喜好也言楚王喜好草木之樹而橘生其土也漢書江陵千樹橘楚地正産橘也受

疑弗省察而按實兮聽讒人之虛辭芳與澤其雜糅兮孰申旦而別之訑一作施音移謾謨官反省息非反別彼列反。一說自篇首至此爲一韻何芳草之早殀兮微霜降而下戒諒聰不明而蔽廱兮使讒諛而日得殀一作夭於矯反戒叶居得反聰不一作不聰或疑無不字而明下而字當作之。得得志也自前世之嫉賢兮謂蕙若其不可佩妒佳冶之芬芳兮嫫母姣而自好雖有西施之美容兮讒妒入以自代佩叶音備佳一作娃嫫音謨姣音絞好音耗叶虛既反代叶徒計反。若杜若也冶妖冶女態嫫母黃帝妻皃甚醜姣妖媚也西施越之美女句踐得之以獻吳王願陳情以白行兮得罪過之不意情冤見之日明兮如列宿之錯置行下孟反冤作寃宿音秀錯倉各反。自明也自明明其行之無罪也不意出於意外也情冤情實與冤枉猶言曲直也列宿錯置言其光輝而明白也乘騏驥而馳騁兮無轡銜而自載乘氾泭以下

呂望屠於朝歌兮甯戚歌而飯牛不逢湯武與桓繆兮
世孰云而知之 繆叶音獨之叶音周○晉獻公虜虞君與其大夫百里奚以百里奚爲秦繆公
夫人媵百里奚亡走宛楚鄙人執之繆公聞其賢以五羖羊皮贖之釋其囚與語國事大說授以國政號曰五
羖大夫伊呂甯戚事見騷經天問 吳信讒而弗味兮子胥死而後憂介
子忠而立枯兮文君寤而追求封介山而爲之禁兮報
大德之優游思久故之親身兮因縞素而哭之 優一作一作遊下
一無而字縞音杲哭下之叶音周自此流至此二十四句爲一韻○味譬之食物也嘗而審其美惡也子胥事
見涉江介子名推文若晉文公也文公爲公子時遭驪姬之讒而出奔介子推從行道乏食子推割股肉以食
文公文公得國賞從行者不及子推子推入綿上山中文公寤而求之子推不出文公因燒其山子推抱樹自
燒而死文公遂封綿上之田號曰介山禁民樵採使奉子推祭祀以報其德又變服而哭之優游言其德之大
也親身切於己身謂親厚也縞素白繒繒也 或忠信而死節兮或訑謾而不

捍矣王逸曰專擅恩威挫主權也與周盛弄非轉九也此言得之矣過之猶所謂責過之也何貞臣
之無辠兮被讒謗而見尤慙光景之誠信兮身幽隱而
備之辠一作罪讒一作離尤叶于其反○無罪見尤慙見光景故竄身於幽隱然亦不敢不爲之備也
臨沅湘之玄淵兮遂自忍而沈流卒沒身而絕名兮惜
壅君之不昭沅一作江遂一作不沒一作沈絕一作滅壅古壅字昭叶音周或云流周並叶之韻
後三章叙此○言沈流之後沒身絕名不足深惜但惜此讒人壅君之罪遂不明著耳此原所以忍死而有言
也其亦可悲也哉君無度而弗察兮使芳草爲藪幽焉舒情而
抽信兮恬死亡而不聊獨鄣壅而蔽隱兮使貞臣而無
由聊叶音留鄣音章離見上貞一作忠無一作爲○無度弗察王逸曰上無檢押以知下也記曰無誘於內
者其察物弗省矣此之謂也藪幽藪澤之幽暗也言芳草宜植於階庭而今反使爲藪澤之幽暗也恬安也言
安於死亡不苟生也無由無路可告也聞百里之爲虜兮伊尹烹於庖廚

也先功謂先君之功烈也嫌疑謂事有同異而可疑者也國富強而法立兮屬貞臣而自娛秘密事之載心兮雖過失猶弗治屬音燭娭與嬉同一作娭非是秘一作祕密一作察弗一作不治如字平聲○屬付也貞臣正固之臣原自謂也日娛所謂逸於得人也雖国所秘之密事皆載於其心是以或有過失猶寬而不治其罪也心純厖而不泄兮遭讒人而嫉之君含怒以待臣兮不清澂其然否厖莫江反泄音辥一作貰非是嫉之一作佞嫉亦非是澂音澄一作澈非是否叶音悲○厖厚也泄漏也謂不敢漏其密事也讒人謂上官大夫靳尚之徒也清澂猶審察也史記云懷王使屈原造為憲令屬草藁未定上官大夫見而欲奪之原不與因讒之曰王使屈平為令衆莫不知每一令出平伐其功曰非我莫能為也王怒而疏屈平即此事也蔽晦君之聰明兮虛惑誤又以欺弗參驗以考實兮遠遷臣而弗思信讒諛之溷濁兮晠氣志而過之虛惑誤一作惑虛言溷濁一作浮訛晠古盛字○虛空言也惑誤疑而誤之也然猶畏之也至於欺則公肆誣罔而無所

聞去聲。郁郁盛貌烝芳氣之遠聞也此承上章芳華自中出遂言其郁郁遠烝皆由情質誠實可保故所居雖蔽而其名聞則章也

令薜荔以爲理兮憚舉趾而緣木因芙蓉以爲媒兮憚褰裳而濡足以一作而因一作用褰起虔反。內美既足恥怊介紹以爲先容而託以有憚也

登高吾不說兮入下吾不能固朕形而不服兮然容與而狐疑說音悅能叶音泥。道既不行爲上處下無適而可形偃蹇而不服心恥介而使然也

廣遂前畫兮未改此度也命則處幽吾將罷兮願及白日之未暮也獨煢煢而南行兮思彭咸之故也畫音獲一無則字罷讀作疲暮下一無也字。畫與懷沙章畫之畫同

右思美人

惜往日之曾信兮受命詔以昭時奉先功以照下兮明法度之嫌疑時一作詩非是。時謂時之政治也言往日嘗見信於君而受命以昭明時之政治

作目譪一作蠱擥大薄之芳茝兮搴長洲之宿莽惜吾不及古

之人兮吾誰與玩此芳草擥一作監茝一作芷莽莫古反惜一作慈一無之字草叶

七古反○不及謂生不及其同時也解萹薄與雜菜兮備以為交佩佩繽

紛以繚轉兮遂萎絕而離異吾且儃佪以娛憂兮觀南

人之變態竊快在其中心兮揚厥憑而不竢芳與澤其

雜糅兮羌芳華自中出萹音匾備一作脩佩叶音備以一作其繚音了萎於危反儃佪

一作徘佪態叶音替竊上一有吾字一無在字一無其字出叶尺遂反○萹萹蓄也似小藜赤莖節好生道旁

薄叢也交佩左右佩也萹蓄雜菜皆非芳草故言解去二物而以上文之茝莽備為交佩也繚繞也繽紛繚轉

言佩之美然適佩之而遷已萎絕而離異矣於是且復憂游忘憂以觀世變又樂其所得於中諸以舒憤懣而

無待於外則其芬芳自從中出初不借美於外物也紛郁郁其遠烝兮滿內而外

揚情與質信可保兮羌居蔽而聞章烝一作承居一作重羌居一作居重

馮心猶未化寧隱閔而壽考兮何變易之可爲馮與憑同化叶
音媯閔一作愍易之一作初而。馮憤懣也隱閔壽考優游卒歲也然終不能變易其初心也
知前轍之不遂兮未改此度車既覆而馬顚兮蹇獨懷此異路
轍一作道未一作末度下一有也字。知直道之不可行而不能改其度雖至於車傾馬仆而猶獨懷其所由之道不肯同於衆人也
勒騏驥而更駕兮造父爲我操之遷逡次而勿驅兮聊假日以須旹指嶓冢之西隈兮與纁黃以爲期
更平聲造七到反父音甫爲去聲我一作余操七刀反之字爲韻逡七旬反旹古時字嶓音波隈一作隅纁一作曛並音熏。造父善御周穆王時人操之執轡也遷猶進也逡次猶逡巡也嶓冢山名漢水所出也見禹貢纁淺絳也日將入時色纁且黃也以馬既顚故更駕駿馬使善御者操其轡逡巡而不遂往但期至於荒陬絕遠之地以窮月之刀而自休焉蓋知世路之不可由而欲遠去以俟命也
開春發歲兮白日出之悠悠吾將蕩志而愉樂兮遵江夏以娛憂一將

右懷沙 言懷抱沙石以自沈也

思美人兮擥涕而竚眙媒絕路阻兮言不可結而詒
竚直呂反眙丑吏反媒一作謀路一作路一無下而字詒叶音異○美人說見上篇寄意於君也

蹇蹇之煩冤兮陷滯而不發申旦以舒中情兮志沈菀而莫達
擥猶收也竚久立也眙直視反

菀一作惋陷一作諂以一作不一無志字菀音鬱莫一作不○

承上路阻而言陷滯不發亦以陷滯為喻也申重也今日旦明日復旦也菀積也

願寄言於浮雲兮遇豐隆而不將因歸鳥而致辭兮羌迅高而難當
迅一作宿當一作寓皆非是○亦承上章陷滯而言欲因雲致辭則雲師不聽欲因鳥致辭則鳥飛速而又高難可當值也

高辛之靈晟兮遭玄鳥而致詒欲變節以從俗兮媿易初而屈志
晟一作盛一作成詒志皆叶平去二聲媿與愧同○玄鳥致詒事見天問此因上章歸鳥難當而上感高辛之事下愧不能易初而屈志也

獨歷年而離愍兮羌

匹當作正字之誤也以韻叶之及以哀時命考之則可見矣没史作殁瞋下有將字○無正與并日夜無正之

正之意同伯樂善相馬者也程謂校量才力也民生稟命各有所錯兮定心廣

志余何畏懼兮民史作人稟史作有一作萬民之生○錯置也言民之生莫不稟命於天而隨

其氣之短長厚薄以爲壽夭窮達之分固各有置之所而不可易矣吉者不能使之凶凶者不能使之吉也

是以君子之處患難必定其心而不使爲外物所動搖必廣其志而不使爲細故所狹隘則無所畏懼而能安

於所遇矣曾傷爰哀永歎喟兮世溷濁莫吾知人心不可謂

兮曾音增史無濁字莫作不一無人心字或無人字或無人心而有念字一本無濁吾人心四字○按此四

句若依史記後者上文懷質抱情之上而以下章死不可讓願勿愛兮承余何畏懼之下較意尤通貫但史於

此又再出恐是後人因繳誤加也知死不可讓願勿愛兮明告君子吾

將以爲類兮愛叶於既反明下一有以字○補曰屈子以爲知死之不可讓則捨生而取義可也

所惡有甚於死者豈復愛此七尺之軀哉類法也以此言爲法也

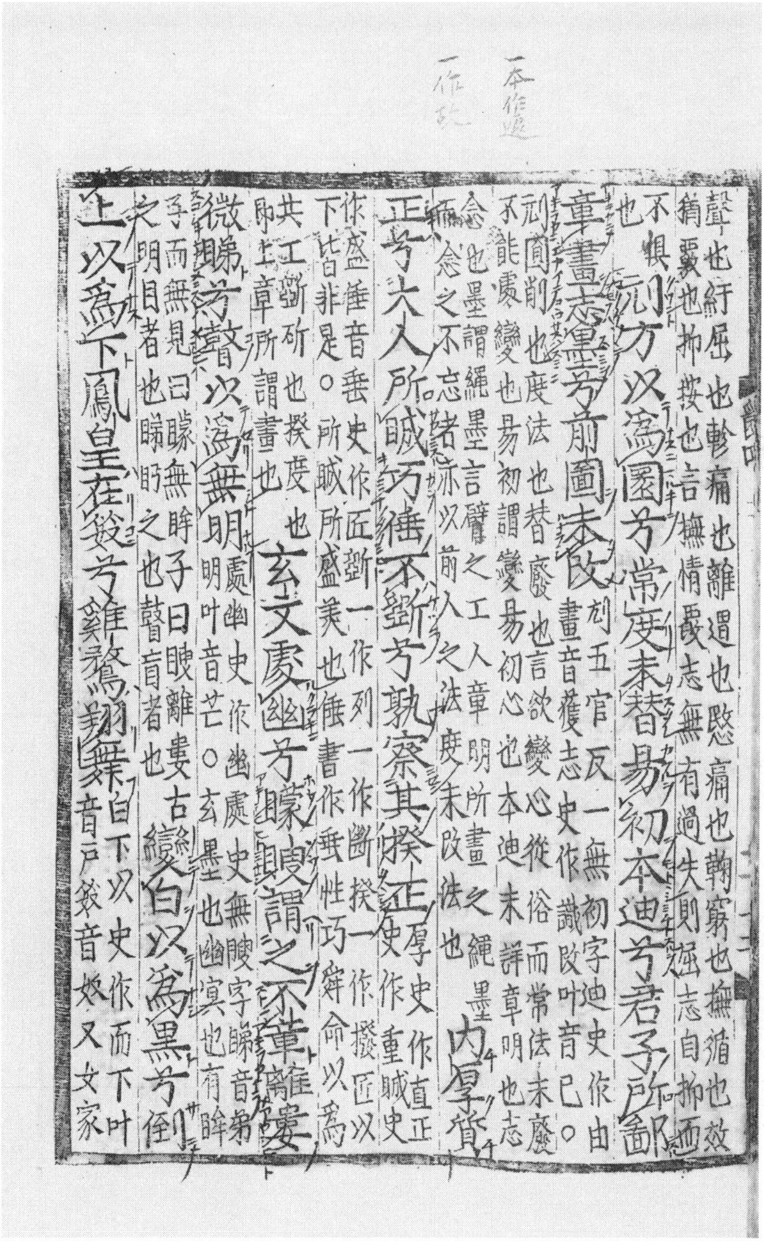

聲也紆屈也軫痛也離遭也慜痛也鞫窮也撫循也效猶覆也抑按也言撫情覆志無有過失則抑志自抑而不懼也刓方以爲圜兮常度未替易初本迪兮君子所鄙章畫志墨兮前圖未改刓五官反一無初字迪史作由畫音獲志史作識改叶音已○刓圓削也度法也替廢也言欲變心從俗而常法未廢不能變變也易初謂變易初心也本迪未詳章明也志念也墨謂繩墨言譬之工人章明所畫之繩墨而念之不忘諸亦以前人之法度未改法也內厚質正兮大人所盛巧倕不斲兮孰察其揆正厚史作直正史作重盛史作盛倕音垂史作匠斲一作列一作斷揆一作撥匠以下皆非是○所盛所盛美也倕書作垂性巧舜命以爲共工斲斫也揆度也卽上章所謂畫也玄文處幽兮矇瞍謂之不章離婁微睇兮瞽以爲無明處幽史作幽處史無瞍字睇音第明叶音芒○玄墨也幽冥也有睇子而無見曰矇無眸子曰瞍離婁古之明目者也睇眄之也瞽盲者也變白以爲黑兮倒上以爲下鳳皇在笯兮雞鶩翔舞白下以史作而下叶音戶笯音奴又女家

反或如字遑如字或音簡。軫石未詳趨回隱進亦不可曉今并闕之低佪夷猶宿北姑

兮煩冤瞀容實沛徂兮瞀音茂。北姑盖地名瞀容瞀亂之意見於容貌也實沛徂誠

欲沛然如水之流去也愁歎苦神靈遙思兮路遠處幽又無行媒

兮。媒叶莫悲反。靈靈寃也道思作頌聊以自救兮憂心不遂斯言

誰告兮一無以字告叶居谷反。道思者且行且思也救解也

右抽思以篇內少歌首句二字爲名

滔滔孟夏兮草木莽莽傷懷永哀兮汨徂南土滔他刀反史記

作陶莽莫補反汨越筆反。滔滔水流盛大皃莽莽茂盛皃汨行皃徂南土沂湘也眴兮杳杳

孔静幽默鬱結紆軫兮離愍而長鞠撫情效志兮寃屈

而自抑眴與瞬同一音胡絹反兮字一在杳杳下静下有兮字默史作墨鬱一作寃愍一作愍而史

作之鞠叶各額反一作鞫寃屈而史作俛詘以抑叶於革反。眴目數搖動之皃杳杳深冥之皃孔甚也默無

已故表舊咎遁而心復悲感遂靜默而不敢言也觀此則知屈原事君惓惓之意蓋其深厚豈樂以婞直犯上

而取名者哉茲歷情以陳辭兮蓀詳聾而不聞固切人之不

媚兮衆果以我為患茲歷一作歷茲詳音佯與佯同患音還叶胡門反○歷猶列也詳詐

也切人不媚言懇切之人不能軟媚君或未然而衆已病之蓋惡其傷己也初吾所陳之耿

著兮豈不至今其庸亡何獨樂斯之謇謇兮願蓀美之

可完亡古道反一無不字非是樂音洛獨樂王逸作壽樂而無其字非是完叶胡光反一作況○耿明貌

庸何用也左傳曰晉其庸可冀乎言昔吾所陳之言明白如此豈不至今猶可覆視而何用乃亡之邪然吾非

獨樂為此謇謇而不樂為順從也但以願君之德美猶可復全是以不得已而為此耳所謂尚幸君之一寤者

如此其志切矣望三五以為像兮指彭咸以為儀夫何極而不

至兮故遠聞而難虧三五一作前聖聞音問○三五謂三皇五帝或曰三王五伯也像謂

肖古人之形而則其象也儀謂以彼人為法而效其儀如儀禮於號國君行禮而視視為節之類是也極至也

思也蓀說見騷經蓋寓意於君也懮愁也言詩而思之君多夌怒刑罰不中使余心憂也願遙赴而
橫奔兮覽民尤以自鎮結微情以陳詞兮矯以遺夫美
人鎮音珍遺去聲○尤過也鎮止也矯舉也覽民之尤而察其有罪之實無以自止其憂則又愈見其怒之
不當而可憂益甚故結情於詞以告君也美人已見騷經亦寄意於君也昔君與我成言兮
曰黃昏以爲期羌中道而回畔兮反既有此他志成一作誠
曰一作日志叶音之○成言黃昏說見騷經言君與己期約親而後疏也憍吾以其美好兮
覽余以其脩姱與余言而不信兮蓋爲余而造怒憍與驕同
覽一作𥈠姱叶音户蓋一作盍爲去聲○憍矜也莊子曰虛憍而盛氣覽示也姱好也言君自矜其能言又非
實本無可怒但以惡我之故爲我作怒也願承間而自察兮心震悼而不敢
悲夷猶而冀進兮心怛傷之憺憺怛音閉但當割反一作怕非是憺徒敢反
○間間暇也莊子曰今日宴閒察明也怛悲慘也憺安靜意謂欲承君之間暇以自明而不敢然又不能自

而仕於郢郢是自南而集於漢北也望孟夏之短夜兮何晦明之若歲惟
郢路之遼遠兮魂一夕而九逝秋夜方長憂不能寐故望孟夏之短夜而冀其
易曉也晦明若歲夜未短也一夕九逝思之切也曾不知路之曲直兮南指月
與列星願徑逝而不得兮魂識路之營營一本南指至得兮十三字
在營營之下非是營營一作煢煢○言初不識路後以月星而知向背然欲去而又未得者以魂雖識路而營
營獨往無與俱也何靈魂之信直兮人之心不與吾心同理弱
而媒不通兮尚不知余之從容言靈魂忠信而貫直不知人心之異於我故雖
得歸亦無與左右而道達之者彼又安能知我之閒暇而不變所守乎亂曰長瀨湍流泝
江潭兮狂顧南行聊以娛心兮湍流亦作流湍潭叶音尋○瀨水淺處湍急流
也逆流而上曰泝潭深淵也狂顧憂懼而驚視也自江入湖自湖入湘皆泝流而南行也軫石崴嵬
蹇吾願兮超回志度行隱進兮崴音隈又烏皆反嵬吾回反又音瓌願叶魚靳

至到也視彼像儀而必欲求到其極則遠聞而難虧也善不由外來兮名不可以
虛作孰無施而有報兮孰不實而有穫施始豉反實當作殖穫一作獲
非是○此四語者明白親切不順解說雖前聖格言不過如此不同但以詞賦讀之也少歌曰與
羨人之抽思兮并日夜而無正憍吾以其美好兮敖朕
辭而不聽少時照反一作小一無之字并一作幷日下仍有感字夜下一無而字之字以下皆非是
正叶音征敖與傲同一作謷聽平聲○少歌樂章音節之名荀子佹詩亦有少歌即此類也抽拔也思意也并
日夜言旦莫如一也無正無與平其是非也敖倨視也倡曰有鳥自南兮來集漢
北好姱佳麗兮牉獨處此異域既惸獨而不群兮又無
良媒在其側道卓遠而日忘兮願自申而不得望北山
而流涕兮臨流水而太息倡讀曰唱牉見惜誦惸渠營反側叶莊力反卓一作逴不
一作未得叶徒力反北山一作南山流一作深○倡亦歌之音節所謂發歌句者也鳥蓋自喻屈原生於夔峽

辞四

遌兮孰知余之從容重平聲下重華同遌一作遻史作牾洪云當作遻五故反與迕同○
華舜重七豈偶當足也遌逢也從容擧動自得之意古固有不並兮豈知其何故
湯禹久遠兮邈而不可慕無何所字故慕下皆有也字○古有不並言聖賢不並
時而生也懲違改忿兮抑心而自強離慜而不遷兮願志之
有像違一作連強其兩反慜史作湣一作閔像史作象○違過也像法也強努力蓄善而不以憂愍改其節
欲其志之可爲法也進路北次兮日昧昧其將暮舒憂娛哀兮限
之以大故舒史作舍娛作虞○言將北歸至於日暮得旨也於是將欲舒憂以娛哀而念人生
幾何死期將至其限有不可得而裁也亂曰浩浩沅湘分流汩兮脩路幽
蔽道遠忽兮史遂作有兮字自此至篇末並同分一作紛皆非是汩音骨水流聲又音鶻通也
蔽史作拂此下史有曾傷恒悲兮永歎慨兮世莫吾知兮人心不可謂兮四句○浩浩廣大也汩流貌脩長
也知懷質抱情獨無匹兮伯樂既沒驥焉程兮質史作情情史作質

118

反又音著一作嘮二字皆非是鶩音祿一作雜〇笯籠落也同糅玉石兮一槩而相
量夫惟黨人之鄙固兮羌不知余之所臧糅女救反一槩古代反鄙一
作交史無佳字因作始余作壬吾無之字〇槩平斗斛木也任重載盛兮陷滯而不濟
懷瑾握瑜兮窮不知所示重直用反瑾音僅瑜音逾示史作得下仍有余字〇盛多
也陷沒也滯留也濟度也比言重車陷寧而不得度也在衣曰懷在手曰握瑾瑜美玉也不知所示示人皆不識
無可示者也邑犬群吠兮吠所怪也非俊疑傑兮固庸態也
犬下一有之字今按史非俊史作誹駿傑史作桀一無二也字〇非毀也知過千人謂之俊十人謂之傑庸厲
賤之人也文質疏內兮衆不知余之異采材朴委積兮莫知
余之所有疏史作踈內舊音訥又如字余安作吾異一作奧采叶此禮反朴史作樸積史作藁有叶
于救反〇文質其文不艷也疏迂闊也內木訥也異采殊異之文采也材木中用者也朴未斲之質也委積言
其多有唯所用之而世莫之知也重仁襲義兮謹厚以為豐重華不可

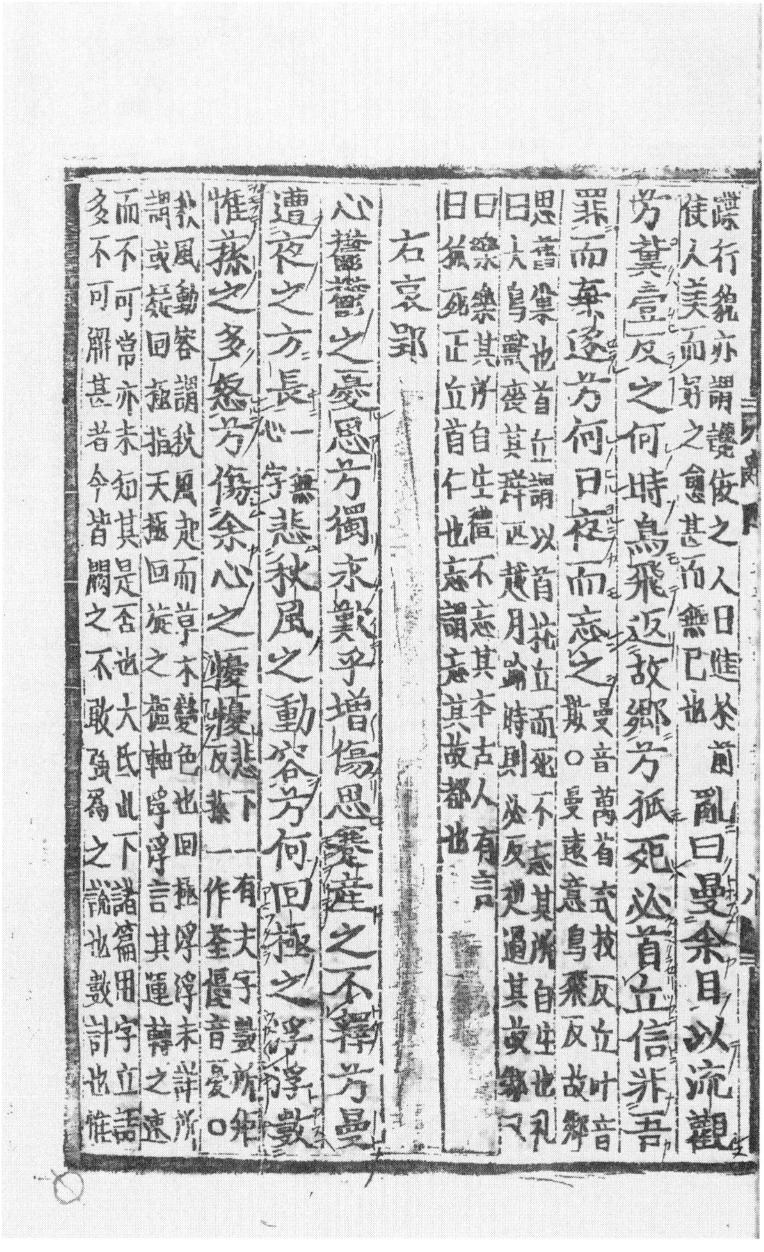

讒行貌亦謂讒佞之人日進於前使人美而好之愈甚而無已也亂曰曼余目以流觀

兮冀壹反之何時鳥飛返故鄉兮狐死必首丘信非吾

罪而棄逐兮何日夜而忘之曼音萬首式救反丘叶音欺○曼遠意鳥飛反故鄉

思舊巢也首丘謂以首枕丘而死不忘其所自生也禮曰大鳥獸喪其群匹越月踰時則必反巡過其故鄉又

曰樂樂其所自生禮不忘其本古人有言曰狐死正丘首仁也忘謂忘其故都也

右哀郢

心鬱鬱之憂思兮獨永歎乎增傷思蹇產之不釋兮曼

遭夜之方長一無心字悲秋風之動容兮何回極之浮浮數

惟蓀之多怒兮傷余心之懮懮悲下一有夫字數所角反蓀一作荃懮音憂○

秋風動容謂秋風起而草木變色也回極浮浮未詳所謂或疑回極指天極回旋之樞軸浮浮言其運轉之速

而不可常亦未知其是否也大氐此下諸篇用字立語多不可解甚者今皆闕之不敢強為之說也數計也惟

116

死于秦頃襄王立復放屈原此云九年不復不知的在何時也外承歡之汋約兮諶荏
弱而難持忠湛湛而願進兮妒被離而鄣之汋音綽諶市林反荏
音衽湛徒感反被音披一作披鄣音章○汋約好皃諶誠也荏亦弱也湛湛重厚貌被離眾盛貌鄣壅也言小
人外為謙說以承君之歡讇情態美好誠使人心意軟弱而不能自持是以懷忠而願進者皆為所嫉妒而壅
蔽不得進也此章形容邪佞之態最為精切讀者宜深味之則知佞人之所以殆又信此語與孔聖之言實相
發明也彼堯舜之抗行兮瞭杳杳其薄天眾讒人之嫉妒
兮被以不慈之偽名無彼字行下孟反瞭音了一無瞭字而作杳冥冥薄音博天叶鐵
因反○堯舜與賢而不與子故有不慈之名莊子云堯不慈舜不孝蓋戰國時流俗有此語也憎慍惀
之脩美兮好夫人之忼慨眾踥蹀而日進兮美超遠而
踰邁慍紆粉反惀力允反好呼報反夫音扶忼若博反慨一作礚苦蓋反踥思葉反蹀音牒○慍心所縕
積也思求曉知謂之惀忼慨激昂之意補曰君子之慍惀若可鄙若小人之忼慨若可喜者惟明者能察之踥

登大墳以遠望兮聊以舒吾憂心哀州土之平樂兮悲
江介之遺風樂音洛介一作界風叶孚金反○水中高者曰墳詩遵彼汝墳是也望一作都出州土平樂
寬博而人富饒也介閒也遺風謂故家遺俗之善也當陵陽之焉至兮淼南渡之
焉如曾不知夏之爲丘兮孰兩東門之可蕪淼音眇陵陽未詳○
淼遠貌無涯也於是始南渡大江矣夏大屋也丘荒墟也兩東門郢都東關有二門也蕪穢也言楚王
曾不知郢都宮殿之夏屋當爲丘墟又不知兩東門旁先王所設以守國者豈可使之至於蕪穢哉懷王二十
一年秦遂拔郢而楚徙陳陳一作加在近後幾年也心不怡之長久兮憂與憂其相
接惟郢路之遼遠兮江與夏之不可涉與夏一作真慈其一作之○怊
悵也憂一作憂招接首尾恨也繼續無已也忽若去不信兮至今九年而不復
慘鬱鬱而不通兮蹇侘傺而含慼一無夫字或心去字上下有焉字慼叶七
六反○補注考原初放在懷王十六年至十八年復
召用之三十年秦約懷王與會屈原諫止之不從懷王遂

甚若霰過夏首而西浮兮顧龍門而不見〔霰音銑太一作霰○霰拚〕
〔也長楸所謂故國之喬木使人顧望徘徊不忍去也夏首 遥流貌夏首夏水口也浮不進之而自流也龍門楚都〕
〔南關二門一名龍門一名脩門回 望而不見都門則其悲愈甚矣〕心嬋媛而傷懷兮眇
不知其所蹠順風波而流從兮焉洋洋而為客〔其一作 余一無〕
〔其宇蹠音隻叶音灼一作宅焉如字客叶康洛反○ 嬋媛兩見前篇眇猶遠也蹠踐也洋洋無所歸貌〕淩
陽侯之氾濫兮忽翱翔之焉薄心絓結而不解兮思蹇
產而不釋〔氾孚梵反焉於虔切薄音搏絓音畫釋叶時 若反○淩乘也陽侯陽國之侯溺死於水其〕
〔神能為大波氾濫波貌薄 止也絓懸也蹇產詰曲貌〕將運舟而下浮兮上洞庭而
下江去終古之所居兮今逍遙而來東〔江叶音工上時 掌反下遐嫁反〕
〔○終古亦 西見前篇〕羌靈魂之欲歸兮何須臾而忘反背夏浦而
西思兮哀故都之日遠〔羌一作嗟○時未遠夏浦也故 背之而回首西鄉以思郢也〕

右涉江此篇多以余吾並稱詳其文意余平而吾倨也

皇天之不純命兮何百姓之震愆民離散而相失兮方

仲春而東遷純不雜而有常也震動也愆過也仲春二月陰陽之中仲和之氣人民和樂之時也

屈原被放時適會凶荒人民離散而原亦在行中閔其流離因以自傷無所歸咎而歎皇天之不純其命不能

福善禍淫相協民居使之當此和樂之時而遭離散之苦也去故鄉而就遠兮遵江

夏以流亡出國門而軫懷兮甲之鼂吾以行鼂[illegible]天反一作晁有

叶户郎又○夏備也江大江也夏水名或以爲自江而別以通于漢還復入江冬竭夏流故謂之夏而其入江

夏今名夏口即詩所謂江有汜也韓[illegible]也甲日也朝旦也原自言其以甲日朝旦而行也發郢都而

去閭兮怊荒忽其焉極楫齊揚以容與兮哀見君而不

再得一無都字一無怊字其一作之一無其字是○郢都在漢南郡江陵縣閭里門也楫提同擢也

容與徘徊也言鼓櫂者亦不欲去知己之戀戀於君也望長楸而太息兮涕淫淫

不必用兮賢不必以伍子逢殃兮比干菹醢髡音坤嬴一作裸並
力果反臨叶呼袁反○接輿楚狂也被髮佯狂後乃自
髡桑扈卽莊子所謂子桑戶嬴行謂赤體而行也言疑
論語所謂子桑伯子亦是此人蓋夫子稱其簡家語又
云伯子不衣冠而處夫子譏其欲同人道於牛馬卽此
裸行之證也以亦用也五子吳相五員子胥也諫夫差
令伐越不聽被讒盛以鴟夷而浮之江事見左傳史記
比干事見騷經天問與前世而皆然兮吾又何怨乎今之人余將
董道而不豫兮固將重昏而終身董正也不豫見惜誦重昏重復晦昧於不
復見光明也亂曰鸞鳥鳳皇日以遠兮燕雀烏鵲巢堂壇兮
壇或行反○比也言仁賢遠去而讒使見親也露申辛夷死林薄兮腥臊並御
芳不得薄兮臊音騷得薄之薄音博○比也露申未詳叢木曰林草木交錯曰薄腥臊臭惡也御
用也薄迫也言污賤並進而芳潔不容也陰陽易位時不當兮懷信侘傺忽
乎吾將行兮一無忽字非是行叶户郎反○比而賦也陰謂小人陽謂君子將行謂將遠去也

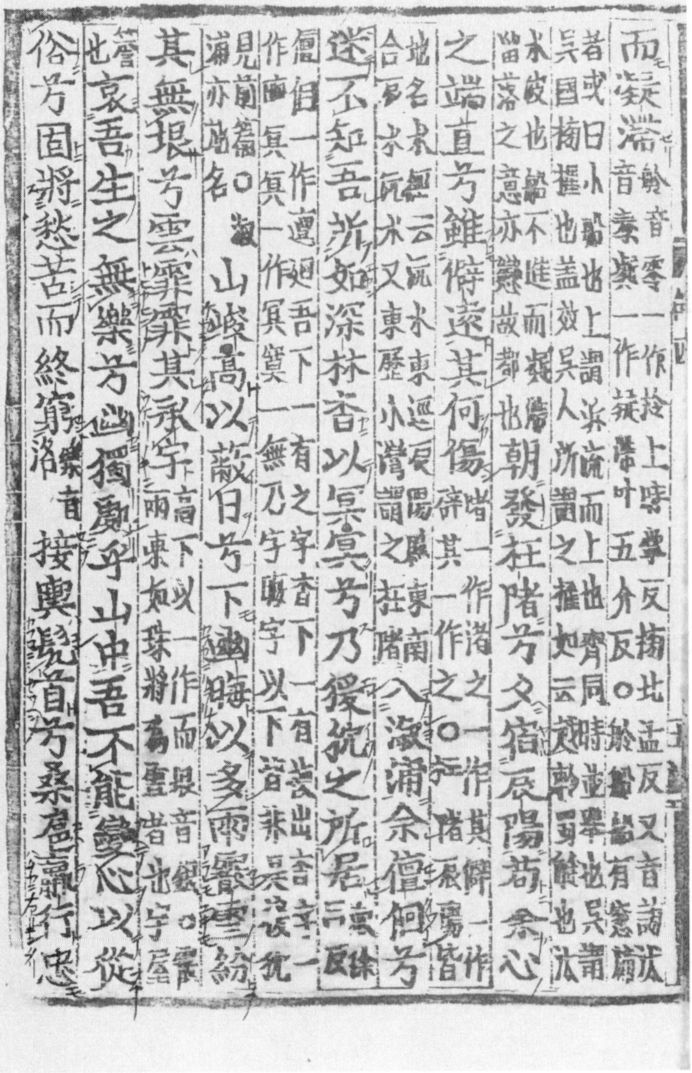
而凝滯
朝發枉陼兮夕宿辰陽苟余心
之端直兮雖僻遠其何傷
入溆浦余儃佪兮
迷不知吾所如深林杳以冥冥兮乃猨狖之所居
山峻高以蔽日兮下幽晦以多雨霰雪紛
其無垠兮雲霏霏其承宇
哀吾生之無樂兮幽獨處乎山中吾不能變心以從
俗兮固將愁苦而終窮 接輿髡首兮桑扈臝行忠

冠劍被服皆是衰亂也鋏劍把或曰刀身劍鋒也長鋏見史記切雲當時高冠之名 被明月兮珮寶璐世溷濁而莫余知兮吾方高馳而不顧駕青虬兮驂白螭吾與重華遊兮瑤之圃 璐音路知下一有吾字顧下一有兮字吾菲是 虬螭音義皆已見前篇圃叶去聲○在背曰被明月珮名以其夜光有似明月故以為名璐美玉名無疵騰發璽當遊寶所皆見其志行之高遠 登崑崙兮食玉英吾與天地兮比壽與日月兮齊光哀南夷之莫吾知兮旦余濟乎江湘 英叶於姜反比齊一皆作同一無將字乎一作於○登崑崙言所至之高食玉英言所養之潔南夷謂楚國也 乘鄂渚而反顧兮欸秋冬之緒風步余馬兮山皋邸余車兮方林 欸音哀風叶孚金反邸丁禮反一作低○鄂渚地名今鄂州也欸歎也方言云南楚謂然爲欸史漢亞父曰唉及唐人欸乃皆此字也邸至也一作低者皆見招魂衡皐低下方林地名 乘舲船余上沅兮齊吳榜而擊汰船容與而不進兮淹回水

則背膂一躰而中分之其交㑹痛楚有不可言者矣檮木蘭以矯蕙兮糳申椒以
爲糧播江離與滋菊兮願春日以爲糗芳檮音擣一作擣糳即各
反〻擣舂也播猶糅也糳精細米也播種也詳見藝經糗糒也乾飯屑也春日新蔬未可食即且以此爲糗而
又不忘其芳香言不變其素守也恐情質之不信兮故重著以自明矯
茲媚以私處兮願曾思而遠身質音致一作志重直用反矯居表反曾音增明
叶音芒思去聲身叶音商〇質猶交質之質矯舉也媚愛也謂所愛之道所守之節也私處猶曰自娛也曾重
也曾思所以慮也遠身所以避害
右惜誦此篇全用賦體無他寄託其言明切最爲易曉而其言作忠造怨遭讒畏罪之意曲盡彼
此之情狀爲君臣者皆不可以不察
余幼好此奇服兮年既老而不衰帶長鋏之陸離兮冠
切雲之崔嵬鋏古挾反冠去聲崔音摧嵬一作巍五回反〇奇服奇偉之服以喻高潔之行

為下有言字一無至字一無信字○忽者易而畧之之意也九折臂更歷方藥乃成良醫故吾於今乃知作忠

造怨之語誠然也左傳曰三折肱為良醫亦此意也矰弋機而在上兮罻羅張

而在下設張辟以娛君兮願側身而無所○矰則僧反弋一作隿罻音

尉下叶音戶辟毗亦反又音臂○矰繳射鳥短矢也弋繳系也機張機以待發也罻羅捕鳥網也辟開也與闢

同或云謂弩臂也言讒賊之人陰設機械張布開闢傷害君之所惡以悅君意使人憂懼雖欲側身以避之而

皆無其處也欲儃佪以干傺兮恐重患而離尤欲高飛而遠

集兮君罔謂女何之儃知然反恐丘用反重儲用反○儃佪不進皃干傺謂求住也重增

益也離遭也集鳥飛而下止也謂遠遭也如此則又恐君得尤謂女欲去我而何往乎欲橫奔而

失路兮蓋堅志而不忍背膺牉以交痛兮心鬱結而紆

軫一無蓋字堅志一作志堅背音貝牉音判下一有合字膺下一有艱字結一作約○橫奔失路妄行違道

之譬也膺胷也牉半分也禮傳曰夫妻牉合也言欲妄行違道則吾志已堅而不忍為通上章三者皆不可為

也欲釋階而登天兮猶有曩之態也懲熱羹一本熱作於而羹下有者字

一本有於熱者皆非是一作懲熱於羹而無者字亦通韲一作虀並音齋此下一有之字一無一也字態叶音

替○韲凡醯醬所和細切為韲或曰擣薑蒜辛物為之者也階梯也蓋羹熱而韲於有人歠羹而太熱其心懲

忿後見冷韲猶恐其熱而吹之以喻前常情既以忠直得罪而痛自懲忿過為向曲而我猶欲釋階而登天則

是不自懲忿而猶有前日忠直之意也衆駭遽以離心兮又何以為此伴

也同極而異路兮又何以為此援也一無衆字援于願反一無二也字○

伴侶也極至也援引也言衆人見已所為皆驚駭遽以離心則不與已為侶者也與衆人同事一君而其志

不同則如同欲至於一處而各行一路誰可與相援引而俱進者耶晉申生之孝子兮父

信讒而不好行婞直而不豫兮鮌功用而不就好呼報反叶呼

闘反○申生事見左傳禮記鮌傳見騷經天問篇不豫見上吾聞作忠以造怨兮忽

謂之過言九折臂而成醫兮吾至今乃知其信然成一作為

因之耳固一作故結下一無而字詒音怡○煩言謂煩亂之言左傳曰嘖有煩言是也騷經曰解佩纕以結言

思美人曰言不可結而詒疑古者以言寄意於人必以物結而致之如結繩之為也退靜默而莫

余知兮進號呼又莫余聞申侘傺之煩惑兮中悶瞀之

忳忳號音豪中一作心一心上別有中字瞀音茂忳徒昆反○號大呼也申重也悶煩也瞀乱也忳忳憂

皃昔余夢登天兮魂中道而無杭吾使厲神占之兮曰

有志極而無旁杭一作航○杭方兩舟而並濟也通作斻厲神蓋傷鬼也左傳晉侯夢大厲祭

法有泰厲公厲族厲王殺伐之神也旁輔也而夢登天而無船者其占為但有心志勞極而無輔助也終

危獨以離異兮曰君可思而不可恃故眾口其鑠金兮

初若是而逢殆鑠書藥反殆叶徒係反○終危獨以離異果如始者占夢者之言也君可思者

臣子之義也不可恃者其明暗賢否所遇有不同也眾口鑠金美金見毀眾其疑之數被燒煉以至銷鑠也殆

危也言初以君為可恃故被眾毀而遭危殆也懲熱羹而吹虀兮何不變此志

交固指禍之理思君其莫我忠兮忽忘身之賤貧事君而不貳
兮迷不知寵之門忠一作知而一作其門叶彌貧反○言我思君意常謂群臣莫有忠於我
者則是貴近之臣皆不能致其身矣故忘己之賤貧而欲自進以効其忠然其進也亦但知盡心以事君而已
固不懷貳以求寵也是以親衆人之遇寵而忘君迷惑不知其所從入之門也忠何辜以遇罰
兮亦非余之所志也行不群以巔越兮又衆兆之所咍
也辜一作罪以一作而余一作吾志叶音之一無二也字右下孟反咍呼來反叶呼其反○咍嗤笑楚言也
言無罪於逐本非臣子夙心所期望但以行不群而至此遂爲衆所笑耳紛逢尤以離謗兮
謇不可釋也情沈抑而不達兮又蔽而莫之白也白叶音別
一無二也字○紛亂皃尤過也謇詞也釋解也沈沒也抑按也白明著也心鬱邑余侘傺兮
又莫察余之中情固煩言不可結而詒兮願陳志而無
路心一作恔侘傺言義並已見騷經中情以韻叶之當作善惡字又當以去聲讀由騷經一句差互故此亦

明君其知之若兮之間一有子字非是贅之芮反肬音尤一作疣叶于其反儇許緣反習音佩一
無明字一無君字皆非是○贅肬肉外之餘肉莊子所謂附贅懸肬者是也儇輕利也媚愛也○言盡忠以事
君反爲一介盡忠者所擯弃謂之肬肉外之餘肉然吾學忘儇媚之態以與衆違其所恃者獨待明君之知耳
言與行其可迹兮情與貌其不變故相臣莫若君兮所
以證之不遠行下孟反相息亮反之下一有而字非是○言人臣之言行旣可蹤跡內情外皃又
難變匿而人君日以其身親與之接宜其最能察夫忠邪之辨盖其所以驗之不存於遠也左傳曰知子莫君
父知臣莫若君此之謂也吾誼先君而後身兮羌衆人之所仇也專
惟君而無他兮又衆兆之所讎也羌下一有然字非是一無二也字兆一作
人○誼與義同怨讎曰仇惟思念也百萬曰兆讎謂怨之當報者壹心而不豫兮羌不
可保也疾親君而無他兮有招禍之道也疾一作病非是○不豫言
果決不猶豫也不可保言君若不察則必爲衆人所害也疾猶力也與上文專惟君之誼同力於親君而無私

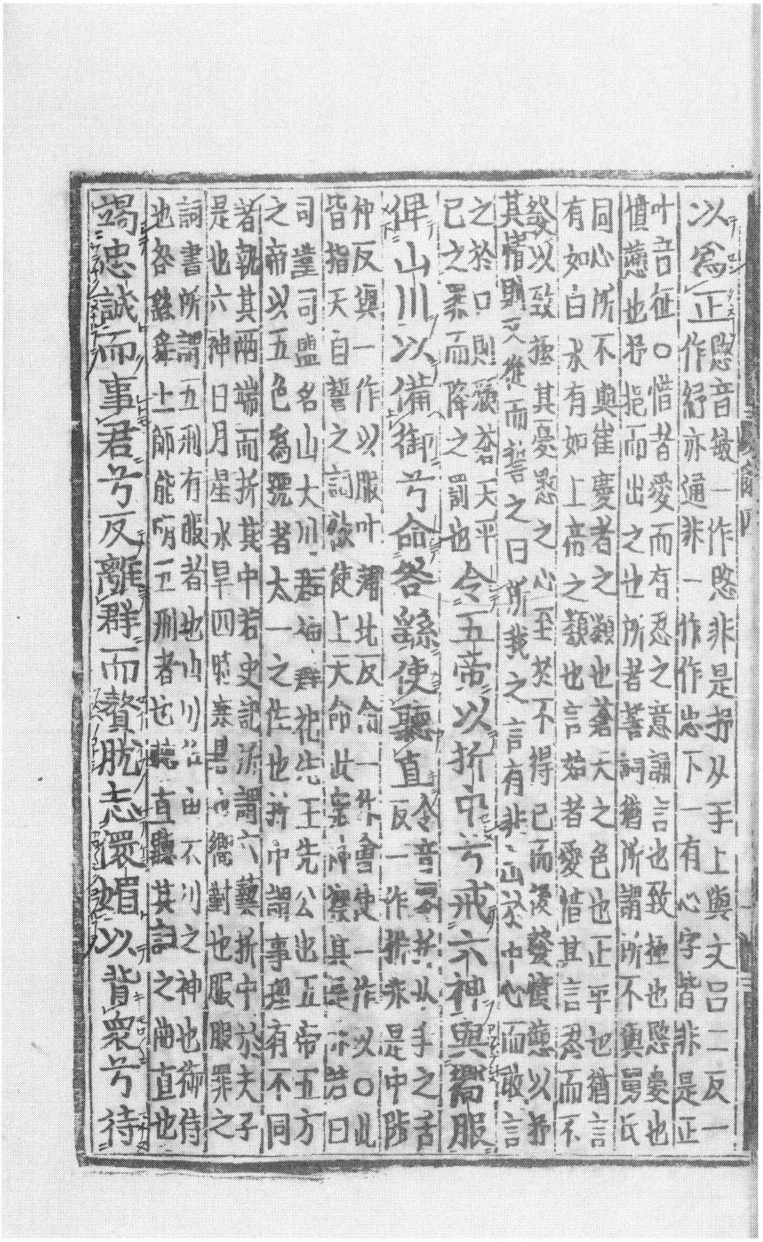

以爲正慤音殼一作慤非是抒从手上與文吕二反一作紓亦通非一作作忠下一有心字皆非是正
叶音征○惜者愛而有忍之意誦言也致極也愍憂也
憤懣也抒挹而出之也所者誓詞猶所謂所不與舅氏
同心者之類也蒼者天之色也正平也猶言
有如白水有如上帝之類也言始者愛惜其言忍而不
發以致極其憂愍之心至於不得已而後發憤懣以抒
其情則又推而誓之曰所我之言有非出於中心而敢言
之於口則願蒼天平己之罪而降之罰也令五帝以折中兮戒六神與嚮服
俾山川以備御兮命咎繇使聽直令音零折从手之舌反一作誓非是中陟
仲反與一作以服叶蒲北反命一作令會使一作以○此皆指天自誓之詞欲使上天命此宰神察其誼亦皆曰
司董司盟名山大川羣神羣祀先王先公也五帝五方之帝以五色爲號者太一之佐也折中謂事理有不同
者執其兩端而折其中若史記所謂六藝折中於夫子是也六神日月星水旱四時寒暑是也嚮對也服服罪之
詞書所謂五刑有服者也山川名山大川之神也御侍也咎繇舜士師能明五刑者也聽直聽其詞之曲直也
竭忠誠而事君兮反離群而贅肬忘儇媚以背衆兮待

102

楚辭卷之四

九章第四　　離騷十四至二十二

九章者屈原之所作也屈原既放思君念國隨事感觸輙形於聲後人輯之得其九章合爲一卷非必出於一時之言也今考其詞大氐多直致無潤色而惜往日悲回風又其臨絶之音以故顚倒重複倔強疏鹵尤憤懣而極悲哀讀之使人太息流涕而不能已董子有言爲人君者不可以不知春秋前有讒而不見後有賊而又不知嗚呼豈獨春秋也哉

惜誦以致愍兮發憤以抒情所非忠而言之兮指蒼天

皆不可曉今闕其義伏匿穴處爰何云荆勳作師夫何長長下一有先字
非是自此至篇終皆隔句叶韻悟過改更我又何言吳光爭國久余是
勝悟一作寤更音庚一無我字非是言叶音銀勝叶音商○吳光即闔閭也何環穿自閭社
丘陵爰出子文環穿自閭社丘陵七字一作環閭穿社以及丘陵是淫是蕩十二字○子文楚
令尹闘穀於菟也左傳曰若敖娶於䢵生闘伯比若敖卒從其母畜於䢵淫於䢵子之女生穀於菟䢵實為令尹
子文夫子稱其忠事見論語他則不可曉矣吾告堵敖以不長楚人謂未成君而死者曰
敖堵敖者楚文王子成王兄也何試上自予忠名彌彰試一作識予音與一作與彰一
作章

楚辭卷第三

禮樂祭祀結業流於子孫也 勳闔夢生少離散亡何壯武厲能流厥

嚴 嚴叶五郎反詩殷武篇有此列。勳功也闔吳王闔廬也夢闔廬祖父壽夢壽夢卒太子諸樊立諸樊卒傳弟餘祭餘祭卒傳弟夷末夷末卒常傳弟季札札不受夷末之子王僚立闔廬諸樊之長子次不得爲王少離散亡放在外乃使專諸刺王僚代爲吳王以伍子胥爲將破楚入郢是能壯其猛厲勇武而流其威也 彭

鏗斟雉帝何饗受壽永多夫何長 饗叶盧良反長上一有久字。彭鏗彭祖也舊說鏗好和滋味進雉羹于堯堯饗食之而錫以壽考至八百歲莊子以爲上及有虞下及五伯是也但此本謂上帝已爲妄說而舊注以爲堯又妄之尤也 中央共牧后何怒蠭蛾微命力

何固 牧一作收一作枚蠭音峯一作蠭一作螽非是蛾古蟻字一作蟻。此章之義未詳當闕 驚女

采薇鹿何祐北至回水萃何喜 祐叶丁忌反。此章未詳亦當闕 兄有

噬犬弟何欲易之以百兩卒無祿 噬音筮兩音亮。舊注以此爲秦公子鍼之事然與左傳不同未知是否 薄暮雷電歸何憂厥嚴不奉帝何求 此下

公也昌文王也言太公在古肆而屠文王何以識知之乎后亦謂文王也呂望鼓刀在列肆文王親往問之呂
望對曰下屠屠牛上屠屠國文王喜載與俱歸此問何但聞其鼓刀之聲而親往問之乎然此與獵於渭濱而
得太公之說不同蓋當時好事者之言猶伊尹負鼎百里自鬻之此情乎孟子時無問者不得并桔擊之也然
則其問亦不足答矣武發殺殷何所悒載尸集戰何所急○悒音邑言武
王發欲誅殷紂何所悒悒而不能久忍遂載文王之柩於軍中以會戰何所急而然也此亦當時傳聞之語故
為伯夷扣馬之詞亦有父死不葬之云與此皆誤也伯林雉經維其何故何感天
抑墜夫誰畏懼一無何字墜已見上○舊注以此為晉太子申生之事未知是否皇天
集命惟何戒之受禮天下又使至代之言皇天集祿命以與王者何不
常有以戒之而使至於危亡乎王者既受天之命而王天下天又何為使他姓代之乎其警戒之意至深切
矣初湯臣摯後茲承輔何卒官湯尊食宗緒○卒一作萃言湯初
舉伊尹以為凡臣耳後知其賢乃以備疑丞輔翼也官如官卿之適之官言終使湯為天子尊其先人以王者

則人惡之矣烏何為而燠之耶以此言之則笠字當何為天祝子之祝或為天夭是椓之椓以聲近而訛耳
馮弓挾矢殊能將之既驚帝切激何逢長之挾一作接驚一作儆
切一作功○馮引弓持滿也其它文多不可曉注以為后稷補以為武王未知孰是今姑闕之伯昌号
衰秉鞭作牧何令徹彼岐社命有殷國号一作號○伯昌請周文王始
為西伯而名昌也號衰号令於殷世衰微之際也秉鞭策牧者之事也言服事殷而為之執鞭以作六州之牧
也徹通也岐社大王所立岐周之社也武王既有殷國遂通岐周之社於天下以為大社猶漢初令民立漢社
稷也遷藏就岐何能依殷有惑婦何所譏言大王始與百姓徙其寶藏來
就岐下問何能使其民依倚而隨之惑婦謂妲己也問有何事可譏爭受賜茲醢西伯上
告何親就上帝罰殷之命以不救告叶古后反帝下一有之字○西伯文王
也言紂醢梅伯以賜諸侯文王受之以祭告語於上帝帝乃親致紂之罪罰故殷之命不可復救也師望
在肆昌何識鼓刀揚聲后何喜識與志同喜叶許寄反○師望太師呂望謂太

孰使亂惑何惡輔弼讒諂是服惡烏路反諂一作讇服叶蒲北反○惑紂者內則妲己外則飛廉惡來之徒也服事也言紂憎輔弼不用忠直之言而專用讒諂之人也比干何逆而抑沈之雷開何順而賜封之何一作巧非是封叶寺音反之一作金○此言紂之惡輔獨而用讒諂也比干紂諸父也諫紂紂怒乃殺之而剖其心雷開佞人也阿順於紂乃賜之金玉而封爵之也何聖人之一德卒其異方梅伯受醢箕子詳狂梅音每詳音佯一作佯○方術也梅伯紂諸侯也忠直而數諫紂紂怒乃殺之菹醢其身箕子見之欲去不忍遂被髮詳狂而爲奴二人德同而術異也稷維元子帝何竺之投之于冰上鳥何燠之竺一作篤燠音郁一作懊非是一無句下三之字○元大也稷帝嚳之子棄也帝即嚳也竺義未詳或曰厚也或曰篤也皆未安稷事見詩大雅及史記曰后稷名棄其母有邰氏女曰姜嫄爲帝嚳元妃出野見巨人跡說而踐之身動如孕者居期而生子姜嫄以爲無父而生棄之於冰上有鳥以翼覆薦溫之以爲神乃取而養之詩曰先生如達是首生之子也故曰元子既是元子則帝當愛之矣何爲而竺之耶棄之冰上

所謂品庶每生是也巧佞言巧於貪求也史記曰周穆王得驥溫驪驊騮騄耳之駟西巡狩樂而忘歸徐偃王作乱造父為穆王御長驅歸周以救乱環旋也左傳云穆王欲肆其心周行天下將必有車轍馬跡焉祭公謀父作祈招之詩以止王心王是以獲沒於祈宮

妖夫曳衒何號于市周幽誰誅

焉得夫褒姒衒熒絹反○褒姒周幽王之嬖妾也昔夏后氏之衰也有二龍止於夏庭而言曰余褒之二君也夏后布幣糈而告之龍亡而漦在櫝而藏之傳三代莫敢發至厲王之末發而觀之漦流于庭化為玄黿入王後宮後宮處妾遇之而孕無夫而生女懼而棄之先時有童謠曰檿弧箕服實亡周國後有夫婦相牽引行賣是器於市者以為妖怪執而戮之夜得亡之聞所棄女啼聲哀而收之遂奔褒褒人後有罪乃入此女以贖罪是為褒姒幽王惑而愛之為廢申后及太子宜臼而立以為后遂為申侯犬戎所殺也

天命反側何罰何佑齊桓九合卒然身殺佑叶于忌反合一作會殺音弑一作弑○反側言無常也九糾通用卒終也齊桓公任管仲九合諸侯一正天下任豎刁易牙諸子相攻死不得斂虫流出戶與見殺無異一人之身一善惡天命反側罰佑不常皆其所自取也

一彼王紂之躬

紂死所射之三發以黃鉞斬其頭懸之太白之旗此所謂列擊紂躬也然未見周公不喜與其咎嗟以揆武王
使定周命之事蓋當時猶有其傳而今失之也此問周公既不喜列擊紂躬何為又教武王使定周命乎蓋周
公但不喜親斬紂頭之事耳固未嘗不欲定周之命而王天下以傳子孫也後之四句不可曉似謂天既授殷以
天下而今亡之使其位何所施耶蓋惟反其所以成者是以至於滅亡而其為罪果何事耶但語意太簡未有
以見其必然耳 爭遣伐器何以行之並驅擊翼何以將之 行叶戶郎
反○爭遣伐器謂泰誓言群后以師畢會也並驅擊翼謂六韜曰翼其兩旁疾擊其後言武王之軍人人樂戰
並驅而進之也問此二者何以使其然耶 昭后成遊南土爰底厥利維何逢
彼白雉 底音指○昭后成王孫昭王瑕也成猶遂也底至也昭王南遊至楚楚人鑿其舟而沈之遂不
還也杜預云昭王南巡狩涉漢船壞而溺二說不同未知孰是白雉事無所見舊注謂周公時越裳氏嘗獻之
昭王德不能致而欲親往逢迎之亦恐未必然也 穆王巧挴夫何周流環理天
下夫何索求 挴芒改反字从手或从木或从王者皆非也周上一有為字○方言云挴貪也賈生

湯出重泉夫何辠尤不勝心伐帝夫誰使挑之辠古罪字尤叶
于其反挑徒了反○重泉地名在馮翊郡史記所謂夏臺也言桀拘湯於此而復出之湯既得出遂不勝衆人
之心而以伐桀是誰使桀先拘湯以挑之乎會鼂爭盟何踐吾期蒼鳥羣飛
孰使萃之會鼂爭盟一作會晁請盟音巳見上蒼一作會○舊說武王將伐紂紂使膠鬲視武王師
膠鬲問曰欲以何日行師武王曰以甲子日膠鬲還報紂會天大雨道難行武王晝夜行或諫曰雨甚軍士苦
之請且休息武王曰吾許膠鬲以甲子日至殷今報紂矣吾甲子日不到紂必殺之吾故不敢休息欲救賢者
之死也遂以甲子日朝誅紂不失期也下二句不可曉注云蒼鳥鷹也言將帥勇猛如鷹鳥羣飛惟武王能聚
之詩曰惟師尚父時惟鷹揚是也未知是否列擊紂躬叔旦不嘉何親揆發
定周之命以咨嗟授殷天下其位安施反成乃亡其罪
伊何列一作到非是躬一作射非是一無何字定一作足屬上句非是一無之以二字施叶所加反若如
字即下何叶音奚反一作及○叔旦武王弟周公也嘉善也揆度也猶言帝度其心發武王名史記言武王至

與之淫泆婦人則引詩刺之曰墓門有棘有鴞萃止言雖無人棘上猶有鴞汝獨不愧也今詳其説上一句迂曲難解下事亦無所據補引列女傳陳辯文事又無貞子肆情之意要皆不足論也

眩弟並淫危害厥兄何變化以作詐而後嗣逢長

害一作虞兄叶虛良反而一在嗣字下○眩弟感亂之弟也問何冢欲殺舜變化作詐而舜為天子反封象於有痺使其後嗣子孫長為諸侯乎孟子云仁人之於弟不藏怒不宿怨封之有痺富貴之也知之則知其説矣

成湯東巡有莘爰極何乞彼小臣而吉妃是得

莘所巾反得叶徒力反○有莘國名極至也小臣謂伊尹也言湯東巡至於有莘乞自伊尹因得吉善之妃以為內輔也史記曰阿衡欲干湯而無由乃為有莘氏媵臣謂此也然以孟子觀之則為此説者妄矣

水濵之木得彼小子夫何惡之媵有莘之婦

一無依字惡烏路反婦叶房尾反○舊説小子謂伊尹媵送也言伊尹母妊身夢神女告之曰臼竈生鼃亟去無顧居無幾何臼竈中生鼃母去東走顧視其邑盡為大水母因溺死化為空桑之木水乾之後有小兒啼水涯人取養之既長大有殊木有莘惡其從木中出因以送女謬妄甚明不必辨也

時舜何以懷之平脅曼膚何以肥之懷叶胡威反平脅一作受平曼受音萬○干盾也協合也時是也言舜以干羽合是舞于兩階何以懷有苗而格之也下句未詳舊說云平脅曼膚肥澤之貌言紂爲無道天下乖離當懷憂癯瘦何反肥盛若此乎二事不相似時相去又遠未知其果然否有扈牧豎云何而逢擊牀先出其命何從豎臣庚反命何一作何所○豎童僕之未冠者舊說有扈氏本牧豎之人耳因何逢遇而得爲諸侯乎啓攻有扈之時親於其牀上擊而殺之其命何所從出乎此亦無所據而牧豎之說又與上章相表裏未詳其說恒秉季德焉得夫朴牛何往營班祿不但還來朴匹角反一云平豆反無撲音牛叶魚奇反來叶力之反○舊說朴大也言湯常能秉持契之末德出獵而得大牛之瑞其往獵也不但驅馳往來而已還輒以所獲得禽獸偏施祿惠於百姓也此篇言秉季德者再而其說不同如此蓋本文已不可考而說者又妄解也昏微遵迹有狄不寧何繁鳥萃棘負子肆情遵一作循有一作佚○舊說人循闇微之道爲戎狄之行者不可以安其身謂晉大夫解居父聘吳過陳之墓門見婦人負其子欲

后帝是饗何承謀夏桀終以滅喪（一無夏字喪一云盤一作喪○后帝謂殷湯也言伊尹始仕因緣烹鵠鳥之羹脩玉鼎以事湯湯賢之遂以爲相承用其謀而伐夏桀終以滅之也此即孟子所辨割烹要湯之說蓋戰國游士謬妄之言也）帝乃降觀下逢伊摯何條放致罰而黎服大說（乃一作力一作之力摯如字說叶統摯音贄即說音悅○帝謂湯也摯伊尹名也條鳴條也黎衆也言湯觀風俗而逢伊尹遂用其謀伐桀於鳴條而放之南巢天下衆民大喜悅也致罰即湯誅所謂致天之罰也）簡狄在臺嚳何宜玄鳥致貽女何喜（臺叶徒其反臺下或有帝字嚳苦篤反貽一作詒喜叶音遲一作喜叶音基一作善非是○簡狄帝嚳之妃也玄鳥燕也貽遺也言簡狄侍帝嚳於臺上有飛燕墮遺其卵喜而吞之因生契也事見商頌說見玄鳥章詩）該秉季德厥父是臧胡終弊于有扈牧夫牛羊（此章未詳諸說亦異補曰言啓兼秉禹之末德而禹善之授以天下有扈以堯舜與賢禹獨與子故伐啓啓伐滅之有扈遂爲牧豎也詩此該字恐是啓字字形相似也但牧夫牛羊下協字有扈而其文勢似皆反爲扈所弊弁不可考也）

90

乎堯妻舜而不告其父母二女何自而與之指親乎程子曰舜不告而娶固不可堯命瞽使舜娶舜雖不告堯
固告之矣堯之告也以君治之而已厥萌在初何所意焉璜臺十成誰所
極焉意古億字亦作億璜音黃○億度也論語曰億則屢中璜美玉也成重也言賢者預見萌芽之端而
知其存亡非虛億也紂作象箸而箕子歎預知象箸必有玉杯玉杯必盛熊蹯豹胎如此必崇廣宮室紂果作
玉臺十重糟丘酒池以至於亡也登立爲帝孰道尚之女媧有體孰制
匠之媧古華反匠一作匠非是○舊說伏羲始畫八卦脩行道德万民登以爲帝誰開導而尊尚之乎媧
言女媧人頭蛇身一日七十化其體如此誰所制匠而圖之乎上句無伏羲字不可知下句則恠甚而不足論
矣舜服厥弟終然爲害何肆犬豕而厥身不危敗一作何得
肆其犬豕豕一作體○服事也言舜弟象施行無道舜猶服而事之然象終欲害舜肆其犬豕之心燒廩塡井
然舜爲天子卒不誅象何耶說見下眩弟章吳獲迄古南嶽是止孰期去斯
得兩男子迄許迄反去一作夫○此章未詳舊注以兩男子爲太伯虞仲未知是否緣鵠飾

女岐縫裳而館同爰止何顚易厥首而親以逢殆澆五吊反嫂叶音叟易上一有隕字殆叶當以反上一有天字一有大字○澆浞之子也舊說澆無義淫泆其嫂往至其戶佯有所求因與淫亂夏少康因田獵放犬逐獸遂襲殺澆而斷其頭顚倒也隕墜也女岐澆嫂也言女岐與澆淫泆爲之縫裳於是共舍而宿止少康夜襲得女岐頭以爲澆因斷之故言易首不知何據

湯謀易旅何以厚之覆舟斟尋何道取之斟職深反取此苟反○澆與上句過澆下句斟尋事不相涉疑本康字之誤謂少康也斟尋國名也杜預云斟灌斟尋夏同姓諸侯相失國依於二斟爲澆所滅其子少康爲虞庖正有田一成有衆一旅遂滅過澆祀夏配天不失舊物也旅謂一旅五百人也覆舟言夏后相已傾覆於斟尋之國今少康以何道而能復取澆乎

桀伐蒙山何所得焉妹嬉何肆湯何殛焉得叶北刃反妹音末一作末嬉音喜一作喜殛一作極○桀伐蒙山之國而得妹嬉因此肆其情意故爲湯所殛放之南巢也

舜閔在家父何以鱞堯不姚告二女何親鱞古頑反叶音矜○閔憂也無妻曰鱞姚舜姓也閔舜孝如此父何以不爲娶

秬音巨莆一作黄萑音丸一作雚。秬黍黑黍也說文
黍木屬而黏也莆疑卽蒲字蒲水草可以作席雚亂也
與雚同左氏云萑苻
之澤是也餘未詳白蜺嬰茀胡爲此堂安得夫良藥
不能固臧天式從横陽離爰死大鳥何鳴夫焉喪厥體
茀音拂得下一有失字從卽容反喪息浪反。舊注引
列仙傳云崔文子學仙於王子僑子僑化爲白蜺而嬰
茀持藥與之文子驚怪引戈擊蜺因墮其藥俯而視之
子僑之尸也須臾化爲大鳥飛鳴而去事極鄙妄不足
蓌
論蓱號起雨何以興之撰體脅鹿何以膺之蓱一作并
一作萍音
瓶翳胡刀反撰雛免反脅虛業反躰下一有協字而鹿
字屬下句又無以字一作何鹿以膺之。舊說蓱蓱翳
雨師名也號呼也興起也又言天撰十二神鹿一身八
足兩頭獨何膺受此形體乎此章大抵荒誕無說今亦
不
論鼇戴山抃何以安之釋舟陵行何以遷之鼇音敖戴
一作載抃
音卞一音拚安叶一先反。鼇大龜也擊手曰抃舊注
引列仙傳曰有巨靈之龜背負蓬萊之山而抃舞事亦
見列字下
二句未詳惟澆在戶何求于嫂何少康逐犬而顛隕厥

辭三　八

不若。馮音憑珧音遙豨虛豈反䠶叶時若反蒸一作烝馮蒲也言引滿也珧弓名也爾雅弓以蜃者謂
之珧珧蜃甲也射禮有次注云決猶闓也以象骨為之著右大擘指以鉤弦闓體也治帝天帝也若順也言羿
獵射封豨以其肉膏祭天帝天帝猶不順羿之所為也御于對曰夸夫快殺鼎豨以應飽馨膏腴帝猶德遂力
胡肥舍舌後而濫厥福浞娶純狐眩妻爰謀何羿之䠶革而交吞
揆之浞仕角反謀叶謨悲反一無革字。寒浞見騷經眩惑也爰於也言浞娶於純狐氏女眩惑愛之遂
與浞謀殺羿也䠶革禮所謂貫革之䠶左傳所謂蹲甲而䠶之徹七札焉者言有力也吞狐也揆謀度也言何
羿之射藝勇力而其衆乃交進而吞講之乎化卽驕經所謂佚畋而乱統鮮終者也阻窮西征
巖何越焉化爲黃熊巫何活焉化下一有而字。此章似又言鯀事然羽山東
裔而此云而征已不可曉或謂越巖墮死亦無明文左傳言鯀化爲黃熊國語作黃能按熊獸名能三足鼈也
說者曰獸非入水之物故是鼈也說文又云能熊屬足似鹿蓋不可曉或云東海人祭禹廟不用熊白乃鼈為
牒豈鯀化爲二物乎咸播秬黍莆雚是營何由并投而鯀疾脩盈

蠥問啓何以能思推所憂而能代益伐匽以達比拘執之嫌乎舊說如此未知是否不敢荅也皆歸䠶鞫而無害厥躬何后益作革而禹播降䠶一作射鞫一作鞠音菊降叶胡攻反。此章之意夫詳啓棘賓商九辯九歌何勤子屠母而死分竟地歌叶巨依反地叶音低一作墜。棘賓商未詳九辯九歌已見騷經竊疑棘當作夢商當作天以篆文相似而誤也盖其意本謂啓夢上賓於天而得帝樂以歸如列子史記所言周穆王秦穆公趙簡子夢之帝所以聞鈞天廣樂九奏萬舞之類耳屠母疑亦謂淮南所說禹治水時自化爲熊以通轘轅之道塗山氏見之而慙遂化爲石時方孕啓禹曰歸我子於是石破北方而啓生其石在嵩山見漢書注竟地即化石也此皆恠妄不足論但恐文義當如此耳帝降夷羿革孽夏民胡䠶夫河伯而妻彼雒嬪胡下一有羿字非是䠶一作射食亦反下同妻七計反。帝天帝也夷羿諸侯弒夏后相者也革更也孽憂也言變更夏道爲萬民憂患傳曰河伯化爲白龍遊於水旁羿見射之眇其左目羿又夢與雒水神虙妃交亦妄言也馮珧利決封豨是䠶何獻蒸肉之膏而后帝

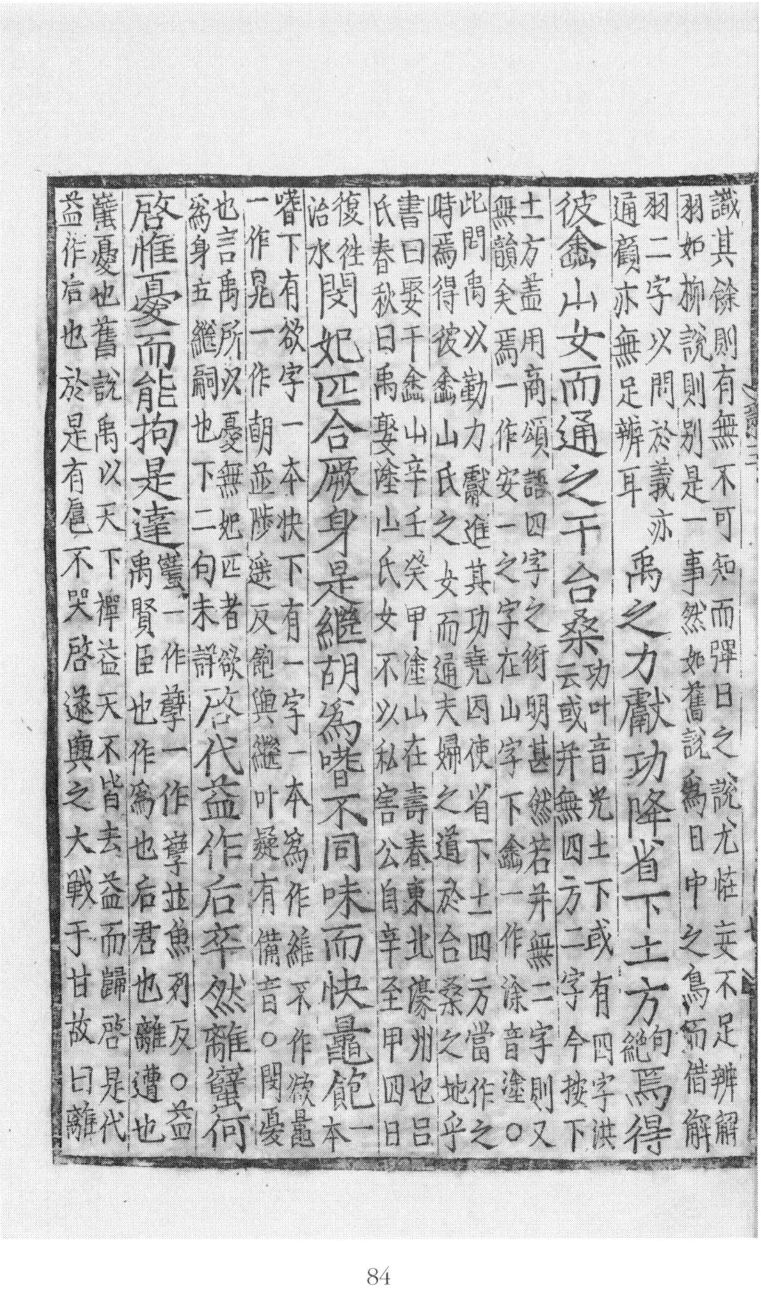
識其餘則有無不可知而彈日之説尤恠妄不足辨解羽如柳說則别是一事然如舊說爲日中之烏而借解羽二字以問於義亦通韻亦無足辨耳禹之力獻功降省下土方句絶焉得彼盦山女而通之于台桑功叶音光土下或有四字洪云或并無四方二字今按下土方蓋用商頌語四字之衍明甚然若并無二字則無韻矣焉一作安一之字在山字下盦一作涂音塗○又此問禹以勤力獻進其功竟因使省下土四方當作之時焉得彼盦山氏之女而通夫婦之道於台桑之地乎書曰娶于盦山辛壬癸甲塗山在壽春東北濠州也呂氏春秋日禹娶塗山氏女不以私害公自辛至甲四日復往治水閔妃匹合厥身是繼胡爲嗜不同味而快鼂飽一本嗜下有欲字一本快下有一字一本爲作維不作淑鼂一作晁一作朝並陟遥反飽與繼叶疑有備言○閔憂也言禹所以憂無妃匹者欲爲身立繼嗣也下二句未詳啓代益作后卒然離蠥何啓惟憂而能拘是達蠥一作孽一作孼並魚列反○益禹賢臣也作爲也后君也離遭也蠥憂也舊說禹以天下禪益天不皆去益而歸啓是代益作后也於是有扈不哭啓遂與之大戰于甘故曰離

象厥大何如。蓱一作苹枲相里反靈一作一大一作肯靡蓱未詳何物九衢言其歧九出耳山
海經有四衢五衢之語是也枲麻之有子者山海經云浮山有草其葉如枲又云南海內有巴蛇身長百尋其
色青黃赤黑食象三年而出其骨住云南方蚺蛇亦吞象消盡乃自絞於樹腹中骨皆穿鱗甲間出亦此類也
黑水玄趾三危安在延年不死壽何所止趾一作祉一作阯在見上
○黑水三危皆見禹貢玄趾未詳素問曰眞人壽敝天地無有終時至人益其壽命而強亦歸於眞人聖人形
體不敝精神不散亦可以百數鯪魚何所魁堆焉處羿焉彃日烏焉解
羽鯪音陵一作陵魁音祈堆多回反彃一作斃說文云彃射也音畢作彈者字誤也烏柳云當作鳥○鯪魚
鯉也一云陵鯉也有四足形似鼉而短小出南方山海經曰西海中近列姑射山有陵魚人面人手魚身見則
風濤起北號山有鳥狀如雞而白首鼠足名曰鬿雀食人彈射也淮南言堯時十日並出草木焦枯堯命羿仰
射十日中其九日日中九烏皆死墮其羽翼故留其一日也春秋元命苞三足烏者陽精也柳云山海經曰大
澤方千里群鳥之所生及所解穆天子傳曰北至曠原之野飛鳥之所解其羽舊說非是按今唯陵魚人所其

西北隅開門以納周之風今不敢信不日安不到燭龍何照羲和之未揚若華何光照叶之法反揚一作陽○舊注以爲天之西北爲冥無日之國有龍銜燭而照之莫有日處日未出時又有若木赤華照地也夫日光弥天其行匝也固無不到之處此章所問尤是兒戲之語不足答也何所冬煖何所夏寒焉有石林何獸能言荅曰南方日近而陽盛故多暖北方日遠而陰盛故多寒今以越之南燕之北觀之已自可驗則愈遠愈偏而有冬煖夏寒之所不足怪矣石林未詳禮曰猩猩能言不離禽獸今南方山中有之焉有龍虬負熊以遊虬或在龍字上以韻叶之非是○虬見上餘未詳雄虺九首儵忽焉在何所不死長人何守虺許偉反儵與倏同在叶音紫死一作老出以首叶守以在叶死作老非是○虺蛇屬尔雅云蝮三寸首大如擘儵忽急疾貌招魂說南方之害雄虺九首往來儵忽正謂此也不死之人則山海經淮南子貴言之固未可信然俗傳山中有人年老不死子孫藏之雜實之中者亦或有之不足怪也長人則國語所謂防風氏守封禺之山者山今在湖州武康縣靡蓱九衢枲華安居靈蛇吞

滲漉滲渇而升充融有餘泄漏復行器運歙歙又何溢焉三子之言遞相祖述而柳又明歸墟之還非出之天

地之外也但水入於東而復繞於西又滲縮而升乃復出於高源而下流於東耳此其說亦近似矣然以理驗

之則天地之化往者消而來者息非以往者之消復爲來者之息也水流東極氣盡而散如沃焦釜無有遺餘

故歸墟尾閭亦有沃焦之號非如未盡之水還山澤通氣而流注不窮也東西南北其脩孰

多南北順橢其衍幾何橢一作隋一作墮音妥又徒禾反○脩長也橢狹而長也衍餘

也○說問四方長短君何若謂南北狹而長則其長處所餘又計多少也荅曰地之形量固當有窮但旣非人

力所能遍歷筭術所能推知而書傳臆說又不足徵唯靈憲所言八極之廣原於歷筭若有據依然非專言地

之廣狹也柳對直謂其極無方則又過矣崑崙縣圃其凥安在增城九重其

高幾里縣音玄一作玄非是凥與居同在見上○崑崙縣圃見騷經崑崙據水經在西域一名阿耨達

山河水所出非妄言也但縣圃增城高廣之度諸怪妄說不可信耳四方之門其誰從焉

西北辟啓何氣通焉辟與闢同一作闢一作開○補注引淮南子說崑崙虛旁門有數其

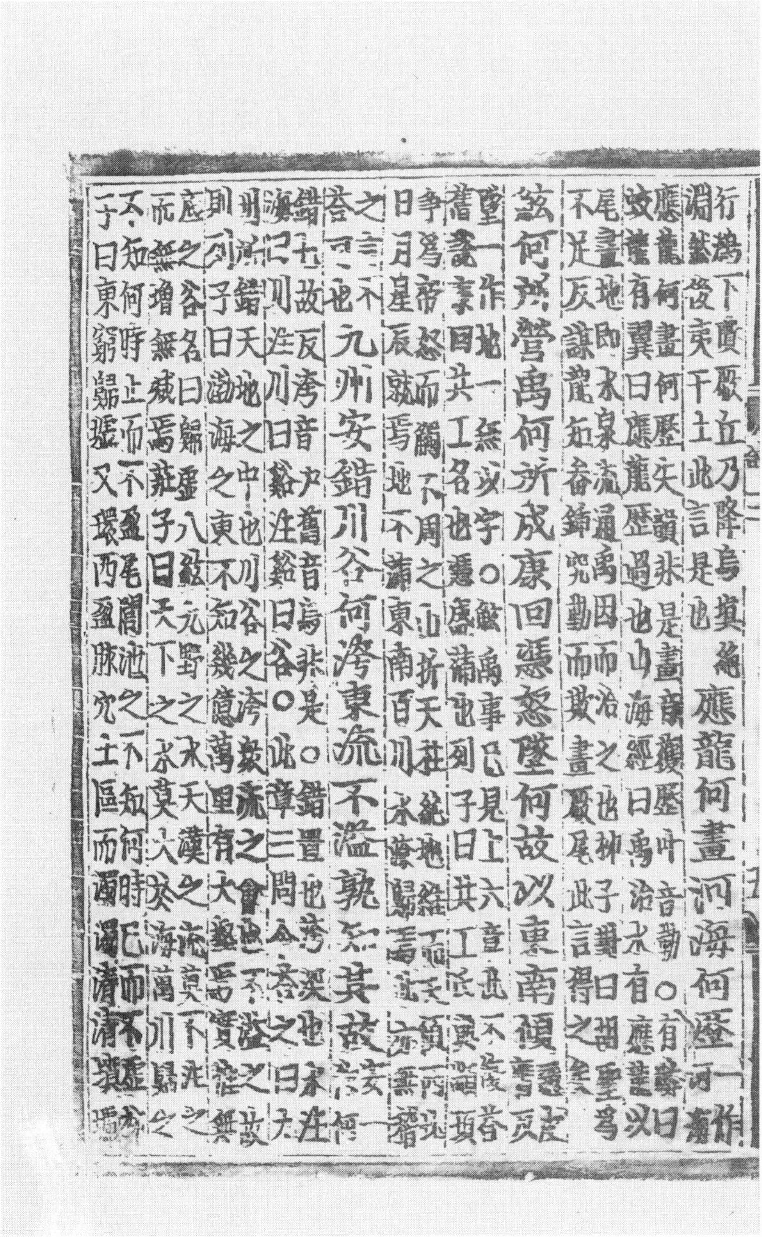
行鴟下賁啟丘乃降烏墳絕 溺鯀後爽下土此言是也 應龍何畫河海何歷 一作河濟
應龍何畫何歷失韻非是畫音獲歷叶音勸○有鱗曰 蛟龍有翼曰應龍歷過也山海經曰禹治水有應龍以
尾畫地即水泉流通禹因而治之也神子翼曰留墨禹 不足反謀龍知畚鍤究動而欺畫嚴尾此言得之矣
鯀何所營禹何所成康回馮怒墜何故以東南傾 [illegible]
墜一作地一無以字○鯀禹事已見上六章此不復 著康回共工名也墜陷也列子曰共工氏與顓頊
爭為帝怒而觸不周之山折天柱絕地維絕天傾西北 日月星辰就焉地不滿東南百川水潦歸焉 [illegible]
之言不 答之也 九州安錯川谷何洿東流不溢孰知其故 [illegible]
錯七故反洿音戶舊音烏非是○錯置也洿深也家注 濟已川注川曰谿注谿曰谷○此章三問今答之曰子
明列錯天地之中也川谷之洿深流之會也不盈之故 則列子曰渤海之東不知幾億萬里有大壑焉實惟無
底之谷名曰歸墟八紘九野之水天漢之流莫不注之 而無增無減焉莊子曰天下之水莫大於海萬川歸之
不知何時止而不盈尾閭泄之不知何時已而不虛 子曰東窮歸墟又環西盈脈究土區而遍渴清清其瑞

80

羽山而不施以刑乎禹鮌子也腹懷孕也詩曰出入腹我○此又問禹自少小習見鮌之所爲何以能變乎而有聖德乎答曰舜之四罪皆未嘗殺也程子以爲書云殛死猶言貶死耳蓋聖人用刑之寬例如此非獨於鮌爲然也若禹之聖德則其所稟於天者清明而純粹豈習於不善所能變乎

纂就前緖遂成考功何續初繼業而厥謀不同

纂作管反緖音叙○纂集也緖緖端也○此問禹能纂代鮌之遺業而成父功何纘續其業而謀乃不同如此乎答曰鮌禹治水之不同事見洪範蓋鮌不順五行之性築隄以障潤下之水故無成禹則順水之性而導之使下故有功書所謂決九川距四海濬畎澮距川孟子所謂禹之行水得水之道而行其所無事是也程子曰今河北有鮌隄而無禹隄亦一證也

洪泉極深何以寘之地方九則何以墳之

泉疑當作淵唐本避諱而改之也寘與寘同則一作州墳叶數連反一作[illegible]非是○洪泉即洪水九則謂九州之界如上所謂圖則也墳土之高者也○此問洪水汎濫禹何用寘塞而平之九州之域何以少出其土而高之乎答曰禹之治水行之而已無事於寘也水既下流則平土自高而可宮可田矣若曰必寘之而后平則是使禹復爲鮌而父子爲戮矣柳子對曰

古經之言多假借也日之所出乃地之東方亦旦則固已行於地中特未出地面之上耳不任汨鴻
師何以尚之僉曰何憂何不課而行之汨音骨師一作鯀非是蓋工旬
不字上有鯀字尚叶音常曰一作荅行叶戶郎反○鯀事見尚書汨治也鴻大水也師衆也尚舉也僉衆也課
試也○問鯀才不任治鴻水衆人何以舉之堯知其不能而衆人以爲無憂堯何不且小試之而遂行其議也
荅曰鯀之才可任治水當時無過之者故衆舉之堯則固知其方命圮族而不可用矣四岳又請姑且試之故
堯不得已而用之耳鴟龜曳銜鯀何聽焉順欲成功帝何刑焉鴟曳
鴟叉所叶平聲○鴟龜事無所見舊說謂鯀死爲鴟龜所食鯀何以聽而不爭乎詩以意言之耳詳其文勢與
下文應龍相類似謂鯀聽鴟龜曳銜之計而取其事爾若曰顧彼之欲未必不能成功舜何以遽刑之乎然若
此類無稽之談亦無足荅矣永遏在羽山夫何三年不施伯禹腹鯀
夫何以變化一無山字施叶所加反又如字一作弛腹一作愎筆力反何下一有欲字化叶兕瓜反
反又音麾○永長也遏猶禁止也羽山在東海中施謂刑殺之也左傳曰乃施邢侯此問鯀功不成何但囚之

何處惠氣安在夫音扶強巨良反又在叫音槃○文設神文無夫而生九子○伯強大厲疫鬼也所至傷人惠順也惠氣謂和氣也○此章所問三事[illegible]荅之曰天下之理一而已而有常有變之不同天下之氣亦一而已而有逆順之或異夫乾道成男坤道成女疑倚於造化之初二氣交感化生万物流形於造化之後者理之常也若姜嫄簡狄之生契稷則又不可以先後言矣理之變也女歧之事無所經見無以考其實繇以理之變而觀之則恐其或有是也但此篇下文復有女歧易首之問則又未知其果如何耳釋氏書有九子母之說疑即謂此然益荒無所考矣惠者氣之順也癘者氣之逆也以其強暴傷人故為之名字以著其惡耳初非實有是人也氣之流行充塞宇宙其考順逆有以天時求王之所值有以人事物情之所感萬變不同亦未嘗有定在也

何闔而晦何開而明角宿未旦曜靈安藏闔胡臘反明叶音芒宿音秀藏與藏同○闔閉戶也開闢戶也陰闔而晦陽開而明角亢東方星旦明也曜靈日也○說問何所開闔而為晦明且東方未明之時日安所藏其精光乎荅曰晦明之問前章發之其實亦陰陽消息之所為耳陽息而闢則日出而明陰消而闔則日入而暗又何疑乎角宿固為東方之宿然隨天運轉不常在東

腹菟一作兔與兔同○夜光月也死其晦也育生也月
之生也○此問月有何德乃能死而復生月有何利
而顧望之菟常居其腹乎答曰曆家舊說月魄則去日
漸遠故魄死而明生既望則去日漸近故魄生而明死
至晦而朔則又遠日而明復生所謂死而復育也此說得
之矣若果如此則未望之前西近東遠而始生之明當
在月東既望之後東近西遠而未死之明卻在月西矣
安得未望載魄於西既望終魄于東而遡日以為明乎
故近世沈括之說乃為得之蓋括之言曰月本無光
猶一銀丸日耀之乃光耳光之初生日在其旁故光側
而所見纔如鉤日漸遠則斜照而光稍滿大抵如一彈
丸以粉塗其半側視之則粉處如鉤對視之則正圓也
近歲王普又申其說曰月生明之夕但見其一鉤至日
月相望而人處其中方得見其全明必有神人能凌倒
景旁日月而往參其間則見其盈虧之時亦得見其全明
而無圓缺之異耳以此觀之則知月光常滿但自人所
立處視之有偏有正故見其光有盈有虧非既死而復
生也若顧菟在腹之問則世俗桂蛙兔之傳其惑久
矣或者以為日月在天如兩鏡相照而地居其中四旁
皆空水也故月中微黑之處乃鏡中天地之影略有形
似而非真有是物也斯言
有理足破千古之疑矣

女歧無合夫焉取九子伯強

也然此特在天之位耳若以地而言之則南面而立其
前後左右亦有四方十二辰之位焉但在地之位一定
不易而在天之象運轉不停惟天之鶉火加于地之午
位乃與地而合得天運之正耳蓋周天三百六十五度
四分度之一周布二十八宿以著天体而定四方之位
以天繞地則一晝一夜適周一匝而又超一度日月五
星亦隨天以繞地而唯日之行一日一周無餘無欠其
餘則各有遲速之差焉然其懸也固非綴屬而居其畧
也亦非推挽而行但當其氣之盛乘精神光曜自然發
越而又各自有次第耳列子曰天積氣耳日月星辰亦
積氣中之有光曜者張衡靈憲曰星也者體生於地
精成於天列居錯峙各有攸屬此言皆得之矣
出自湯谷次于蒙汜自明及晦所行幾里湯音陽一作暘汜音似上聲○
交會也汜水涯也書云宅嵎夷曰暘谷即湯谷也爾雅云西至日所入爲太蒙即蒙汜也○此問一日之間日
行幾里乎答之曰湯谷蒙汜固無其所然日月出水乃昇于天乃其西下又入于水故其出入似有處所而所
行里數曆家以爲周天赤道一百七万四千里日一晝夜而一周春秋二分晝夜各行其半而夏長冬短一進
一退又各以其什之一焉夜光何德死則又育厥利維何而顧菟在

之形元如彈丸軌夜運轉其南北兩端後高前下乃其樞軸不動之處其運轉者亦無形質但如勁風之旋當
晝則自左旋而向右向夕則自前降而歸後當夜則自右轉而復左將旦則自後升而遂前旋轉無窮升降不
自是爲天形而實非有軀也地則氣之査滓聚成形質者但以其束於勁風旋轉之中故得以兀然浮空甚久
而不墜耳黃帝問於岐伯曰地有憑乎岐伯曰大氣舉之亦謂此也其曰九重則自地之外氣之旋轉益遠益
大益清益剛究陽之數而至於九則極清極剛而無復有涯矣豈有營度而造作之者先以斡維繫於一而後
後以軸加之以注承之而後天地乃定位哉且曰其氣無涯則其邊際枝屬隅隈多少固無得而言者亦不待
辨說而可知其妄矣東南之虧乃事以地形言之初無預乎天也

天何所沓十二焉分

日月安屬列星安陳

○沓徒合反分叶敷因反屬之欲反沓合也此問天與地合會於何
所十二辰誰所分別乎陳列也言日月衆星安所繫屬誰陳列也○上章所問天何所屬并地而言此所問乃
爲天地相接之處何所沓也今答之曰天周地外其說已見上矣非沓乎地之上也十二云者自子至亥十二
辰也左傳曰日月所會是謂辰注云一歲日月十二會所會爲辰十一月辰在星紀十二月辰在元枵之類是

焉正謂此也然所謂太極亦曰理而已矣圜則九重孰營度之惟茲何功孰初作之圜與圓同度待洛反○圜謂天形之圓也則法也九陽數之極所謂九天也斡維焉繫天極焉加八柱何當東南何虧斡一作筦並音管繫音古云筦音烏括反
非也焉於虔切篇內並同加叶音基又叶字虧姑字又
叶苦家反○斡說文曰轂端沓則是車轂之內以金爲
筦而受軸者也維繫物之索也天極謂南北極天之樞
紐常不動處譬則車之軸也蓋凡物之運者其轂必有樞
所繫然後軸有所加故問此天之斡維繫於何所而天
極之軸何所加乎河圖言崑崙者地之中也地下有八
柱互相牽制名山大川孔穴相通素問曰天不足西北
地不滿東南注云中原地形西北高東南下今百川滿
湊東之滄海則東西南北高下可知故又問八柱何所當值東南何獨虧闕乎九天之際安放
安屬隅隈多有誰知其數放上聲屬音注數所句反○九天即所謂圜則九重者際
邊也放至也屬附也隅角也○右三章六問今荅之曰
或問乎邵子曰天何依曰依乎地地何附曰附乎天天
地何所依附曰自相依附天依形地附氣其形也有涯
其氣也無涯詳味此言屈子所問昭然若發矇矣但天

下謂天地也問往古之初未有天地固未有人誰得見之而傳道其事乎冥昭瞢闇誰能極

之馮翼惟像何以識之瞢莫鄧反闇與暗同又作晻馮皮冰反○冥幽也昭明也謂晝

夜也瞢暗言晝夜未分也極窮也馮翼氤氳浮動之貌淮南子云天墜未形馮馮翼翼又曰未有天地惟象無

形窈窈冥冥莫知其門此承上問時未有人今何以能窮極而知之乎○右二章四問今答之曰開闢之初其

事茫昧不可知其理則具於吾心固可反求而默識非如傳記雜書謬妄之說必誕者而後傳如柳子之所譏也

明明闇闇惟時何爲陰陽三合何本何化化叶虎爲反○明闇即謂

晝夜之分也時是也穀梁子曰獨陰不生獨陽不生獨天不生三合然後生○此問蓋曰明必有明之者闇必

有闇之者是何物之所爲乎陰也陽也天也三者之合何者爲本何者爲化乎今答之曰天地之化陰陽而已

一動一靜一晦一朔一往一來一寒一暑皆陰陽之所爲而無有爲之者也然穀梁言天而不以地對則所謂

天者理而已矣成湯所謂上帝降衷子思所謂天命之性是也是爲陰陽之本而其兩端循環不已者爲之化

焉周子曰無極而太極太極動而生陽動極而靜靜而生陰靜極復動一動一靜互爲其根分陰分陽兩儀立

楚辭卷第三

天問第三　離騷十三

天問者屈原之所作也屈原放逐彷徨山澤見楚有先王之廟及公卿祠堂圖畫天地山川神靈琦瑋僪佹及古賢聖怪物行事因書其壁何而問之以渫憤懣楚人哀而惜之因共論述故其文義不次序爾云 此篇所問雖或怪妄然其理之可推事之可鑒者尚多有之而舊注之說徒以多識異聞爲功不復能知其所以問之本意與今日所以對之明法至唐柳宗元始欲質以義理爲之條對然亦學未聞道而誇多衒巧之意猶有雜乎其間以是讀之常使人不能無遺恨若補注之說則其尨亂不知所擇又愈甚焉今存其可闕者而悉以義理正之庶讀者之有補云

曰遂古之初誰傳道之上下未形何由考之 遂往也道言也上

70

魄靈魂氣而魄精魂陽而魄陰魂動而魄靜生則魂載其魄魄營其魂死則魂游散而歸于天魄淪墜而歸于地也毅爲鬼雄者毅然爲百鬼之雄傑也

右國殤 謂死於國事者小爾雅曰無主之鬼謂之殤

成禮兮會鼓，傳芭兮代舞，姱女倡兮容與。成一作盛芭一作巴卜加

反姱音户倡音昌與一作冶○會鼓急疾擊鼓也芭與葩同巫所持之香草也代更也持以舞訖復傳與人更用之也姱好也女倡女子爲倡優也容與有態度也

春蘭兮秋鞠，長無絕兮終古。鞠一作菊○春祠以蘭秋祠以鞠即所傳之之葩也終古已見騷經

右禮魂 礼一作祀或曰礼魂謂以礼善終者

楚辭卷第二

不施故用刀劒以相接擊也司馬法曰弓矢圍殳矛守
戈戟助凡五兵長以衛短短以救長矢交墜士爭先者
兩軍相射流矢交墜士奮怒而爭先也 凌余陣兮躐余行左驂殪兮右刃
傷霾兩輪兮縶四馬援玉枹兮擊鳴鼓天時懟兮威靈
怒嚴殺盡兮弃原壄 陣當作陳躐一作躐並音獵行胡郎反殪於計反霾一作埋與埋同
縶陟立反馬叶莫補反援音爰枹音孚一作桴懟一作墜一作隧今从文苑壄古野字叶上與反○殪死也霾埋也嚴
戰也殪死也援抱擊鼓言志愈厲氣愈盛也懟怨也嚴
威也嚴殺猶言鏖戰痛殺也弃原壄骨弃於原壄也
言己適值天之怨故褭皆見殺不得葬也 出不入兮往不反平原忽兮路
超遠帶長劒兮挾秦弓首雖離兮心不懲誠既勇兮又
以武終剛強兮不可凌身既死兮神以靈魂魄毅兮爲
鬼雄 忽兮路一作路兮忽弓叶音經雄一作身魂魄毅雄一作子魂魄雄叶音形○平原忽兮路超遠言身
弃平原神欲歸而去家遠也帶劒挾弓猶不舍武也懲創艾也雖死而心不悔也魂魄死者之神靈蓋魂神而

68

啾小聲狖猨屬離罹也

右山鬼國語曰木石之怪夔罔兩豈謂此耶○今按此篇文義最爲明白而說者自汩之今旣章

解而句釋之矣又以其託意君臣之間者而言之則言其被服之芳者月明其志行之絜也言其容

一色之美者自見其才能之高也子慕予之善窈者言懷王之始珍已也折芳馨而遺所思者言持

一善道而翊之君也處幽篁而不見天路險難而又晝晦者言見弃遠而遭障蔽也欲留靈脩而卒不

一至者言未有以致君之寤而俗之敗也知公子之思我而然疑作者又知君之初未忘我而卒困於

讒也至於思公子而徒離憂則窮極愁怨而終不能忘君臣之義也以是讀之則其他之碎義曲說

一無足言矣

操吳戈兮被犀甲車錯轂兮短兵接旌蔽日兮敵若雲

矢交墜兮士爭先吳戈一作吾科楯名也轂古各反叶音匝墜一作隧遂塵同先叶音詵

○戈平頭戟也犀甲以犀皮爲鎧也考工記曰犀甲壽百年錯交也短兵刀劍也言戎車相迫輪轂交錯長兵

獨立兮山之上雲容容兮而在下杳冥冥兮羌晝晦東
風飄兮神靈雨留靈脩兮憺忘歸歲既晏兮孰華予下叶
音戶一無東字而冊有飄字予叶音與○表特也雲反
在下言所處之高也神靈雨者言風起而神靈應之以
雨也靈脩亦謂前所欲媚者也欲使其至留夜忘歸
然則歲晚而無與爲樂矣蓋鬼本不來而反強使人造
其所君也采三秀兮於山間石磊磊兮葛蔓蔓怨公子兮悵
忘歸君思我兮不得閒磊魯猥反蔓莫干反閒音閑○
三秀芝草也公子即所欲留之
靈脩也鬼采芝於山間而思此人雖怨
其不來而亦知其思我之不能忘也山中人兮芳杜
若飲石泉兮蔭松柏君思我兮然疑作柏叶音博○山
中人亦鬼自謂
也然信也疑不信也至此又知其
雖思我而不能無疑信之雜也靁填填兮雨冥冥猨
啾啾兮又夜鳴風颯颯兮木蕭蕭思公子兮徒離憂靁
作靁填音田又一作狖余救反颯蘇合反蕭叶音搜說
文作搜若如字則憂叶於驕反○填填雷聲冥冥雨貌

手者古人將別則相執手以見不忍相遠之意晉間猶如此也東行順流而東也美人謂予皆巫自謂也媵送也既已別矣而波猶來迎魚猶來送是其眷眷之無已也三閭大夫豈至是而始歎君恩之薄乎

右河伯舊說以爲馮夷其言荒誕不可稽考今闕之大率謂黃河之神耳

若有人兮山之阿被薜荔兮帶女羅既含睇兮又宜笑子慕予兮善窈窕羅一作蘿睇音弟喜一作善窈音杳窕徒了反○若有人謂山鬼也阿曲隅也女羅兔絲也睇微眄貌美目盼然又好口齒而宜笑也窈窕好貌以上諸篇皆爲人慕神之詞以見臣愛君之意此篇鬼陰而賤不可比君故以人況君鬼喻己而爲鬼媚人之語也若有人者既指鬼矣予則設爲鬼之命人而予乃爲鬼之自命也言人悅己之善爲容也

乘赤豹兮從文貍辛夷車兮結桂旗被石蘭兮帶杜衡折芳馨兮遺所思余處幽篁兮終不見天路險難兮獨後來從才用反貍一作狸獨一作蕭折音哲遺去聲篁音皇來叶音釐○所思指人之悅己而已發遣之者也幽深也篁竹叢也後來言其出之遲也表

與女遊兮九河衝風起兮橫波乘水車兮荷蓋駕兩龍
兮驂螭女讀作汝衝一作沂橫一作水揚二字螭丑知反一音离叶丑歌反○此亦爲女巫之詞女指
河伯也河爲四瀆長九河徒駭太史馬頰覆鬴胡蘇簡
潔鉤磐鬲津也禹治河至兖州分爲九道以殺其溢其
間相去二百餘里徒駭最北鬲津最南盖徒駭是河
之本道東出分爲八枝也衝隧也螭如龍而黃無角登
崑崙兮四望心飛揚兮浩蕩日將暮兮悵忘歸惟極浦
兮寤懷懷叶虛韋反○崑崙山名河出崑崙虛色白所渠并千七百一川色黃百里一小曲千里一曲
一直寤覺也懷思也魚鱗屋兮龍堂紫貝闕兮朱宮靈何爲兮水
中堂叶音同○龍堂以龍鱗爲堂也乘白黿兮逐文魚與女遊兮河之
渚流澌紛兮將來下黿音元一無文字魚叶上聲澌音斯以仌者流水也从水者水盡也
此當从仌下叶音戶○大鱉爲黿逐從也子交手兮東行送美人兮南浦波
滔滔兮來迎魚隣隣兮媵予滔土刀反隣一作鱗媵以證反予叶音與○予謂河

名也䉶以竹爲之長尺四寸圍三寸一孔上出横吹之靈保神巫也翾翾小飛輕揚之貌曾舉也又翥飛也言巫舞工巧翾然若翠鳥之舉也展詩猶陳詩也會舞猶合舞也律謂十二律黃鍾大呂大簇夾鍾姑洗中呂蕤賓林鍾夷則南呂無射應鍾也作樂者以律和五聲之高下節謂其始終先後踈數疾徐之節也靈來蔽日言日神悅喜於是來下從其官屬蔽日而至也

青雲衣兮白霓裳舉長矢兮射天狼操余弧兮反淪降援北斗兮酌桂漿撰余轡兮高駝翔杳冥冥兮以東行

射食亦反一作䠶操七刀反弧音胡降叶胡剛反援音爰撰叶鶵免反一無駝字行叶胡剛反○青衣白裳日出東方入西方故用其方色以爲飾也天狼星名晉志云狼一星在東井南爲野將主侵掠弧九星在狼東南天弓也主備盜賊淪沒也降下也言日下而入太陰之中也北斗七星在紫宮南其杓所建周於十二辰之舍以定十有二月斟酌元氣運平四時者也詩曰維北有斗不可以挹酒漿撰持也杳深也冥幽也言日下太陰不見其光杳杳冥冥直東行而復上出也

右東君 今按此日神也禮曰天子朝日於東門之外又曰王宮祭日也漢志亦有東君

兮既明暾宅昆反檻戶黯反晈字从日與皎同明叶音芒○暾溫和而明盛也吾主祭者自吾也檻楯
也扶桑見騷經言吾見日出東方照我檻楯光自扶桑而來即乘馬以近之而夜既明也駕龍輈兮
乘雷載雲旗兮委蛇長太息兮將上心低佪兮顧懷羌
聲色兮娛人觀者憺兮忘歸輈張留反雷叶音纍委蛇一作逶蛇上時掌反低一
作俳一作儃懷叶胡威反聲色一作色聲○輈車轅也龍形曲似之故以爲轅雷氣轉似輪故以爲車輪言乘
此車以往迎日又以驂登高遠而低佪顧懷遂見下方所陳鍾鼓竽瑟聲音之美靈巫會舞容色之盛是以娛
悅觀者使之安肆喜樂久恒而忘歸如下文之所云也縆瑟兮交鼓簫鍾兮瑤簴鳴
䶵兮吹竽思靈保兮賢姱翾飛兮翠曾展詩兮會舞應
律兮合節靈之來兮蔽日縆一作絚古登反簫一作蕭簴其呂反䶵一作篪並音池
姱叶音戶翾許緣反曾作滕反與翾同應於證反節叶音即○縆急張絃也交鼓對擊鼓也周禮有鍾笙之樂
注云鍾笙與鍾聲相應之笙然則簫鍾與簫聲相應之鍾歟簴縣鍾聲之木也瑤簴以美玉爲飾也䶵竽樂器

水揚波古本無此二句王逸亦無注補曰此河伯章中語也當刪去與女沐兮咸池晞女髮兮陽之阿望媺人兮未徠臨風怳兮浩歌女讀作汝咸下一有之字池一作沱並叶音陀晞音希媺一作美徠一作來怳許往反○咸池星名蓋天池也晞乾也怳失意貌此復爲神語以命巫者女及美人皆指巫也孔言欲與女休於咸池而望汝不至遂怳然而浩歌也孔蓋兮翠旍登九天兮撫彗星竦長劒兮擁幼艾蓀獨宜兮爲民正旍一作旌此句上一有揚字彗詳從反竦一作竦並息拱反正叶音征○孔蓋以孔雀尾爲車蓋翠旍以翡翠羽爲旌旗撫掃除之也彗星妖星光芒偏指如彗者也竦挺投之意幼少也艾美好也語見孟子戰國策即指上美人也正平也此蓋更爲人之詞以賛神之美言其威靈氣燄光輝赫奕又能誅除凶穢擁護良善而宜爲民之所取正也

右少司命按前篇注說有兩司命則彼固爲上台而此則文昌第四星歟

暾將出兮東方照吾檻兮扶桑撫余馬兮安驅夜皎皎兮

辭二

作叢而莖細其葉皆香七八月開白花羅生言二物並列而生也蘼及也少司命亦陽神而少卑者故爲女巫之言以接之上四句與下二句也夫人猶言彼人亦左傳之言不能見夫人也美子所美之人也蓀猶言君也蓋爲巫之自汝也言彼神之心自有所美而好之者矣汝何爲愁苦而必求其合也 秋蘭兮青青

綠葉兮紫莖滿堂兮美人忽獨與余兮目成 青音菁○青青茂盛

貌言美人並會盈滿於堂而司命獨與我睨而相視以成親好此亦上二句興下二句也至此測神降於巫而非復前章之意矣 入不言兮出不辭乘回風兮載雲旗悲莫悲

兮生別離樂莫樂兮新相知 辭一作詞○此爲巫言司命初與己善後乃往來飄忽不言不辭乘風載雲以離於我適相知而遽相別悲莫甚焉於是乃復追念始者相知之樂也 荷衣

兮蕙帶儵而來兮忽而逝夕宿兮帝郊君誰須兮雲之

際 帶叶丁計反儵一作倏○此亦爲巫言神之來也雖倏然不言而來今乃忽然不辭遂去而宿於天帝之郊不知其何所待於雲之際乎猶幸其有意而顧己也 與女遊兮九河衝風至兮

君卒章之意也乘龍兮轔轔高駝兮沖天結桂枝兮延佇羌愈
思兮愁人轔一作轔轔並音鄰沖持弓反一作馳天叶鐵因反竚直呂反思去聲○轔轔車聲與
詩有車鄰鄰字同言神既去而不留使己延竚而愁思也愁人兮奈何願若今兮無
虧固人命兮有當孰離合兮可爲何叶音奚當丁浪反可一作何可一有
下字皆非是○無虧保守志行無損缺也又言人受命而生貧富貴賤各有所當或離或合神實司之非人之
所能爲也因祀司命而發此意則原所以順受其正者亦斷矣
右大司命周禮大宗伯以標燎祀司中司命疏引是傳云三台上台曰司命又文昌宮第四亦
曰司命故有兩司命也
穐蘭兮麋蕪羅生兮堂下綠葉兮素枝芳菲菲兮襲予
夫人兮自有美子蓀何以兮愁苦穐古秋字一作秋下同麋或從艸下叶音
戸予叶音與夫音扶芳字一在自有字下蓀一作荃下同○麋蕪芎藭葉名似蛇床而香其苗四五月間生葉

九州何壽夭兮在予下叶音户女讀作汝予叶音與○君與女皆指神君尊而女親也回
翔盤旋也空桑山名總總衆貌爭著費神而爲其自謂之稱也言見神既降而遂往從之因歎其處擁之盛曰
九州人民之衆如此何壽夭之命皆在於己也其高飛兮安翔乘清氣兮御陰
陽吾與君兮齋速導帝之兮九坑清一作靖齊如字又音咨又側皆反一作
齊非是速禮記作遫音東導一作道坑一作阬音岡○乘猶乘車清氣謂輕清之氣御猶御馬陰陽則兼闔闢
變化而言也齊速整齊而亦速也道奉引也帝天帝也之適也九坑與岡同謂山脊也九坑者周禮職方氏九州
之山鎮曰會稽衡山華山沂山岱山岳山醫無閭霍山恒山也此言已得從明神登天極奉至尊而周宇內也
靈衣兮被被玉佩兮陸離壹陰兮壹陽衆莫知兮余所
爲被一作披並音披○被被長貌一陰一陽言其變化循環無有窮已也折疏麻兮瑤華
將以遺兮離居老冉冉兮既極不寖近兮愈疏疏音蔬華叶芳
無反遺去聲寖一作侵一作浸愈一作瘉○疏麻神麻也極窮也寖漸也疏遠也此以神既去而思之女靈中

實庭中積芳馨以廡其門也九嶷山名舜所葬也言舜
使九嶷山神繽紛來迎二妃而衆神從之如雲也將築
室依湘夫人以爲鄰而舜復迎之以去則又不得見之捐余袂兮江中遺余褋兮
澧浦搴汀洲兮杜若將以遺兮遠者時不可兮驟得聊
逍遙兮容與袂弥蔽反遺平聲褋音牒搴見上篇汀亡丁反遺去聲者叶音渚又音覩與一作治
○袂衣袖褋襌襦也此篇首末大指與前篇同捐袂遺襦即捐玦遺佩之意然玦佩貴之而袂褋親之也汀平
也遠者亦謂夫人之侍女以其既遠去而名之也

右湘夫人

廣開兮天門紛吾乘兮玄雲令飄風兮先驅使涷雨兮
灑塵涷音東從水灑一作洒並所宜反塵叶陳旬反○天門上帝所居紫微宮門也廣開者爲神將降也
吾主祭者之自稱也大司命陽神而尊故但爲主祭者之詞乘玄雲者知神將降而往迎之也飄風回風也涷
雨暴雨也灑塵以清道也君迴翔兮以下踰空桑兮從女紛總總兮

葺之兮荷蓋葺子入反荷上一有以字蓋叶居又反○佳人謂夫人也偕俱也逝往也言與召己
之使者俱往也葺蓋也築室水中將說神明而居處也蓀壁兮紫壇匊芳椒兮成
堂桂棟兮蘭橑辛夷楣兮葯房罔薜荔兮為帷擗蕙櫋
兮既張白玉兮為鎮疏石蘭兮為芳芷葺兮荷屋繚之
兮杜衡一纂一作坌壇音善匊古播字本作罶一作播成一作𤇹橑音老楣音眉葯音約又音渥罔與網
同擗一作辟普覓反又音覓一作擘櫋音綿玉兮蘭兮下一皆有以字鎮一作瑱葺下一有之字繚音了○蓀
紫貝也紫貝黑點壇中庭也播布也蘭木蘭也橑椽也辛夷樹大連合抱高數仞其花初發如筆北人呼為木
筆其花最早南人呼為迎春楣門戶上橫梁也葯白芷葉也罔結也結以為帷帳也在旁曰帷擗拆也拆蕙以
為屋櫋聯也鎮壓坐席者也石蘭香草疏布陳也繚縛東也言以杜衡縛其屋也既言其所築水中之室欲其
芳濃如是也合百草兮實庭建芳馨兮廡門九嶷繽兮並迎
靈之來兮如雲廡音武嶷一作疑迎去聲○馨芳之遠聞者廡堂下周屋也言合百草之花以

56

生今南方湖澤皆有之似莎而大鳥所食也騁望縱目也佳佳人也謂夫人也張陳設也言向夕酒掃而張施帷幄也萃集也蘋水草罾魚網二物所施不得其所以比夕張之地非神所處而必不來也

沅有茝兮澧有蘭思公子兮未敢言荒忽兮遠望觀流水兮潺湲

茝一作芷澧一作醴非是荒忽一作慌惚音同○此章興也澧水名見禹貢公子謂湘夫人也帝子而又曰公子猶秦已稱皇帝而其男女猶曰公子公主古人質也思之而未敢言者尊而神之懼其褻也所謂興者蓋曰沅則有茝矣澧則有蘭矣何我之思公子而獨未敢言耶思之之切至於荒忽而起望則又但見流水之潺湲而已其起興之例正猶越人之歌所謂山有木兮木有枝心悅君兮君不知而以茝叶子以蘭叶言又隔句用韻佳也

麋何爲兮庭中蛟何爲兮水裔朝馳余馬兮江皐夕濟兮西澨

麋音眉裔一作食裔一作㵚澨音逝○比而賦也麋獸名似鹿而大濟渡也澨水涯也麋當在山林而在庭中蛟當在深淵而在水裔以比神不可見而望之者失其所當也朝馳夕濟猶上篇江皐北渚之意

聞佳人兮召予將騰駕兮偕逝築室兮水中

張鳳翼注曰嫋嫋
風搖木貌

贈而又不敢顯然致之以當其身故但委之於水濱若
捐棄而墜失之者以陰寄吾意而冀其或將取之若聘
禮賓將行而於館堂楹間釋四皮束帛賓不致而主不
拜也然猶恐其不能自達則又采香草以遺其下之侍
女使通吾意慇懃而幸玦佩之見取其戀慕之心如
此者不可必則逍遙容與以俟之而終不能忘也

右湘君 其說見篇內○此篇蓋爲男主事陰神之詞故
其情意曲折尤多皆以陰寓忠愛於君之意
而舊說之失爲
尤甚今皆正之

帝子降兮北渚目眇眇兮愁予嫋嫋兮秋風洞庭波兮
木葉下 予一作余並叶音與嫋奴鳥反下叶音户○帝
子謂湘夫人堯之次女女英舜次妃也韓子以
爲娥皇正妃故稱君女英自宜降稱夫人也餘見上篇
眇眇好貌愁予者亦爲主登者言望之不見使我愁也
嫋嫋長弱之貌秋風起則洞庭
生波而木葉下矣蓋記其時也 登白薠兮騁望與佳期
兮夕張鳥何萃兮蘋中罾何爲兮木上 一無登字薠音
煩一作蘋非是
佳下一有人字非是張音悵一作與佳人兮期夕張亦
非是一無二何字亦非是罾音增○賦而比也薠草秋

飛龍兮翩翩交不忠兮怨長期不信兮告余以不閒淺音
牋閒音閑叶音賢○此章興而比也蓋以上二句引起下向以比求神不荅之意也瀨湍也淺淺流疾貌翩翩
飛疾貌所謂興者蓋曰石瀨則淺淺矣飛龍則翩翩矣見交不以忠則其怨必長矣期不以信則必將告我以
不暇而眞其約矣所謂比者則求神而不荅之意亦在其中也其詳已見上章讀者宜并考之鼂騁騖
兮江皋夕弭節兮北渚鳥次兮屋上水周兮堂下鼂與朝同
陟遙反騁音逞騖音務下叶音戶○鼂旦也騁直馳也騖亂馳也弭按也渚水涯也次止也周旋也此言神既
不來則我亦退而游息以自休耳捐余玦兮江中遺余佩兮澧浦采芳
洲兮杜若將以遺兮下女旹不可兮再得聊逍遙兮容
與捐音沿玦古穴反遺平聲佩一作珮澧一作醴遺去聲旹即古時字一作時○玦如環而有缺捐玦遺佩
以貽湘君也澧水出武陵充縣注于洞庭史記作醴芳洲香草所生之處也杜若葉似姜而有文理味辛下女
已見騷經逍遙容與皆遊戲閒暇之意也此言湘君既不可見而愛慕之心終不能忘故猶欲解其玦佩以爲

大湖也在長沙巴陵廣圓五百餘里日月若出沒於其中中有君山柏搏壁也綢縛束也蓀香草也橈船小楫也涔陽江碕名極遠也浦水涯也揚靈者揚其光靈猶言舒發意氣也

揚靈兮未極女嬋媛兮為余太息橫流涕兮潺湲隱思君兮陫側

潺仕連反又鋤山反湲音爰陫符沸反側叶札力反○極至也未極未得所止也女嬋媛指旁觀之人蓋見其慕望之切亦為之眷戀而嗟歎之也潺湲流貌隱痛也君湘君也陫隱也側不安也

桂櫂兮蘭枻斲冰兮積雪采薜荔兮水中搴芙蓉兮木末心不同兮媒勞恩不甚兮輕絕

櫂直教反枻音曳叶音泄搴音蹇○此章比而又比也蓋此篇本以求神而不荅比事君之不偶而此章又別以事比求神而不荅也櫂楫也枻船旁版也桂蘭取其香也斲斫也言乘舟遭盛寒斲斫冰凍紛如積雪則舟雖芳潔事雖辛苦而不得前也薜荔緣木而乃采之水中芙蓉在水而今求之木末既非其處則用力雖勤而不可得至於合昏而情異則媒雖勞而昏不成結友而交踈則今雖成而終易絕則又心志睽乖不容強合之驗也求神不荅豈不亦猶是乎自是而往益微而益媒矣

石瀨兮淺淺

君不行兮夷猶蹇誰留兮中洲美要眇兮宜脩沛吾乘
兮桂舟令沅湘兮無波使江水兮安流望夫君兮未來
吹參差兮誰思 要漢書作幼於笑反眇與妙同宜上一有又字來叶力之反一作歸非是參差
一作篸 篸上初簪反下初宜反思叶新齎反○君謂湘君堯之長女娥皇爲舜正妃者也舜陟方死於蒼梧二
妃死於江湘之間俗謂之湘君湘旁黃陵有廟夷猶猶豫也言既設祭祀使巫呼請而未肯來也中洲洲中也
水中可居者曰洲言其不來不知其爲何人而留也要眇好貌脩飾也沛行皃吾爲主祭者之自吾也欲乘桂
舟以迎神取香潔之意也又恐行或危殆故願湘君令水無波而安流也參差洞簫也風俗通云舜作簫其形
參差不齊象鳳翼也望湘君而未來故吹簫以思之也 駕飛龍兮北征邅吾道兮
洞庭薜荔柏兮蕙綢蓀橈兮蘭旌望涔陽兮極浦橫大
江兮揚靈 邅也戰反又陟連反柏一作拍並音博綢音儔又音叨蓀一作荃橈而遙反旌一作旍與
旌同此句之上或有乘字或有承字或有采字旌或作旗皆非是涔音岑○駕龍者以龍翼舟也邅轉也洞庭

留則以其服飾潔清故神悅之而降依其身留連之久也漢樂歌云靈安留亦指神而言也爛光貌昭昭明也

蹇將憺兮壽宮與日月兮齊光龍駕兮帝服聊翺遊兮

周章憺徒濫反宮叶古反齊一作爭○蹇詞也憺安也壽宮供神之處漢武帝時置壽宮神君亦此類

也言神既至皆然安樂無有去意也龍駕以龍引車也帝謂上帝也聊且也周章猶周流也靈皇皇

兮既降猋遠舉兮雲中覽冀州兮有餘橫四海兮焉窮

思夫君兮太息極勞心兮忡忡降叶胡攻反猋卑遙反其字從三犬焉於虔反

夫音扶忡敕中反一作仲○靈謂神也皇皇美貌降下於巫也猋去疾貌雲中神所居也言神既飲食既飽故

遠舉復還其處也覽望也兩河之間曰冀州有餘所望之遠不止一州也窮極也言神出人須臾之間橫行四

海無有窮極也夫君謂神也記曰夫夫是也忡忡心動貌

右雲中君謂雲神也亦見漢書郊祀志○此篇言神既降而久留與人親接故既去而思之不

能忘也足以見臣子慕君之深意矣

擊鼓枹也拊擊也疏希也舉枹擊鼓使巫緩節而舞浴
歌相和以樂神也陳列也浩大也竽笙類三十六簧竽
琴類二十五絃靈謂神降於巫之身也偃蹇美貌姣
好也服飾也古者巫以降神神降而託於巫則見其貌
之美而服之好盖身則巫而心則神也菲菲芳貌五音謂宮商角徵羽也紛盛貌繁衆也君謂神也欣欣喜貌
康安也此言備樂以樂神而願神之喜樂安寧也

右東皇太一

一作上有祠寧下諸篇同○太一神名天之尊神祠在楚東以配東帝故云東
皇漢書云天神貴者太一太一佐曰五帝中宮天極星其一明者太一常君也淮南子曰太微者太
一之庭紫宮者太一之居○此篇言其竭誠盡禮以事神而願神之欣說安寧以寄人臣盡忠竭力
愛君死已之意所謂全篇之比也

浴蘭湯兮沐芳華采衣兮若英靈連蜷兮既留爛昭昭
兮未央

華户花反英叶於姜反蜷音拳○芳芷也華采五色采也榮而不實者謂之英言使靈巫先浴
蘭湯沐香芷衣采衣如草木之英以自潔清也靈神所降也楚人名巫為靈子若曰神之子也連蜷長曲貌既

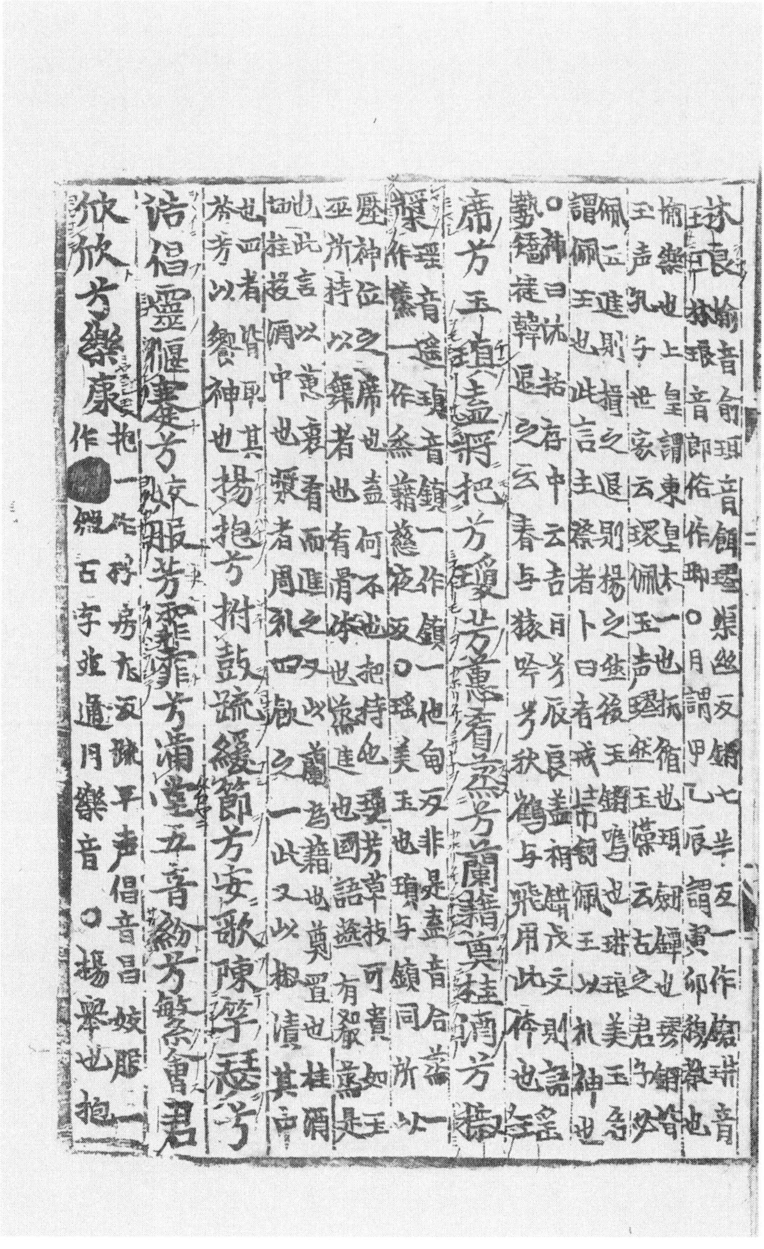
琳良 瑜音俞 瑱音鎮 璆渠幽反 鏘七羊反 一作鎗 琳音 玉珥 琅音郎 俗作瑯 ○月謂甲乙 辰謂寅卯 穆敬也
愉樂也 上皇謂東皇太一也 撫循也 珥謂劍鐔也 璆鏘皆 玉声 孔子世家云 璆佩玉声 璆然 玉帶云 古君子必佩
佩玉進則揖之 退則揚之 然後玉鏘鳴也 琳琅美玉名 謂佩玉也 此言主祭者卜日齋戒 潔佩玉 以禮神也
○補曰 沐括存中云 吉日兮辰良 蓋相傳用此文則 詩云 蜀檮杌 韓退之云 春與猿吟兮秋鶴與飛 此倚也
瑤席兮玉瑱盍將把兮瓊芳蕙肴蒸兮蘭藉奠桂酒兮椒
瑤音遙 瑱音鎮 一作鎮 一他甸反 非是 盍音合 蕙一 漿 一作玉瑱 一作璧 藉慈夜反 ○瑤美玉也 瑱與鎮同 所以
壓神位也 席也 盍何不也 把持也 瓊玉枝 可貴如玉 巫所持以舞者也 有滑也 瓊芳草 國語 蕙有殺蒸是
此言以蕙肴看而進之 又以蘭為藉也 奠置也 桂酒 也 注設酒中也 蒸者 周禮四 又以椒漬其中
芬也 四者皆取其芬芳以饗神也 揚枹兮拊鼓疏緩節兮安歌陳竽瑟兮
浩倡靈偃蹇兮姣服芳菲菲兮滿堂五音紛兮繁會君
抱一作枹 房尤反 疏平声 倡音昌 姣一
欣欣兮樂康 作娛 古字並通用 樂音 ○揚舉也 抱

楚辭卷第二

九歌第二

九歌者屈原之所作也昔楚國南郢之邑沅湘之間其俗信鬼而好祀其祀必使巫覡作樂歌舞以娛神蠻荊陋俗詞旣鄙俚而其陰陽人鬼之間又或不能無褻慢淫荒之雜原旣放逐見而感之故頗爲更定其詞去其泰甚而又因彼事神之心以寄吾忠君愛國眷戀不忘之意是以其言雖若不能無嫌於燕昵而君子反有取焉 此卷諸篇皆以事神不答而不能忘其敬愛比事君不合而不能忘其忠赤尤足以見其懇切之意舊說失之今悉更定云

吉日兮辰良穆將愉兮上皇撫長劒兮玉珥璆鏘鳴兮

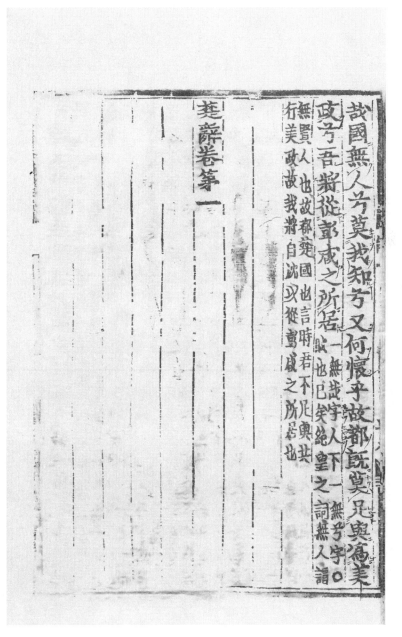

哉國無人兮莫我知兮又何懷乎故都既莫足與爲美
政兮吾將從彭咸之所居一無哉字人下一無兮字○賦也已矣絶望之詞無人謂
無賢人也故都楚國也言時君不足與共
行美政故我將自沈以從彭咸之所居也

楚辭卷第一

兮齊玉軑而並馳駕八龍之蜿蜿兮載雲旗之委蛇
貌一反、軑音大蜿於元反、一作蜿於阮反委於危反蛇弋
支反、一作𧉮二字一作逶迤○軑錮也軑轄也載內之
金也、一云轄也蜿蜿龍貌雲旗以雲霓為旗也抑志而弭節兮神高馳之邈邈
奏九歌而舞韶兮聊假日以媮樂抑上一有聊字弭一作自弭神高馳一節
作邁高逸假工雅反、一作暇、音遐非是媮音俞○
言雖藉節徐行然神猶高馳邈邈然而逾遠不可得而
制也九歌九德之歌禹樂也韶舜樂也假借
也顏師古云此言遭遇幽厄中心愁悶假延日月苟為
娛樂耳陟陞皇之赫戲兮忽臨睨夫舊鄉僕夫悲余馬懷
兮蜷局顧而不行一無陟字陞一作升戲許宜反、一作曦睨五計反非一作思蜷音拳行叶
戶郎反○皇皇天也赫戲光明貌睨旁視也舊鄉楚國
也僕御也懷思也蜷局詰屈不行貌屈原託為此行而
終無所詣周流上下而卒反於楚焉亦仁之至而義之盡也亂曰亂者樂節之名國語云其輯之亂輯
成也凡作篇章既成撮其大要以為亂辭也史記
曰關雎之亂以為風始孔曰既奏以文又亂以武已矣

兮夕余至乎西極鳳皇翼其承旂兮高翺翔之翼翼一翼作紛旂渠希反之一作而○天津析木之津謂箕斗之間漢津也蓋箕北斗南天河所經而日月五星於此往來故謂之津文有天津五星在虛危北橫河中即津梁所渡也翼敬也周禮交龍爲旂凡旂屬皆建於車後也一上一下曰翺直刺不動曰翔翼翼和也忽吾行此流沙兮遵赤水而容與

麾蛟龍以梁津兮詔西皇使涉予麾許爲反以一作使予音與○流沙見禹貢今西海居延澤是也沈括云嘗過無定河活沙履之百步皆動如行幕上或陷則人馬車駝以百千數無孑遺者或謂此則流沙也遵循也赤水出崑崙東南陬入南海容與遊戲皃以手教曰麾以蛟龍爲橋於津上而乘之以渡猶言比鼂鼉以爲梁也詔告也西皇帝少皞也少皞以金德王白精之君故曰西皇路脩遠以多艱兮騰衆車使徑待路不周以左轉兮指西海以爲期待叶徒奇反一作持○不周山名在西北海之外有山而不合名曰不周指語也期會也言已使語衆車使由經路先過而相待我當自不周山而左行俱會西海之上也屯余車其千乘

謂之調度法度也言我和此調度以自娛而遂浮遊以
求女如前所言處妃佚女二姚之屬意猶在於求君也
余飾謂瓊佩及前章冠服之盛方壯亦巫咸所謂年未
晏時未央之意周流上下即靈氛所謂遠逝巫咸所謂
陞降上
下也
靈氛既告余以吉占兮歷吉日乎吾將行折瓊
枝以爲羞兮精瓊爢以爲粻一無吉字行叶戶郎反折
之舌反爢亹悲反粻陟姜
反文音良○歷遍數而實選也精細米也瓊枝瓊爢皆
謂物之珍者羞進也以牲及禽獸之肉致滋味而進之
也粻
糧也
爲余駕飛龍兮雜瑤象以爲車何離心之可同兮
吾將遠逝以自疏爲余之爲于僞反疏所葅反○象象
牙也雜用象玉以飾其車也離心謂
上下無與己同心者也自
疏則禍患不能相及矣
邅吾道夫崑崙兮路脩遠以
周流揚雲霓之晻藹兮鳴玉鸞之啾啾邅池戰反崑古
渾反崙盧昆反
揚下一有志字非是晻烏感反藹一作靄一作藹並於
蓋反啾音揫○邅轉也後漢書注云崑崙在肅州酒泉
縣西南地之中也雲霓蓋以爲旍旗也
藹陰皃鸞鈴之著於衡者啾啾鳴聲也
朝發軔於天津

茱萸固爲臭物而今又欲滿於香囊盡但知求進而務入於君則又何能復敬守其芬芳之節乎 固時

俗之流從兮又孰能無變化覽椒蘭其若茲兮又況揭

車與江離 流從一作從流化叶虎瓜反離叶音羅化或叶虎爲反即離如字○流從言隨從上化如

水之流也揭車江離雖亦香草然不若椒蘭之盛今椒蘭既如此則二者從可知矣 惟茲佩之可

貴兮委厥美而歷茲芳菲菲而難虧兮芬至今猶未沬

之一作其菲下而一作其芬下一有復出芬字沬叶莫之反○委歷皆已見上虧損減也沬昏暗也言瓊佩有

可貴之質而能不挾其美以取世資委而棄之以至於此然其芬芳實不可得而減損昏暗此原之自沉也然

上章議蘭既有委厥美之文矣此美瓊佩又以爲言者蓋彼負棄其美之實以從俗此則棄其美之利以徇道

其事固不同也故彼雖苟得一時之勢而惡名不滅此雖失其一時之利而芬芳久存二者之間正有志者所

當明辯而勇決也 和調度以自娛兮聊浮游而求女及余飾之

方壯兮周流觀乎上下 調徒料反女叶紐呂反上去聲下上聲叶音戶○調猶今人言格

真一作直

不可淹留宜速去也茅惡草以喻不肖補曰上云謂幽蘭其不可佩以幽蘭之別於艾也謂申椒其不芳以申椒之別於糞壤也今曰蘭芷不芳荃蕙爲茅則更與之俱化矣當是時也守死而不變者楚國一人而已屈子是也

何昔日之芳草兮今真爲此蕭艾也豈其有他故兮莫好脩之害也

一無蕭字一無二也字好呼報反○蕭艾賤草亦以喻不肖世乱俗薄士無常守乃小人害之而以爲莫如好脩之害者何哉蓋由君子好脩而小人嫉之使不容於當世故中材以下莫不變化而從俗則是其所以致此者反無有如好脩之爲害也東漢之亡議者以爲黨錮諸賢之罪蓋反其詞以深悲之正屈原之意也

余以蘭爲可恃兮羌無實而容長委厥美以從俗兮苟得列乎衆芳

此即上章蘭芷變而不芳之意容長謂徒有外好耳委棄也詳見下章

椒專佞以慢慆兮樧又欲充夫佩幃既干進而務入兮又何芳之能祗

慢馬諫反一作慢一作漫慆吐刀反一作謟樧音殺夫一作其非是幃音暉而一作以○慆淫也書曰無即慆淫樧茱萸也幃盛香之囊也椒亦芳烈之物而今亦變爲邪佞

干

也甯戚衛人脩德不用退而商賈宿齊東門外威公夜
出甯戚方飯牛叩角而商歌曰南山粲白石爛生不遭
堯與舜禪短布單衣適至骭從昏飯牛薄夜半長夜漫
漫何時旦威公聞之曰異哉歌者非常人也命後車載
之用爲客卿備輔佐也　及年歲之未晏兮時亦猶其未央恐鵜鴂
之先鳴兮使夫百草爲之不芳　其一作而鵜一作鷤音題鵜音弟鴂音決一音
桂二無夫字爲于僞反二無爲字○晏晩也央盡也鵜鴂鳥名即詩所謂七月鳴鵙者蓋鵙鴂聲相近又其聲
惡陰氣至則先鳴而草死也巫咸之言止此亦勉原使及此身未老時未過而速行之意鵜鴂先鳴以比時一
過則事愈變而愈不可爲也　何瓊佩之偃蹇兮衆薆然而蔽之惟此
黨人之不諒兮恐嫉妒而折之　佩一作珮薆音愛蔽如字叉叶音鱉諒一作亮
蔽如字即折叶音制蔽音鱉即折音哲○此下至終篇又原自序之詞偃蹇衆盛貌言我所佩瓊玉德美之盛
蓋以自況也薆亦蔽盛也諒信也折毀敗也　時繽紛以變易兮又何可以淹
留蘭芷變而不芳兮荃蕙化而爲茅　繽以一作其茅叶莫侯反○繽紛亂也

音同詩車攻之五章有此例○日記巫咸語也陞降上
下陞而上天下而至地也榘與矩同所以爲方之器也
矱度也所以度長短者也摯伊尹名咎繇皐陶言陞
降上下而求賢君與我皆能合乎此法者如湯之得伊
尹禹之得咎繇始能調和而必合也苟中情其好脩兮又何必用夫行媒
說操築於傅巖兮武丁用而不疑好呼報反二無媒叶莫悲反說又字音悅
操七刀反○行媒喻左右之先容也言誠心好善則精
感神明賢君自當舉而用之不必須左右薦達也說傅
說也傅巖地名武丁殷之高宗也言傅說抱道懷德而
遭遇刑罰操築於傅巖武丁思想賢者夢得聖人以
其形像求之因得傅說登以爲公道用大與爲殷高宗
也孔安國曰傅氏之巖在虞虢之界通道所經有澗水
壞道常使胥靡刑人築護此道說
賢而隱代胥靡築之以供食也呂望之鼓刀兮遭周
文而得舉甯戚之謳歌兮齊桓聞以該輔呂望太公也亦姓姜氏從
其封姓故曰呂也鼓鳴也太公避紂居東海之濱聞文
王作興而往歸之至於朝歌道窮困因自鼓刀而屠遂
而釣於渭濱文王夢得聖人於是出獵而遇之遂載以
歸用以爲師言吾先公望子久矣因號爲太公望該備

申椒其不芳○一無覽字猶一作獨非是珵音呈幃音暉○珵美玉也相玉書言珵大六寸其暉自
照言時人觀草木尚不能別其香臭豈能知玉之美惡所當乎蘇取也史記樵蘇後爨謂取草也幃謂之幐幐即
香囊也亦言其近小人而遠君子也自念之詞止此欲從靈氛之吉占兮心猶豫
而狐疑巫咸將夕降兮懷椒糈而要之糈音所要於遙反○巫咸古神
巫也當殷中宗之世降下也椒香物所以降神糈精米所以享神又敘其事言巫咸將以日夕從天而下願懷
椒糈而要之使占此吉凶也百神翳其備降兮九疑繽其並迎皇剡
剡其揚靈兮告余以吉故翳於計反疑一作嶷迎魚慶反叶音御剡以冉反○翳蔽
也繽盛貌九疑在零陵蒼梧之間疑似也山有九峯其形相似隨者疑焉故曰九疑也言巫咸既將百神蔽日
來下舜又使九疑之神紛然來迎已也皇謂百神剡剡光也揚靈發其光靈也曰勉陞降以上
下兮求榘矱之所同湯禹儼而求合兮摯咎繇而能調
陞一作升上時掌反下遐駕反榘俱雨反一作矩矱紆縛反又烏郭反一作嚴儼一作嚴咎繇一作皋陶調叶

惟是其有女曰勉遠逝而無狐疑兮孰求美而釋女無
狐字有女之女如字釋女之女音汝。此亦靈氛之詞 美女以比賢君求美以比求賢夫言天下之大非獨楚
有美女但當遠逝而無疑豈 有美女求賢夫而舍汝者乎 何所獨無芳草兮爾何懷
乎故宇世幽昧以眩曜兮孰云察余之善惡 宇一作宅 待洛反尚
書周禮古文宅度多通用也眩熒絹反善惡一作美惡 宅作宇則上聲宇作宅則如字善惡一作中情非是上
文別有此句此章韻不叶也。何所獨無芳草即上章 豈惟是其有女之意又申言之而勉其行亦靈氛之言
也眩目無主也世有昧而莫能察已以下 乃原自念之詞言雖往而亦將無所合也 民好惡其不
同兮惟此黨人其獨異戶服艾以盈要兮謂幽蘭其不
可佩 好惡並去聲要於遙反即古腰字其一作兮一作 之佩叶音備。黨朋也言人性固有不同而黨人
爲尤甚也艾白蒿非芳草也服之滿腰而反謂蘭 爲臭惡而不可佩言其觀變讒佞而愈遠忠直也 覽察
草木其猶未得兮豈珵美之能當蘇糞壤以充幃兮謂

世溷濁而嫉賢兮好蔽美而稱惡好呼報反美一作善惡叶烏路反○弱步
也拙鈍也恐道理弱於少康而媒又無巧辭也盖不待其不合而已自知其必無所成矣故再言世之溷濁而
嫉賢蔽美盖以爲雖四方之遠而其風俗之不美無以異於肅州也閨中旣以邃遠兮哲
王又不寤懷朕情而不發兮余焉能忍而與此終古既下
一有以字邃息遂反一無而字古叶音故○小門謂之閨邃深也哲知也寤覺也終古者古之所終謂來日之
無窮也閨中深遠盖言虙妃之屬不可求也哲王不寤盖言上帝不能察司閽壅蔽之罪也言此以比上無明
王下無賢伯使我懷忠信之情不得發用安能久與此閽亂嫉妬之俗終古而居乎意欲復去也索藑
茅以筳篿兮命靈氛爲余占之曰兩美其必合兮孰信
脩而慕之索所格反藑一作瓊音瓊筳音廷篿音專占之慕之兩之字自爲韻○索取也藑茅靈
草也筳小折竹也楚人名結草折竹以占曰篿靈氛古明占吉凶者兩美盖以男女俱美比君臣俱賢也言兩
美幷雖必合然楚國孰有能信汝之脩潔而慕之者宜以時去也思九州之博大兮豈

故反、然則鴆字歟惡烏路反、佻吐雕反、又吐了反、又音眺巧叶苦老反○鴆運日也羽有毒可殺人以喻讒佞
賊害人也、告予以不好者其性讒賊不肯為媒而反間我也、雄鳩鶻鳩也、似山鵲而小短尾青黑色多聲佻輕
也、巧利也又使雄鳩銜命而往然其性輕佻巧利、多語言而無要實復不可信用也心猶豫而狐
疑兮欲自適而不可鳳皇既受詒兮恐高辛之先我猶如
字又音抽詒異胥反、一作詔非是○猶犬子也人將犬行犬好豫在人前待人不得又來迎候故謂不決曰猶
預孤多疑而善聽河冰冰始合孤聽其下不聞水聲乃敢過故人過河冰者要須狐行然後敢度因謂多疑者為
孤疑高辛帝嚳有天下之號也言以鴆鳩皆不可使故中心疑惑意欲自往而於禮有不可者鳳皇又已受高
辛之遺而來求之故恐簡狄先為嚳所得也欲遠集而無所止兮聊浮游以
逍遙及少康之未家兮留有虞之二姚集一作進非是少失照反姚音
遙○少康夏后相之子也有虞國名姚姓舜後也以二女妻少康事見左傳言既失簡狄欲適遠方又無所向
故願及少康未娶於有虞之時留此二姚也理弱而媒拙兮恐導言之不固

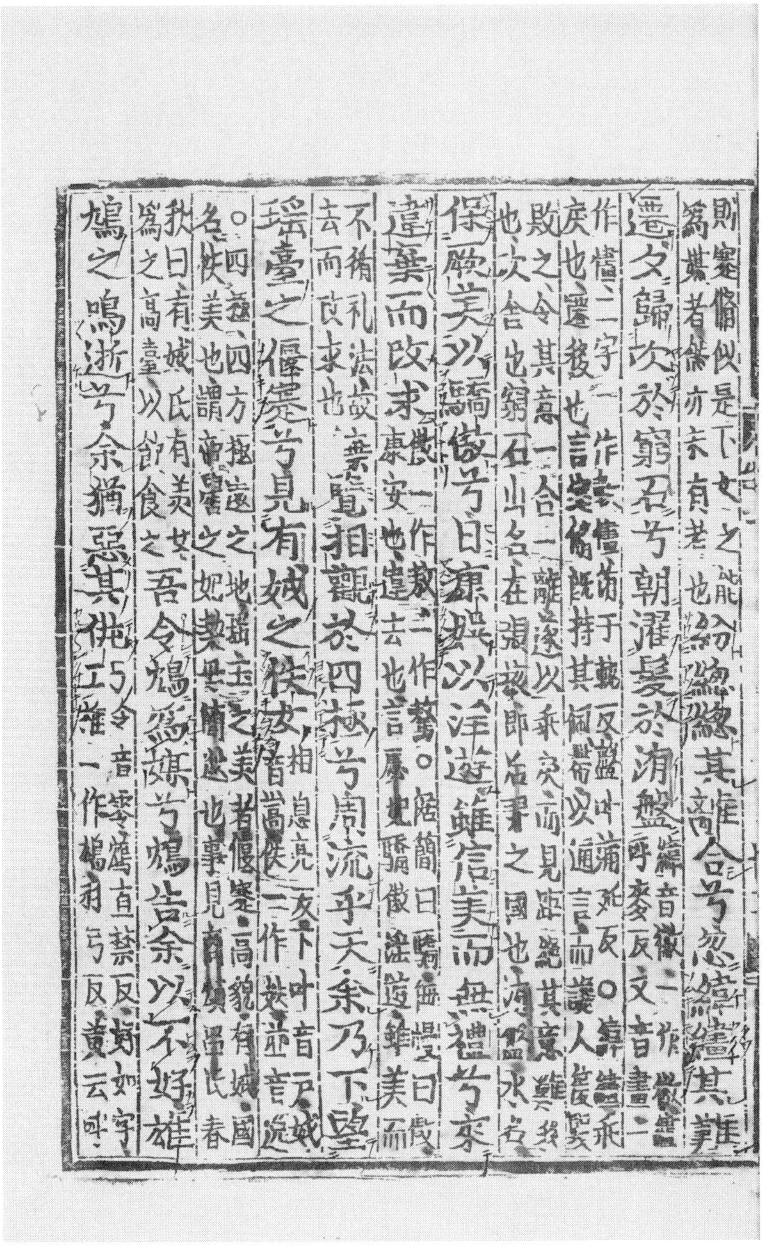
則蹇脩似是下女之能爲媒者然亦未肯也紛總總其離合兮忽緯繣其難
遷夕歸次於窮石兮朝濯髮於洧盤緯音徽一作徽纆繣呼麥反文音畫二
作儘二字一作捷儘蒲于軌反盤叶蒲死反○緯繣乖
戾也遷移也言蹇脩既持其佩帶以通言而讒人復
敗之令其意一合一離遂以乖戾而見距絶其意難移
也次舍也窮石山名在張掖郎後羿之國也洧盤水名
保厥美以驕傲兮日康娛以淫遊雖信美而無禮兮來
違棄而改求傲一作敖二作驁○保居簡日驕侮慢日傲康安也違去也言宓妃驕傲淫遊雖美而
不循礼法故棄去而更求也覽相觀於四極兮周流乎天余乃下望
瑤臺之偃蹇兮見有娀之佚女相息亮反下叶音戶娀音嵩佚一作妷並音逸
○四極四方極遠之地瑤主之美者偃蹇高貌有娀國
名佚美也謂帝嚳之妃契母簡狄也事見商頌呂氏春
秋曰有娀氏有美女爲之高臺以飲食之吾令鴆爲媒兮鴆告余以不好雄
鳩之鳴逝兮余猶惡其佻巧令音零鴆直禁反鴆如字雄一作嬥羽弓反黃云呼

34

自察而無所趍向也溷亂也既不得入天門以見上帝於是歎息世之溷濁而嫉妬蓋其意若曰不意天門之下亦復如此於是去而它適也

朝吾將濟於白水兮登閬風而緤馬忽反顧以流涕兮哀高丘之無女 閬音郎又音浪緤一作紲並音薛焉叶蒲補反

○賦也言白水出崑崙之山閬風山上也女神女蓋以比賢君也於此又無所遇故下章欲遊春宮求虙妃見佚女留二姚皆求賢君之意也

溘吾遊此春宮兮折瓊枝以繼佩及榮華之未落兮相下女之可詒 佩叶音備相息亮反詒叶音異○溘奄也春宮東方青帝舍也繼續也榮華喻顏色也落墮也相視也下女謂神女之侍女也詒遺也與春宮者折瓊枝正發及榮華之未落而因下女以通意於神妃也

吾令豐隆乘雲兮求虙妃之所在解佩纕以結言兮吾令蹇脩以爲理 虙房六反一作宓莫筆反在叶才里反纕息羊反或曰在如字理叶音顆上聲○豐隆雷師虙妃伏羲氏女溺洛水而死遂爲河神纕佩帶也蹇脩人名理爲媒以通詞理也蓋留迅疾而欲還求無不獲故欲使之求神女之所在而令蹇脩致佩纕以爲理

字亦叶入聲皇一作凰爲于僞反余先一作我前余一作我○望舒月御也飛廉風伯也屬連也鸞鳳之佐也
皇雌鳳也雷師豐隆也
吾令鳳鳥飛騰兮繼之以日夜飄風屯其相離兮帥雲霓而來御
夜如字或叶羊茹反屯徒渾反帥一作率霓一作蜺五稽五歷五字三反此从五稽反御叶音迓或如字○鳳靈鳥也山海經云丹穴之山有鳥焉其狀如雞五彩而文曰鳳凰是鳥也飲食則自歌自舞見則天下大寧飄風回風也屯聚也霓虹屬陰陽交會之氣也郭璞云雄曰虹謂明盛者雌曰蜺謂暗微者雲薄漏日日照雨點則生也御迎也
紛總總其離合兮斑陸離其上下吾令帝閽開關兮倚閶闔而望予
斑亦作班下叶音户予叶音與○紛盛多貌總總聚貌斑亂貌帝謂天帝也閽謂主以昏閉門之隸也閶闔天門也令帝閽開門排入見帝更陳己志而閽不肯開反倚其門時曖曖望而拒我使不得入蓋求大君而不遇之比也
時曖曖其將罷兮結幽蘭而延佇世溷濁而不分兮好蔽美而嫉妬
○曖音愛罷音皮溷胡困反好呼報反妬叶丁五反曖曖昏昧貌罷極也結幽蘭而延佇言以芳香

圃欲少留此靈瑣兮日忽忽其將暮軔音刃縣音玄一作懸少一作久来
是瑣兗果反二作璅○軔搘車木也將行則發之蒼梧舜所葬也縣圃在崑崙之上靈神也瑣門鏤也文如連
瑣以青畫之則曰青瑣吾令羲和弭節兮望崦嵫而勿迫路曼曼
其脩遠兮吾將上下而求索弭弥耳反崦音淹嵫音茲古但作奄茲勿一作未来
是曼莫半反又莫官反二作漫索所格反○羲和堯時主四時之官賓日餞日者也弭按也止也按節徐步也
崦嵫日所入之山也迫附近也曼曼遠貌脩長也求索求賢君也言欲令羲和按節徐行望日所入之山且勿
附近冀及日之未莫而遇賢君也飲余馬於咸池兮總余轡乎扶桑折
若木以拂日兮聊逍遙以相羊飲於禁反扶說文作榑逍遙一作須臾相息羊
反羊一作佯亦篇引作儴佯音同○咸池日浴處也總結也扶桑木名日出其下也若木亦木名在崑崙西極
其華光照下地拂擊也聊且也逍遙相羊皆遊也前望舒使先驅兮後飛廉使
奔屬鸞皇為余先戒兮雷師告余以未具屬叶章喻反或如字則具

也言近廿而欲墮也竟死言成死也鑿穿孔也枘刻木端所以入鑿者也正謂審其正而納之也此承上章言
惟善爲可行夫前脩乃有以此而至於菹醢若龍逢梅伯者然亦不敢以爲悔也曾歔欷余鬱
邑兮哀朕時之不當攬茹蕙以掩涕兮霑余襟之浪浪
曾一作增歔許居反欷許衣反文許毅反當平声攬一作擥一作擥茹如呂反浪音郎○曾累也歔欷哀泣之
声也歔邑憂也哀時不當者自哀生不當舉賢之時而値菹醢之世也茹柔耎也霑濡也衣背之謂襟浪浪流
皃言心悲泣下而猶引取柔耎香草以自掩拭不以悲故变仁義之則也跪敷衽以陳辭兮
耿吾既得此中正駟玉虬以椉鷖兮溘埃風余上征跪巨
委反辭一作詞耿古迥反正叶音征虬一作並具幽反鷖烏雞反文烏計反一作驂溘一作壒○敷布也衽
襟際也耿明也有角曰龍無角曰虬鷖鳳類身有五采溘奄忽也埃塵也征行也此言跪而敷衽以陳如上之
詞於舜而耿然自覺吾心已得此中正之道上与天通無所間隔所以埃風忽起而余遂乘龍跨鳳以上征也
然此以下多假託之詞非實有是物与是事也朝發軔於蒼梧兮夕余至乎縣

何反二無才字補一作脩非是頗一作陂並普禾反。
儼畏也祗亦敬也周周家也差過也言殷湯夏禹周之
文王受命之君皆畏天敬賢講論道義無有過差文舉
賢才遵法度而無偏頗故能獲神人之助子孫蒙其福
祐如下章也

皇天無私阿兮覽民德焉錯輔夫維聖哲之茂行兮苟得用此下土

錯七故反之一作以行下孟反。
竊愛爲私所私爲阿錯置也輔佐
也猶言惟德是輔也言皇天神明無所私阿觀民之德
有聖賢者則置其輔助之力而立以爲君也哲智也茂
盛也苟誠也下土謂天下也言聖哲之人
有甚盛之行故能有此下土而用之也

瞻前而顧後兮相觀民之計極夫孰非義而可用兮孰非善而可服

相息亮反服叶蒲北反。瞻臨視也顧還視也相觀重
言之也計謀也極窮也前謂往昔之是非後謂將來之
成敗殷事也言瞻前顧後則人事之變盡矣故見民
之計謀於是爲之而知惟義爲可用惟善爲可行也

阽余身而危死兮覽余初其猶未悔不量鑿而正枘兮固前脩以菹醢

阽余廉反死下一有節字悔呼磊反量音
良鑿音漕正一作延枘而銳反。阽臨危

一作国非是鮮一作尠並先典反浞食角反家叶古胡反○羿有窮之君夏時諸侯也封大也浞寒浞羿相也

婦謂之家言羿因夏衰亂代之爲政娛樂畋獵不恤民事信任寒浞使爲國相羿畋將歸浞使家臣逢蒙射而

殺之貪取其家以爲己妻羿以亂得政身即滅亡故曰亂流鮮終也**澆身被服強圉兮縱**

欲而不忍日康娛而自忘兮厥首用夫顛隕澆五弔反又作乘五

耕反服一作於圉魚呂反欲下一有殺字非是而一作以夫一作乎無夫字顛一作巔○澆寒浞子也強圉

多力也言澆取羿妻而生澆強梁多力縱放其慾不能自忍也康安也自上而下曰顛隕墜也言澆既滅殺夏

后相安居無憂日作淫樂忘其過惡卒爲相子少康所誅此二章事並見左傳襄公四年哀公五年**夏桀**

之常違兮乃遂焉而逢殃后辛之菹醢兮殷宗用之不

長菹側魚反醢音海之一作而○違背也言背道也逢殃爲湯所放也后辛即紂也藏菜曰菹肉醬曰醢紂

爲無道殺比干醢梅伯武王誅之殷宗遂絕不得長久也**湯禹儼而祇敬兮周論道**

而莫差舉賢才而授能兮循繩墨而不頗儼一作嚴並魚撿反差七

以一作之嘳丘愧反流音元敶古陳字一作陳○賦予比也節度也嘳歎也憑懣也悳盛貌左傳列吾云問皆
云憑怒是也歷經歷之意沅湘皆水名沅水出象郡鐔城西東注江合洞庭中湘水出帝舜葬東入洞庭下重
華舜号也帝繫曰瞽叟生重華是為帝舜舜葬於九疑山在沅湘之南洪曰天下明德皆自虞帝始其於君臣之
際詳矣屈原以世莫能察己之志故歎就之而陳詞如下文所云也啓九辯與九歌兮夏
康娛以自縱不顧難以圖後兮五子用失乎家衖難乃旦反
衖一作巷與巷同寸予貢反二作居非是○自此以下皆比一而賦也啓禹子也九辯九歌禹樂也言禹平治水
土以有天下啓能承先志續敘其業故九州之物皆可辯數九功之德皆有次序而可歌也夏康啓子太康也
娛樂也縱放也圖謀也五子太康昆弟五人也家衖宮中之道所謂永巷也太康以逸豫滅厥德盤游無度田
于洛南十旬弗反有窮后羿距之于河而五子用此亦史其家衖言困破而家亡也事見尚書大禹謨及五子
之歌此篇舉言之故所言皆舜以後事也羿淫遊以佚畋兮又好射夫封狐
固亂流其鮮終兮浞又貪夫厥家羿五計反佚音逸畋一作田射食亦反固

野叶上與反○嬋也女嬃屈原姊也嬋媛眷戀牽持之
意申申舒緩貌也○記女嬃之詞也鯀堯臣也帝繫曰
顓頊後五世而生鯀婞很也蚤死曰妖言堯使鯀治洪
水婞狠自用不順堯命乃殛之羽山死於中野女嬃以
屈原剛直太過恐亦將如鯀之過禍也 汝何博謇而好脩兮紛獨有此姱
節薋菉葹以盈室兮判獨離而不服 謇一作蹇非是好呼報反節叶音即
薋自資反亦作茨菉力玉反葹商支反服叶蒲北反
賦而比也此亦女嬃言也博謇謂廣博而忠直紛盛貌○
姱節姱美之節也薋蒺藜也菉王芻也葹枲耳也三
皆惡草以比讒佞盈室謂滿朝也判別也言衆人皆佩
此惡草汝何獨判然離別不與衆同也 衆不可戶說兮孰云察余之中情
世並舉而好朋兮夫何煢獨而不予聽 說輸芮反煢一作甇並渠營反
不字疑衍聽叶它丁反○賦也朋黨也煢孤也舉時俗外
困群佞內被嬃詈故言衆人不可戶戶而說以必不能察
己之中情況世人又方並為朋黨何能哀
我煢獨而見聽乎焉下章就舜陳辭趣 依前聖以節
中兮喟憑心而歷茲濟沅湘以南征兮就重華而陳詞

謂佩有潤澤也糅亦雜也唯獨也昭明也言獨此光
明之質有與藏而無虧缺所謂道行則兼善天下不用
則獨善其身也忽反顧以遊目兮將往觀乎四荒佩繽紛其繁
飾兮芳菲菲其彌章繽匹賓反○比也荒遠也繽紛盛貌繁衆也菲菲猶勃勃芳香貌也
章明也言雖己回車反服而猶未能頓忘此世故復反顧而將往觀乎四方絕遠之國庶幾一遇賢君以行其
道佩服愈盛而明志意愈脩而潔也民生各有所樂兮余獨好脩以為常
雖體解吾猶未變兮豈余心之可懲樂五教反好呼報反脩一作循非是
解古買反豈一作非可一作何非是懲叶直良反○賦也言人生各隨氣習有所好樂或邪或正或清或濁種
種不同而我獨好脩潔以為常雖以此獲罪於世至於屠戮支解終不懲創而悔改也自恔相道至此五章文
承上文清白以死直之意而下為女嬃詈予起也女嬃之嬋媛兮申申其詈予
曰鮌婞直以亡身兮終然殀乎羽之野嬃私俞反一嬋音蟬媛音爰一作
撣援詈言一作罵予叶音與鮌古本反与鯀同一作婞一作悻胡冷反又胡頸反又音脛殀一作夭並於矯反

引頸也佇立也回旋轉也迷惑誤也言既至於此矣
乃始悔前日相視道路未能明審而輕犯世患遂引
頸跂立而將旋轉吾車以復於昔來之路庶
幾猶得及此惑誤未遠之時覺悟而還故也步余馬於
蘭皋兮馳椒丘且焉止息進不入以離尤兮退將復脩
吾初服焉尤虔反離力智反一無復字服叶蒲北反○也步徐行也澤曲曰皋其中有蘭故曰蘭皋
丘上有椒故曰椒丘徐步馳走而遂止息以恨哉蘭不
志芳香以自清潔所謂回朕車以復路也進既不入以
離尤則亦退而復脩吾初服耳製芰荷以爲衣兮集芙蓉以爲裳不吾
知其亦已兮苟余情其信芳芰音寄反集古集字一作集○比也製裁也芰蔆也
生水中葉浮水上花黃白色實紫色兩頭銳者也荷蓮
華也芙蓉蓮花也本草云蓮其葉名荷花未發爲菡萏
萏已發爲芙蓉上曰衣下曰裳言被服益潔高余冠之
脩善益明也此与下章即所謂脩吾初服也
岌岌兮長余佩之陸離芳與澤其雜糅兮唯昭質其猶
未虧岌魚及反糅女救反下同○賦也岌岌高貌綿玉佩也陸離美好分散之貌芳謂以香物爲衣裳澤

苦合反、以一作而。態叶士冝反。○賦也。忳憂貌。侘傺失
志貌。侘猶堂々也。又立也。傺住也。楚人語也。溘奄也。言
我寧奄然而死、不忍
為此邪淫之態也。
鷙鳥之不羣兮自前世而固然何
方圜之能周兮夫孰異道而相安
鷙脂利反。圜一作圓
周一作同。安叶一先
反。○比也。鷙執也。謂鳥之能執伏衆鳥者。鷹鸇之類也。
不群言其執志剛厲。居常特處。不與衆鳥為群也。周合
也。員鑿方枘不能合。以其異道故
不能相安。賢者之居亂世。亦猶是也。
屈心而抑志兮忍
尤而攘詬伏清白以死直兮固前聖之所厚
攘而羊反
詬一作詬
並呼漏反。又或作垢。○賦也。抑按也。尤過也。攘除也。詬
恥也。言與世已不同矣。則但可屈心而抑志。雖或見尤
於人。亦當一隱忍而不與之校。雖所遭者或有恥辱。
亦當以理解遣。若攘却之而不受於恢。盖寧伏清白而
死於直道。尚足為前聖之所厚。如比干諫死而武王封
其墓。孔子稱其仁也。自怨靈脩以下至此五章一意焉。
下章回車
復路起
悔相道之不察兮延佇乎吾將反回朕車以
復路兮及行迷之未遠
○相息亮反。佇直呂反。回一作迴。
比也。悔追恨也。察明審也。延

未悔纕息羊反一無以字非是茝一作芷悔虎猥反○賦而比也纕佩帶也申重也此言君之廢我以蕙
茝爲賜而遣之如徒放之臣予之以玦○無後去也無二物芬芳予余心之所善幸而得之則雖九死而不悔况
但廢替而已乎怨靈脩之浩蕩兮終不察夫民心衆女嫉余之
蛾眉兮謠諑謂余以善淫蛾一作娥非是謠音遥諑音卓以一作之○比也浩蕩無
思慮貌民謂衆人也蛾眉謂眉之美好如蚕蛾之眉也爾雅云徒歌謂之謠方言云楚南謂愬爲諑固時
俗之工巧兮偭規矩而改錯背繩墨以追曲兮競周容
以爲度偭音面錯七故反追古道字○比也偭背也規所運以爲圓之器也所矩擬以爲方之器今曲
尺也錯置也繩墨引繩彈墨以取直者今墨引繩是也追猶隨也言舍直而隨曲也競爭也周合也度法也言
爭以苟合求容爲常法也洪曰偭規矩而改錯者反常而妄作背繩墨以追曲者枉道以從時忳鬱邑
余侘傺兮吾獨窮困乎此時也寧溘死以流亡兮余不
忍爲此態也侘徒渾反邑一作悒侘敕加敕駕二反傺丑利敕界二反一無二也字溘苦答反又

22

練要言所脩精練所守要約擥木根以結茝兮貫薜荔
也顑頷食不飽而面黃之貌
之落蘂矯菌桂以紉蘭兮索胡繩之纚纚擥音覽一作擥啓妍反茝
一作茝薜蒲計反荔郎計反索蘇各反纚所綺反○比
也薜荔香草也緣木而生蘂花蔓鬚貌纚纚然者也矯
擧也胡繩亦香草有莖葉謇吾法夫前脩兮非世俗之
可作繩索纚纚繩索好貌
所服雖不周於今之人兮願依彭咸之遺則謇一作蹇服叶蒲北
反○賦也謇難詞也前脩謂前代脩德之人周合也彭
咸殷賢大夫諫其君不聽自投水而死遺餘也則法也
長太息以掩涕兮哀民生之多艱余雖好脩姱以鞿羈
兮謇朝誶而夕替鞿居依反羈居宜反誶與訊同音信又音粹替與艱叶未詳或云艱居垠
反替它因反○賦也姱美也涕猶抆淚也哀此民生遭亂世
而多艱也脩姱謂脩潔而美好鞿羈以馬自喩韁在口
曰鞿革絡頭曰羈言自繩束不放縱也誶諫
也詩曰誶予不顧今詩作訊訊告也替廢也既替余以
蕙纕兮又申之以攬茝亦余心之所善兮雖九死其猶

之蕪穢峻一作後音峻竢一作俟萎於危反。比也冀幸也峻長也刈穫也萎病也絕落也言此衆芳
雖病而落何能傷於我乎但傷善道不行如香草之蕪穢耳衆皆競進以貪婪兮憑
不猒乎求索羌內恕己以量人兮各興心而嫉妬以一作而
婪音藍又力含反憑一作馮索所格反二叶蘇故反一無已字量力香反興一作與非是若索音素即妬如字
若索从所格讀則妬叶音跖。賦也並逐曰競愛財曰貪愛食曰婪憑滿也楚人謂滿曰憑以心揆心爲量量
度也興生也害賢爲嫉害色爲妬言在位之人心皆貪婪內以其志量度他人謂與己同則各生嫉妬之心也
忽馳騖以追逐兮非余心之所急老冉冉其將至兮恐
脩名之不立騖音務。賦也騖亂馳也冉冉漸也脩名長名或曰脩絜之名也朝飲木
蘭之墜露兮夕餐秋菊之落英苟余情其信姱以練要
兮長顑頷亦何傷飲於錦反餐一作喰並七安反英叶於妻反姱若瓜反要於笑反顑虎感
反又古湛反頷戶感反又魚檢反頷一作頷。比也英華也飲露餐華言動以香潔自潤澤也苟誠也信實也

畮 辭体注音未

曰王逸不注此二句後章始釋羌義疑此後人所增也
羌起羊反。比也曰者叙其始約之言也黄昏者古人
親迎之期儀禮所謂初昏也羌楚人發語端之詞猶言
卿何爲也中道而改路則女將行而見棄正君臣之契
已合而復離之比也洪說雖有据然安知初既與余成
非王逸以前此下已脫兩句邪更詳之
言兮後悔遁而有他余既不難夫離別兮傷靈脩之數
遁一作遯他一作佗一無夫字數所角反化叶虎瓜
化亻反。比也成言謂成其要約之言也悔改也遁移也
近曰離遠曰別言我非難與君離
別但傷君志數變易無常操也余既滋蘭之九畹兮
又樹蕙之百畮畦留夷與揭車兮雜杜衡與芳芷滋一作蒔
與栽同畹於遠反畮古畝字莫後反叶滿彼反留夷一
作留蒠揭一作藒又作藹並立謁反又起例反衡一作
蘅。比也滋蒔也故十二畝或曰三十畝也樹種也六
尺爲步步百爲畝畦隴種也留夷揭車皆芳草杜衡似
葵而香葉似馬蹄故俗云馬蹄香也言已種
蒔衆香脩行仁義以自潔飾朝夕不倦也冀枝葉之
峻茂兮願竢時乎吾將刈雖萎絕其亦何傷兮哀衆芳

反信讒而齌怒忽二作曾二作急奔布頓反先悉薦反後下遘反荃七全反二音孫二作蓀音
同揆一作察中一作忠齌从火齊聲在詣反二作齊或
作齌並祖西反又一作𣤬怒叶上聲○比而賦也踵足
跟也武迹也追前人者但見其跟之跡耳言所以奔走
以趨若之所鄉而或出其前或追其後以相導之者欲
其有以躡先王之遺迹也荃與蓀同陶隱居云冬閒溪
側有名溪蓀者根形氣色極似石上菖蒲而無葉無脊蓋
亦香草故時人以爲彼此相謂之通稱此又借以寓意於君也齌炊餔疾也余固知謇謇之
爲患兮忍而不能舍也指九天以爲正兮夫唯靈脩之
故也謇居輦反忍上一有余字一無而字舍尸夜反叶尸預反或音捨非是二無二也字○賦而比也謇
謇難於言也直詞進諫已所難言而君亦難聽故其言
之出有不易者如謇吃然也舍止也言已知忠言謇謇
必爲身患然中心不能自止而不言也九天天有九重
也正平也靈脩言其有明智而善脩飾蓋婦悅其夫之
稱亦託詞以寓意於君也此又上指九天告語神明使
平正之明非爲身謀及爲他人之計但以君之恩深而
義重是以不能自已耳曰黃昏以爲期兮羌中道而改路一無此二句洪

言三王所以有純美之德以衆賢輔之也雜非一也椒木實之香者申或地名或其美名耳桂木名本草云花白葉黃正圓如竹蕙草名本草云薰草也生下濕地麻葉而方莖赤花而黑實氣如蘼蕪可以已癘陳藏器云即零陵香也言雜用衆賢以致治非獨專任一二人而已也

彼堯舜之耿介兮既遵道而得路何桀紂之昌披兮夫唯捷徑以窘步

耿古迥反又古幸反昌一作猖一作倡被一作披並匹皮反夫音扶後以意求不能盡出○賦而比也耿光也介大也遵循也昌被衣不帶之貌捷邪出也徑小路也窘急也桀紂惟之亂若被衣不帶者獨以不由正道而所行蹙迫耳

黨人之偷樂兮路幽昧以險隘豈余身之憚殃兮恐皇輿之敗績

惟下一有夫字樂音洛隘於解反叶於力反身一作心殃一作快○賦而比也惟思念也黨朋也偷苟且也幽昧不明也險臨危也隘陿狹也憚難也殃咎也皇君也績功也君車宜安行於大中至正之道而當幽昧險隘之地則敗績矣故我欲諫爭者非難身之被殃咎也但恐君國傾危以敗先王之功耳

忽奔走以先後兮及前王之踵武荃不揆余之中情兮

之物以況所行者皆忠善長久之道也　日月忽其不淹兮春與秋其代序
惟草木之零落兮恐美人之遲暮○忽一作曶零一作苓賦而比也淹久也
代更也序次也零落皆墮也草曰零木曰落美人謂美好之婦人蓋託詞而寄意於君也遲晚也此承上章言
己但知朝夕修潔而不知歲月之不留至此乃念草木之零落而恐美人之遲暮將不得及其盛年而偶之以
比臣子之心唯恐其君之遲暮也將不得及其盛時而事之也　不撫壯而棄穢兮何不
改乎此度乘騏驥以馳騁兮來吾道夫先路乘一作下同一作
策度一作馳下同道一作導度路二韻下一皆有也字○賦而比也三十日壯棄去也草荒曰穢以比惡行騏
驥駿馬以比賢智言君何不及此年德壯盛之時棄去惡行改此惑誤之度而乘駿馬以來隨我則我當爲君
前導以入聖王之道也自汩余至此三章自用一韻意亦相承　昔三后之純粹兮固衆
芳之所在雜申椒與菌桂兮豈維紉夫蕙茝菌渠隕反紉少竹維
當作茝古通用茝昌改反一作芷○賦而比也后君也三后謂禹湯文王也至美曰純齊同曰粹衆芳喩群賢

十則使賓友冠而字之故
字雖朋友之賤亦父命也紛吾既有此內美兮又重之
以脩能扈江離與辟芷兮紉秋蘭以爲佩紉音鑽重直用反脩叶
代反一作態非是扈音戶辟匹亦反紉女陳反○賦而
比也紛盛貌生得日月之良是天賦我美質於內也重
再也非輕重之重脩長也能才也能猶各能其方故
有絶人之才者謂之能扈被也離香草生於江中故曰
江離說文曰蘼蕪也郭璞曰似水蘄辟幽也芷亦香草
生於幽僻之處紉續也蘭亦香草至秋乃芳本草云蘭
葉澤蘭相似生水傍紫莖赤節高四五尺綠葉光潤尖
長有岐陰小紫花紅白色而香五六月盛佩飾也記曰
婦容臭茝蘭則蘭芷之
類古人皆以爲佩也汨余若將不及兮恐年歲之不吾
與朝搴阰之木蘭兮夕攬洲之宿莽汨于筆反不一作
弗與叶弋立用反搴音
蹇說文作攑阰音毗攬力敢反一作攬一作擥下一有
中字洲一作州莽莫補反○賦而比也汨水流去疾之
義言己之汲汲自脩常若不及者恐年歲不待我而過
去也搴取也阰山名木蘭木名本草云皮似桂而香
狀如楠樹高數仞去皮不死攬采也水中可居者曰洲
草冬生不死者楚人名曰宿莽言所采取皆芳香久固

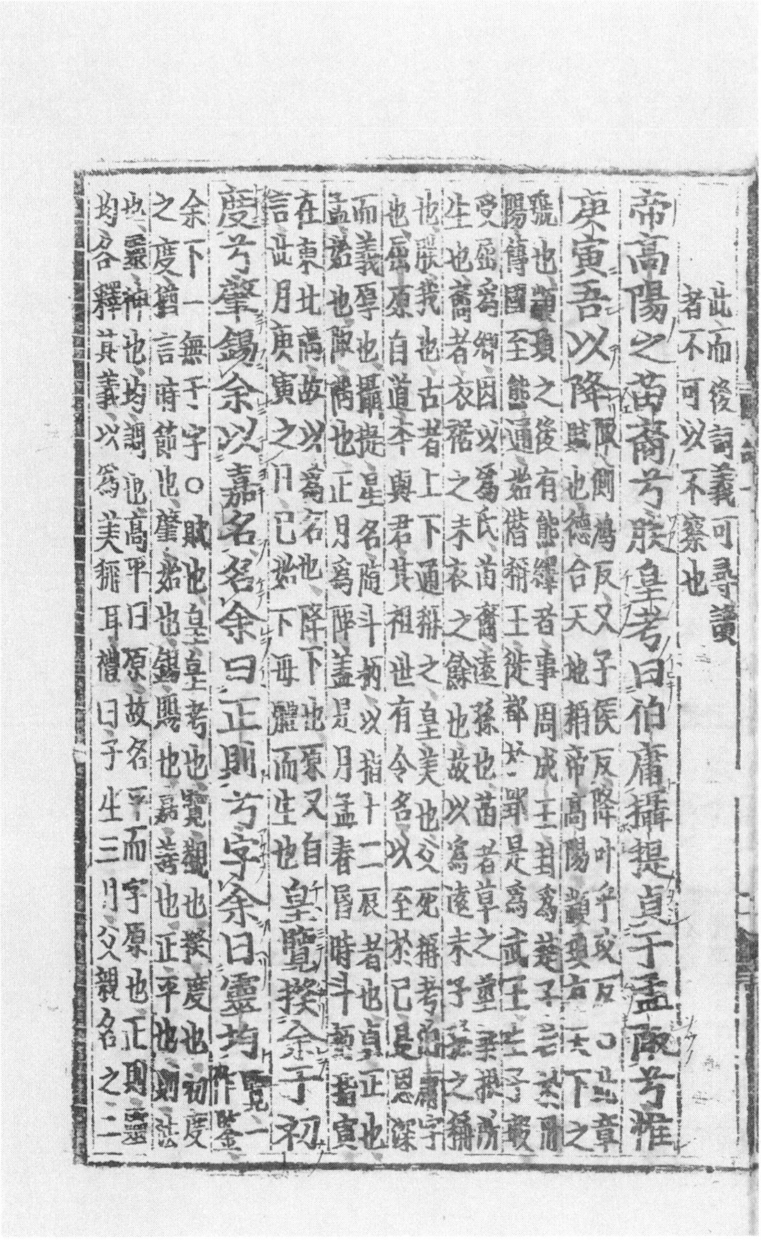

此而後詞義可尋讀者不可以不察也
帝高陽之苗裔兮朕皇考曰伯庸攝提貞于孟陬兮惟
庚寅吾以降陬側鳩反又子侯反降叶乎攻反○此章賦也德合天地稱帝高陽顓頊有天下之
號也顓頊之後有熊繹者事周成王封爲楚子居於丹陽傳國至熊通始僭稱王徙都於郢是爲武王生子瑕
受屈爲客卿因以爲氏苗裔遠孫也苗者草之莖葉根所生也裔者衣裾之末衣之餘也故以爲遠末子孫之稱
也朕我也古者上下通稱之皇美也父死稱考伯庸字也屈原自道本與君共祖世有令名以至於己是恩深
而義厚也攝提星名隨斗柄以指十二辰者也貞正也孟始也陬隅也正月爲陬蓋是月孟春昏時斗柄指寅
在東北隅故以爲名也降下也寅又自言此月庚寅之日己始下母體而生也皇覽揆余于初
度兮肇錫余以嘉名名余曰正則兮字余曰靈均覽一作鑒
余下一無于字○賦也皇皇考也覽觀也揆度也初度之度錯言時節也肇始也錫賜也嘉善也正平也則法
也靈神也均調也高平曰原故名平而字原也正則靈均各釋其義以爲美稱耳禮曰子生三月父親名之二

而不淫推此志也雖與日月爭光可也宋景文公曰離騷爲詞賦之祖後人爲之如至方不能加矩至圓不能過規矣按周禮太師掌六詩以教國子曰風曰賦曰比曰興曰雅曰頌而毛詩大序謂之六義蓋古今聲詩條理無出此者風則閭巷風土男女情思之詞雅則朝會燕享公卿大人之作頌則鬼神宗廟祭祀歌舞之樂其所以分者皆以其篇章節奏之異而別之也賦則直陳其事比則取物爲比興則託物興詞其所以分者又以其屬辭命意之不同而別之也誦詩者先辨乎此則三百篇者若網在綱有條而不紊矣不特詩也楚人之詞亦以是而求之則其寓情草木託意男女以極游觀之適者變風之流也其敘事陳情感今懷古以不忘乎君臣之義者變雅之類也至於語冥婚而越禮攄怨憤而失中則又風雅之再變矣其語祀神歌舞之盛則幾乎頌而其變也又有甚焉其爲賦則如騷經首章之云也比則香草惡物之類也興則託物興詞初不取義如九歌沅芷澧蘭以興思公子而未敢言之屬也然詩之興多而比賦少騷則興少而比賦多要必辨

述唐虞三后之制下序桀紂羿澆之敗冀君覺悟反於正道而還己也是時秦使張儀譎詐懷王令絕齊交又誘與俱會武關原諫懷王勿行不聽而往遂爲所脅與之俱歸拘留不遣卒客死於秦而襄王立復用讒言遷屈原於江南屈原復作九歌天問九章遠遊卜居漁父等篇冀伸己志以悟君心而終不見省不忍見其宗國將遂危亡遂赴汨羅之淵自沈而死汨音覓○長沙羅縣西北去縣三十里名爲屈潭即屈原自沈處今屬潭州寧鄉縣淮南王安曰國風好色而不淫小雅怨誹而不亂若離騷者可謂兼之矣又曰蟬蛻於濁穢之中以浮游塵埃之外不獲世之滋垢皭然泥

楚辭卷第一　朱子集註

離騷經第一　離騷一

離騷經者屈原之所作也屈原名平與楚同姓仕於懷王爲三閭大夫三閭之職掌王族三姓曰昭屈景戰國策楚有昭奚恤元和姓纂云楚武王子瑕食采於屈因氏焉屈重屈蕩屈建屈平並其後又云景氏有景差至漢徙關中屈原序其譜屬率其賢良以厲國士入則與王圖議政事決定嫌疑出則監察群下應對諸侯謀行職脩王甚珍之同列上官大夫及用事臣靳尚妬害其能共譖毀之王疏屈原屈原被讒憂心煩亂不知所愬乃作離騷班孟堅曰離猶遭也顏師古曰擾動曰騷洪曰其謂之經蓋後世之士祖述其詞尊而名之耳非原本意也上

訓詁名物之間則已詳矣顧王書之所取舍與其題號
離合之間多可議者而洪皆不能有所是正至其大義
則又皆未嘗沈潛反復嗟歎咏歌以尋其文詞指意之
所出而遽欲取喩立說旁引曲證以强附於其事之已
然是以或以迂滯而遠於性情或以迫切而害於義理
使原之所爲壹鬱而不得申於當年者又晦昧而不見
白於後世予於是益有感焉疾病呻吟之暇聊據舊編
粗加檃括定爲集註八卷庶幾讀者得以見古人於千
載之上而死者可作又足以知千載之下有知我者而
不恨於來者之不聞也嗚呼悕矣是豈易與俗人言哉

10

爲訓然皆生於繾綣惻怛不能自已之至意雖其不知
學於北方以求周公仲尼之道而獨馳騁於變風變雅
之末流以故醇儒莊士或羞稱之然使世之放臣屛子
怨妻去婦抆淚謳唫於下而所天者幸而聽之則於彼
此之間天性民彝之善豈不足以交有所發而增夫三
綱五典之重此予之所以每有味於其言而不敢直以
詞人之賦視之也然自原著此詞至漢未久而說者已
失其趣如太史公蓋未能免而劉安班固賈逵之書世
復不傳及隋唐間爲訓解者尚五六家又有僧道騫者
能爲楚聲之讀今亦漫不復存無以考其說之得失而
獨東京王逸章句與近世洪興祖補注並行於世其於

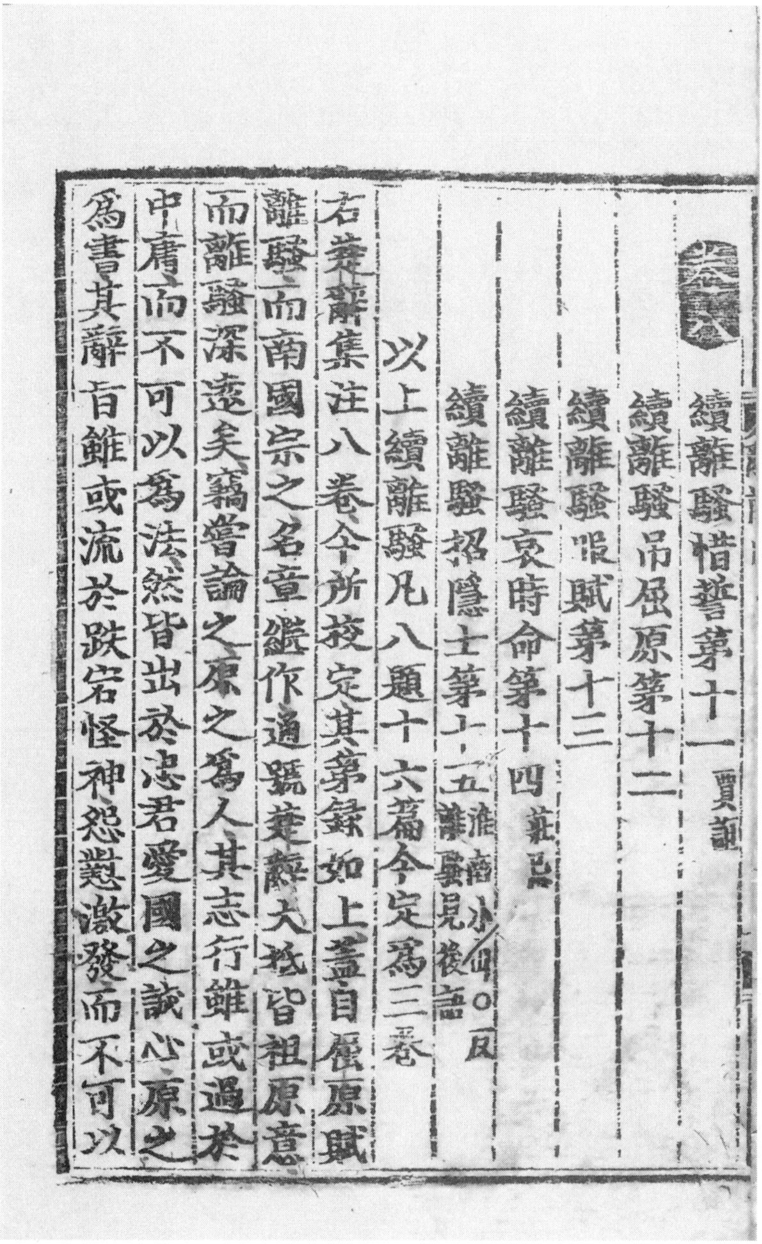

續離騷惜誓第十一 賈誼
續離騷弔屈原第十二
續離騷服賦第十三
續離騷哀時命第十四 莊忌
續離騷招隱士第十五 淮南小山○反離騷見後語
以上續離騷凡八題十六篇今定爲三卷
右楚辭集注八卷今所校定其第錄如上蓋自屈原賦
離騷而南國宗之名章繼作通號楚辭大抵皆祖原意
而離騷深遠矣竊嘗論之原之爲人其志行雖或過於
中庸而不可以爲法然皆出於忠君愛國之誠心原之
爲書其辭旨雖或流於跌宕怪神怨懟激發而不可以

8

楚辭集註目錄

卷一 離騷經第一 釋文無經字

卷二 離騷九歌第二 一本此篇以下皆有傳字

卷三 離騷天問第三

卷四 離騷九章第四

卷五 離騷遠遊第五 離騷卜居第六

離騷漁父第七

以上離騷凡七題二十五篇皆屈原作今定爲

五卷

卷六 續離騷九辯第八 宋玉○晁補之云此篇以下乃有傳字

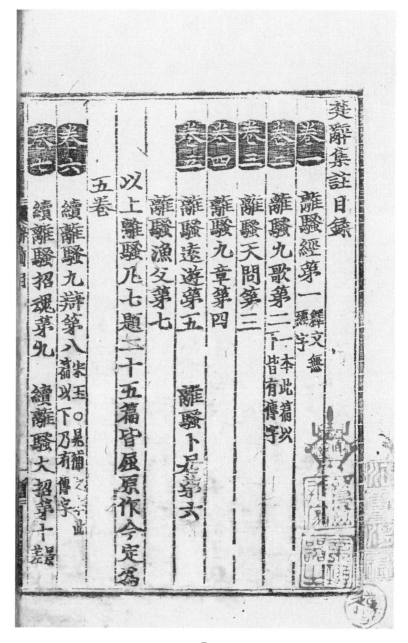

卷七 續離騷招魂第九 續離騷大招第十 景差

6

大儒著述之旨豈末学所能窺覬哉然嘗聞之孔子之刪詩
朱子之定騷其意一也詩之為言可以感發善心懲創逸志
其有裨於風化也大矣騷之為辭皆出於忠愛之誠心而所謂
善不由外來名不可以虛作者又皆聖賢之格言使放臣屏子
呻吟咏嘆於寂寞之濵則所以自處者必有其道矣而所天
者舉而聽之寧不凄然興感而迪其倫紀之常哉此聖賢
刪定之大意也讀此書者因其辭以求其義得其義而反
諸身焉庶幾乎朱子之意而不流於雕蟲篆刻之末矣
成化十一年歲在乙未秋八月既望
賜進士第嘉議大夫河南按察司按察使盱江何喬新書

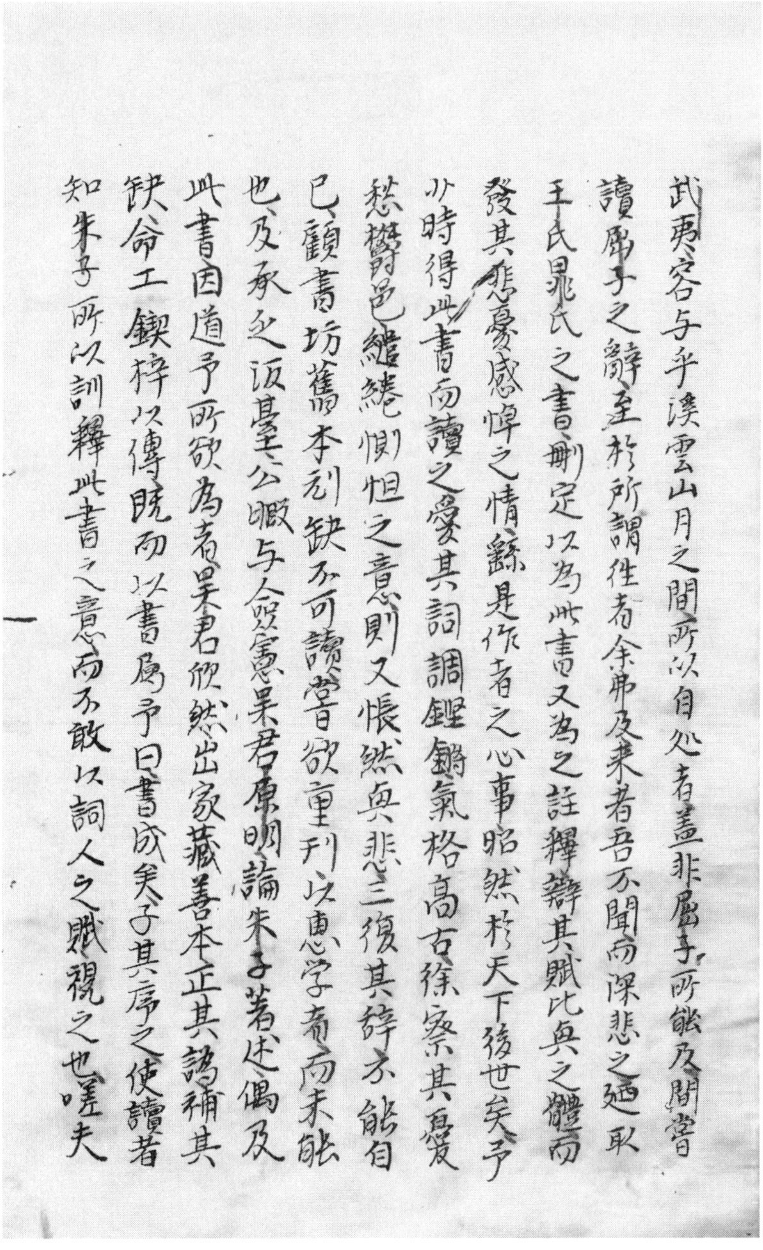
武夷容与乎溪雲山月之間所以自処者蓋非屈子所能及聞嘗
讀屈子之辭至於所謂往者余弗及來者吾不聞而深悲之迺取
王氏晁氏之書刪定以為此書又為之註釋辯其賦比興之體而
發其悲憂感悼之情繇是作者之心事昭然於天下後世矣予
少時得此書而讀之愛其詞調鏗鏘氣格高古徐察其憂
愁鬱邑繾綣惻怛之意則又悵然與悲三復其辭不能自
已顧書坊舊本刓缺不可讀嘗欲重刊以惠學者而未能
也及承乏陝臺公暇與僉憲吳君原明論朱子著述偶及
此書因道予所欲為者吳君欣然出家藏善本正其譌補其
缺命工鋟梓以傳既而以書属予曰書成矣子其序之使讀者
知朱子所以訓釋此書之意而不敢以詞人之賦視之也嗟夫

4

楚辭序

楚辭八卷紫陽朱夫子之所校定後語六卷則朱子以晁氏所集錄
而刊補定著者也蓋三百篇之後惟屈子之辭最為近古屈子為人
其志潔其行廉其姱辭逸調若乘鷖駕虬而浮游乎埃壒之表自
宋玉景差以至漢唐宋作者繼起皆宗其榘矱而莫能尚之真風
雅之流而詞賦之祖也漢王逸嘗為之章句宋洪興祖又為之補
註而晁無咎又取古今詞賦之近騷者以續之然王洪之註隨文生
義未有能白作者之心而晁氏之書辨說紛拏亦無所發於義理朱
子以豪傑之才聖賢之学當宋中葉阨于權奸不得施不啻屈
子之在楚也而當時士大夫希世媒進者從而沮之排之目為偽
学視子蘭上官之徒殆有甚焉然朱子方且与二三門弟子講道

2

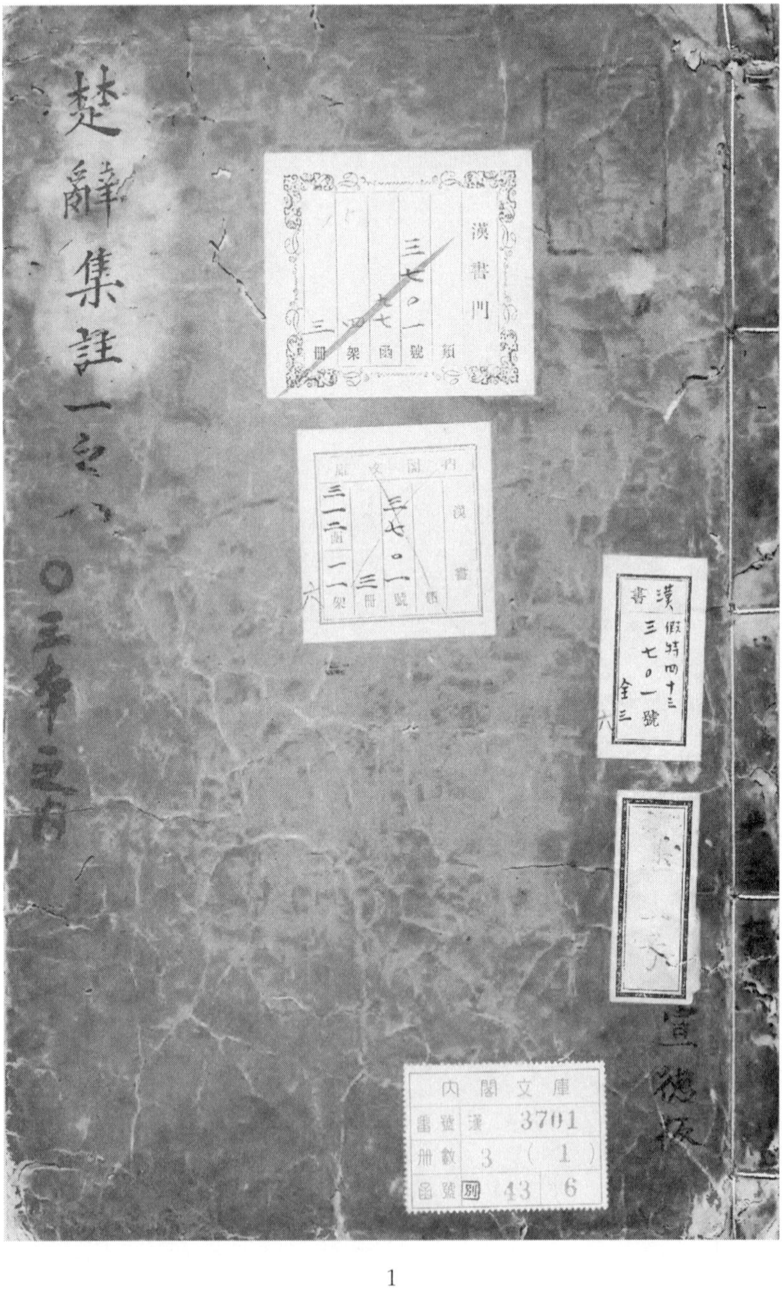

1

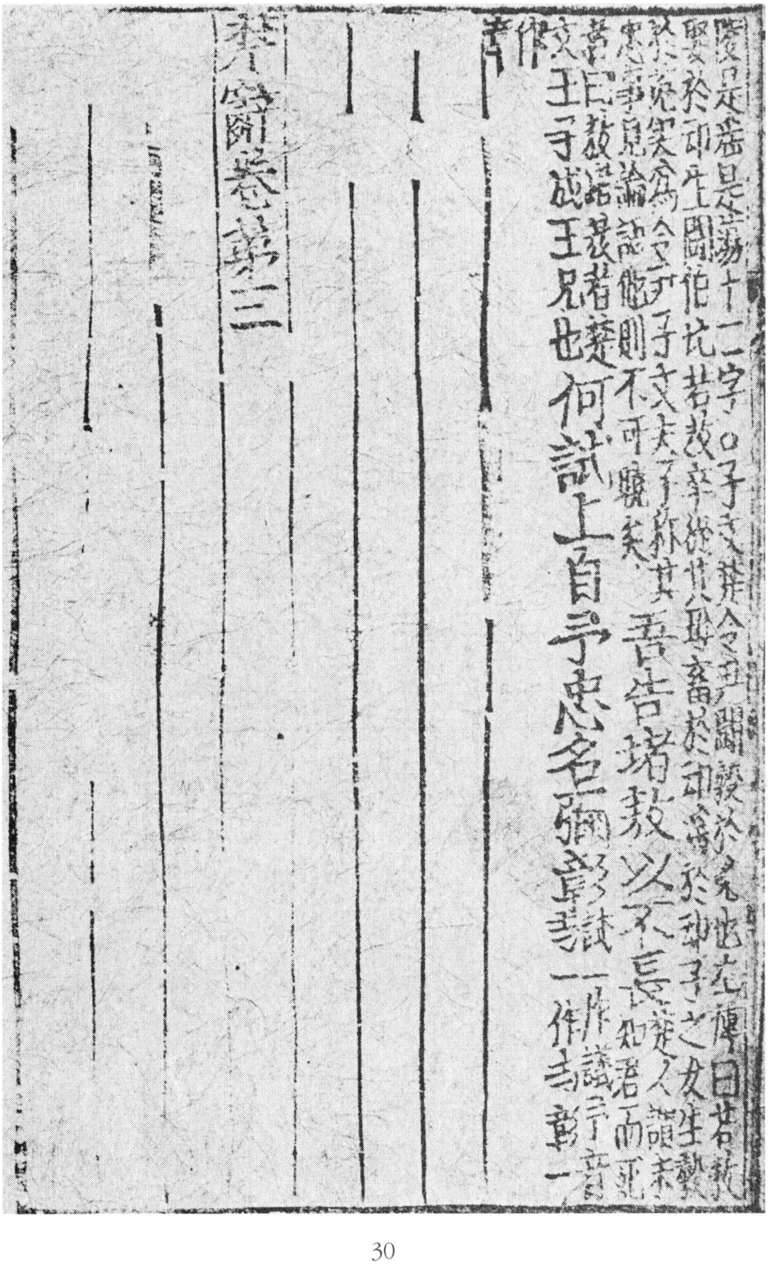

陵以足番是迷湯十二字○子文楚令尹鬬穀於菟也左傳曰若敖
娶於䢵生鬬伯比若敖卒從其母畜於䢵淫於䢵子之女生穀
於菟究寘爲令尹子文夫子稱其
忠事見論語說備則不可曉矣 吾告堵敖以不長 楚人謂未知君而亟
堵敖楚賢君者楚文王子成王兄也 何試上自予忠名彌彰 試一作識予一作與彰一作章
楚辭附卷第三

30

吳王以伍子胥爲將破楚入郢是能壯其猛厲勇武而流其威也彭鏗斟雉帝何饗受壽

永多夫何長饗許兩反長上一有久字○彭鏗彭祖也舊說鏗好和滋味進雉羹于堯堯饗之而錫以壽

壽八百歲朱子以爲上帝及有虞下及五伯是也但此章蓋上帝已爲支說而舊注以爲堯又妄之甚也中央共

牧后何怒蠭蛾微命力何固牧一作收一作牧一作枚蠭音峯一作蠭一作蠭非是蛾古蟻字叶姑

新蠭○此章之義未詳當闕驚女采薇鹿何祐北至回水萃何喜

可知也○此章未詳亦當闕兄有噬犬弟何欲易之以百兩卒無祿

蓋所謂首亮○舊注以此爲秦公子鍼之事然考左傳不同未知是否薄暮雷電歸何憂厥

嚴不奉帝何求此下皆不可曉今闕其義伏匿穴處爰何云荊勳作

師夫何長長下一有先字非是此至篇終皆隔句叶韻悟過改更我又何言

吳光爭國久余是勝一作勝音升一本無我字非是言叶音聲勝叶音商○吳光闔閭也

何環穿自閭社丘陵爰出子文環一作環穿一作穿閭社丘陵七字以及丘

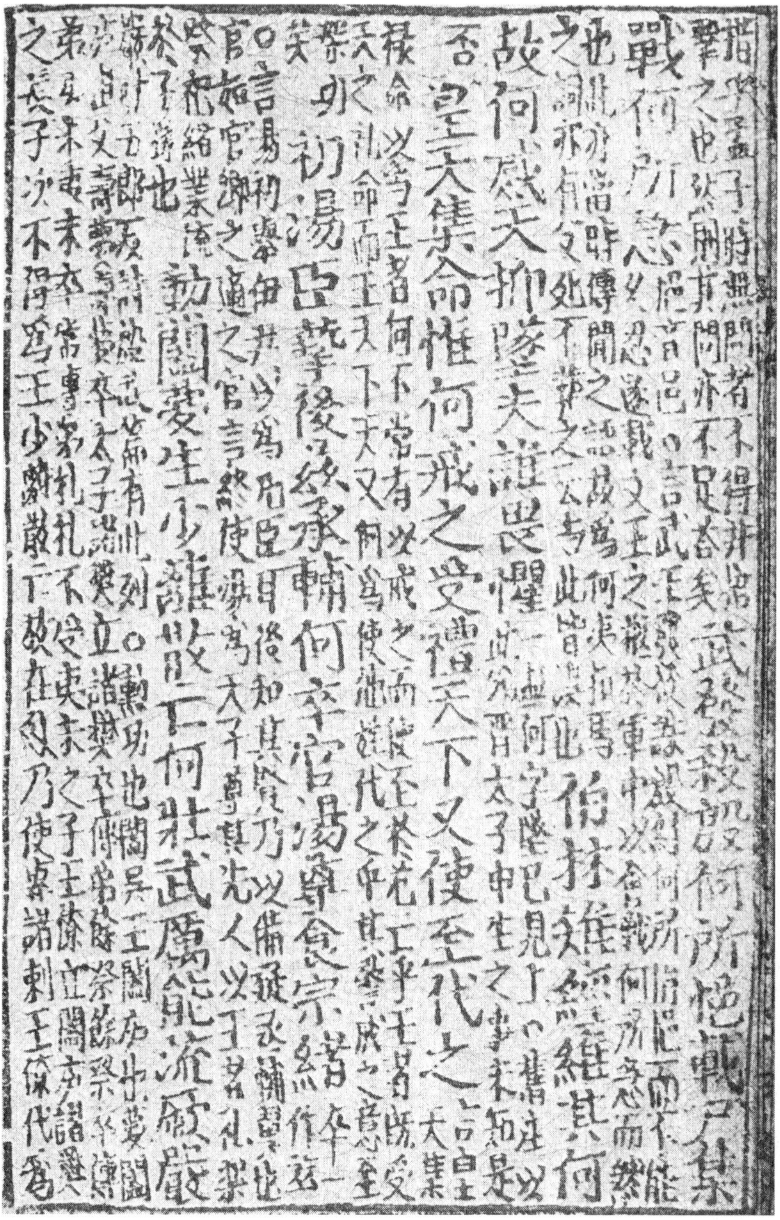
指[illegible]孟子時無問者不得并出
擊之也[illegible]則其問亦不足者矣武發殺殷何所悒載尸集
戰何所急[illegible]
也[illegible]伯林雉經維其何
之[illegible]
故何感天抑墜夫誰畏懼[illegible]晉太子申生[illegible]
否皇天集命惟何戒之受禮天下又使至代之[illegible]
祿[illegible]以為王者何不常有以戒之[illegible]
天之[illegible]
矣桀[illegible]初湯臣摯後茲承輔何卒官湯尊食宗緒
口言湯初舉伊尹以為凡臣耳後知其賢乃以備[illegible]
官始官卿之道之官言終使湯為天子尊其先人以王者禮樂
祭祀緒業流[illegible]
於子孫也勳闔夢生少離散亡何壯武厲能流厥嚴
[illegible]勳功也闔吳王闔廬也[illegible]
[illegible]
弟[illegible]
之長子次不得為王少離散亡在外乃使專諸刺王僚代為

長之挾一作㨗驚一作擊切一作功。○補曰弓詩滿也其宦文多不可曉疑以爲后稷補以爲武王未知孰是今姑

闕之。伯昌號衰秉鞭作牧何令徹彼岐社命有殷國一号

作號。○伯昌謂周文王始爲西伯而名昌也号衰号令衰於殷衰微之際也秉鞭牧者之事也言服事殷而爲之執鞭以作

六州之牧也徹通也岐社太王所立岐周之社也武王既有殷國遂以徹岐周之社於天下以爲太社蓋漢初令民立漢社稷也

遷藏就岐何能依殷有惑婦何所譏言太王始與百姓徙其寶藏來就岐

下何能使其民依倚而隨之惑婦謂妲己也問有何事可譏乎受賜茲醢西伯上告何

親就上帝罰殷之命以不救告叶古后反帝下一有之字○西伯文王也言紂醢梅伯

以賜諸侯文王受之以祭告語於上帝帝乃親發紂之罪罰殺之命不可救也救叶許亥反○師望在肆昌何識

鼓刀揚聲后何喜識与志同享叶許亥反○師望太師呂望謂太公也昌文王也言太公在肆古肆而屠

文王何以識知之乎后亦謂明文王也呂望鼓刀在列肆文王親問之呂望對曰下屠屠牛上屠屠國文王喜載與俱歸此問

何但聞其鼓刀之聲而親往問之乎然此言殊於滑稽而得此太

公[illegible]流不可盡[illegible]好事者之言[illegible]之此

27

反○惑紂者內則妲己外則飛廉惡來之徒也服事也言紂惑讒諂不用忠直之言而專用讒諂之人也比干何
逆而抑沈之雷開何順而賜封之何一作阿一本作是封叶孚音反之一作金○
此言紂之惡輔弼而用讒諂也比干紂諸父也諫紂紂怒乃殺之而剖其心雷開佞人也阿順於紂乃賜之金玉而封爵之也
何聖人之一德兮卒其異方梅伯受醢兮箕子詳狂醢音海詳
音佯一作佯○方術也梅伯紂諸侯也忠直而數諫紂紂怒乃殺之葅醢其身箕子見之欲去不忍遂被髮詳狂而為奴二人
德同而術異也稷維元子帝何竺之投之于冰上鳥何燠之
竺一作篤燠音郁一作燠非是一无句下二之字○元大也稷帝嚳之子棄也帝即嚳也竺義未詳或曰厚也或曰篤也皆未
安稷事見詩大雅及史記曰后稷名棄其母有邰氏女曰姜嫄為帝嚳元妃出野見巨人跡說而踐之遂身動如孕者居期而
生子姜嫄以无父而生棄之於冰上有鳥以翼覆薦溫之以為
神乃取而養之詩曰先生如達是首生之子也故曰元子既是
元子則帝當愛之矣何為而竺之耶棄之冰上則人惡之矣鳥
何為而燠之耶以訛言之則竺字當為天祝予之祝或為天夭
是椓之椓以声近而訛耳何馮弓挾矢殊能將之既驚帝切激何逢

方言云悔貪也賈生所謂品庶每生是也巧悔言巧於貪求也
史記曰周穆王得驥温驪驊騮騄耳之駟西巡狩樂而忘歸徐
偃王作亂造父為穆王御長驅歸周以救亂環旋也左傳云昭
王欲肆其心周行天下將必有車轍馬跡焉祭公謀父作祈招
之詩以止王心王是以獲沒於祇宮妖夫曳衒何號于市周幽誰誅焉得
夫褒姒侍獒綃反○褒姒周幽王之嬖妾也昔夏后氏之衰也有二龍止於夏庭而言曰余褒之二君也夏后布
幣策而告之龍亡而漦在櫝而藏之傳三代莫敢發至厲王之
末發而觀之漦流于庭化為玄黿入王後宮後宮處妾遇之而
孕无夫而生女懼而棄之先時有童謠曰檿弧箕服實亡周國
後有夫婦相牽引行賣是器於市者以為妖督執而戮之夜得
亡去聞所棄女啼聲哀而收之遂奔褒褒人後有罪乃入此女
以贖罪是為褒姒幽王惑而愛之為廢申后及太子宜臼而立
以為后遂為申侯犬戎所殺也天命反側何罰何佑齊桓九合卒然身
殺佑叶于忌反合一作會殺音弑一作弑○反側言无常也九紂通用辛終也齊桓公任管仲九合諸侯一匡天下豎刁
易牙諸子相攻死不得殯蟲流出戶與見殺無異一人
之身一善一惡天命反側罰佑不當皆其所自取也彼王
紂之躬孰使亂惑何惡輔弼讒諂是服惡烏路反讒一作闕服叶蒲北

无之以二字揆叶所加反若如字即下何叶音奚反發作又○
叔旦武王弟周公也所嘉善也揆度也猶言帝度其心發武王之名
史記言武王至紂死所射之三發以黃鉞斬其頭懸之大白
旗此詩所謂列擊紂躬也然未見周公不喜之其洽咨以發武王
使定周命之事蓋當時猶有其傳而令失之也此問周公既不
喜列擊紂躬何為又教武王使定周命乎蓋周公但不喜親斬
紂頭之事耳固未嘗不欲定周之命而王天下以傳子孫也發
四句不可曉似謂天既設發以天下而令亡之使其位何所施
耶蓋嗟反其所以成若是以至於滅亡而其為
罪果何事耶也語意亦闇未有以見其必然耳爭遣伐器何
以行之並驅擊翼何以將之行叶戶郎反將音言擊右以○爭遣伐器謂會也並謂
驅擊翼謂六師曰翼其兩旁攻擊其後言武王之軍人人樂戰並驅而進之也問此二者何以使之然耶昭后成
遊南土爰底厥利維何逢彼白雉底音指○昭后成王之孫昭王瑕也成猶遂
也底至也昭王南遊至楚楚人鑿其船而沈之遂不還也
云昭王南巡守涉漢粗舟膠液而溺一說不同未知孰是白雉事無
所見舊注謂周公時越裳氏嘗獻之昭王德
不能致而欲親往逢迎之亦恐未必然也穆王巧梅夫何
周流環理天下夫何索求梅茫改反字從手或從木或從
王者皆非也周上一有當字○

送也言伊尹母姙身夢神女告之曰臼竈生鼃亟去无顧居无幾何日竈中生鼃母去東走顧視其邑尽爲大水母因溺死化爲空桑之木水乾之後有小兒啼水涯人取養之既長大有殊才有莘惡其從木中出因以送女謬甚明不必辯也

湯出重泉夫何辠尤不勝心伐帝夫誰使挑之辠古罪字尤叶于其反挑徒了反○重泉地名在馮翊郡史記所謂夏臺也言桀拘湯於此而復出之湯既得出遂不勝衆人之心而以伐桀是誰使桀先挑湯以挑之乎

會鼂爭盟何踐吾期蒼鳥羣飛孰使萃之會鼂爭盟一作會鼂請盟音已見上萃一作會○舊說武王將伐紂紂使膠鬲視武王師膠鬲問曰欲以何日行師武王曰以甲子日膠鬲還報紂會天大雨道難行武王晝夜行或諫曰雨甚軍士苦之請且休息武王曰吾許膠鬲以甲子日至殷令報紂矣吾甲子日不到紂必殺之吾故不敢休息欲救賢者之死也遂以甲子日朝誅紂不失期也吾下二句不可曉臣云蒼鳥鷹揚言將帥勇猛如鷹鳥羣飛推武王能聚之詩曰維師尚父時維鷹揚是也未知是否

列擊紂躬叔旦不嘉何親揆發定周之命以咨嗟授殷天下其位安施反成乃亡其罪伊何列一作到非是躬一作射非是一亡阿字定一作足屬上句非是

昏微遵迹有狄不寧何繁鳥萃棘負子肆情
眩弟並淫危害厥兄何變化以
作詐而後嗣逢長
成湯東巡有莘爰極何乞彼小臣而吉妃是
得
水濱之木得彼
小子夫何惡之媵有莘之婦

嚳之次妃也玄鳥燕也貽遺也言簡狄侍帝嚳於臺上有飛燕墮遺其卵喜而吞之因生契也事見商頌說見後章

該秉季德厥父是臧胡終弊于有扈牧夫牛羊此章未詳說亦見補曰諸

言啓能秉禹之末德而禹善之書之誤民以天下有扈以堯舜與賢禹獨古子故有扈氏不服啓伐滅之有扈之國為牧豎之說此說該字亦恐是啓

字字形相似也但說大牛羊未有據而其文勢似啓反為有扈所弊不可考也干協時舞何以懷

之平脅曼膚何以肥之懷叶胡威反脅一作愛平音萬。干盾也協和合也謂是也言舞

以干羽舍是舞了皆何以懷有苗而格之也下句未詳蓋殷之云平脅曼膚肥澤之貌言紂為无道天下章蘇當歲豐穰何

反肥字若此乎二字不相似時相去遠依某說其果然否有扈牧豎云何而逢擊牀先

出其命何從豎受天命何一作何所。豎竟遭之來寇者舊說有扈氏本牧豎之人耳因何得為

諸侯乎啓又有扈之人擊於其州上擊而殺之其命何所從出乎此亦无所據而殺豎之說又與上章相發未詳其說恒

秉季德焉得夫朴牛何往營班祿不但還來朴匹角反一云朴平豆反

反无說音牛叶魚何反來叶力之反。舊說朴大也言湯常康時湯之末德而何得大牛之瑞說未知不足據許來能

身一日七十化其體如此誰所制匠而圖之乎上舜服厥弟
句無理義字不可知下句則怪甚而不足論矣一作何得肆其犬
終然為害何肆犬豕而厥身不危敗豕一作家一作豺○服
事也言舜弟象施行無道舜猶服而事之然象終欲害舜舜身其
犬豕之心焚廩從井欲殺舜為天子卒不誅象何耶說見下眩弟
章吳獲迄古南嶽是止孰期去斯得兩男子去迄許訖反去一作夫
○此章未詳舊說以為兩男子為太伯虞仲未知是否緣鵠飾玉后帝是饗何承謀夏
桀終以滅喪一無夏字喪去聲一作曾○后帝謂殷湯也言伊尹始仕因緣烹鵠鳥之羹脩玉鼎以事湯湯
賢之遂以為相承用其謀而伐夏桀終以滅桀也此即孟子所辨割烹要湯之說蓋戰國游士謬妄之言也帝乃
降觀下逢伊摯何條放致罰而黎服大說乃一作力一作之力摯如
字說叶弋雪反即說音悅○帝謂湯也摯伊尹名也條鳴條也黎衆也言湯巡風俗而逢伊尹遂用其謀伐桀放於鳴條而
誅之於是天下衆民大喜悅也致罰即湯誥所謂致天之罰也簡狄在臺嚳何宜玄鳥致
貽女何喜臺叶音庭其下文臺下或有帝字嚳苦篤反貽一作詒喜叶音犧一作嘉叶音基一作善非是○簡狄帝

20

浞疑本康字之誤謂少康也斟尋國名也杜預云斟灌斟尋夏同姓諸侯相失國依於二斟後爲澆所滅其子少康爲虞庖正有田一成有衆一旅遂滅過澆祀夏配天不失舊物也旅謂一旅五百人也覆舟言夏后相已滅既滅斟尋之國今少康以何道而能覆取澆乎

桀伐蒙山何所得焉妹嬉何肆湯何殛焉

殛紀力反妹音末一作末嬉音喜一作喜殛一作極○桀伐蒙山之國而得妹嬉因此肆其情意故爲湯所殛放之南巢也

閔在家父何以鰥堯不姚告二女何親

鰥古頑反叶音元○閔憂也無妻曰鰥姚舜姓也問舜孝如此父何以不爲娶乎堯妻舜而不告其父母二女何自而與之相親乎程子曰舜不告而娶固不可堯命瞽使舜娶舜雖不告堯固告之矣堯之告也以君治之而已

厥萌在初何所意焉璜臺十成誰所極焉

意一作億古億字亦作意璜音黃○億度也論語曰億則屢中璜美玉也成重也言聖賢者預見萌芽之端而知其存亡若紂作象箸而箕子歎預知象箸必有玉杯玉杯必盛熊蹯豹胎如此必崇廣宮室紂果作玉臺十重糟丘酒池以至於亡也

登立爲帝孰道尚之女媧有體孰制匠之

媧古華反匠一作巧非是○舊說伏羲始畫八卦修行道德萬民登以爲帝誰開導而尊尚之也傳言女媧人頭蛇身

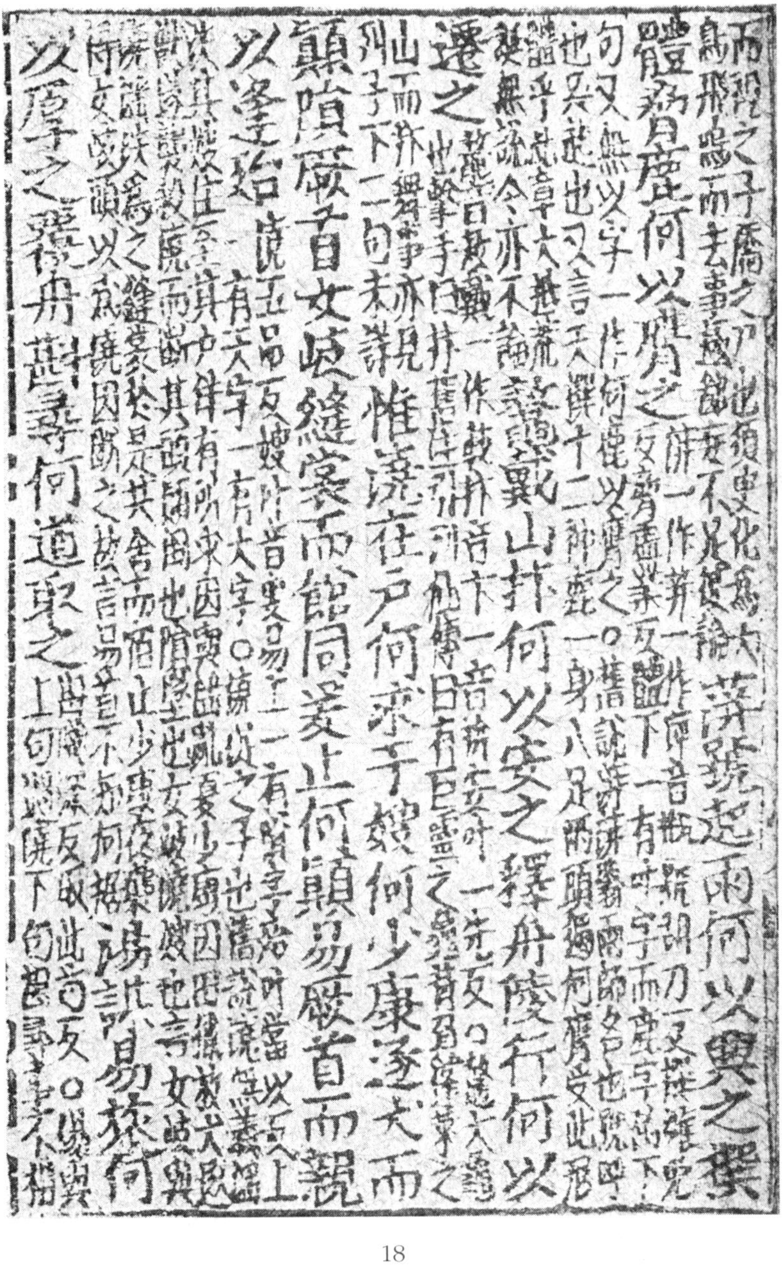
蓱號起雨何以興之撰
體協脅鹿何以膺之
鼇戴山抃何以安之釋舟陵行何以
遷之
惟澆在戶何求于嫂何少康逐犬而
顛隕厥首女歧縫裳而館同爰止何顛易厥首而親
以逢殆
湯謀易旅何
以厚之覆舟斟尋何道取之

何羿之䠶革而交吞揆之 䠶食亦反揆葵癸二音一無革字○吞[illegible]
[illegible]言浞娶[illegible]純狐氏女眩惑愛之遂與浞謀殺羿也䠶革[illegible]
[illegible]之[illegible]左傳所謂[illegible]甲而䠶之[illegible]七札為者言有力也[illegible]
[illegible]也[illegible]言何羿之䠶藝勇力而其衆乃交[illegible]而
[illegible]之[illegible]即[illegible]所謂[illegible]而亂[illegible]若也 阻窮
西征巖何越焉化為黃熊巫何活焉 [illegible]一有而字○此章[illegible]言鯀事
然[illegible]山[illegible]而此云西征[illegible]不可曉或[illegible]越岩[illegible]亦[illegible]文
左傳言鯀化為黃熊國語作黃能[illegible]熊[illegible]能三足[illegible]之[illegible]說者
曰[illegible]非入水之物故[illegible]是[illegible]也[illegible]云能熊屬[illegible]蓋不可
[illegible]云[illegible]人[illegible]不用熊[illegible]白[illegible]為[illegible]化為二[illegible]
咸播秬黍莆雚是營何由并投而鯀疾脩盈 [illegible]一作[illegible]
音[illegible]一作雚○[illegible]黍[illegible]也[illegible]雚[illegible]
蒲[illegible]草可以作[illegible]也[illegible]左氏[illegible]之[illegible]也[illegible]
詳 白蜺嬰茀胡為此堂安得夫良藥不能固臧天式
從橫陽離爰死大鳥何鳴夫焉喪厥體 [illegible]一
[illegible]列仙傳[illegible]子[illegible]
[illegible]白[illegible]而[illegible]之[illegible]子[illegible]

歌何勤子屠母而死分竟地歌叶居何反地叶音陀一作墜○啟棘賓商未詳九辯九歌已見騷經竊疑棘當作夢商當作天以篆文相似而訛也蓋其意本謂啟夢上賓於天而得帝樂以歸如列子史記所言周穆王秦穆公趙簡子夢之帝所而聞鈞天廣樂九奏萬舞之類耳屠母疑亦謂禹治水時自化為熊以通轘轅之道塗山氏見之而慚遂化為石時方孕啟禹曰歸我子石破北方而啟生其石在嵩山見淮南子竟地即化石也此皆荒誕不足論但恐文義當如此耳帝降夷羿革孽夏民胡䠶夫河伯而妻彼雒嬪胡下一有羿字非是䠶一作射食亦反下同妻七計反○帝天帝也夷羿諸侯弑夏后相者也革更也孽憂也言更夏道為萬民憂患傳曰河伯化為白龍遊於水旁羿見䠶之眇其左目羿又夢與雒水神宓妃交亦妄言也馮珧利決封豨是䠶何獻蒸肉之膏而后帝不若馮音憑珧音遙豨虛豈反䠶叶時若反蒸一作烝○馮滿也言引滿也珧弓名也亦雅弓以蜃飾者謂之珧珧蜃甲也射韝有決毛云決韝闓也以象骨為之著右大擘指以鉤弦闓體也后帝天帝也若順也言羿獵射封豨以其肉膏祭天帝天帝猶不順羿之所為也柳子對曰夸夫快殺鼎豨以慮饜膏腴帝叛德恣力胡肥台舌喉而濫厥福浞娶純狐眩妻爰謀

16

下土方絕句焉得彼嵞山女而通之于台桑功叶音光土下或有四字
此云或并無四方二字今按下上方蓋用商頌語四字之誼明其然若并無二字則又無韻矣焉一作安一之字在山字下嵞
一作塗音塗○此問禹以勤力獻進其功堯因使省下土四方當作之時焉得彼嵞山氏之女而通夫婦之道於台桑之地乎
書曰娶于塗山辛壬癸甲塗山在壽春東北濠州也呂氏春秋曰禹娶塗山氏女不以私害公自辛至甲四日復往治水閔
妃匹合厥身是繼胡為嗜不同味而快鼂飽一本嗜下有欲字一
本快下有一字一本為作維不作欲鼂一作朝並叶反飽與繼叶疑有闕音○閔憂也言禹所以憂無妃匹者欲為
身立繼嗣也下二句未詳啓代益作后卒然離蠥何啓惟憂而能拘
是達蠥一作孽一作孼並魚列反○益禹賢臣也作后為後若也離遭也蠥憂也言禹以天下禪益天下皆去益
而歸啓是以啓代益作后也於是有扈不服啓與之大戰于甘故曰離蠥問啓何以能思所憂而能代益使有扈以降拘執之權
乎舊說如此未知是否不敢吝也皆歸射鞠而無害厥躬何后益作革
而禹播降一作射鞠一作鞫音鞠降叶胡攻反○此亦旱多之義未詳啓棘賓商九辯九

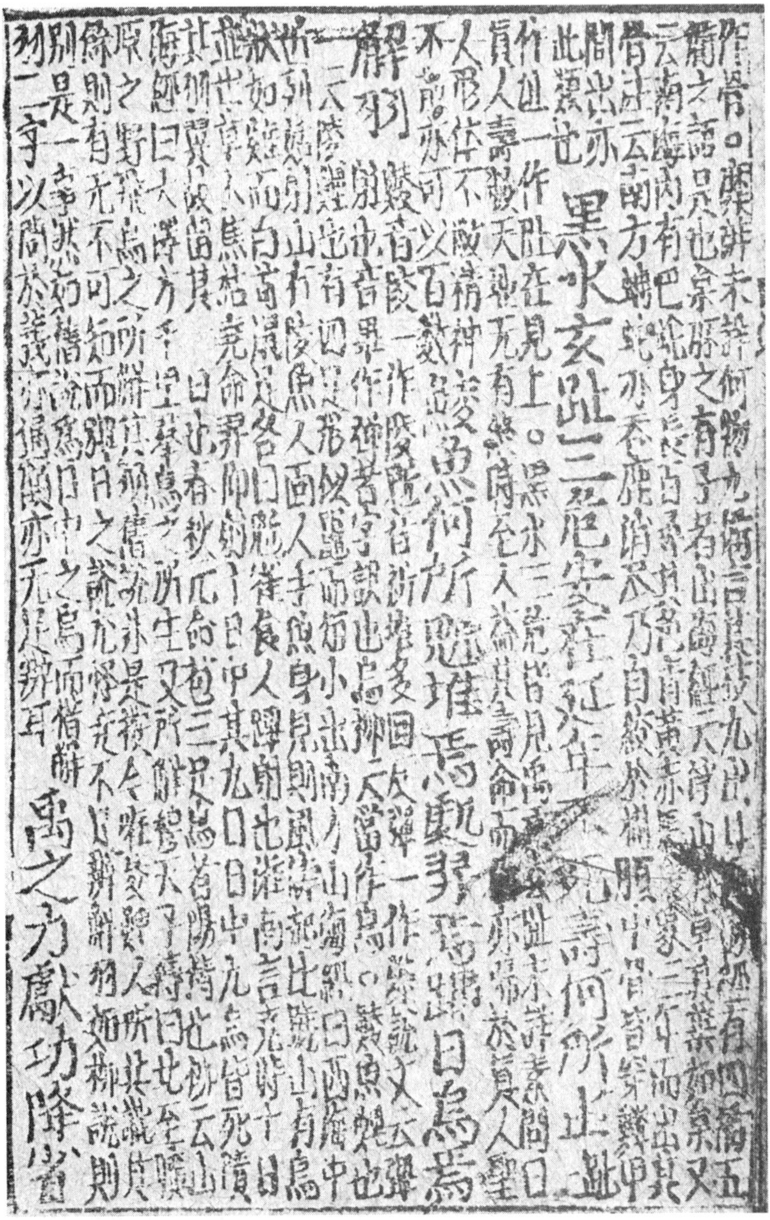
黑水玄趾 三危安在 延年不死 壽何所止
鯪魚何所 鬿堆焉處 羿焉彃日 烏焉解羽
禹之力獻功 降省

14

淮南子說崑崙虛旁有數其西北
陽開門以納不周之風今不可信
日安不到燭龍何照
羲和之未揚若華何光
照叶之若反揚一作陽舊注以
為天之西北幽冥無日之國有龍
銜燭而照之言有說日未出時又有一石若赤華照地也大日
光弥天其行匝地固無不到之處此蓋所問尤見兒戲之語不
足答
何所冬暖何所夏寒焉有石林何獸能言
答曰
南方
日近而陽盛故冬暖北方日遠而陰盛故夏寒今以歲之所有
之地觀之已自可驗則愈論而有又之歲寒暑之所不以遠
近石林未詳或有謂石有云能言者
獸能言者當猶猩能言之類有有石林何
焉有虬龍負熊以遊
雄虺九首儵忽焉在
何所不死長人何守
不之餘未詳
見上
應許倍反又音高儵同 虺叶音苦死一作忽此以首
叶死作老非是 非
守
叶音
人長則號詔意說南方之告雄虺九自在焉忽
不死者山海經淮南子嘗言之國未可信然
國語所謂防風氏守封嵎之山者也
靡萍九衢
九衢枲華安居靈蛇吞象厥大何如

子曰天下之水莫大於海万川歸之不知何時止而不盈尾閭
泄之不知何時已而不虛鄒子只東窮歸墟又環西盡膠兗土
區而濁濁濁儒請墳墟燎蹤濤渦而非兗驗育餘幽滿復行谿運
澂澂又何溢焉二子之言濤掘祖述而柳又明埽墟之淵非出
之天地之外也但水入於東而復繞於西又滲縮而升乃復出
於高原而下流於東耳此其說亦近似矣然以理驗之則天地
之氣往者消而來者息非以往者之消復爲來者之息也水之
東極氣盡而散如沃焦釜无有遺餘故歸墟尾閭亦有沃焦之
號非如未盡之水山澤通氣而流注不窮也 東西南北其脩孰多南北順墮
其衍幾何 墮一作橢一作隋音妥又佗果反○脩長也墮狹而長也衍餘也○此問四方長短若何若謂南北
狹而長則其長如所餘又計多少也答曰地之形量固當有窮
但既非人力所能遍歷筭術所能推知而書傳臆說又不足知
唯靈憲所言八極之廣原於歷筭若有據依然非專言地之廣狹也柳對直謂明其極无方則又過矣 崑崙縣圃
其尻安在增城九重其高幾里 縣音玄一作玄非是尻苦居同在見上○崑崙縣圃
見縣經崑崙墟水經在西域二若何據崑山河水所出非安言也但縣圃增城高廣之度諸怪妄說不可信耳 四方
之門其誰從焉西北辟啓何氣通焉 辟與闢同一作闢一作開○補注引

12

永九則謂九州之界如上所謂圖則也境土之高者也○此問
洪水泛濫禹何用寘塞而平之九州之域何以出其土而高之
乎答曰禹之治水行之而已无事於寘也水隨下流則平土自
高而可宮可田矣若曰必寘之而后平則是使禹復爲鯀而父
子異哉矣柳子對曰行鴻下隤厥丘乃
降烏塡絕淵然後夷于土此言是也
應龍何畫河海何
歷
一作何海應龍何盡何歷先大讀非是畫音獲歷叶音勒○有
鱗曰蛟龍有翼曰應龍歷過也山海經曰禹治水有應龍以
尾畫地卽水泉流通禹因而治之也柳子對曰胡聖爲
不足反謀龍知畜鍾究勤而欺畫厥尾此言得之矣
鯀何
所營禹何所成康回馮怒墜何故以東南傾
墜一作地
一无以字○鯀禹事已見上六章此不復答舊說康回共工名
也馮盛滿也列子曰共工氏與顓頊爭爲帝怒而觸不周之山
折天柱絕地維而天傾西北日月星辰就焉地不
滿東南百川水潦歸焉此亦无稽之言不答可也
九州安錯
川谷何洿東流不溢孰知其故
文安一作何錯七故反洿音
古戶舊音烏非是○錯置也
洿澤也水注海曰川注川曰谿注谿曰谷○此章三問今答之
曰九州所錯天地之中也川谷之洿流之會也不溢之故則
列子曰渤海之東不知幾億萬里有大壑焉實惟无底之谷名
曰歸墟八紘九野之水天漢之流莫不注之而无增无減焉故

荒書然若曰順彼之欲未必不能成功猶何以遷刑之平然若此類無稽之談亦無足答矣永遏在羽[illegible]
夫何三年不施伯禹腹鯀夫何以變化一無山字[illegible]所加反又施字叶
一作弛腹一作復筆力反何下一有故字化叶虎瓜反又音[illegible]永長也遏猶禁止也羽山在東海中施謂刑殺之也[illegible]
[illegible]施懷挾此問鯀功不成何但囚之羽山而不施刑殺之[illegible]
子也腹懷抱也問詩曰出入腹我。此又問禹自少小以至[illegible]
所以為何以能變化而有聖[illegible]乎答已辨之四罪皆[illegible]殺也[illegible]
子以為[illegible]言云鯀死猶言死耳蓋聖人用刑之寬例此非獨[illegible]
於數為然也若禹之聖德則其所稟於天[illegible]
者猶明而雜粹互書於不善所能變乎[illegible]
功何續初繼業而厥謀不同纂繼作[illegible]緒音[illegible]此言禹能纂[illegible]
鯀之遺業而成功何繼續其業而謀乃不同如此乎答曰[illegible]
禹治水之道鯀之功[illegible]不順五行之性[illegible]限以障[illegible]下[illegible]
川之[illegible]四海[illegible]距川孟子所謂禹之行水也[illegible]得水之道而行其[illegible]
有所[illegible]無事是也程子亦曰一今[illegible]河也此[illegible]
[illegible]而[illegible]當作[illegible]唐本[illegible]讀作[illegible]是。洪泉即洪
則何以墳之
洪泉極深何以窴之地方九

10

其爲順逆有以天時水土之所値有以人事物情之所感萬變不同亦未嘗有定在也

何闔而晦何開而明角宿未旦曜靈安藏

闔胡臘反明叶音芒宿音秀藏與藏同○闔閉戶也開闢戶也陰闔而晦陽開而明角亢東方星旦明也曜靈日也○此問何所闔而爲晦明自東方未明之時日安所藏其精光乎答曰晦明之問前篇發之矣亦陰陽消息之所爲耳陽息而闢則日出而明陰消而闔則日入而暗又何疑乎角宿固爲東方之宿然隨天運轉不常在東古經之言多假借也日之所出乃地之東方未旦則固已行於地中將來出地面之上耳

不任汩鴻師何以尚之僉曰何憂何不課而行之

汩音骨師一作鯀非是或上句不字上有鯀字尚叶音常曰一作咨行叶戶郎反○鯀事見尚書汩治也鴻大水也師衆也尚舉也僉衆也課試也○問鯀才不任治鴻水衆人何以舉之堯知其不能而衆人以爲無憂堯何不且小試之而遽行其說也答曰鯀之才可任治水當時無過之者識衆舉之堯則固知其方命圮族而不可用矣四岳又請姑且試之故堯不得已而用之耳

鴟龜曳銜鯀何聽焉順欲成功帝何刑焉

鴟處脂反刑叶乎○鴟龜事無所見舊說謂鯀死爲鴟龜所食鯀何以聽而不爭乎竊以意言之但詳其文勢與下文應龍相類似謂鯀聽鴟龜曳銜之計而敗

其中方中其就曰全月生明
中又夜得月之時亦人得所見立其全開人能凄句有世又無
無文夜既常而源或後此物藏之斯說有乃理足中天地之彼之疑義有形中四者皆其時

似空熒非明月
而水此炎或有是中物黑月之謫在天旁鏡之中天地之影而谷諸星珞珞其光中思之四者皆其時

謂神合夫焉取九子伯強何處惠公氣安在夫
常之律道之氣而成之理若女同
男女不夫也而此至之所
化之後成女同天下新聞伯亦一事而今苦變之用曰此
變而未觀此理
之變則恐其化變之常簡氣之三事初二巳而有順之理或一物異
变其果妇何有是必事亦之無所絕之氣順考前生之方
茆荒則爱又而无所
之无又未觀
字父笑者惠其恶
之顺恭雲有是人此氣之流行斎奉宇宙

安歧無

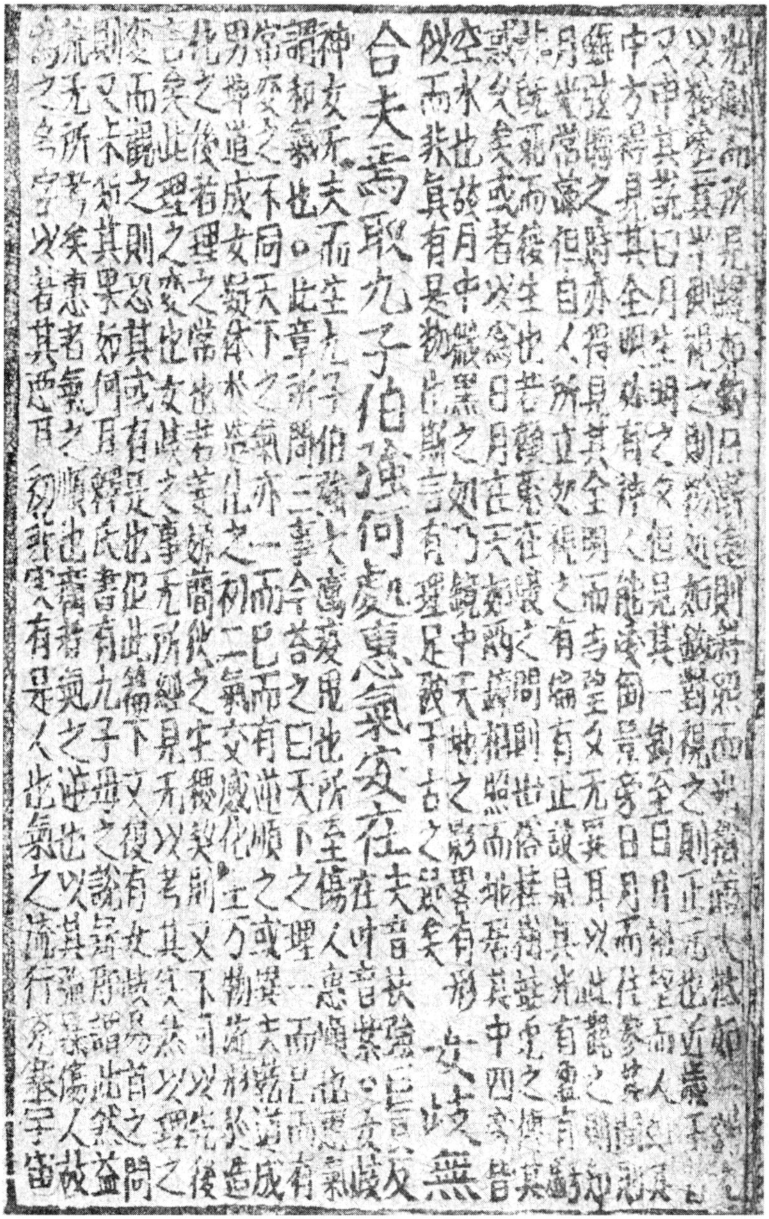

蓋焉然其懸也固非繫焉而有其運也亦非推挽而行但當其
氣之盛如精神光輝自然發越而又各自有其榮耳列子曰天
積氣耳日月星辰亦積氣中之光耀者張衡靈憲曰星也
者體生於地精成於天列居錯峙各有攸屬此言得之矣出
自湯谷次于蒙汜自明及晦所行幾里湯音陽一作暘汜音似上声○
次舍也汜水涯也書云宅嵎夷曰暘谷即湯谷也尔雅云西至
日所入為大蒙即蒙汜也○此問一日之間日行幾里乎答之
日暘谷蒙汜圓无其所然日月出水乃昇于天乃行其西下又入
于水裝其出入似有其處所而所行里數曆家以為周天赤道一
百七万四千里日一晝夜而一周春秋二分晝夜各
行其半而夏長冬短一進一退又各以其行之一為夜光何
德死則又育厥利維何而顧菟在腹菟一作兎与兎同○夜光月也死其
晦也育生也月之室也○此問月有何德乃能死而復生月有
何利而藏望之菟常在其藏乎答曰曆家舊說月朔則去日漸
遠故魄死而明生既望則去日轉近故魄生而明虧至晦而朔
則又遠日而明復生所謂死而復育也此說誤矣若果如此則
者望之前西近東遠而近生之明當在月東而缺望之後東近西
遠而衰死之明去在日西会受得未嘗數竟於西既望終經干
東而蝕日以為明乎哉雖近出諸之說乃為得之蓋指之言
日月本無光借日一照光曰變之乃出其光之初生曰在其傍哉

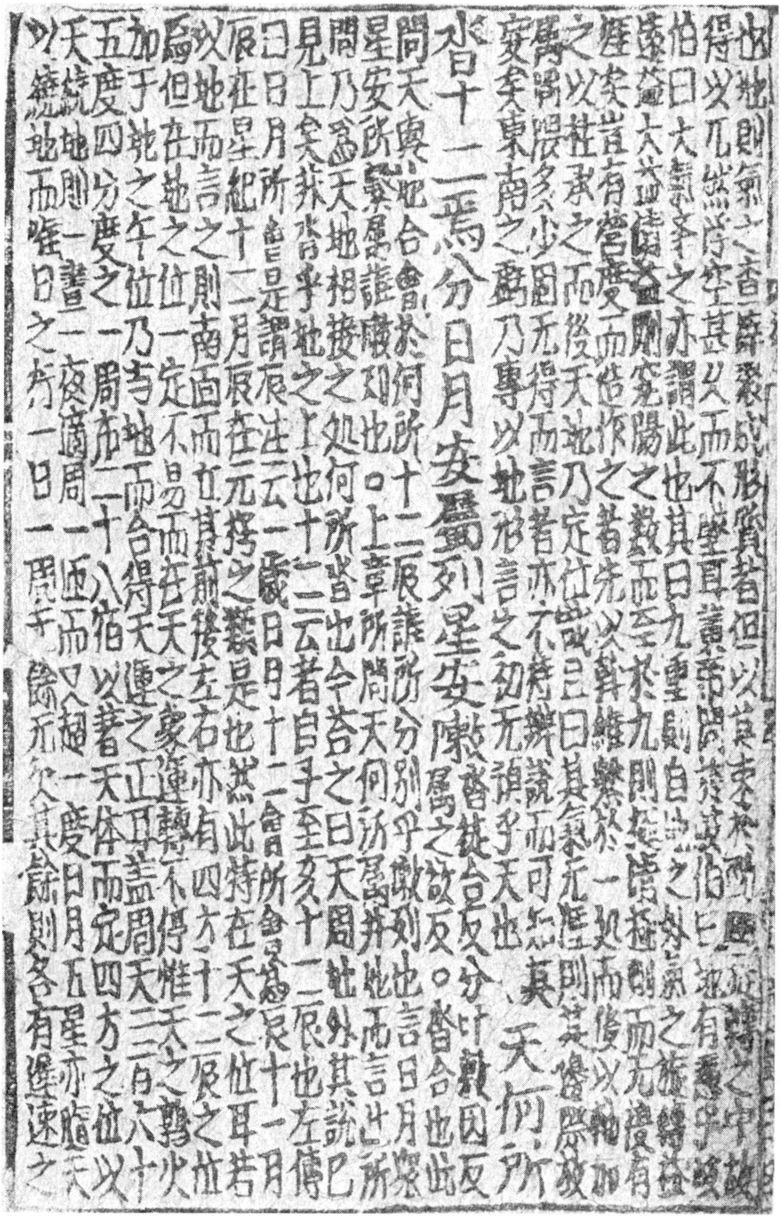

也地則氣之查滓聚成形質者但以其束於勁風旋轉之中故
得以兀然浮空甚久而不墜耳黃帝問於岐伯曰地有憑乎岐
伯曰大氣舉之亦謂此也其曰九重則自地之外氣之旋轉
益遠益大益清益剛究陽之數而至於九則極清極剛而无復有
涯矣豈有營度而造作之者先以斡維繫於一處而後以軸加
之以柱承之而後天地乃定位哉且曰其氣无涯則其邊際放
屬隅隈多少固无得而言者亦不待辨說而可知其
妄矣東南之虧乃專以地形言之初无預乎天也
天何所沓十二焉分日月安屬列星安陳 沓徒合反分叶敷因反 屬之欲反○沓合也此
問天與地合會於何所十二辰誰所分別乎敷列也言日月衆
星安所繫屬誰能知也○上章所問天何所沓并地而言此所
問乃爲天地相接之處何所沓也今答之曰天圓地外其說已
見上矣然沓乎地之上也十二云者自子至亥十二辰也左傳
曰日月所會是謂辰注云一歲日月十二會所會爲辰十一月
辰在星紀十二月辰在元枵之類是也然此特在天之位耳若
以地而言之則南面而立其前後左右亦有四方十二辰之位
爲但在地之位一定不易而在天之象運轉不停惟天之鶉火加
于地之午位乃與地合而得天運之正耳蓋周天三百六十
五度四分度之一周布二十八宿以著天體而定四方之位以
天繞地則一晝一夜適周一匝而又超一度日月五星亦隨天
以繞地而唯日之行一日一周天无餘欠其餘則各有遲速之

6

初作之圜與圓同度待洛反○圜謂天形之圓也則法也九陽數之極所謂九天也斡維焉繫

天極焉加八柱何當東南何虧斡一作筦並音管顏師古虛云斡音烏括反非也焉於虔切籠內並同加叶音基又布字虧布皇文叶若家反○斡說文曰轂端沓則是車轂之內以金爲管而受軸者也維繫物之繩也天極謂南北極天之樞紐常不動如譬則車之軸也蓋居物之運若其轂必有所繫然後軸有所居故問此天之斡維繫於何所而天極之軸何所加乎河圖言崑崙者地之中也地下有八柱互相牽制名山大川孔穴相通素問曰天不足西北地不滿東南傳云宁原地形西北高東南下今百川滿湊東之海則東西南北高下可知故又問八柱何所當值東南何獨虧闕乎

九天之際安放安屬隅隈多有誰知其數放上聲屬音注數所句反○九天即所謂圜則九重者際也故至此問焉附也閒角也○右三章六問今答之曰或問乎邵子曰天何依曰依乎地地何附曰附乎天天地何所依附曰自相依附天依形地附氣其形也有涯其氣也无涯詳味此言盡子所問明然若發矇矣但天之形元如彈丸朝夜運轉其南北兩端後高前下乃其樞軸不動之處其運轉者亦無形質但如勁風之旋當晝則自左旋而向右向夕則自前降而下當夜則自右轉而復左將旦則自後升而遂前旋轉無窮升降不息是爲天體而實非有體

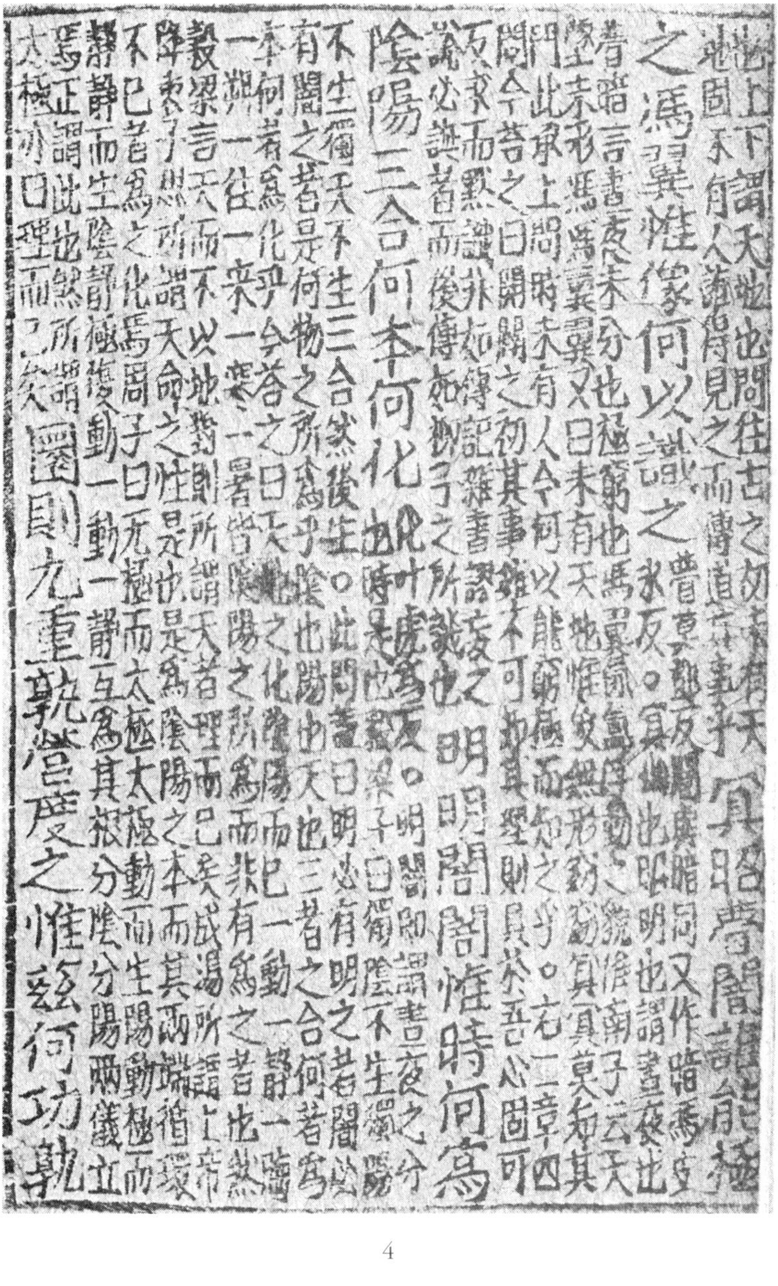
冥昭瞢闇誰能極之
馮翼惟像何以識之
明明闇闇惟時何爲
陰陽三合何本何化
圜則九重孰營度之惟茲何功孰

4

楚辭卷第三　離騷十三

天問第三

天問者屈原之所作也屈原放逐彷徨山澤見楚有先王之廟及公卿祠堂圖畫天地山川神靈琦瑋僪佹及古賢聖怪物行事因書其壁何而問之以渫憤懣楚人哀而惜之因共論述故其文義不次序云爾 此篇所問雖或怪妄然其理之可推事之可鑒者尚多有之而舊注之說徒以多識異聞為功不復能知其所以問之本意與今日所以對之明法至唐柳宗元始欲質以義理為之條對然亦學未聞道而誇多衒巧之意猶有雜乎其間以是讀之常使人不能無遺恨若補注之說則其薙亂不知所擇又愈甚焉今存其不可闕者而悉以義理正之庶讀者之有補云

曰遂古之初誰傳道之上下未形何由考之 遂往也 道猶言

2

楚辭集注 三

26

檀紀四二九三年 六月十七日 華山書林主人 謹證한다

此冊은 紙質로보와서 成宗朝에 刻해서 其後 中宗初年에 刊行한 冊이다 紙質 鑑定으로보와서 國初나 世宗時代는 未及하다 字體는 宋板覆刻으로 大端히 조흔 字體이다

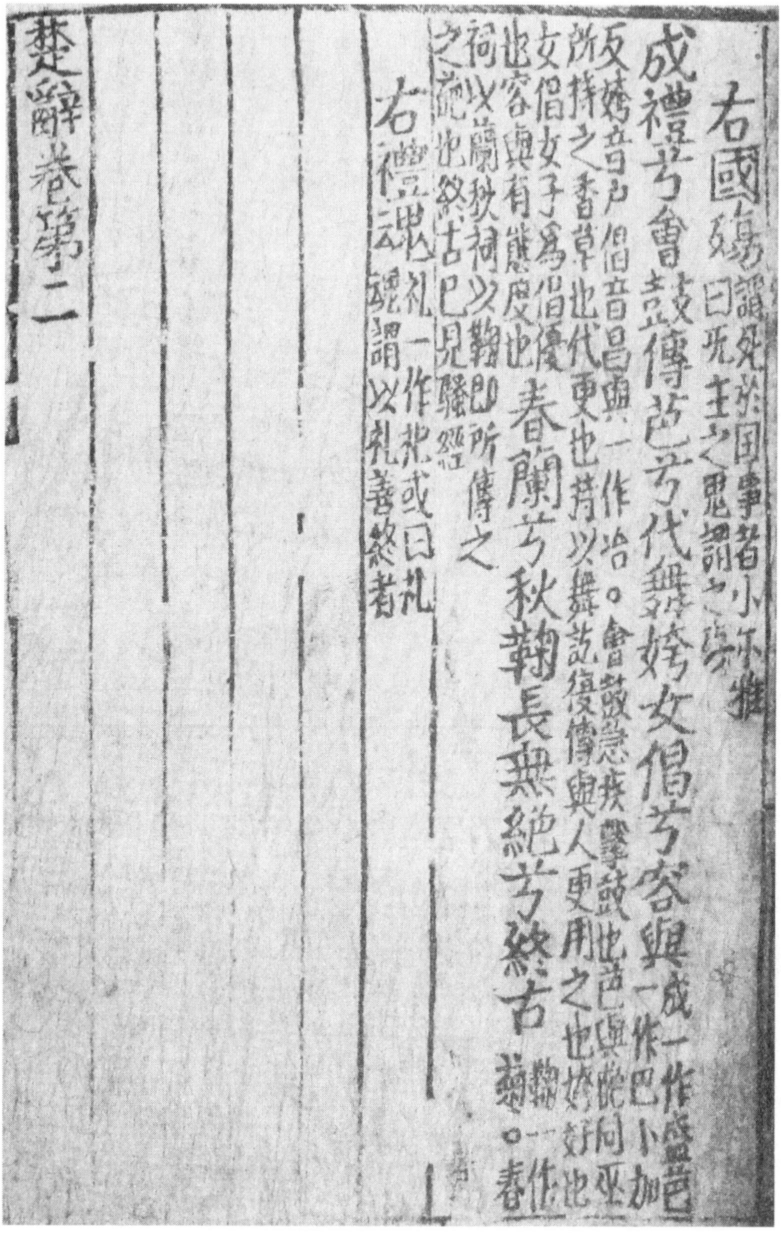

右國殤謂死於国事者小尔雅曰死无主之鬼謂之殤

成禮兮會鼓傳芭兮代舞姱女倡兮容與成一作盛芭一作巴小加反姱音戶倡音昌與一作冶。會鼓急疾擊鼓也芭巴與葩同巫所持之香草也代更也持以舞芭復傳與人更用之也姱好也女倡女子爲倡優也容與有態度也春蘭兮秋鞠長無絶兮終古鞠一作菊。春祠以蘭秋祠以鞠即所傳之葩也終古已見騷經

右禮魂禮一作祀或曰礼魂謂以礼善終者

楚辭卷第二

24

而爭先也 凌余陣兮躐余行 左驂殪兮右刃傷 霾兩輪兮
縶四馬 援玉枹兮擊鳴鼓 天時懟兮威靈怒 嚴殺盡
兮棄原野 陣當作陳躐一作踏並音獵行胡郎反殪於計反霾一作埋與埋同縶陟立反馬叶滿補反援音爰
枹音孚一作桴懟一作懟一作墬今从文就與古字叶上與反○凌犯也躐踐也殪死也霾埋也枹擊鼓言志愈憤氣愈盛也懟
怨也嚴威也嚴殺猶言鏖戰痛殺也棄原壄骸骨棄於原壄也言已適值天之怨怒故皆見殺不得葬也 出不
入兮往不反 平原忽兮路超遠 帶長劍兮挾秦弓 首
雖離兮心不懲 誠既勇兮又以武 終剛強兮不可凌
身既死兮神以靈 魂魄毅兮為鬼雄 忽兮路一作路兮忽兮叶音縈雖一
作身魂魄毅一作子魂魄雄叶音形○平原忽兮路超遠言身棄平原神欲歸而去家遠也挾弓猶不舍武也懲艾也
雖死而心不悔也魂魄死者之神靈蓋魂神而魄靈精魂陽而魄陰魂動而魄靜生則魂載其魄魄檢其魂死則魂
游散而歸于天魄淪墜而歸于地也毅為鬼雄者毅然為百鬼之雄傑也

音詖文或作枝若如字則與鳴叶於鳴反。颯
颯聲兵寘雨貌狖小者猴屬也蕭蕭木聲也

右山鬼 國語曰木石之怪夔罔兩豈謂此耶。今按此篇文義最為明白而說者自汨之今既章解而句釋
之矣又以其託意君臣之間者而言之則言其被服之芳
者自明其志行之潔也言其容色之美者自見其才能之
高也子慕予之善窈窕者言懷王之始珍己也折芳馨而
遺所思者言持善道而效之君也處幽篁而不見天路險
艱而又晝晦者言見棄遠而遭障蔽也欲留靈脩而卒不
至者言未有以致君之寤而俗之改也知公子之思我而
然疑作者又知其志之初未忘我而卒困於讒也至於思公
子而徒離憂則窮極愁怨而終不能忘君臣之義也以是
讀之則其它之碎
義曲說無足言矣

操吳戈兮被犀甲車錯轂兮短兵接旌蔽日兮敵若
雲矢交墜兮士爭先 吳戈一作吾科楯名也錯七各反轂叶音厄陵一作陵與陵同先叶音詢
。戈平頭戟也犀甲以犀兕皮為甲也考工記曰犀甲壽百年錯
交也短兵刀劍也言戎車相迫輪轂交錯長兵不施故用刀劍
以相接擊也司馬法曰弓矢圍殳矛守戈戟助凡五兵長以衛
短短以救長矢交墜士爭先謂兩軍相射流矢交墜壯氣奮然

指人之悦己而已欲媚之者也 篁竹叢也後來云其出之遲也 表獨立兮山之上雲容容兮而在下杳冥冥兮羌晝晦東風飄兮神靈雨 表字十兩字有飄字叶音鄭○表特也雲反在下言所處之高也 神以恐雨者言風起而神靈應之以雨也靈脩亦謂前所欲媚 留靈脩兮憺忘歸歲既晏兮孰華予 下叶音戶 者也以除其至留使忘歸不然則歲晚而無與榮矣蓋鬼本來而反欲使人留其前居也 采三秀兮於山間石磊磊兮葛蔓蔓怨公子兮悵忘歸君思我兮 石磊磊葛纏反蔓莫半反閒音閑○三秀芝草也公子即所欲留之靈脩也鬼既知於山間而思公子亦知其 不得閒 不來而亦猶其思我之不能忘也 山中人兮芳杜若飲石泉兮蔭松柏 柏叶音博○山中人亦鬼自謂也然猶 君思我兮然疑作 也疑不信也至此又知其雖思我而不信也 能無疑之辭也 靁填填兮雨冥冥猨啾啾兮又夜鳴風颯颯兮木蕭蕭思公子兮徒離憂 靁一作雷填音田又 猨一作狖啾音秋

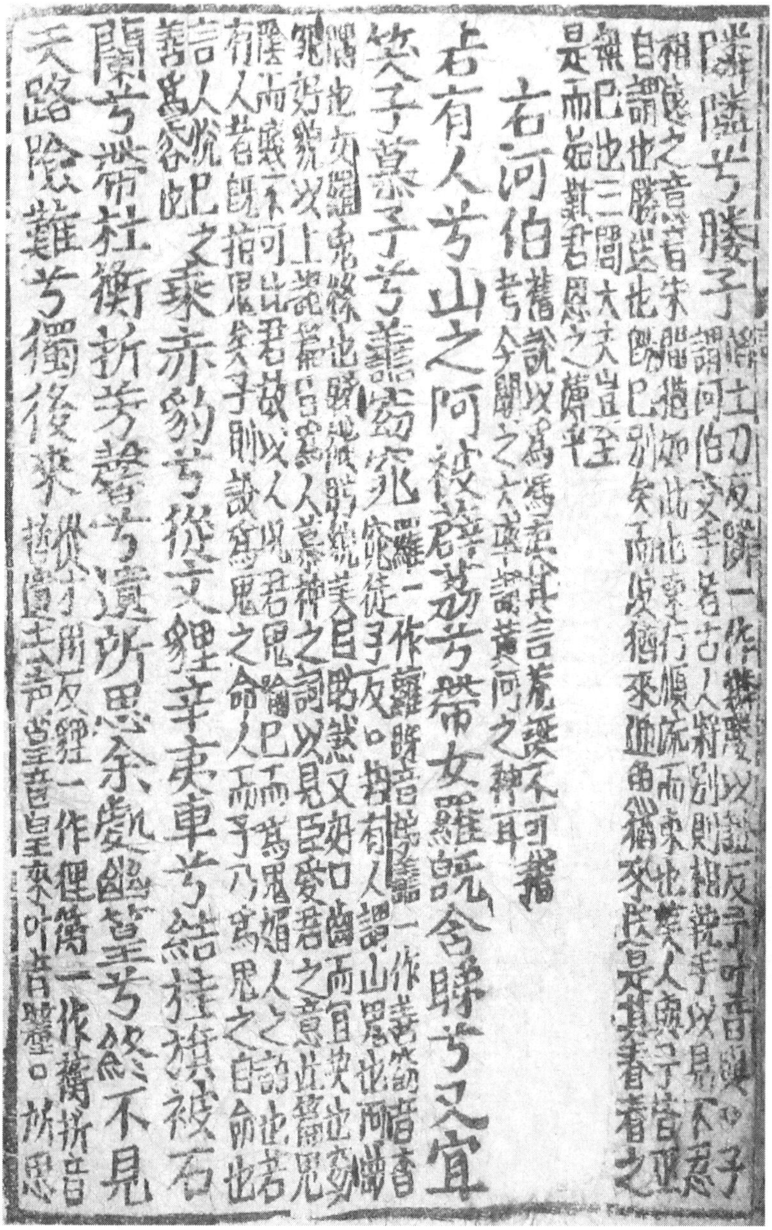

隣隣兮媵子 隣力刃反隣一作鱗媵以證反子叶音與○子謂河伯交手者古人將別則相攜手以見不忍
稍遠之意首朱器猶如此亦重行順流而東也美人與子皆謂
自謂也媵送也隣已別矣而猶來迎魚猶來送是其眷眷之
氣已也三閭大夫豈至
是而後數君恩之薄乎

右河伯 舊說以爲馮夷其言荒誕不可考今闕之大率謂黃河之神耳

若有人兮山之阿被薜荔兮帶女蘿旣含睇兮又宜
笑子慕予兮善窈窕 羅一作蘿睇音弟一作善窈窕
隅也女蘿兔絲也睇微眄貌美目盼然又好口齒而宜笑也窈
窕好貌以上諸篇皆爲人慕神之詞以見臣愛君之意此篇
鬼陰而賤不可比君故以人况君鬼喻己而爲鬼媚人之語
也有人若旣指鬼矣子則設爲鬼之命人而予乃爲鬼之自命也
言人况己之善窈窕也
乘赤豹兮從文狸辛夷車兮結桂旗被石
蘭兮帶杜衡折芳馨兮遺所思余處幽篁兮終不見
天路險難兮獨後來 狸一作貍篁音皇來叶音釐○於思

20

右東君今按此日神也禮曰天子朝日於東門之外又曰王宮祭日也漢志亦有東君

與女遊兮九河衝風起兮橫波乘水車兮荷蓋駕兩

龍兮驂螭女讀作汝衝一作衡一作水揚二字螭丑知反音離叶丑歌反○此亦為女巫之詞女指河伯

也河為四瀆長九河徒駭太史馬頰覆鬴胡蘇簡絜鉤盤鬲津也禹治河至兗州分為九道以殺其溢其間相去二百餘里徒

駭最北鬲津最南蓋徒駭是河之本道東出分為八枝也○螭似龍而黃無角登崑崙兮四望

心飛揚兮浩蕩日將暮兮悵忘歸惟極浦兮寤懷懷叶

盧昆反○崑崙山名河出崑崙虛色白所渠并千七百一川色黃百里一小曲千里一曲一直寤覺也懷思也魚鱗

屋兮龍堂紫貝闕兮朱宮靈何為兮水中堂叶音同○龍堂以龍鱗

為堂也乘白黿兮逐文魚與女遊兮河之渚流澌紛兮

將來下黿音元一無文字魚叶上声澌音斯以冬入春流水也以水者水盡也此當以文下叶音戶○大鼈為黿[illegible]

從也子交手兮東行送美人兮南浦波滔滔兮來迎魚

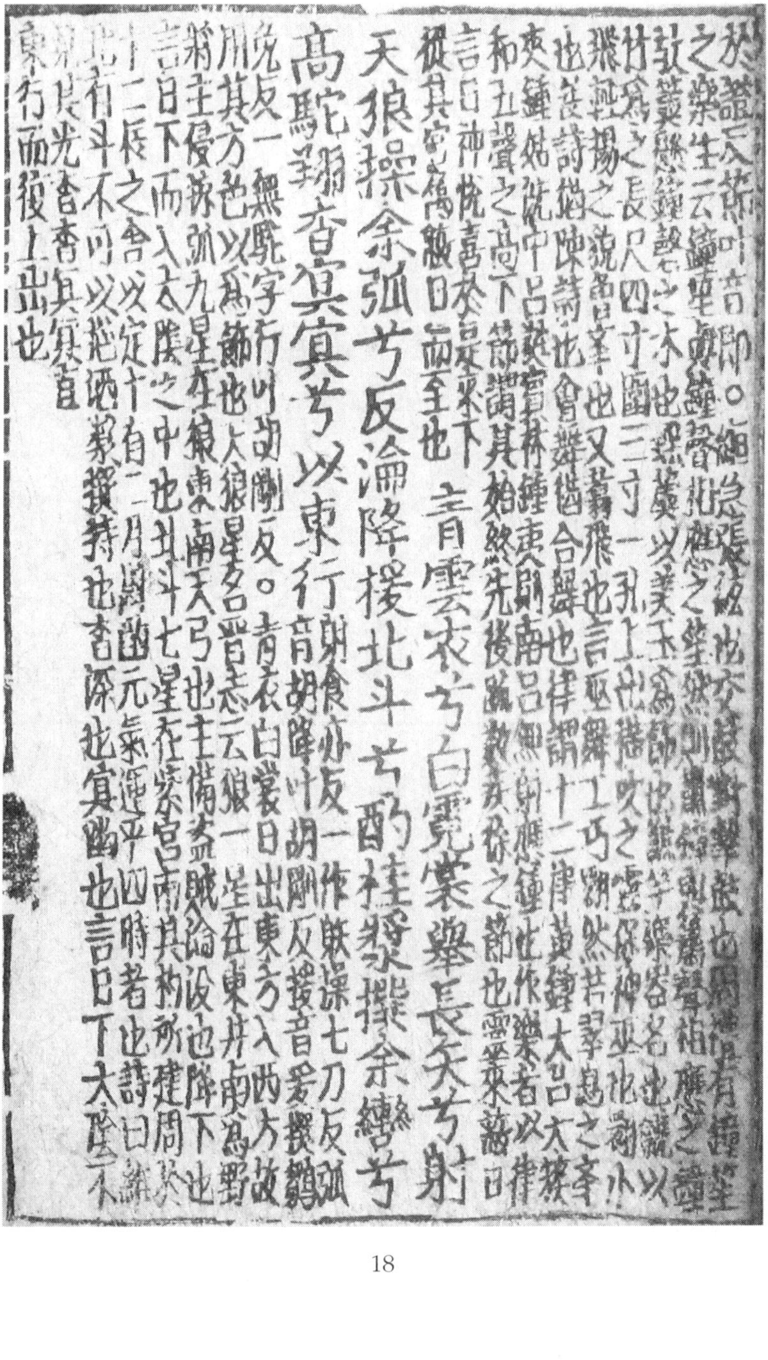

於簴下於許叶音所。○絙急張弦也交鼓對擊鼓也簫鍾有鐘笙
之樂生云簫鍾聲批應之筆然則簫鳴鐘簫相應之聲
㩻簴懸鐘磬之木也瑤簴以美玉爲飾也篪竽樂器名也篪以
竹爲之長尺四寸圍三寸一孔上出橫吹之靈保神巫也翾小
飛輕揚之貌曾舉也又翾飛也言巫舞工巧翾然若翠鳥之舉
也展詩猶陳詩也會舞猶合舞也律謂十二律黃鍾大呂太簇
夾鍾姑洗中呂蕤賓林鍾夷則南呂無射應鍾也作樂者以律
和五聲之高下節謂其始終先後疏數疾徐之節也靈衆來蔽日
言日神悅喜於是來下
從其官屬蔽日而至也
青雲衣兮白霓裳舉長矢兮射
天狼操余弧兮反淪降援北斗兮酌桂漿撰余轡兮
高駝翔杳冥冥兮以東行
射食亦反一作躲操七刀反弧
音胡降叶胡剛反援音爰撰鶵
駝反一無駝字行叶胡剛反。青衣白裳日出東方入西方故
用其方色以爲飾也天狼星名晉志云狼一星在東井南爲野
將主侵掠弧九星在狼東南天弓也主備盜賊淪沒也降下也
言日下而入太陰之中也北斗七星在紫宮南其杓所建周於
十二辰之舍以定十二月斟酌元氣運乎四時者也詩曰維
北有斗不可以挹酒漿撰持也杳深也冥幽也言日下太陰不
見其光杳杳冥冥直
東行而復上出也

18

右少司命 按前篇注說有兩司命則彼固爲上台而此則文昌第四星歟

暾將出兮東方照吾檻兮扶桑撫余馬兮安驅夜皎皎兮既明。暾它昆反檻戶黯反皎字从白與皎同切叶音芒 暾溫和而明盛也吾主祭者自吾也檻楯也扶桑見離騷經言吾見日出東方照我檻楯光自扶桑而來即撫馬以迎之而夜皎既明也 駕龍輈兮乘雷載雲旗兮委蛇長太息兮將上心低佪兮顧懷羌聲色兮娛人觀者憺兮忘歸 輈張留反雷叶音纍委蛇一作逶虵上時掌反低一作祇佪一作徘 憺叶胡威反聲色一作色聲。輈車轅也龍形曲似之故以爲車轅雷氣轉似輪故以爲車輪言乘此以往迎日又以騎登高遠而低佪顧懷焉見下方娛陳鍾鼓竽瑟聲音之美靈巫會舞容色之盛是以娛悅觀者使之安肆喜樂久而忘歸如下文之所云也 緪瑟兮交鼓簫鍾兮瑤簴鳴篪兮吹竽思靈保兮賢姱翾飛兮翠曾展詩兮會舞應律兮合節靈之來兮蔽日 緪一作絙古登反簴一作虡其呂反篪一作箎 篪音池虡叶音戶翾許緣反曾作層反與曾同

乃優遊以念如者昭知之樂也荷衣兮蕙帶儵而來兮忽而逝夕宿兮
帝郊君誰須兮雲之際帶叶丁計反儵一作倏○此亦為巫言神之始也雖倏然來不言而來
今乃忽然不辭遂去而宿於天帝之郊不知其何所待於雲之際乎皆幸其有意而顧己也與女遊兮九
河衝風至兮水揚波古本無此二句王逸亦無注洪興祖曰此河伯章中語也當刪去與女
沐兮咸池晞女髮兮陽之阿望媺人兮未來臨風怳
兮浩歌女讀作汝咸下一有之字媺一作美怳並叶音晄晞音希媺一作美徠一作來怳許往反○咸池星名蓋天
池也晞乾也怳失意貌此復為神語以命巫者女及美人皆指巫也言欲與女沐於咸池而望之彼不至遂悵然而浩歌也孔
蓋兮翠旍登九天兮撫彗星竦長劍兮擁幼艾蓀獨
宜兮為民正旍一作旌此句上一有撫字彗詳歲反蓀一作竦並息拱反正叶音征○孔蓋以孔雀尾為車
蓋翠旍以翡翠羽為旌旗飾之也彗星妖星其芒偏指如彗者也竦然挺拔之意幼少也艾美好也語見孟子戰國策即指
上美人也正平也此蓋更為衆人之詞以贊神之美言其威盛氣盛光輝赫奕又能誅除凶穢擁護良善而宜為民之所取正也

16

有兩司命也

龝蘭兮蘪蕪羅生兮堂下綠葉兮素枝芳菲菲兮襲予夫人兮自有美子蓀何以兮愁苦 秋古秌字一作龝下同蘪或從艸下 叶音戶予叶音與夫音扶兮字一在自有字下蓀一作荃下同 ○蘪蕪芎藭苗各似蛇床而香其苗四五月閒生葉作叢而莖細其葉倍香七八月開白花羅生言二物並列而生於堂下也少司命亦陽神而少卑者故爲女巫之言以接之上四句與下二句起夫人猶言彼人如左傳之言不能見夫人也美子所美之人也蓀猶彼也蓋爲巫之自彼也言彼神之心自有所美而好之者矣彼何爲愁苦而必求其合也

龝蘭兮青青綠葉兮紫莖滿堂兮美人忽獨與余兮目成 青音菁○青青茂盛貌言美人並會盈滿於堂上而司命獨與我睨而相視以成親愛是亦上二句起下二句也至此則神降於巫而扶傍巫之意矣

入不言兮出不辭乘回風兮載雲旗悲莫悲兮生別離樂莫樂兮新相知 ○辭一作詞○此爲巫言司命初與己善後乃往來飄忽不言不辭乘風載雲以離於我適相知而遽相別悲莫甚焉於是

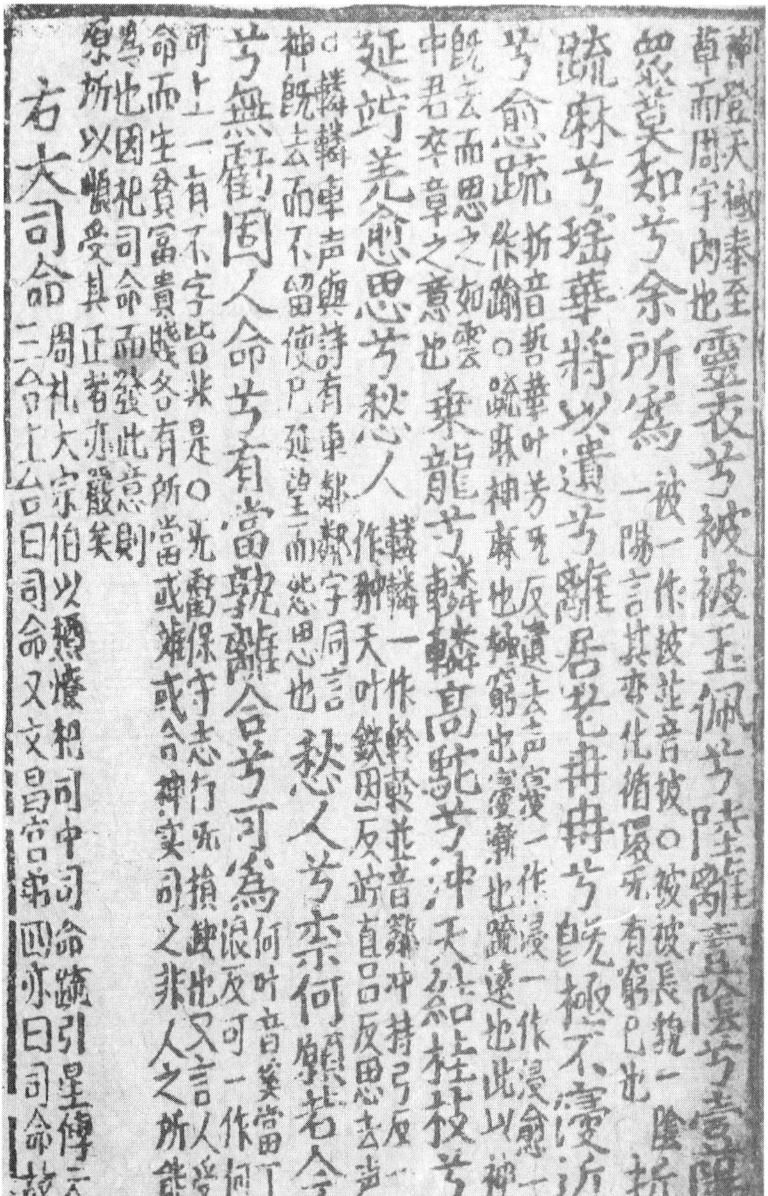
神登天擬奉至草而周宇內也靈衣兮被被玉佩兮陸離壹陰兮壹陽
衆莫知兮余所為被一作披並音披○被被長貌一陰一陽言其變化循環無有窮已也折
疏麻兮瑤華將以遺兮離居老冉冉兮既極不寖近
兮愈疏折音哲華叶芳無反遺去聲寖一作浸一作浸愈一作踰○疏麻神麻也極窮也寖漸也疏遠也此以神
既去而思之如雲中君卒章之意也乘龍兮轔轔高駝兮沖天結桂枝兮
延佇羌愈思兮愁人轔轔一作軨軨並音鄰沖持弓反一作翀天叶鐵因反佇直呂反思去聲
○轔轔車聲與詩有車鄰鄰字同言神既去而不留使己延望而悲思也愁人兮奈何願若今
兮無虧固人命兮有當孰離合兮可為何叶音奚當丁浪反可一作何
可上一有不字皆非是○光爵保守志行無損缺也又言人受命而生貧富貴賤各有所當或離或合神實司之非人之所能
為也因祀司命而發此意則原所以懷受其正者亦嚴矣
右大司命三台上台曰司命又文昌宮第四亦曰司命故周禮大宗伯以槱燎祀司中司命疏引星傳云

右湘夫人

廣開兮天門紛吾乘兮玄雲令飄風兮先驅使涷雨
兮灑塵涷音東從水灑一作洒並所宜反塵叶陳音○天
門上帝所居紫微宮門也廣開者為神將降也吾主
祭者之自稱也大司命陽神而尊故但為主祭者之詞乘玄雲
者知神將降而往迎之也飄風回風也涷雨暴雨也灑塵以清
道也
君迴翔兮以下踰空桑兮從女紛總總兮九州何
壽夭兮在予下叶音戶女讀作汝予叶音與○君與女皆指
神君尊而女親也回翔盤旋也空桑山名總總
衆貌予者賛神而為其自謂之稱也言見神將降而遂往從之
因歎其威權之盛曰九州人民之衆如此何其壽夭之命皆在
於己
也
高飛兮安翔乘清氣兮御陰陽吾與君兮齋速
導帝之兮九坑齋一作精齋如字又音咨又側皆反一作齋
非是速禮記作遬音速導一作道坑一作阬
音岡○乘猶乘車清氣謂輕清之氣御猶御馬陰陽則兼清濁
變化而言也齋速整齊而疾速也導導引也帝天帝也之適也
坑與岡同謂山脊也九坑者周禮職方氏九州之山鎮曰會稽
山華山沂山岱山嶽山醫无閭霍山恒山也此言已得從遊

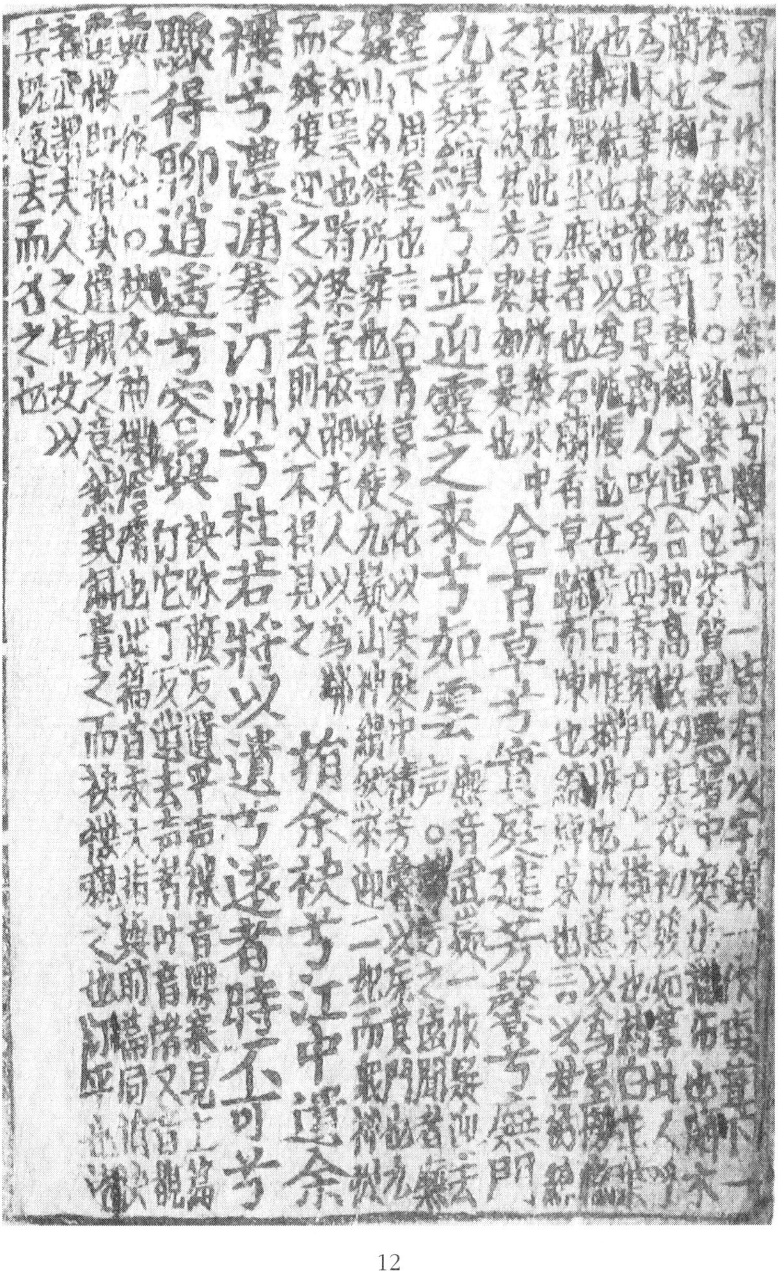

[illegible] 合百草兮實庭建芳馨兮廡門 [illegible]

九嶷繽兮並迎靈之來兮如雲 [illegible]

[illegible] 捐余袂兮江中遺余

褋兮澧浦搴汀洲兮杜若將以遺兮遠者時不可兮

驟得聊逍遙兮容與 [illegible]

12

尊而神之難其人也所謂興者蓋曰沅則有芷矣澧則有蘭矣何我之思公子而獨未敢言邪思之之切至於荒忽而起望則又但見流水之潺湲而已其起興之例正猶越人之歌所謂山有木兮木有枝心悅君兮君不知而以芷叶子以興所言又隔句用韻法也

麋何為兮庭中蛟何為兮水裔朝馳余馬兮江皋夕濟兮西澨 麋音眉為一作食裔一作澨音逝○比而賦也麋獸名似鹿而大澨水涯也麋當在山林而在庭中蛟當在深淵而在水裔以比神不可見而望之者失其所當也朝馳夕濟猶上篇江皋北渚之意

聞佳人兮召予將騰駕兮偕逝築室兮水中葺之兮荷蓋 葺子入反荷一有以字蓋叶居又反○佳人謂夫人也偕俱也逝往也言與召己之使者俱往也築室水中將託神明而居處也

蓀壁兮紫壇匊芳椒兮成堂桂棟兮蘭橑辛夷楣兮葯房罔薜荔兮為帷擗蕙櫋兮既張白玉兮為鎮疏石蘭兮為芳芷葺兮荷屋繚之兮杜衡 蓀一作荃壇音善匊古播字本作播一作播成一作盈橑音老[illegible]

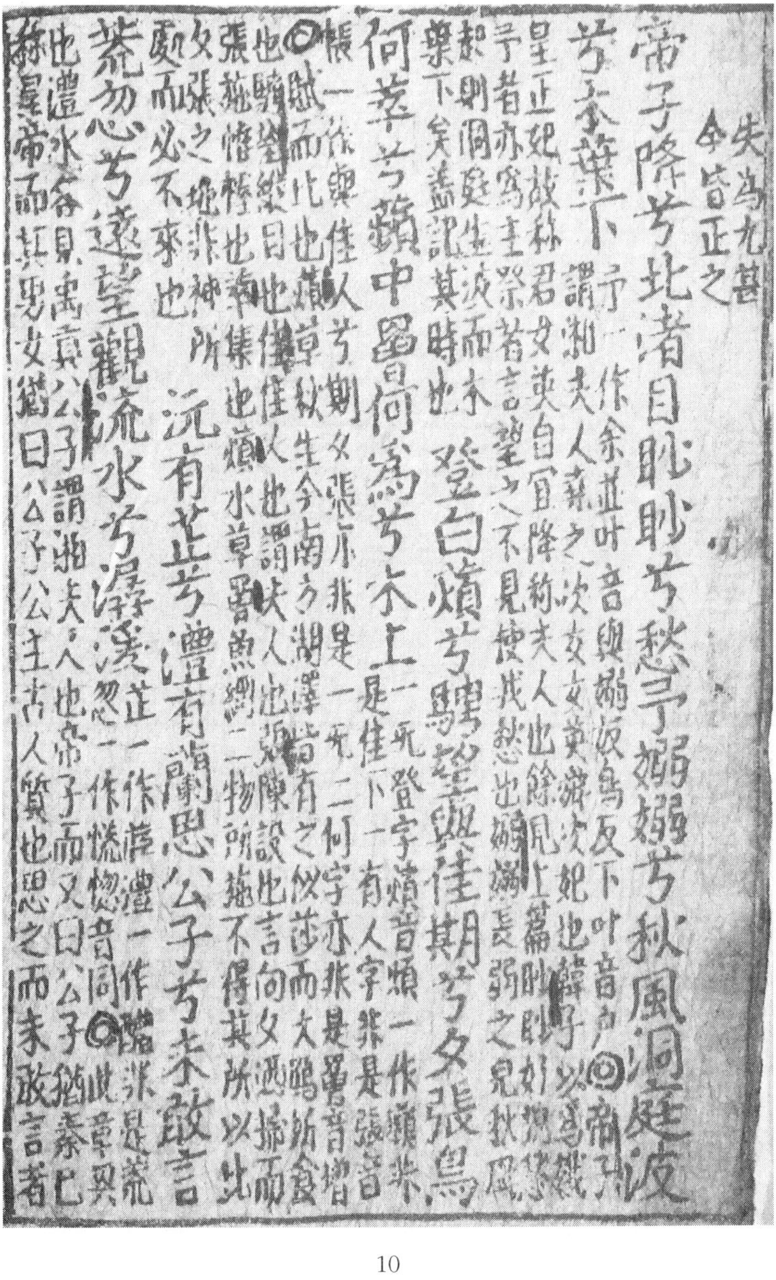

失為尤甚
今皆正之
帝子降兮北渚目眇眇兮愁予嫋嫋兮秋風洞庭波
兮木葉下 予一作余並叶音與嫋奴鳥反下叶音戶◎帝子
謂湘夫人堯之次女女英舜次妃也韓子以為娥
皇正妃故稱君女英自宜降稱夫人也餘見上篇眇眇好貌
予著亦為主祭者言望之而不見使我愁也嫋嫋長弱之貌秋風
起則洞庭生波而木
葉下矣蓋記其時也 登白薠兮騁望與佳期兮夕張鳥
何萃兮蘋中罾何為兮木上 一无登字薠音煩一作蘋非
是佳下一有人字非是張音
帳一作與佳人兮期夕張亦非是一无二何字亦非是罾音增
◎賦而比也薠草秋生今南方湖澤皆有之似莎而大鳥所食
也騁望縱目也佳謂佳人也謂夫人也張陳設也言向夕遍掃而
張施帷帳也萃集也蘋水草罾魚網二物所施不得其所以比
夕張之也非神所
處而必不來也 沅有茝兮醴有蘭思公子兮未敢言
荒忽兮遠望觀流水兮潺湲 芷一作茝澧一作醴非是荒
忽一作慌惚音同◎此章興
也澧水名見禹貢公子謂湘夫人也帝子而又曰公子猶秦已
稱皇帝而其臣子猶曰公子公主古人質也思之而未敢言者

鼂騁騖兮江皐夕弭節兮北渚鳥次兮屋上水周兮堂下
鼂與朝同騁遙反騁音逞騖音務下叶音戶○鼂朝也騁直馳也騖亂馳也弭按也渚水涯也次止也周旋也此言神既不來則我亦退而游息以自休耳
捐余玦兮江中遺余佩兮澧浦采芳洲兮杜若將以遺兮下女時不可兮再得聊逍遙兮容與
捐音沿玦古穴反遺平声佩一作珮澧一作醴遺去声峕即古時字一作時○玦如環而有缺
捐玦遺佩以貽湘君也澧水出武陵充縣注于洞庭史記作醴
芳洲香草所生之處也杜若葉似薑而有文理味辛見[illegible]已見
騷經逍遙容與皆遊戲閒暇之意也此言湘君既不可見而愛
慕之心終不能忘故猶欲解其玦佩以爲贈而又不敢顯然致
之以當其身故但委之於水濱若捐棄而墜失之者以陰寄吾
意而冀其或將取之若聘禮賓將行而於館堂攝問叔四皮於
帛賓不致而主不拜也然他於其不能自達則又采香草以遺
其下之待女使通吾意慇懃而幸玦佩之見取其亦慕之心如
此總不可必則逍遙容與以俟之而終不能忘也
○右湘君說見篇內○此篇蓋爲男主事陰神之詞故其情意曲折尤多皆以陰寓忠愛於君之意如騷經之

側諸仕連反又鋤山反[illegible]悱待鬼反側叶札力反○極至也未極未得所止也女[illegible]指旁觀之人蓋見其慕望之切
亦為之眷戀而嗟歎之也潺湲流貌隱竊也君湘君也悱隱也側不安也桂櫂兮蘭枻斲冰兮
積雪采薜荔兮水中搴芙蓉兮木末心不同兮媒勞
恩不甚兮輕絕櫂直教反枻音曳叶音泄搴音蹇◎此章比而又比也蓋此篇本以求神而不答比事君
之不偶而此章又別以事比求神而不答也櫂楫也枻船旁板也桂蘭取其香也斲斫也言乘舟遭盛寒斲斫冰凍紛如積雪
則舟雖芳潔事雖辛苦而不得前也薜荔緣木而今采之水中芙蓉在水而今求之木末既非其處則用力雖勤而不可得至
於合昏而情異則媒雖勞而昏不成結友而交疎則今難成而終易絕則又心志睽乖不容強合之驗也求神不答豈不亦猶
是乎自是而往益疎而益疎矣石瀨兮淺淺飛龍兮翩翩交不忠兮怨
長期不信兮告余以不閒淺音牋閒音閑叶音賢◎此章興而比也蓋以上二句引起下
句以比求神不答之意也瀨湍也淺淺流疾貌翩翩飛疾貌說謂與君蓋曰石瀨則淺淺矣飛龍則翩翩矣見交不以忠則
怨必長矣期不以信則以將告我以不暇而負其約矣所謂比者則求神而不答之意亦在其中也其詳已見上章讀者宜并

8

未來吹參差兮誰思 要漢書作幼於笑反眇與妙同宜上 一有又字來叶力之反一作歸非是
參差一作參差上初簪反下初宜反思叶新齋反○君謂湘君
堯之長女娥皇爲舜正妃者也舜陟方死於蒼梧二妃死於江
湘之間俗謂之湘君湘旁黃陵有靈夷猶猶豫也言[illegible]設祭祀
使巫呼請而未肯來也中洲洲中也水中可居者曰洲言其不
來不知其爲何人而留也要眇好貌脩飾也沛行貌吾爲主祭
者之自吾也欲乘桂舟以迎神取香潔之意也又恐行或遲[illegible]
故願湘君令水無波而安流也參差洞簫也風俗通云舜作簫
其形參差不齊象鳳翼也望湘君而未來故吹簫以思之也
駕飛龍兮北征邅吾道兮洞庭薜荔柏兮蕙綢蓀橈
兮蘭旌望涔陽兮極浦橫太江兮揚靈 邅池戰反又陟 連反柏一作拍
並音博綢音儔又音叨蓀一作荃橈而遙反旌一作旍與旌同
此句之上或有乘字或有承字或有家字或作旗皆非是涔
音岑○駕龍者以龍翼舟也邅轉也洞庭太湖也在長沙巴陵
賓圓五百餘里日月若出沒於其中中有君山柏搏壁也綢縛
束也蓀香草也橈船小楫也涔陽江碕名極遠也
浦水涯也揚靈者揚其光靈猶言舒發意氣也 揚靈兮未
極女嬋媛兮爲余太息橫流涕兮潺湲隱思君兮陫

與日月兮齊光龍駕兮帝服聊翺遊兮周章翺音敖一叶音征

去蓋反齊一作爭○蹇語詞也憺安也壽宮供神之處也漢武帝時置壽宮神君亦此類也言神既至而安樂無有去意也龍駕

以龍引車也帝服謂五方帝也聊且也周章猶周流也

靈皇皇兮既降猋遠舉兮雲

中覽冀州兮有餘橫四海兮焉窮思夫君兮太息極

勞心兮忡忡降叶胡攻反猋音摽一作飆窮叶渠弓反一作竆

○靈謂神也皇皇美貌降下也猋去疾貌雲中神所居也言神既降而遠舉

復還其處也覽望也兩河之間曰冀州四海之間日入之所止

一州也窮極也言神之所在無窮也

極

有所窮極也夫君謂神也謂曰夫夫是也忡忡憂心動貌

右雲中君謂雲神也亦見漢書郊祀志○此篇言神既降

而久留與人親接故既去而思之不能忘也足

以見臣子慕君之深意矣

君不行兮夷猶蹇誰留兮中洲美要眇兮宜脩沛吾

乘兮桂舟令沅湘兮無波使江水兮安流望夫君兮

6

鼓古字並通用樂音洛○揚擧也枹擊鼓槌也拊擊也疏希也
擧枹擊鼓使巫緩節而舞徐歌相和以樂神也陳布也浩大也
竽笙類三十六簧瑟琴類二十五絃靈謂神降於巫之身者也
偃蹇美貌姣好也服飾也古者巫以降神神降而託於巫則見
其貌之美而服之好蓋身則巫而心則神也菲菲芳貌五音謂
宮商角徵羽也紛盛貌繁衆也君謂神也欣欣喜貌康安也
言備樂以樂神而願
神之喜樂安寧也

右東皇太一

一本上有祠字下諸篇同○太一神名天之
尊神祠在楚東以配東帝故云東皇漢書云
天神貴者太一太一佐曰五帝中宮天極星其一明者太
一常居也淮南子曰太微者太一之庭紫宮者太一之居
○此篇言其竭誠盡礼以事神而願神之欣說安寧以
寄人臣盡忠竭力愛君無已之意所謂全篇之比也

浴蘭湯兮沐芳華采衣兮若英靈連蜷兮既留爛昭
昭兮未央

華戶花反英叶於姜反蜷音拳○並叶韻叶王
色采也榮而不實者謂之英言使靈巫先浴蘭湯
沐香芷衣采衣而草木之英以自潔清也靈謂神所降也楚人名
巫爲靈子若曰神之子也連蜷長曲貌既留則以其服飾御冬實
故神悅之而降依其身留連之久也參歌
靈既留亦指神而言也爛光貌昭昭明也

謇將憺兮壽宮

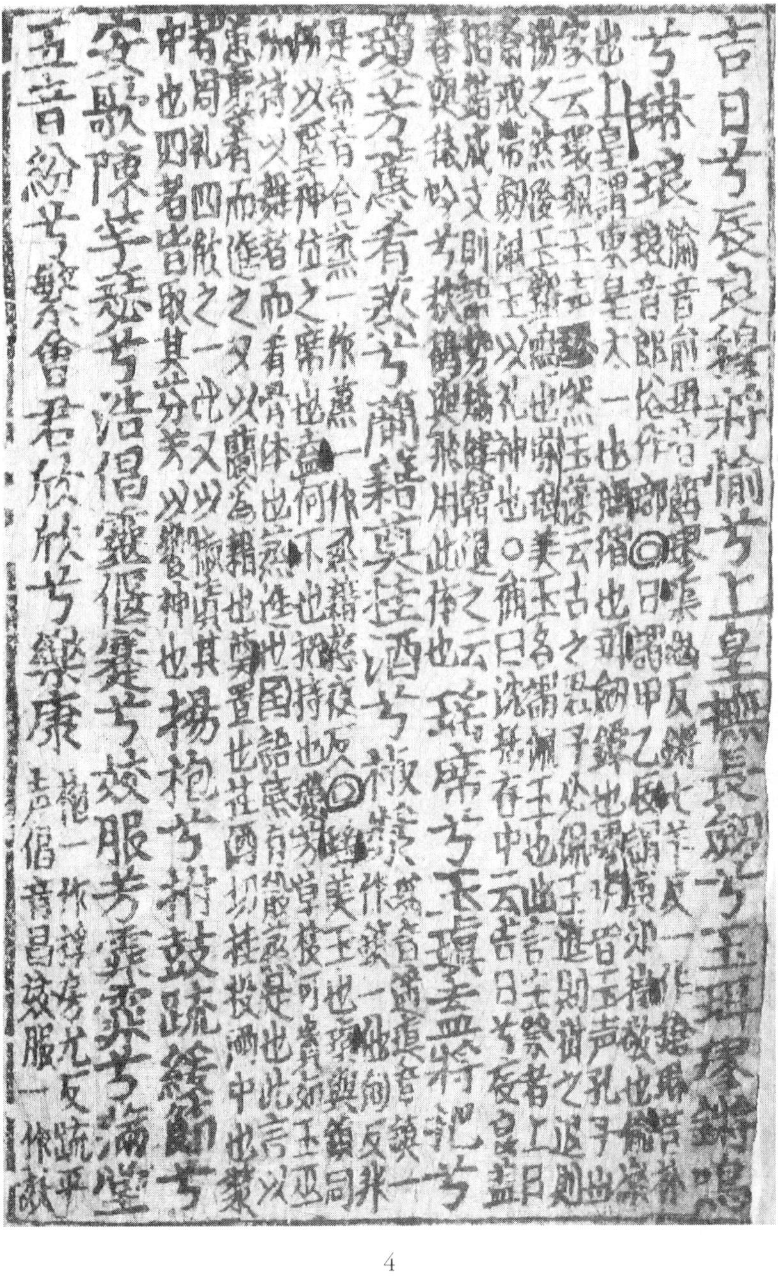
吉日兮辰良穆將愉兮上皇撫長劍兮玉珥璆鏘鳴
兮琳琅
瑤席兮玉瑱盍將把兮
瓊芳蕙肴蒸兮蘭藉奠桂酒兮椒漿
揚枹兮拊鼓疏緩節兮
安歌陳竽瑟兮浩倡靈偃蹇兮姣服芳菲菲兮滿堂
五音紛兮繁會君欣欣兮樂康

4

楚辭卷第二

九歌第二　　　離騷二至十二

九歌者屈原之所作也昔楚南郢之邑沅湘之
間其俗信鬼而好祀其祀必使巫覡作樂歌舞
以娛神蠻荊陋俗詞既鄙俚而其陰陽人鬼之
間又或不能無褻慢淫荒之雜原既放逐見而
感之故頗爲更定其詞去其泰甚而又因彼事
神之心以寄吾忠君愛國眷戀不忘之意是以
其言雖若不能無嫌於燕昵而君子反有取焉
也蓋諸篇皆以事神不答而不能忘其敬愛比事君不
合而不能忘其忠赤尤足以見其懇切之意舊說失之
今悉
更定

3

2

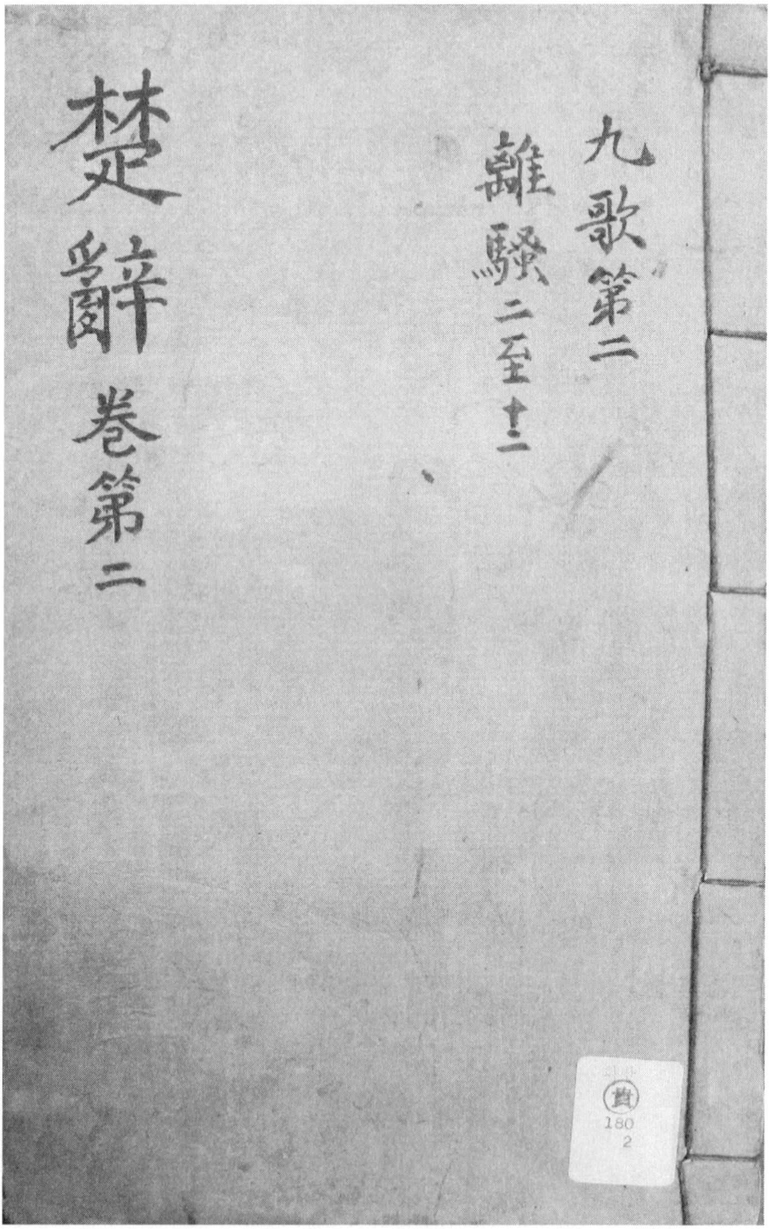

九歌第二

離騷二至十二

楚辭 卷第二

1

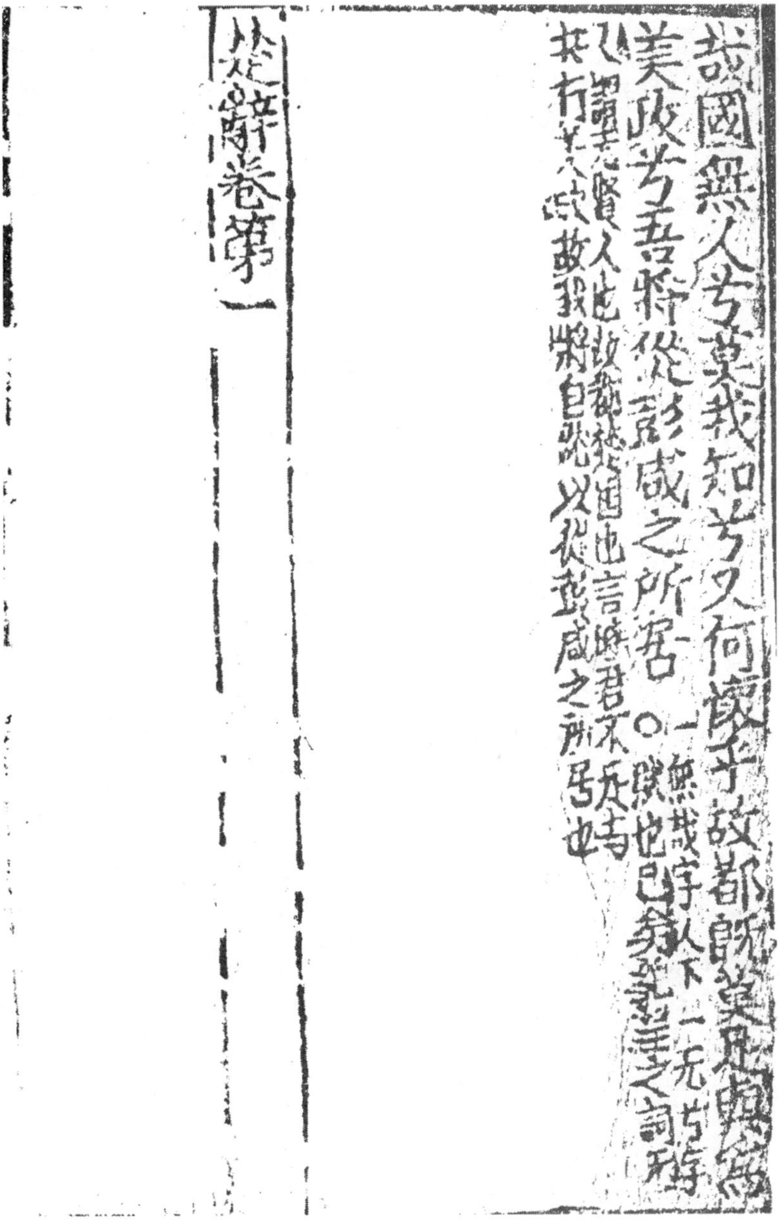

哉國無人兮莫我知兮又何懷乎故都既莫足與爲
美政兮吾將從彭咸之所居 ○ 一無哉字人下一无兮字 亂也已矣絶望之詞 乙謂楚無賢人也故都謂楚國也言時君不足與 共爲美政故我將自沈以從彭咸之所居也

楚辭卷第一

待衆當自不聞上下左右也 屯余車其千乘兮齊玉軑而並
行俱會西海之上也
馳駕八龍之蜿蜿兮載雲旗之委蛇
軑徒計反又[illegible] 轄也一云[illegible]
[illegible]也載內之金也一云錧也[illegible] 蜿[illegible]一作[illegible] 一字一作委[illegible] 蛇[illegible]
抑志而弭節兮神高馳之邈邈奏九歌而舞[illegible]
假日以媮樂[illegible]上一有[illegible]字 弭節[illegible] 一作[illegible]
[illegible]
九歌九德之歌禹樂也 韶九韶舜樂也[illegible]
此言[illegible]
假延日月[illegible]
陟陞皇之赫戲兮忽臨睨夫
舊鄉僕夫悲余馬懷兮蜷局顧而不行[illegible]
[illegible]
[illegible]
不行[illegible]
[illegible]之也[illegible]

又[illegible]音摯○轉也從漢書注天[illegible]在衡州[illegible]泉[illegible]西[illegible]
之中○故竄身遠去以爲愁[illegible]也謝[illegible][illegible]之君楚[illegible]首[illegible]
逝朝發軔於天津兮夕余至乎西極鳳凰翼其承旂
兮高翱翔之翼翼 翼一作翼 旂渠希反 之一作而○軔 析木之津謂箕斗之間漢津也蓋箕北
斗南天河所經而日月五星於此往來故謂之津又[illegible]入津充
星在[illegible]北横河中[illegible]梁所度也[illegible]周[illegible]文[illegible]爲[illegible]
旂屬皆從於車後也一下
日翺直刺也動已翔[illegible]初也 忽吾行此流沙兮遵赤水
而容與麾蛟龍以梁津兮詔西皇使涉予 麾許爲反 一作[illegible] 一作使予以
與○流沙見禹貢今北地居延澤是也說者云[illegible]過[illegible]定[illegible]
沙[illegible]之百步皆動如行[illegible]上或陷則人馬車騎以百千數[illegible]子
遺[illegible]或謂出[illegible]流沙也遵循也赤水出崑崙東南陬入南海容
與遊戲貌以手麾曰麾以[illegible]爲橋於津上而[illegible]之以濟猶言
比黿鼉以爲梁[illegible]詔告也西皇帝少皞
也少皞以金德王白帝之君故曰西皇 路修遠以多艱兮
騰衆車使徑待 待一作侍 路不周以左轉兮指西海以爲期 期一作[illegible]
徒奇反一作[illegible]○不周山名在崑崙西北海之外[illegible]青山而不合
名曰不周騰猶超也徑會也言已使衆車使由捷路先過而相待

驕而勇决也 和調度以自娛兮聊浮游而求女及余飾之
方壯兮周流觀乎上下 調徒料反又徒吊反上去聲下上聲乎音户○調猶今人言格調之
調度法度也言我和此調度以自娛流遊浮游以求女如前所
言求宓妃女二姚之屬意猶在於求君也余飾謂瓊佩及前章所
謂服之盛方壯亦巫咸所謂年未晏時未央之意周
流上下即靈氛所謂遊巫咸所謂陞降上下也 靈氛既
告余以吉占兮歷吉日乎吾將行折瓊枝以為羞兮
精瓊靡以為粻 一無吉字行叶户郎反靡之舌反[illegible]粻陟姜反又音良○靡亦散而實屑也
[illegible]瓊枝瓊靡皆謂物之珍者羞進也
以粮及食之內滋味而進之也[illegible]也 為余駕飛龍兮
雜瑤象以為車 何離心之可同兮吾將遠逝以自疏
為余[illegible]為于僞反駕所嫁反○象牙也雜用象玉以飾其車
也[illegible]離心謂上下無與已同心者也自疏謂疏遠而不能相及矣
邅吾道夫崑崙兮路修遠以周流揚雲霓之晻藹兮
[illegible]也[illegible]反[illegible]古邅反崙[illegible]下一[illegible]
鳴玉鸞之啾啾 [illegible]

以慢慆兮榝又欲充夫佩幃既干進而務入兮又何
芳之能祗 慢馬諫反一作謾一作漫慆吐刀反一作諂榝音殺夫一作其非是幃音暉而一作以○慆淫也書
曰无即慆淫榝茱萸也幃盛香之囊也榝亦芳烈之物而今亦
變為邪佞茱萸固為臭物而今又欲滿於香囊蓋但知求進而
務入於君則又何能復敬守其芬芳之節乎 固時俗之流從兮又孰能無變
化覽椒蘭其若茲兮又況揭車與江離 流從一作從流化叶虎瓜反離
叶音羅化或叶虎為反即離如字○流從言隨從上化如水之流也揭車江離亦香草然不若椒蘭之盛今椒蘭既如此則
二者從可知矣 惟茲佩之可貴兮委厥美而歷茲芳菲菲而
難虧兮芬至今猶未沬 之一作其非下而一作真芬下一有複出芬字沬叶莫之反○委歷
皆已見上虧損缺也沬音昧也言瓊佩有可貴之質而能不挾
其美以取出資香而棄之以全其芳此然其芬芳實不可得而減
損合暗此原之自況也然上章誠蘭既有委厥美之文矣此美
瓊佩又以為言者蓋彼真棄其美之實以殉俗此則棄其美之
利以徇其事固不同也故彼雖苟得一時之勢而忠名不減
此雖失其一時之利而芬芳久存二者之間正有志者所當明

颯一作瑊變音發歔如字又叶音鬱說一作欵歔如字叶叶音制歔音鬱卽折音哲。此下至終篇又原自序之詞儼翳然
發貌言我所佩瓊玉德美之盛蓋以自況也蔽亦蔽之盛也諒信也折毀敗也 時繽紛以變易兮
又何可以淹留蘭芷變而不芳兮荃蕙化而為茅一以
作其茅叶莫侯反。○繽紛亂也不可淹留宜速去也茅惡草以喻不肖補曰上文謂幽蘭其不可佩以幽蘭之別於艾也謂申
椒其不芳以申椒之別於糞壤也今曰蘭芷不芳荃蕙為茅則更與之俱化矣當是時也守死而不變者楚國一人而已屈子則
是也 何昔日之芳草兮今直為此蕭艾也豈其有他故
兮莫好脩之害也 一无蕭字一无二也字好呼報反○補艾賤草亦以喻不肖世亂俗傳士委苟
宇乃小人害之而以為莫如好脩之害者何哉蓋由君子好而小人嫉之使不容於當世故中林以下變化而從俗則
是其所以致此者反無有如好脩之為害也東漢之亡議者以為黨錮諸賢之罪蓋反其詞以深悲之正屈原之意也 余
以蘭為可恃兮羌無實而容長委厥美以從俗兮苟
得列乎衆芳 此卽上章蘭芷變而不芳之意容長謂徒有外好而無實也詳見下章 椒專佞

說之界通道所經有澗水壞道常使胥靡刑人築護此道說賢而隱代胥靡築之以供食也呂望之鼓刀
兮遭周文而得舉甯戚之謳歌兮齊桓聞以該輔呂望
太公也亦姓姜氏從其封姓故曰呂也鼓鳴也太公避紂居東海之濱聞文王作興而往歸之至於朝歌道窮困自鼓刀而
屠遂而釣於渭濱文王夢得聖人於是出獵而遇之遂載以歸用以為師言吾先公望子久矣因號為太公望該備也甯戚衛
人脩德不用退而商賈宿齊東門以桓公夜出甯戚方飯牛叩角而商歌曰南山粲白石爛生不遭堯與舜禪短布單衣適至
骭從昏飯牛薄夜半長夜漫漫何時旦桓公聞之曰異哉歌者非常人也命後車載之以為客卿備輔佐也及年
歲之未晏兮時亦猶其未央恐鵜鴂之先鳴兮使夫
百草為之不芳其一作而鵜一作鶗音題一音弟鴂音決一音桂一本夫字為于偽反一本為字○[illegible]晚
也央盡也鵜鴂鳥名即詩所謂七月鳴鵙者蓋鵙鴂聲相近又其聲悲陰氣至則先鳴而草死非[illegible]感之言止此亦[illegible][illegible]使及
此身未老時未過而速行之意鵜鴂未鳴以此時過則事變而不可為也何瓊佩之偃蹇兮
衆薆然而蔽之惟此黨人之不諒兮恐嫉妒而折之

迎。皇剡剡其揚靈兮告余以吉故 靈於計反疑一作嶷 迎魚慶反叶音御故

以冉反○剡剡光貌九疑在零陵蒼梧之間疑似也山有
九峯其形相似遊者疑焉故曰九疑也言巫咸既將百神蔽日
降下舜又使九疑之神紛然來迎已也
皇謂百神剡剡光也揚靈顯其光靈也 曰勉陞降以上下

兮求榘矱之所同湯禹儼而求合兮摯咎繇而能調

陞一作升上時掌反下遐駕反榘俱雨反一作矩矱紆縛反又
烏郭反一作彠一作蠖繇一作陶一作皐陶調叶音同詩車攻之
五章有此例○曰謂巫咸語也陞降上下謂陞而上天下而至地也
也榘與矩同所以爲方之器也矱度也所以度長短者也摯伊
尹名咎繇舜士師言湯禹上下而求賢君與我皆能合手
此法若湯之得伊尹禹之得咎繇始能調和而必合也 苟中

情其好脩兮又何必用夫行媒說操築於傅巖兮武

丁用而不疑

好呼報反○行媒一無又字媒叶謨悲反說音悅操七
刀反○行媒備左右之先容也言誠能好善則
精誠神明賢君自當舉而用之不必待左右薦達也傳說也
傳巖地名武丁殷之高宗也言傳說抱道懷德而遭遇刑罰
築於傅巖武丁思想賢者夢得聖人以其形像求之因得傅
說登以爲公道用大興爲殷高宗也孔安國曰傅氏之巖在虞

世。何所獨無芳草，即此章所謂[illegible]是也。[illegible]二句又靈氛之言[illegible]
勉其行，亦靈氛之言也。幽昧眩曜，無主[illegible]莫能察己以下
乃原自念之詞，言雖
往而亦將無所合也。民好惡其不同兮，惟此黨人其獨
異。戶服艾以盈要兮，謂幽蘭其不可佩。[illegible]於迴反[illegible]勝
字。其，一作兮。一作之。[illegible]叶音倫。○[illegible]言人性固有不同而
黨人爲尤甚也。艾[illegible]非芳草也。[illegible]而反謂蘭爲臭惡
而不可佩。言其親愛[illegible]
讒佞而嫉忠直也。[illegible]草木其猶未得兮，豈珵美之
能當。蘇糞壤以充幃兮，謂申椒其不芳。一作[illegible]
呈[illegible]。○珵，美玉也[illegible]大六寸，其耀自照，言
覽草木尚不能別其香臭，[illegible]美惡而當[illegible]
謂[illegible]之[illegible]香[illegible]
亦言其近小人而遠君子也。[illegible]之詞止此。欲從靈氛之吉
占兮，心猶豫而狐疑。巫咸將夕降兮，懷椒糈而要之。
糈，音所。[illegible]○巫咸，古神巫也。當殷中宗之世。降，下也。[illegible]
香物，所以享神。[illegible]以享神，又[illegible]言[illegible]將以[illegible]
從天而下[illegible]
[illegible]九疑[illegible]

○小門謂之閨 邃深也 哲智也 寤覺也 終古者古之所以終 謂常來
日之無窮也 閨中深遠 蓋言宓妃之屬不可求也 哲王不寤 蓋
言上帝不能察 司閽壅蔽之罪也 言此以比上無明王 下無賢
伯 使我懷忠信之情不得發用 安能久與此闇亂嫉妒之俗終
古而居乎 [illegible] 索藑茅以筳篿兮 命靈氛為余占之 曰兩
美其必合兮 孰信脩而慕之 索音格 又音[illegible] 一作[illegible] 藑音瓊 篿音專
之字自為韻 ○索[illegible]取也 藑茅靈草也 筳小折竹也 楚人名結草
折竹以卜曰篿 靈氛古明占吉凶者 兩美 以男女俱美 比君
臣俱賢也 言兩美者必合 然楚國誰有
能信汝之脩潔而慕之者 宜以明去也 思九州之博大兮
豈惟是其有女 曰勉遠逝而無狐疑兮 孰求美而釋
女 一無狐字 [illegible]之女 [illegible]之女音汝 ○此亦靈氛之詞
美女以比 [illegible]求美 以比求賢 [illegible] 言天下之大 [illegible] 獨楚有
女 但當遠去 [illegible] 何所獨無芳草兮 爾何懷乎故
美女求賢君 而告以 [illegible]
宇 世幽昧以眩曜兮 孰云察余之善惡 [illegible]
[illegible]
[illegible]

高辛之先我猶如字又音柚詒吳習反一作詒非是○猶犬子也人將犬行犬好豫在人前待人不得又來迎候
故謂不決曰猶豫然多疑而善聽河冰始合狐聽其下未聞水者乃敢渡故人過河冰者要須狐行然後敢度因謂多疑者爲
狐疑高辛帝嚳有天下之號也言以鴆鳩皆不可使故中心猶豫意欲自往而於禮有不可者嫌遲又已後高辛之道而來求
之故恐簡狄先爲嚳所得也欲遠集而無所止兮聊浮游以逍遙及
少康之未家兮留有虞之二姚集一作進非是家叶古胡反姚音遙○少康夏后
相之子也有虞國名姚姓舜後也以二女妻少康事見左傳言既失高辛遂欲遠遊又無所向故願及少康未娶於有虞之時
留此二姚也理弱而媒拙兮恐導言之不固世溷濁而嫉
又反賢兮好去聲蔽美而稱惡好呼報反美一作善惡叶烏路反○弱劣也拙鈍也恐道理弱於少康而
媒又庸巧辭也言不待其不合而已自知其必疑誤或笑故毋言世之溷濁而嫉賢蔽美益以爲雖西方之遠而其國俗之不
美无以異於爾州也閨中既以邃遠兮悊王又不寤懷朕情而
不發兮余焉能忍而與此終古既下一有以字發反一無而字古叶音故

合一作離遂以乖戾而見距絕其次舍 也窮石山名在張掖 [illegible] 之名也洧盤水名 保厥美以驕

傲兮日康娛以淫遊雖信美而無禮兮來違棄而改

求 驕一作敖一作傲○淫[illegible]日[illegible]尚[illegible]日[illegible]亂安也[illegible]去也 言宓妃驕傲淫遊雖美而不循禮法故棄去而改求也 覽

相觀於四極兮周流乎天余乃下望瑤臺之偃蹇兮

見有娀之佚女 佚音逸 下叶音戶 娀音嵩 偃一作揠 ○四極四方極遠之地瑤玉之美者 偃蹇 吾令

高貌有娀國名佚美也謂帝嚳之妃契母簡狄也 商頌呂氏春秋曰有娀氏有美女爲之高臺以飲食之 鴆

爲媒兮鴆告余以不好雄鳩之鳴逝兮余猶惡其

佻巧 令音零 鴆直禁反 如字 一作鴆 羽弓反 黃古作 反 惡烏路反 佻吐彫反又吐了反又音 [illegible]

巧叶苦老反○鴆運日 [illegible] 有毒可殺人以喻讒佞 [illegible] 言 [illegible] 以下 [illegible] 若其 [illegible] 不肯 [illegible] 而反 [illegible] 也

似山鵲而小短尾青黑色多聲 [illegible] 輕也巧利也又 [illegible] 命而往然其雄輕佻巧利多語言而無要實不可信用也 心

猶豫而狐疑兮欲自適而不可鳳皇既受詒兮恐高

高丘之無女閬音浪又音郎緤一作紲並音薛馬韁也一云繫也○淮南子言白水出崑崙之山閬風山上也女
神女蓋以比賢君也於此又無所遇故下章欲遊春宮求宓妃見佚女留二姚皆求賢君之意也溘吾遊此
春宮兮折瓊枝以繼佩及榮華之未落兮相下女之
可詒佩叶蒲眉反詒叶音貽○溘奄也春宮東方青帝舍也瓊枝玉樹之枝也榮華顏色也落墮也詒遺也下女謂神女
之侍女也說文瓊赤玉也游春宮折瓊枝正欲及榮華之未落而因下女以通意於神妃也吾令豐隆乘雲兮
求宓妃之所在解佩纕以結言兮吾令蹇脩以為理
宓音伏一作虙纕音襄在叶才里反纕叶音戍或曰在叶子別釋○豐隆雷師宓妃伏羲氏女溺洛水而死遂
為洛水之神纕佩帶也蹇脩伏羲氏之臣也理媒也以言辭通其意也人各以其類為媒以通詞理也蓋言
求神女之所在而令蹇脩通之然不獲故欲使之求神女之所在而令蹇脩致辭以
為理則雖以是下女之
通意為媒若蹇脩者有之也紛總總其離合兮忽緯繣其難
遷夕歸次於窮石兮朝濯髮乎洧盤繣音獲一作纆一作儃又音畫一
作遷一字一作難遷叶音先反○總總乖戾也
委也○言委眾所為乖戾以蹇脩之言而為人復眾以反之令

之以日夜飄風屯其相離兮帥雲霓而來御御叶牛據反夜或加字

說文屯陟倫反屯一作屯雲霓一作蜺一下五雞反五歷五計三反此从五从盾反御叶音迓霓析(?)之集霓雲島也山海經云丹穴之山有鳥焉其狀如雞五彩而文曰鳳鳥也飲食自歌自舞見則天下大安寧飄風回風也屯聚也霓虹也雲陰陽交會之氣也郭璞云雄曰虹謂明盛者雌曰蜺謂暗微者爾雅日日照雨則見生也御迎也

紛總總其離合兮斑陸離其上下吾令帝閽開關兮倚閶闔而望予予叶音與

一作嵺下叶音戶予叶音與。紛盛貌總總聚貌斑亂貌陸離分散貌帝謂天帝也閽閽謂主以昏閉門之稱也閶闔天門也令帝閽開門將入見帝更欲已去而閽不肯開反倚其門望予將而拒我使不得入蓋以言君而不遂之也時曖曖日將罷

兮結幽蘭而延佇世溷濁而不分兮好蔽美而嫉妬

曖音愛罷一作疲佇直呂反好呼報反妬叶丁故反。曖曖昏昧貌罷極也結幽蘭而延佇言以芳香自潔而無所適向也溷亂也時既不得入天門以見上帝求是欺蔽美而嫉妬蓋其意若曰不獨天門之下亦復如此於是去而它適也朝吾

將濟於白水兮登閬風而緤馬緤息列反忽反顧以流涕兮哀

縣圃少一作小[illegible]一作[illegible]
之蒼梧舜所葬也縣圃在崑崙之上靈[illegible]神[illegible]門鏤也文如連瑣
瑣以青畫之則日青瑣 吾令羲和弭節兮望崦嵫而勿迫路曼曼
其脩遠兮吾將上下而求索 弭[illegible]耳反崦一作奄[illegible]一作[illegible]
莫半反又莫官反一作漫[illegible]所路反○羲[illegible]主四時之官 [illegible]日饋日若[illegible]也[illegible]日所入之山
迫附近也[illegible]長也[illegible]求[illegible]賢君[illegible]令羲和按節 徐行望日所入之山且勿附近冀及日之未莫而遇賢君也
飲余馬於咸池兮揔余轡乎扶桑折若木以拂日兮
聊逍遙以相羊 [illegible]於禁反扶說文作榑[illegible]一作[illegible]一作[illegible]音同○[illegible]總
日浴處也揔結也扶桑[illegible]名日出其下[illegible]所在[illegible] 若木[illegible]西極其華光照下地[illegible]且[illegible]道[illegible]皆[illegible]也 前
望舒使先驅兮後飛廉使奔屬鸞皇為余先戒兮雷
師告余以未具 [illegible]可[illegible]反或[illegible]字則[illegible]入[illegible]一 [illegible]一作[illegible]一作我[illegible]余一作[illegible]○
[illegible]月[illegible]也[illegible] 吾令鳳鳥飛騰兮[illegible]
[illegible]

而欲壅也危死言幾死也鑿孔也枘刻木端所以入鑿者也
正謂削其枘而納之也此承上章言雖有可行而前脩乃有
以此而至於菹醢若龍逢梅
伯者然亦不敢以爲悔也 曾歔欷余鬱邑兮哀朕時之
不當攬茹蕙以掩涕兮霑余襟之浪浪 曾一作增歔許居反欷許衣反
又許叙反當平聲攬一作擥茹一作帤如呂反浪音郎○曾累
也歔欷哀泣之聲也鬱邑憂也哀時不當者自哀生不當舉賢
之時而值道隘之世也攬取也茹柔耎也[illegible]謂之襟浪浪流
貌言以賢位下而猶引取柔耎香草以自掩拭不以悲哀失仁
義之則也 跪敷衽以陳辭兮耿吾既得此中正駟玉虬以
乘鷖兮溘埃風余上征 征叶音蒸[illegible]
[illegible]反又[illegible]一作[illegible]一作[illegible]○[illegible]
有所[illegible]
也此言跪而敷衽以陳辭[illegible]
此中正之道上與天通[illegible]所[illegible]
寓以上征也繇此以下多假託之詞非實有是物與是事也 朝發軔於蒼梧兮夕余至
乎縣圃欲少留此靈瑣兮日忽忽其將暮 軔音[illegible]

能兮循繩墨而不頗儼一作嚴祗一作振差七何反一无昔字頗一作陂一作陂音

禾反○儼畏也祗敬也周周家也差過也言殷湯夏禹周之文王受命之君皆畏天敬賢論道德無有過差又舉賢才授

法度而無偏頗故能獲神人之助子孫蒙其福祐如下章也 皇天無私阿兮覽民德焉

錯輔夫維聖哲以茂行兮苟得用此下土錯七故反一作措以行下之

孟反○竊愛為私所私為阿錯置也輔佐也言皇天神明無所私阿觀民之德有聖賢者則置其輔助之力也

而立以為君也茂盛也苟誠也下土謂天下也言聖哲之人有甚盛之行故能有此下土而用之也 瞻前

而顧後兮相觀民之計極夫孰非義而可用兮孰非

善而可服相息亮反服叶蒲北反○瞻臨視也顧還視也相觀皆視也計謀也極窮也服事也言瞻前顧後

觀民之成敗服事也言瞻前顧後觀人事之變民之計謀於是窮極而知何者之義為可用何者之善為可行也 阽余

身而危死兮覽余初其猶未悔不量鑿而正枘兮固

前脩以菹醢阽余廉反一作阽鑿字作鑿枘如銳反一作柄菹一作葅醢呼改反一作醢危死一作死危

又好射夫封狐固亂流其鮮終兮浞又貪夫厥家羿五

射食亦反倢音疾一作紀射食亦反固一作國鮮一作尠一作

夫與下浞仕角反貪一作貧家叶古胡反○羿有窮之君夏時諸侯也封

大也浞寒浞羿相也封狐大狐也羿因夏衰亂代之爲政娛樂

畋獵不恤民事信任寒浞使爲國相羿畋將歸浞使家臣逢

蒙射而殺之貪取其家以爲己妻羿以

亂得政身即滅亡故曰亂流鮮終也澆身被服強圉兮縱

欲而不忍日康娛而自忘兮厥首用夫顛隕澆五吊反又作

澆五耗反服一作被圉魚呂反欲下一有殺字縱一作從而一作以

夫一作以一無夫字顛一作顛○澆寒浞子也強圉多力也言

浞取羿妻而生澆強梁多力縱放其情不能自忍也康安也自

上而下曰顛隕墜也言澆滅斟尋夏后相妻無日作樂

忘其過惡卒爲少康所誅此二

事並見左傳襄公四年哀公五年夏桀之常違兮乃遂

焉而逢殃后辛之菹醢兮殷宗用之不長菹側魚反醢

而一作以逢殃一作遇殃也菹醢殺人以爲醢也后辛紂之

紂內醢曰藍一作爲菹醢殺梅伯也紂即紂也誅之其

殷長

以世湯禹儼而祗敬兮周論道而莫差舉賢才而授

滿也悉盛皃左傳列子天問皆云馮怒是也歷經
歷之意沅湘昔水名沅水出象郡鐔城西東注江
合洞庭中湘水出帝舜葬東入洞庭下重華舜號
也帝繫曰瞽叟生重華是爲帝舜葬於九疑山在
沅湘之南洪曰天下明德皆自虞帝始漸於君臣
之際詳矣屈原以世英能衆巳之志故矜就之而
陳詞如下文所云也 啓九辯與九歌兮夏康娛以自縱不顧
難以圖後兮五子用失乎家衖 難乃旦反衖一作巷与巷同叶手貢
反一下居作是口自此以下皆比而賦也啓禹子
也九辯九歌禹樂也言禹平治水土以有天下啓
能承先志續叙其業放九州之物皆可辯數九功
之德皆有以序而可歌也夏康啓子太康也娛樂
也縱放也面誅也五子太康昆弟五人也家衖宮
中之道所謂永巷也太康以逸豫滅厥德盤遊無
度田于洛南十旬弗反有窮后羿距之于河而五
子用此亦失其家衖言國破而家亡也事見尚書
大禹謨及五子之歌此爲追言之故所言昔舜以後事也 羿淫遊以佚畋兮

得如鮌遇禍也之汝何博謇而好脩兮紛獨有此姱節薋

菉葹以盈室兮判獨離而不服謇一作窒非是好乎親反節叶音即賁白

資反亦茨菉方王反葹商支反服叶蒲比反口趾而比也山亦女頌言也博謇謂廣情而忠直紛盛貌姱節姱

美之節也資美葹也萋之羽也葹泉耳也三物皆惡菉以比說佞盈室簡满朝也判別也言衆人皆佩此惡草汝

何獨判然誰可不与衆同也衆不可戶說兮孰云察余之中情世

並舉而好朋兮夫何煢獨而不予聽說倫苟反乾一作芄並菉

營反不字疑衍辭叶佗丁反○雖世不當也芄孤也頭原外因舉佞內被婞詈故言衆人不可戶說而說

必不魁察已之中情況世人又方並與明黨何而能哀我孰術而見听乎為下章就舜陳辭起依前

聖以節中兮喟憑心而歷茲濟沅湘以南征兮就

重華而敶詞以一作之喟丘反沅音元敶古陳字一作陳口雖而比也搖度也鼎敶也圖

體

而猶未能頓忘此世故復扶又反歸而將[illegible]
絕遠之國庶幾一遇賢君以行其道[illegible]
而蕙潔愈也脩民生各有所樂兮余獨好脩以爲常[illegible]解
吾猶未變兮豈余心之可懲樂五教反好呼報反解古買反[illegible]
一作非可一作何非是懲叶直良反○懲止也言人生各[illegible]
氣習有所好樂或邪或正或清或濁種種不同[illegible]
獨好脩潔以爲常雖以此獲罪於世至於屠[illegible]
終不懲創而悔改也自悔相道至此五章又承上[illegible]
自以死直之意而下女嬃之嬋媛兮申申其詈予
爲女嬃詈予起也
鮌婞直以亡身兮終然殀乎羽之野音須[illegible]嬋媛[illegible]
一作嬋援詈一作罵予叶音与鮌古本反与鯀同一作[illegible]
婞一作悻胡冷反又胡頂反又音脛殀一作夭並於矯反野叶
上与反○嬃音須屈原姊也嬋媛眷戀牽持之意
申申重也詈罵也曰記女嬃之詞也鮌堯臣也帝繫曰顓頊
五世而生鮌婞狠也蚤死曰殀言堯使鮌治洪水婞狠自用
不順堯命乃殛之羽山死於中野女嬃以屈原剛直太過恐亦

既不入以離尤則亦退而復脩吾初服耳製芰荷以爲衣兮集芙蓉以
爲裳不吾知其亦已兮苟余情其信芳芰奇倚反蔆古[illegible]字
一作茸○比也製裁也芰蔆也生水中葉浮水上花黃白色實綦色兩頭銳者也荷蓮葉也芙蓉蓮花
也本草云蓮其葉名荷其花未發爲菡萏已發爲[illegible]芙蓉上曰衣下曰裳言被服益潔脩善益明也此
与下章即所謂脩吾初服也高余冠之岌岌兮長余佩之陸離芳
与澤其雜糅兮唯昭質其猶未虧岌魚及反糅女救反下同比
也岌岌高皃佩玉佩也陸離美好分散之皃[illegible]謂以香物爲衣裳澤謂玉佩有潤澤也糅亦雜也[illegible]
也眀明也言獨以光明之質有退藏而無虧缺所謂道行則兼善天下不用則獨善其身也忽反顧
以遊目兮將往觀乎四荒佩繽紛其繁飾兮芳菲
菲其彌章繽匹賓反○比也荒遠也繽紛盛皃繁衆也菲菲猶勃勃芬香皃也章明也言雖已回車反服

19

死兮固前聖之所厚攘而羊反詢一作詬詬呼漏反又式作指○詬也抑按也尤過
也攘除也詬恥也言与世已不同矣則但可屈心而抑志雖或見尤於人亦當一切隱忍而不与之抗雖
所遭者或有恥辱亦當以理解遣若攘却之而不受於德益守清白而死於直道尚足為前聖之所厚如
比干諫死而武王封其墓孔子稱其仁也自怨親蓋以下至此五章一意為下章回車復路起也悔
相道之不察兮延佇乎吾將反回朕車以復路兮及
行迷之未遠相息亮反佇直呂反回一作迴○比也悔追恨也察明審也延引頸也佇跂立
也迴旋轉也蚤惑誤也言況至於此矣乃寂道根前因炽道沒蝕表能明密而輶犯世患遂引頜跂立而
以旋轉吾來以順於世來路之患幾施得政小惑設來遠之時覺悟而逐的也步余馬於蘭
皐兮馳椒丘且焉止息進不入以離尤兮退將復修
吾初服步也度反難力智反一無復字服叶蒲比反○以也坐徐行也澤與妤皂其中有蘭故曰
椒皐也上有椒蕨同取在徐步勁去而遂也息然依椒蘭不忘芳香以自清潔所謂回朕車以復路也遠

競周容以爲度偭丏面錯七故反追古隨字○此也偭背也然所運以爲圓之進也以所擬以爲方之器今偭背也故以爲直背今墨斗繩墨是也出曲大也追循也錯置也言背規矩取爭他周合也法度也言以合繩墨自以當道曲以究曰他娼鄉而設錯者及衆而棄循合繩墨者以常道也洪枉道時從以苟合法度以正也曲者

忳鬱邑余侘傺兮吾獨窮困乎此時也寧溘

以流亡兮余不忍爲此態也忳徒渾反邑一作悒扐敎加救反傺丑二反以一作○敎界二反無二出字溘苦答反又苦合反志免以侘而敎叶二反士宜反○二出溘苦也言悒鬱憂貌侘傺失志貌也立也傺住也溘奄也奄忽也寧溘然而死不忍爲此人邪淫之態也

鷙鳥之不群兮自前世而固然何方圜之能周兮夫孰異道而

相安鷙音至鷙鳥鷙執也謂能執伏衆鳥鷹鸇之類也以比忠正之士不與衆鳥同群也圜一作圓叶一先反言鷙鳥不群衆鳥故方圜不能相合以其志常特異不與衆相合也執鷙不群則群言合也亂異道者亦猶遠也

屈心而抑志兮忍尤而攘詬伏淸白以直

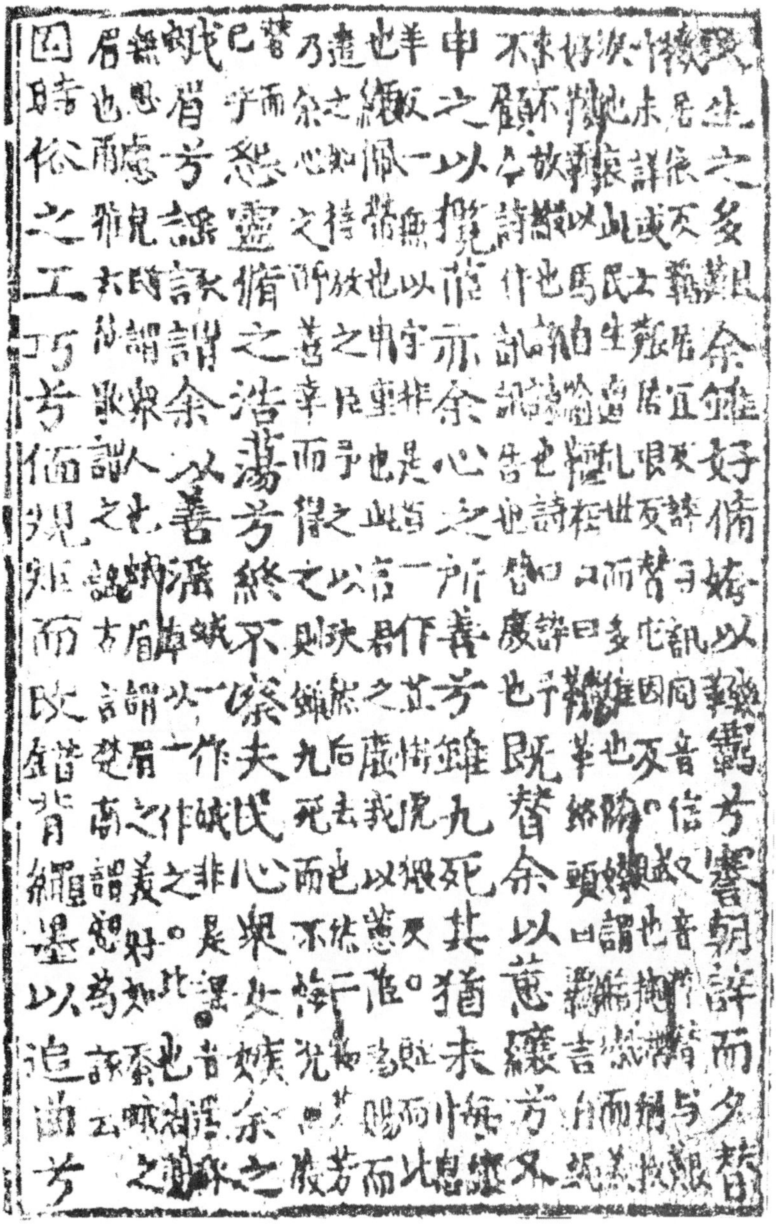

多艱余雖好脩姱以鞿羈兮謇朝誶而夕替既替余以蕙纕兮又申之以攬茝亦余心之所善兮雖九死其猶未悔怨靈脩之浩蕩兮終不察夫民心衆女嫉余之蛾眉兮謠諑謂余以善淫固時俗之工巧兮偭規矩而改錯背繩墨以追曲兮

將至兮恐脩名之不立脩音修[illegible]脩名[illegible]長也或曰脩潔之稱

名也朝飲木蘭之墜露兮夕餐秋菊之落英苟余情其

信姱以練要兮長顑頷亦何傷[illegible]

姱苦[illegible]反[illegible]顑[illegible]反頷[illegible]反[illegible]

一[illegible]魚[illegible]要[illegible]約[illegible]

擥以[illegible]

根以結茝兮貫薜荔之落蘂矯菌桂以紉蕙兮索胡

繩之纚纚[illegible]

[illegible]

吾法夫前脩兮非世俗之所服雖不周於今之人兮

願依彭咸之遺則[illegible]詞也[illegible]

[illegible]長太息以掩涕兮

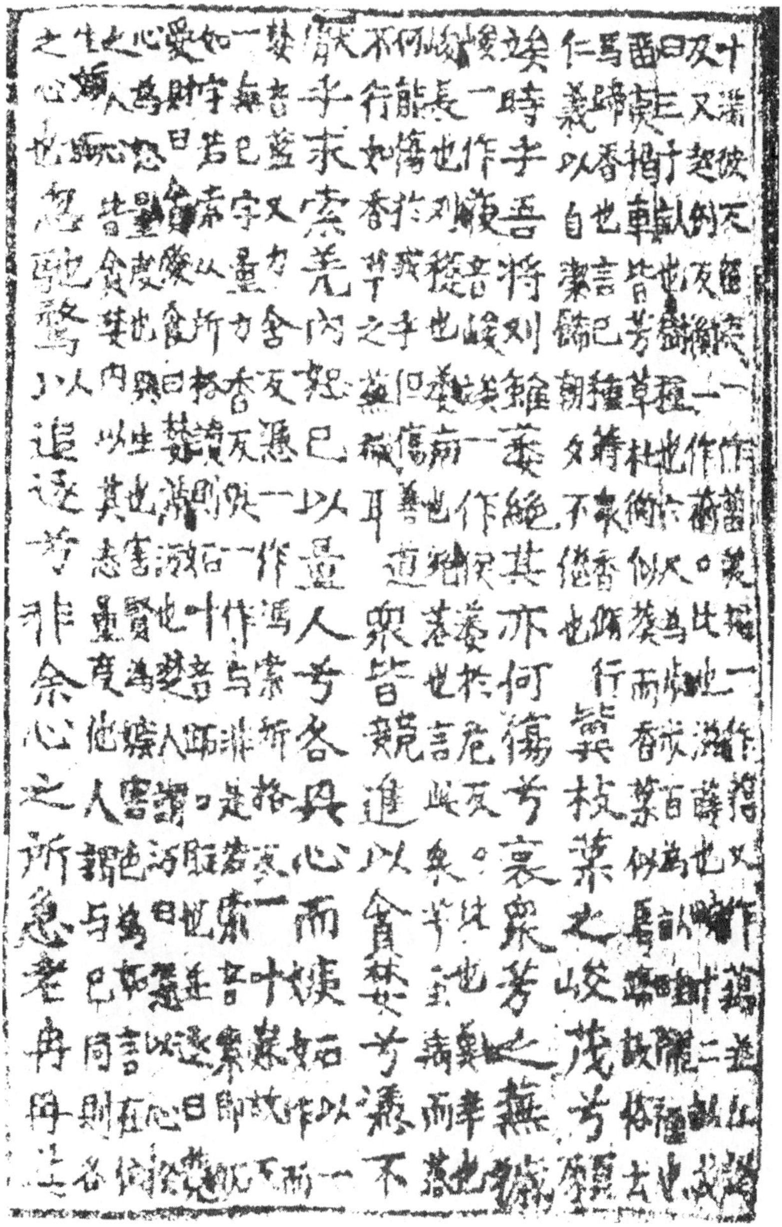

14

道而改路

初既與余成言兮後悔遁而有他

余既不難夫離別兮傷靈脩之數化

余既滋蘭之九畹兮又樹蕙之百畝

畦留夷與揭車兮雜杜衡與芳芷

曰黃昏以為期兮羌中道而改路

危也偕屬使也[illegible]宜安行於大中至正之道而當幽昧險隘之地則敗
績矣故我欲諫爭者非難身之被殃咎也但恐君國傾危以敗先王之功耳○忽奔走以先
後兮及前王之踵武荃不察余之中情兮反信讒而
齌怒忽一作曶一作急奔布頻反先悉薦反後下遘反荃七全反一音蓀一作蓀音同揆一作察中
一作忠齌从大疾脉在詣反一作齊又作齋並粗而反又一作蹴怒叶上聲○比而賦也踵足跟也武迹
也追前人六仁見其跟之迹耳言所以齊是以趨君之循鄉而木幽其前戈追其後以指道之者狹共有
以躡先王之遺迹也荃与蓀同陶隱居云東間溪側有名溪蓀者根形色極似石上菖蒲而葉無脊蓋
亦香草故時人以為彼此相謂之通稱此又借以寓意於君也齌炊餔疾也余固知謇謇
之為患兮忍而不能舍也指九天以為正兮夫唯靈
脩之故也謇居輦反忍上有一余字一無而字舍户衣反什尸預及或音捨非是一無二字也害
○挃而比也謇謇難於言也蓋詞適諫己所雖言而君亦然所故其言之出有不為者如鬱吃然也含止

粹兮固衆芳之所在雜申椒與菌桂兮豈維紉夫蕙

茝 [illegible]

彼堯舜之耿介兮遵道而得路何桀紂之昌被兮 [illegible]

夫唯捷徑以窘步 [illegible]

惟黨人之偷樂兮 [illegible]

路幽昧以險隘豈余身之憚殃兮恐皇輿之敗績兮 [illegible]

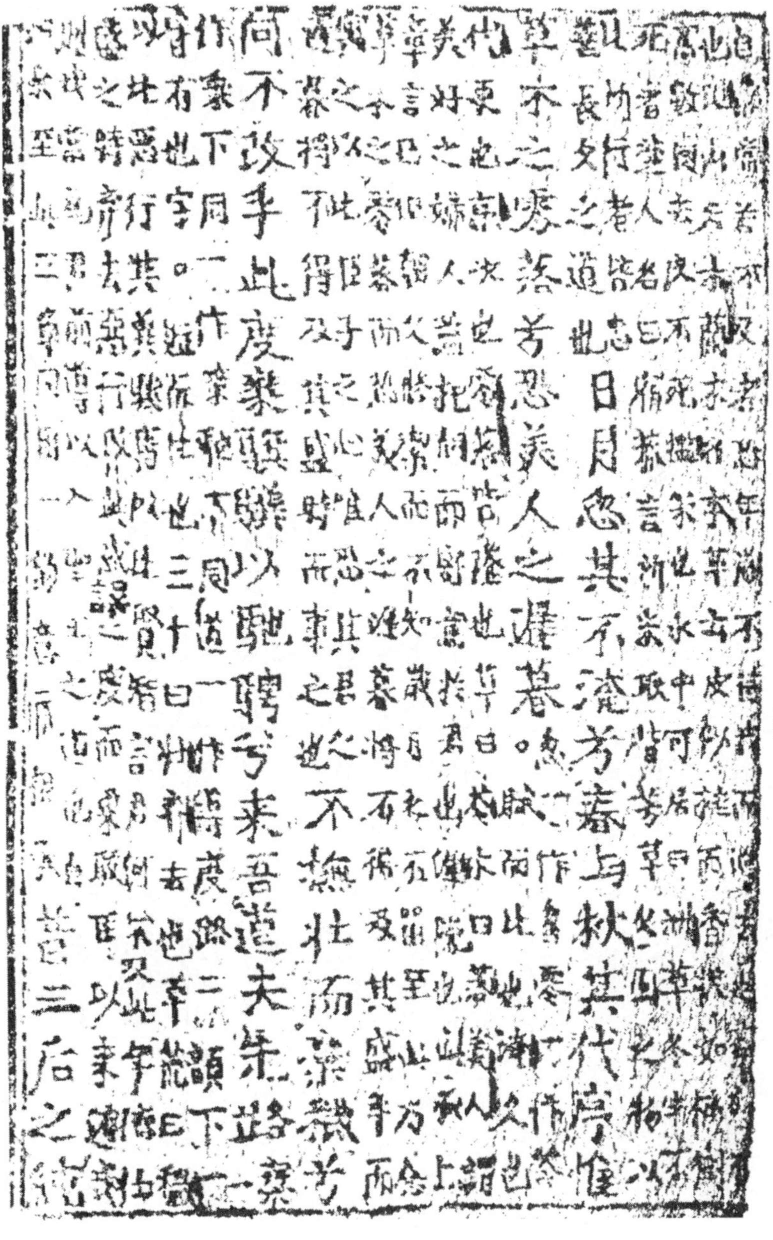
日月忽其不淹兮春與秋其代序
草木之零落兮恐美人之遲暮
何不改乎此度
乘騏驥以馳騁兮來吾道夫先路

10

[illegible]

吾既有此內美兮又重之以脩能扈江離與辟芷兮

[illegible]

紉秋蘭以為佩

[illegible]

汨余若將不及兮恐年歲之不吾與朝搴

阰之木蘭兮夕攬洲之宿莽

[illegible]

帝高陽之苗裔兮朕皇考曰伯庸攝提貞于孟陬兮 [illegible]

惟庚寅吾以降 [illegible]

皇覽揆予初度兮肇錫予以嘉名名余曰正則兮 [illegible]

字余曰靈均 [illegible]

之滋垢皭然涅而不滓推此志也雖与日月爭

光可也宋景文公曰離騷爲詞賦之祖後人爲

之如至方不能加矩至圓不能過規矣 [illegible]

[illegible]

上述唐虞三后之制下序桀紂羿澆之敗冀
覺悟反於正道而還已也是時秦使張儀譎詐
懷王令絶齊交又誘与俱會武關屈諫懷王勿
行不聽而往遂為所脅与之俱歸拘留不遣卒
客死於秦而襄王立復用讒言遷屈原於江南
屈原復作九歌天問九章遠遊卜居漁父等篇
冀伸己志以悟君心而終不見省不忍見其宗
國將遂危亡遂赴汨羅之淵自沈而死汨書見。長沙緊縣
西北去縣三十里名為屈潭屈原自沈處今屬潭州寧鄉淮南王安曰國風好色而
不淫小雅怨誹而不亂若離騷者可謂兼之矣
又曰蟬蛻於濁穢之中以浮游塵埃之外不獲世

楚辭卷第一

離騷經第一　　　　　　　　　　朱子集註

離騷一

離騷經者屈原之所作也屈原名平與楚同姓仕於懷王為三閭大夫三閭之職掌王三族姓曰昭屈景戰國策楚有昭奚恤元和姓纂云楚武王子瑕食采於屈因氏焉屈重屈蕩屈建屈平並其後又云景氏有景差至漢皆徙關中○屈原序其譜屬率其賢良以厲國士入則與王圖議政事決定嫌疑出則監察群下應對諸侯謀行職脩王甚珍之同列上官大夫及用事臣靳尚妬害其能共譖毀之王疏屈原屈原被讒憂心煩亂不知所愬乃作離騷班孟堅曰離猶遭也顏師古曰擾動曰騷[illegible]經蓋後世之士祖述其詞尊而名之耳非屈子之本[illegible]

章句與近世洪興祖補注並行於世其於訓詁名物
之間則以詳矣顧王書之所取舍與其題號離合之
間多可議者而洪皆不能有所是正至其大義則又
皆未嘗沉潛反復嗟嘆詠歌以尋其文詞指意之所
出而遽欲取喻立說旁引曲證以強附於其事之已
然是以或迂滯而遠於性情或以迫切而害於義理
使原之所為壹鬱而不得伸於當年者又晦昧而不
見白於後世予於是益有感焉疾病呻吟之暇聊據
舊篇粗加隱括定為集注八卷庶幾讀者得以見古人於
千載之上而死者可作又足以知千載之下有知我者
不恨於來者之不聞也嗚呼悕矣是豈易與俗人言哉

發而不可以爲訓然皆生於繾綣惻怛不能自已之
至意雖其不知學於北方以求周公仲尼之道而獨
馳騁於變風變雅之末流以故醇儒莊士或羞稱之
然使世之放臣屛子怨妻去婦抆淚謳唫於下而所
天者幸而聽之則於彼此之間天性民彝之善豈不
足以交有所發而增夫三綱五典之重此予之所以
每有味於其言而不敢直以詞人之賦視之也然自
原著此詞至漢未久而說者已失其趣如大[illegible]
未能免而劉安班固賈逵之書世[illegible]不傳[illegible]
爲訓解者尚五六家又有僧道騫者能[illegible]
今亦漫不復存無以考其說[illegible]

八卷
續離騷惜誓第十一
續離騷弔屈原第十二
續離騷服賦第十三
續離騷哀時命第十四 莊忌
續離騷招隱士第十五 淮南小山
以上續離騷凡八題十六篇今定爲三卷
右楚辭集註八卷今所校定其第錄如上蓋自屈原
賦離騷而南國宗之名章繼作通號楚辭大抵皆祖
原意而離騷深遠矣竊嘗論之原之爲人其志行雖
或過於中庸而不可以爲法然皆出於忠君愛國之
誠心原之爲書其辭旨雖或流於跌宕怪神怨懟激

楚辭集注 一

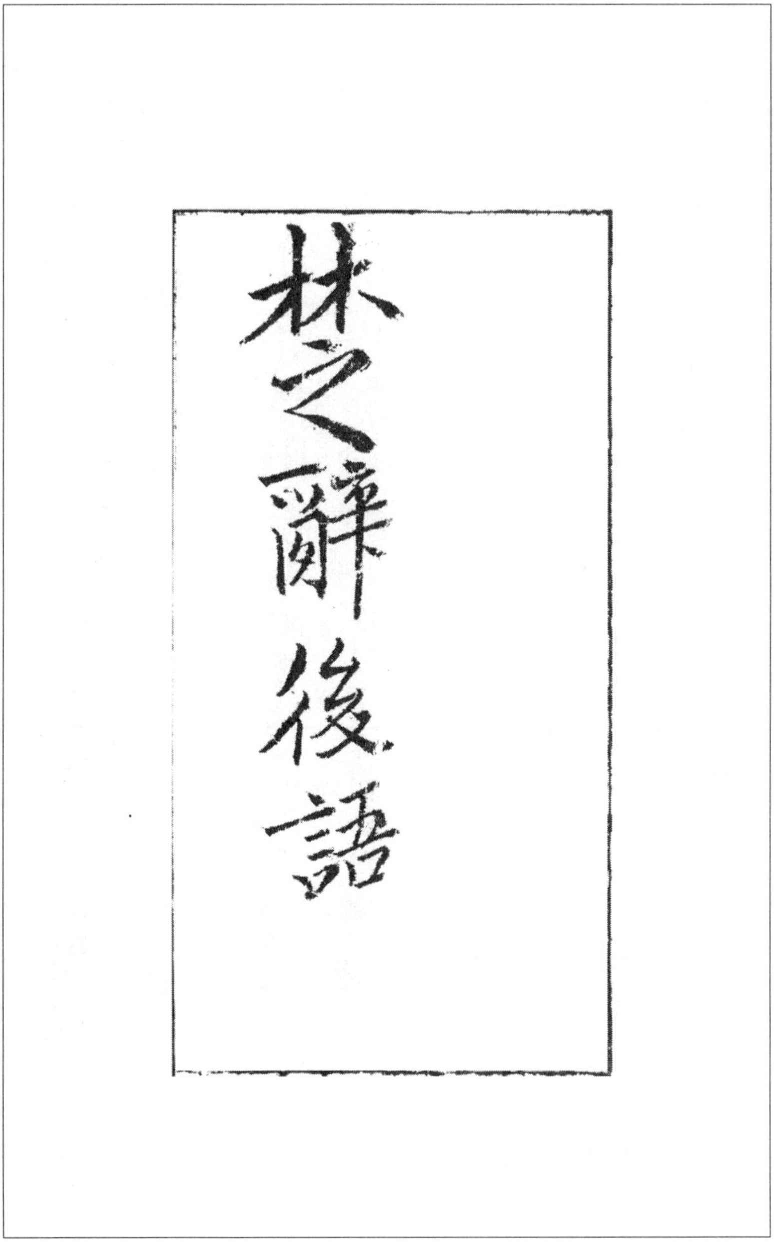
楚辭後語

210

歲戊辰季春初旬大雹穫麥屋瓦損人畜亦

死

自六月淫雨多傷小民家頹壓者多矣死

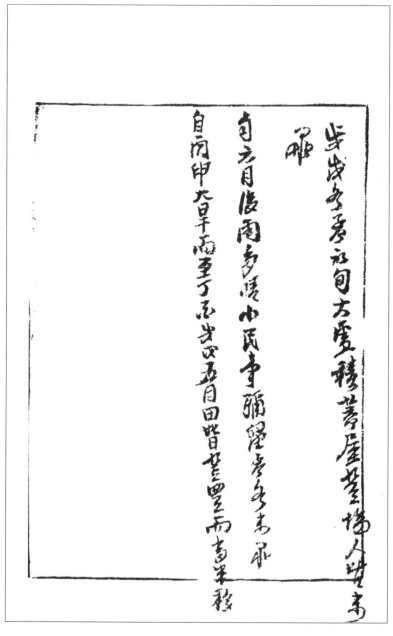

自丙申大旱不雨至丁酉歲四五月田皆焦裂而苗禾稼

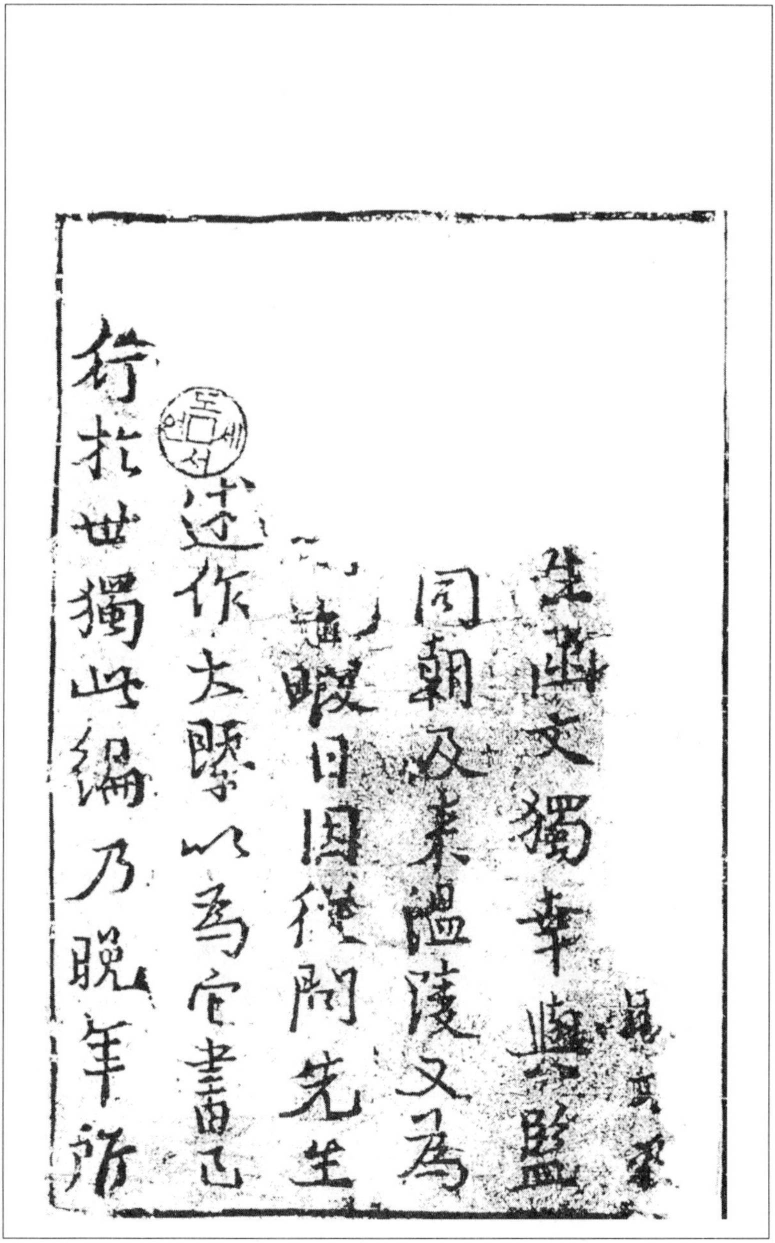
生[illegible]文獨幸與[illegible]監
同朝及素溫陵文爲
[illegible]暇日因從附先生
述作大學以爲定書已
行於世獨此編乃晩年所

208

楚辭後語者我
小先生之所作也其
本意先生自序之
而其論定此書之時
論著之詳略則又已見
季子通學書

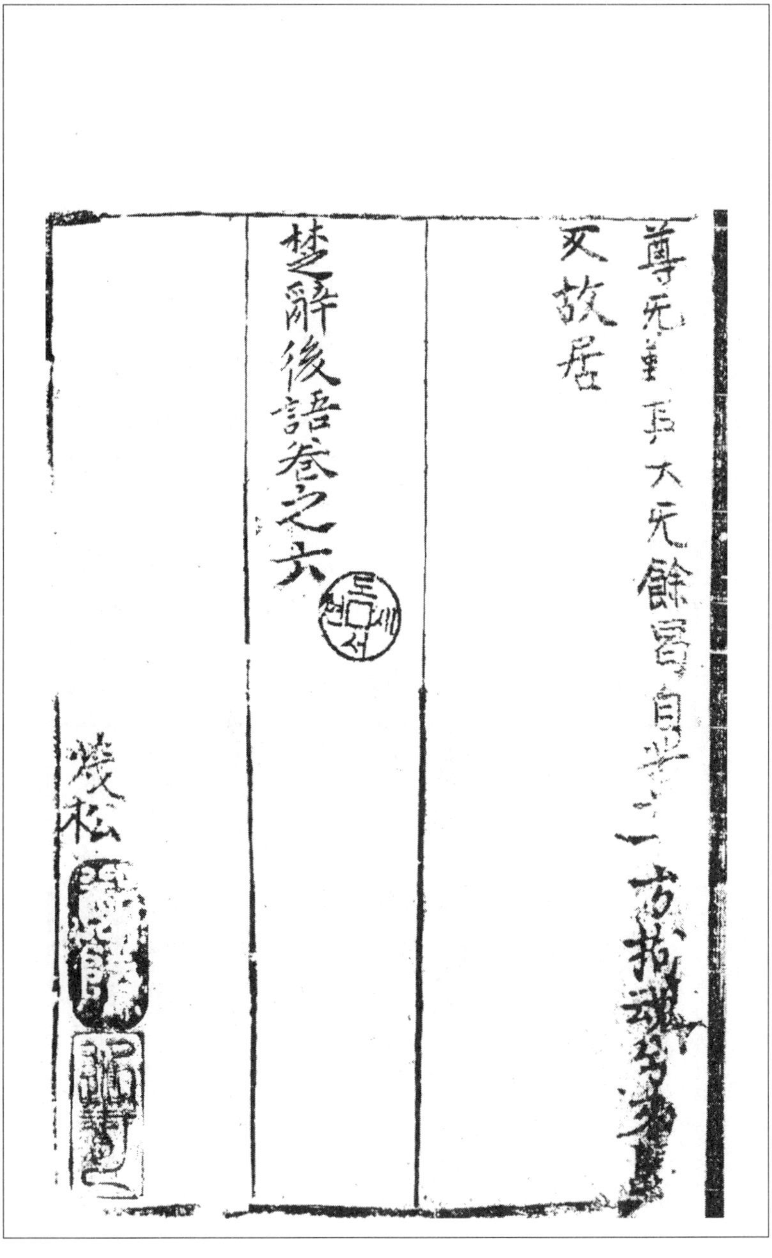
楚辭後語卷之六

行兮以時會沉濁下流兮茁土苴圓哉成形兮
不知化魄兮來尋反故居盍歸休兮復吾初範
博厚以爲宮兮戴高明以爲廬植大中以爲常
產兮蘊至和以爲廚動震雷以鼓昕兮守艮山
以止陽隶離明以爲燭兮御巽風以行車兮守吾
坎以御侮兮閑吾兌以進[illegible]惟所用
兮何物之不儲四方上下惟所之兮何適而非
塗雖倫物以致用兮廓吾府而當虛從[illegible]
終日兮燕吾居而晏如佳言

萬物擇蕩兮
兮來歸魂無南當
章煥發兮不可織奎逢後
歸魂無西日入昧谷兮草
雖有時志意彫謝兮與物衰
丸幽都闇黮兮深蔽塞歸根獨
靜默有心獨藏兮吝為德魂乎來歸魂
無上清陵朝徹兮文惚恍絕類離羣兮入無象
然高舉兮極躋亢魂兮來歸魂毋下素位安

心復常性之微意非特爲詞賦之流也故
附張子之言以爲是書之卒章使游藝者
知有所歸宿焉
上帝若曰哀我人斯資道之微芒天之彝神明
精粹降爾德兮予無汝欺視聽食息皆有則兮
予何敢私顧弱喪以流徙返故居兮謬迷圈豚
放馳散無適歸蟻慕羊羶聚附弗離予哀若時
魂莫予追乃命巫陽爲予招之陽拜稽首敢不
祗承上帝之耿命遂[illegible]以辭辭曰[illegible]

鞠歌[illegible]兮遂余[illegible]之不[illegible]耽耽[illegible]
日孜孜焉繼余乎厥脩并行惻兮王收[illegible]貫[illegible]
售兮阻德音其幽幽述空文以見志兮庶感通
乎來古搴昔爲之純英兮又申申其以告哉弗
躍兮麾弗前千五百年兮寒哉闊焉謂天實爲
兮則吾豈敢嗟審巳焱乾乾

擬招第五十二

擬招者京兆藍田呂大臨之所作也大臨
受學程張之門其爲此詞蓋以寫夫求[illegible]

夫子蚤從范文正公受中庸之書中歲出
入於老佛諸家之說左右采獲十有餘年
旣自以爲得之矣晚見二程夫子於京師
聞其論說而有警焉於是盡棄異學醇如
也嘗見
神宗顧問治道之要卽以漸復三代爲對
退與宰指議不合因謝病歸著訂頑正蒙
等書數萬言閒閱古樂府詞病其語卑乃
更作七以自礼并以寄二程云

情長歌激烈兮涕泣交零稹言思子兮傷[illegible]
怦
秋風浩蕩兮天宇高羣山逶迤兮溪谷寂寥登
高望遠兮不自聊驚言適野兮誰與遊遨空原
無人兮四顧蕭條猿狖與伍兮麋鹿爲曹浮雲
千里兮歸路遠遙[illegible]言思子兮使我心勞

鞠歌第五十一

鞠歌者横渠張夫子之所作也自孟子没
而聖學不得其傳至是蓋千有五百年矣

語同時之士號稱前輩各好古學者皆莫
能及使天壽之則其所就豈可量哉
秋風夕起兮白露爲霜草木憔悴兮竊獨悲此
殷勤明月皎皎兮照空房晝日苦短兮夜未央
有美一人兮天一方欲往從之兮路渺茫登山
無車兮涉水無航顧言思子兮使我心傷
秋風淅淅兮雲冥冥鵾梟晝號兮蟋蟀夜鳴歲
月徂邁兮忽如流星少壯幾時兮老冉冉其相
仍長轉反側兮從夜達明悵獨歎比兮

199

瀑垂天兮雷霆在下雲月爲晝兮屋底冥
意山川兮不可繪畫寂寥無朋兮去道如咫樴
幽坎兮可謝歸來兮逍遙增膠兮不聊此暇萃
疑有誤字

秋風三疊第五十

秋風三疊者原武邢居實之所作也居實
恕子自少有逸才大爲蘇黃諸公所稱許
而不幸蚤死其爲此時年未弱冠然味其
言神會天出如不經意而無一字作今人

姑死而猶不免於水火故其詞極悲哀而
不暇於爲作乃爲賢於它語云
毀璧兮隕珠執手者兮問遇愛憎兮萬世一軌
居物之遠兮罔常以好爲禍蓋桃茢兮飯汝有
席兮不嬪汝坐歸來兮逍遙采芝之英兮衡餓淑
善兮清明陽春兮玉冰畸於世兮天脫其纓愛
胥人兮生冥冥棄汝陽侯兮遇汝曾不如生未
可以云兮殆其雛嬰罷離羽翼兮故巢傾歸來
兮逍遙兮江浪波何時平山涔涔兮[illegible]

至陽赫赫發自坤兮至陰肅肅躋於乾
反照珠在淵兮沃之不滅又不燔兮長虹流電
光燭天兮嗟此區區何與於其間兮譬之膏油
火之所傳而已耶

毀璧第四十九

毀璧者豫章黃太史庭堅之所作也庭堅
以能詩致大名而尤以楚辭自喜然以其
有意於奇也泰甚故論者以爲不詩若也
獨此篇爲其女弟而作蓋歸而失愛於其

唯此賦爲近於橘頌故錄其篇云
我夢羽人頎而長兮惠而告我藥之良兮喬松
千尺老不僵兮流膏入土龜蛇藏兮得而食之
壽莫量兮於此有草衆所嘗兮狀如狗蝨其莖
方兮夜炊晝曝久乃藏兮茯苓爲君此其相兮
我與發書君合符兮乃淪乃烝甘且腴兮補塡
骨髓流髮膚兮是身如雲我何居兮長生不死
道之餘兮神藥如遂生爾廬兮世人不信空自
劬兮搜抉異物出怪迂兮槁死空山固其

忠公南豐曾公鞏與公三人相繼迭起
以其文擅名當世然皆傑然自爲一代之
文於楚人之賦有未數數然者獨公自蜀
而東道出屈原祠下嘗爲之賦以詆揚雄
而申原志然亦不專用楚語其輯之亂乃
曰君子之道不必全兮全身遠害亦或然
兮嗟子區區獨爲其難兮雖不適中要以
爲賢兮夫我何悲子所安兮是爲有發於
原之心而其詞氣亦若有冥會者它詞則

□偃蹇兮獻秀鳥跂兮下上魚跳兮左右顧我
兮適我有斑兮伏獸感時物兮念汝遲汝歸兮
攜幼
我營兮北渚有懷兮歸女石梁兮以苔蓋綠陰
陰兮承宇仰有桂兮俯有蘭嗟女歸兮路豈難
望超然之白雲臨清流而長歎

服胡麻賦第四十八

服胡麻賦者翰林學士眉山蘇公軾之所
作也□□文明□□盛前世莫及□□易□□

其言平淡簡遠翛然有出塵之趣視其
生行事心術略無豪髮似此夫子所以
有於予改是之歎也歟聶氏錄其少作兩
賦而獨遺此蓋不可曉故今特收采而并
著其本末亦使讀者無疑於宜陵絕命之
章云
違業東郭望城西埃千嶂承宇百泉遶霤青遙
遙兮纚屬綠苑宛宛兮橫逗積李兮縞夜崇桃兮
炫晝蘭蕙兮衆植竹埍兮常茂柳蔫綿兮含姿

寄蔡氏女者王文公之所作也公以文章
節行高一世而尤以道德經濟爲己任被
遇
神宗致位宰相世方仰其有爲庶幾復見
二帝三王之盛而公乃汲汲以財利兵革
爲先務引用凶邪排擯忠直躁迫强戾使
天下之人囂然喪其樂生之心卒之羣姦
嗣虐流毒四海至於崇宣之際而禍亂極
矣公又以女妻蔡卞此其所寄之詞也然

匪吾憂之所宜

書山石辭第四十六

書山石辭者丞相荊國王文公安石之所作也公遊舒州山谷書此詞於澗石蓋非學楚言者而亦非今人之語也是以談者尚之

水泠泠而北出山靡靡以旁圍欲窮原而不得竟悵望以空歸

寄蔡氏女第四十七

神堯之郡縣兮乃家傳而自持秘生人而育卒兮列高城以相維何茲世之可久兮宜永念而遐思有三苗之逆命兮舞干羽以來之惟刑德之既修兮無遠邇而咸歸當高祖之初起兮提一旅之羸師能順天而用衆兮竟掃寇而戡隋況天子之神明兮有烈祖之前規剗弊政而還本兮如反掌之易焉苟廟堂之治得兮何下邑之能違哀予生之賤遠兮包深懷而告誰嗟此誠之不達兮惜此道而無遺獨中夜以潜歎兮

[illegible]與也哉其重者是故聞見者此 [illegible]

衆囂囂而雜亂兮感嗟老而益卑視予心之不
然兮憲行道之猶非儻中懷之自得兮終老死
其何悲昔孔門之多賢兮惟回也爲然幾超羣
情以獨去兮指聖域惟高追固簞食與瓢飲兮
寧服輕而駕肥望若人其何如兮愳吾德之纖
纖躬不田而飽食兮妻不織而豐衣擬聖賢而
比度兮何僥倖之絶希念所懷之未幾兮非[illegible]
己而陳私自祿山之始兵兮了歲周甲而未央何

楚辭後語卷第六

幽懷賦第四十五

晁氏曰幽懷賦者唐山南節度使李翱之
所作也翱從韓愈爲文章共推當時性鯁
直義論不能下人仕不得志鬱鬱無所發
面斥宰相李逢吉坐此不遇故翱自敘云
其交有相歎者感幽懷以答之昔歐陽文
忠公嘗云始余讀翱復性書曰此特中庸
之義疏耳不作可焉意翱持恭漢間好事
行義之一豪耳最後讀幽懷賦云衆囂囂
而雜處兮咸歎老以嗟卑視余心之不然
兮慮行道之猶非乃始太息至薄韓愈不
及寶感以謂不過羨二鳥之光榮歎一飽
之無時耳又云窮怪神堯以一旅取天下
而後世子孫不能以天下取河北為憂曰
嗚呼使當時君子皆易其歎老[illegible]

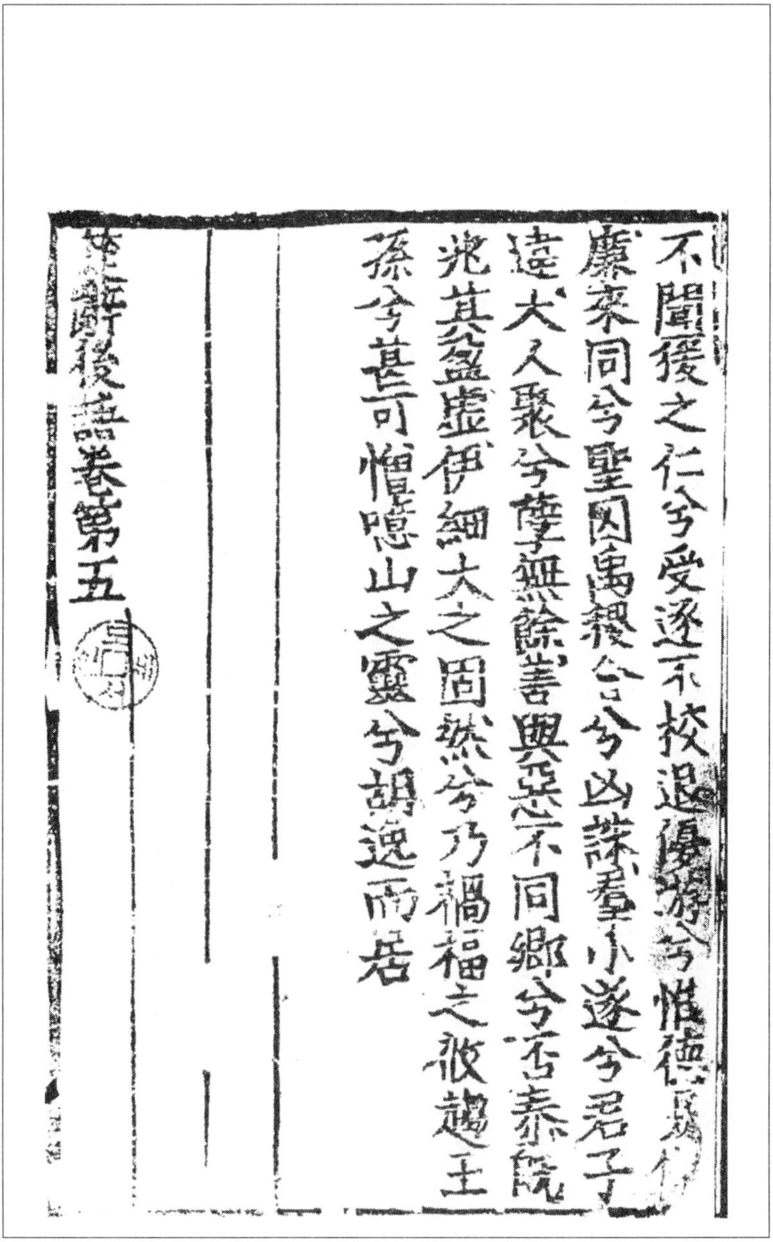
不聞猨之仁兮受逐不校退優游兮惟德是效
廉來同兮聖囚禹稷合兮凶誅羣小遂兮君子
違大人聚兮孽無餘善與惡不同鄉兮否泰既
兆其盈虛伊細大之固然兮乃禍福之攸趨王
孫兮甚可憎噫山之靈兮胡逸而居

楚辭後語卷第五

186

佞而宗元教之焉
湘水之漑漑兮其上羣山胡茲鬱而彼瘁兮善
惡異居其間惡者王孫兮善者猨環行遂植兮
止暴殘王孫兮甚可憎噫山之靈兮胡不賊旃
跳踉叫囂兮衝目宣齗外以敗物兮內以爭羣
排鬬善類兮譁駭披紛盜取民食兮私己不分
充嗛果腹兮驕傲驩欣嘉華美木兮碩而繁羣
披競齧兮枯株根毀成敗實兮更怒喧居民獸
苦兮號穹旻王孫兮甚可憎噫山之靈兮胡[illegible]

凡汝之言吾所極知汝擇而行嫉彼不爲汝之
所欲汝自可期胡不爲之而誑我爲汝唯知恥
諂貌淫詞寧辱不貴自適其宜中心已定胡妄
而祈堅汝之心密汝所持得之爲大失不汙卑
凡吾所有不敢汝施致命而昇汝慎勿疑嗚呼
天之所命不可中革泣拜欣受初悲後懌抱拙
終身以死誰惕

憎王孫文第四十四

晁氏曰憎王孫文者柳宗元之所作也離
騷以虯龍鸞鳳託君子以惡禽臭物指讒

不鷙鶩兮帀跪呈豪傑投棄不育肩贖頸蹙喙啞
賀歐大瘢而歸塡恨低首天孫司巧而窮臣若
是卒不余畀獨何酷歟敢額聖靈悔禍於臣獨
鄭付與姿媚易臣頑頹鑿臣方心規以大圓拔
去吶舌納以五言文詞婉軟步武輕便齒牙饒
美眉睫增妍笑揶揄爲世所賢公侯卿士五
屬十連彼獨何人長享終天言訖又再拜稽首
俯伏以俟至夜半不得命疲極而睡見有青裳
衣裳手持絳節而來告曰天孫苦汝汝詞至苦

何工纖攕不恤非天所假彼智焉出獨盍

恒使玷黜沓沓蹇蹇恣口所言迎知喜怒默測

憎憐摇脣一發徑中心原膠加鉗夾誓死無遷

揉心拖膽踊躍拘牽彼雖徉退胡可得類獨結

臣舌喑抑銜寃孼眦流血一一齗莫宣胡為賦授

有此詞偏眩燿為文瓊碎排偶抽黄對白哢𡁷

飛走騈四儷六鏘心繡口宮沉羽擬笙簧觸手

觀者舞悦誇談雷吼獨滿臣心使甘老醜罵辱

莽鹵樸鈍枯朽不期一時以俟悠久齊羅萬含

中心甚憎爲彼所奇忍仇佯喜悅譽還隨胡執
臣心常使不穩反人是己曾不惕疑貶名絶命
不貿所知拚嘲似徽賞著啓齒臣旁震驚役且
不恥叩稽阿諂言語譎諦令臣纏戀彼則大喜
臣若效之瞋怒叢最已彼誠大巧臣拙無比王侯
之門狂吠徍狂臣到百步喉喘顛汗睢盱逆走
魄遁神叛欣欣巧夫繞入纖誕毛毫掉尾百態
一散世途昏險擬步如漆左低右昂闖冒衝突
鬼神恐悸聖智危慄泯焉直透[illegible]至如一晨驚

獨得貝卜於二入龜將蹈石梁款天津儷于神夫
于漢之濱兩旗開張中星耀芒靈氣翕欻茲辰
之良幸而弭節薄遊民間臨臣之庭曲聽臣言
臣有大拙智所不化醫所不攻威不能遷寬不
能容乾坤之量包含海岳臣身甚微無所投足
蟻適于垤蝸休于殼龜黿螺蚌皆有所伏臣物
之靈進退唯辱彷徉爲狂局束爲諂吁吁爲詐
坦坦爲忝他人有身動必得宜周旋獲笑顚倒
逢嘻己所尊昵人或怒之變情徇勢射利抵巇

羅揷竹垂綏剖瓜犬牙且拜且祈怪而問焉女隸進曰今玆秋孟七夕天女之孫將嬪於河鼓邀而祠者幸而與之巧驅去蹇拙手目開利組紝縫製將無滯於心焉爲是禱也柳子曰苟然歟吾亦有所大拙儻可因是以求去之乃纓弁束衽促武縮氣旁趨曲折傴僂將事再拜稽首稱臣而進曰下土之臣竊聞天孫專巧于天轇轕璇璣經緯星辰能成文章黼黻帝躬以臨下民欽聖靈仰光耀之日久矣今聞天孫不樂其

匪謀慮之不長器陳辭以隕涕兮仰視天之茫
茫苟偷世之謂何兮言余心之不藏

乞巧文第四十三

晁氏曰乞巧文者柳宗元之所作也傳曰
周鼎鑄倕而使乞其指先王以見大巧之
不可爲也故子貢教抱甕者爲桔槔用力
少而見功多而抱甕者羞之夫鳴不能奠
拙莫比焉而屈原乃曰雄鳩之鳴逝兮吾
猶惡其佻巧察識傷世澆僞固哉拙以爲
巧意昔之不然者今皆然矣甚之迷柳宗
元之作雖亦閔時奔騖要歸諸亨然宗元
愧拙
矣

柳子夜歸自外庭有設祠者餈餌馨香蔬果交

知而以讒廢也故弔云

大廈之騫兮風雨摧之車亡其軸兮乘者棄之

嗚呼夫子兮不幸類之尚何爲哉昭不可留兮

道不可常畏死疾走兮狂顧傍偟燕獲爲齊兮

東海洋洋嗟夫子之專直兮不慮後而爲防胡

去規而就矩兮卒陷滯以流亡惜功美之不就

兮俾愚昧之周章豈夫子之不能兮無以惡是

之遑遑仁夫對趙之悃款兮誠不忍其故邦君

子之容與兮彌億載而愈光諒遭時之不然兮

177

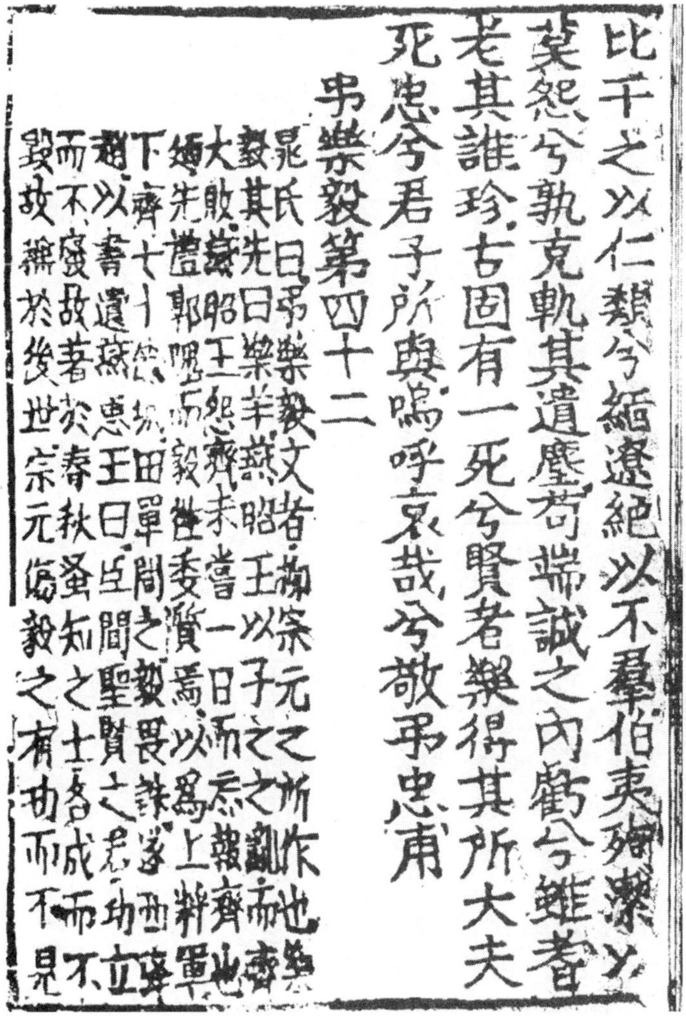

比干之以仁類兮緬遼絕以不羣伯夷殉潔兮
莫怨兮孰克軌其遺塵苟端誠之內虧兮雖耆
老其誰珍古固有一死兮賢者樂得其所大夫
死忠兮君子所與嗚呼哀哉兮敬弔忠甫

弔樂毅第四十二

晁氏曰弔樂毅文者御察元之所作也樂
毅其先曰樂羊燕昭王以子之之亂而齊
大敗燕昭王怨齊未嘗一日而忘報齊也
嫡先禮郭隗而毅毅世委質焉以爲上將軍
下齊七十餘城田單間之毅畏誅遂西奔
趙以書遺燕惠王曰臣聞聖賢之君功立
而不廢故著於春秋蚤知之士名成而不
毀故稱於後世宗元傷毅之有功而不見

176

邑于戚兮閔宗周之不完豈成城以夸功兮哀
淸瀰之將殘嫉虒子之肆誕兮彌皇覽以爲謾
姑舍道以從世兮焉用夫考古以登賢指白日
以致憤兮卒頹幽而不列戚上帝以飛精兮黜
冢廓而殄絶朅馮雲以豇愬兮終冥冥以鬱結
欲登山以號辭兮愈洋洋以超忽心迍澶其不
化兮形凝冰而自慄圖始而慮末兮非大夫之
操僭瑕委厄兮固衰世之道知不可而愈進兮
誓不偸以自好陳誠以定命兮待貞臣與爲友

姦權蒙貨兮忠勇以劉伊時云幸兮大夫之羞
嗚呼危哉河渭淸溢兮橫軀以抑萬髙岸陵兮
舉手排直壓溺之不慮兮堅剛以爲式知一死不
可撓兮明章人極夫何大夫之炳烈兮王不寤
夫讒賊卒施怏於剽狡兮悍就制乎強國私梧
之斬刈兮蓊茸欣檀盜驪折足兮罷駑焉抗騰騖
鳥之高翔兮孽孤獨而不食鷄晏忌以羣朋兮
夫孰病百而伸一挺寡以校衆兮古聖人之所
難斷嬖亂以威儆兮玆固蹈分而違咎殺身之

可志

弔萇弘文第四十一

晁氏曰弔萇弘文者柳宗元之所作也萇
弘字叔周靈王之賢臣爲劉文公之屬大
夫敬王十年劉文公與萇弘欲城成周使告
于晉魏獻子涖政說萇弘而與之合諸侯
于狄泉衛彪傒曰萇弘其不殁乎周詩有
之曰天之所壞不可支也及范中行之難
周人殺萇弘莊周云萇弘胣藏其血三年
而化爲碧蓋語其忠誠然世宗元哀弘之
以忠死
哉弔云

有周之羸兮邦國異圖臣要君則兮王易爲侯
威強逆制兮鬱命轉幽殄蠱膠盩兮肝膽化丸

歸其文章託遺編而歎喟兮渙余涕之盈眶叩
星辰而驅詭怪兮夫孰救於崩亡何揮霍雷電
兮苟爲是之荒茫耀姱辭之曭朗兮世果以是
之爲狂哀余衷之坎坎兮獨蘊憤而增傷諒先
生之不言兮後之人又何望忠誠之旣內激兮
抑銜忍而不長芊爲蛩之幾何兮胡獨焚其中
腸吾哀今之爲仕兮庸有慮時之否臧食君之
祿畏不厚兮悼得位之不昌退自服以默默兮
曰吾言之不行旣媮風之不可去兮懷先生之

以諱避兮進俞緩之不可爲何先生之凛凛兮
駕鍼石而從之仲尼之去魯兮曰吾行之遲遲
柳下惠之直道兮又焉往而可施今夫世之譏
夫子兮曰胡隱忍而懷斯惟達人之卓軌兮固
僻陋之所疑委故都以從利兮吾知先生之不
忍立而視其覆墜兮又非先生之所志窮與達
固不渝兮夫唯服道以守義矧先生之悃愊兮
滔大故而不貳沉璜瘞珮兮孰幽而不光荃蕙
蔽匿兮胡久而不芳先生之皃不可得兮猶

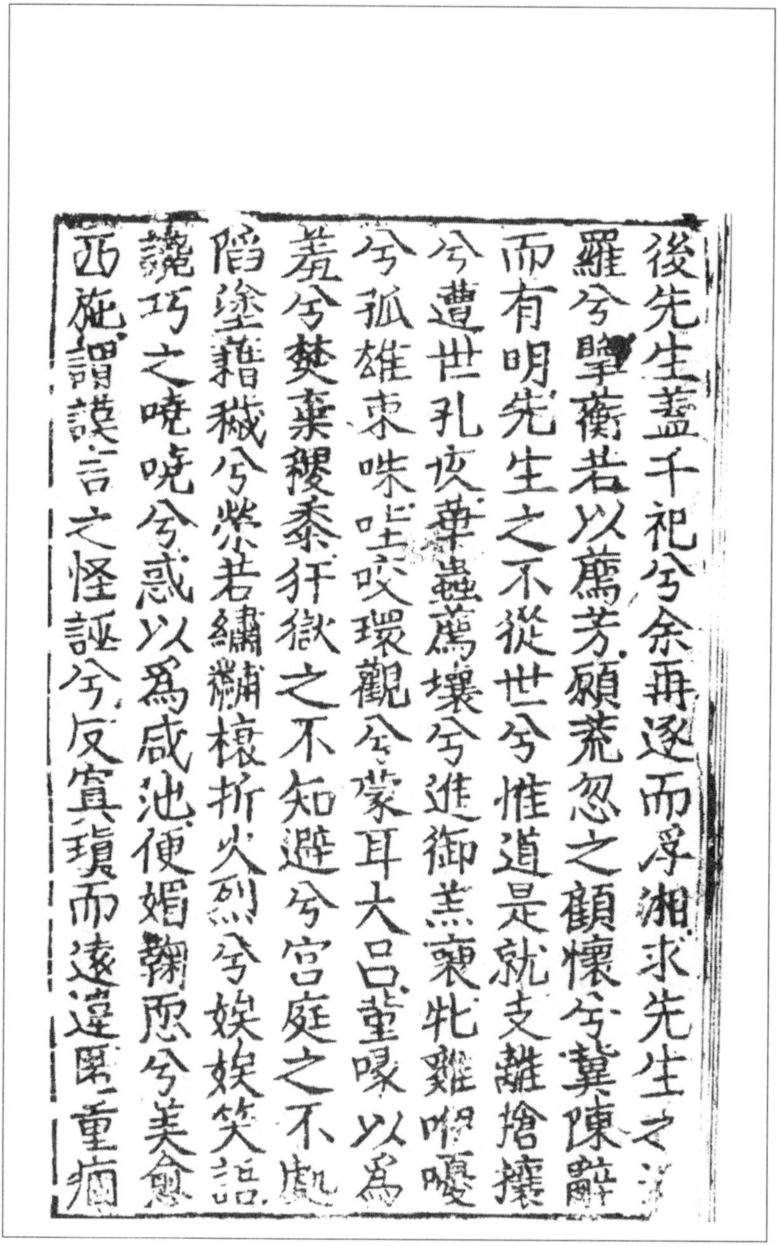
後先生蓋千祀兮余再逐而浮湘求先生之汨
羅兮擥蘅若以薦芳願荒忽之顔懷兮冀陳辭
而有明先生之不從世兮惟道是就支離搶攘
兮遭世孔疚華蟲薦壤兮進御羔裘牝雞咿嚘
兮孤雄束咮哇咬環觀兮蒙耳大呂堇喙以爲
羞兮焚棄稷黍犴獄之不知避兮宮庭之不處
陷塗藉穢兮榮若繡黼榱折火烈兮娛娭笑語
讒巧之嘵嘵兮惑以爲咸池便媚鞠恧兮美愈
西施謂謨言之怪誕兮反寘瑱而遠違匪重痼

所譽鳥獸之鳴號兮有動心而曲顧膠余哀之莫能捨兮雖判析而不悟列茲慶以往復兮極明昏而告憩

弔屈原文第四十

梟氏曰弔屈原文者擿宗元之所作也原沒賈誼過湘初爲賦以弔原至揚雄亦爲文而數反其辭自岷山投諸江以弔之誼愍原忠逢時不祥以比鸞鳳周鼎之竄棄椎則以義責原何必沉身二人者不同亦各從志也乃宗元得罪與昔人離讒去國者異太史公所謂虞卿非窮愁亦不能著書以自見於世者故補之論宗元之弔原殆匡而知悔者其辭愍矣

水汨汨以漂激魂恍恍若有亡兮滯浪浪以[illegible]
軾類曠黃之黯漠兮欲周流而無所極紛若喜
而佁儗兮心迴互以壅塞鍾鼓喤以戒旦兮陶
去幽而開籥晉蔚蒙莫復體兮孰云桎梏之不
固精神之不可再兮余無蹈夫歸路偉神居之
聖德兮謂九夷之可居惟道大而無所入兮猶
流游乎曠野老聃遁而適戎兮指湟茳以繼步
蒙莊之恢怪兮寓大鵬之遠去苟遠適之若茲
兮胡爲故國之爲墓首丘之仁類兮斯君子之

168

水陸若有蘇余以往路兮駭凝俟以回復浮雲
縱以直度兮云濟余乎西北風纚纚以驚耳兮
類行舟迅而不息洞然於以彌漫兮虹蜺羅列
而傾側橫衝飆以盪擊兮忽中斷而遂滅靈幽
漠以澌泊兮進怊悵而不得白日邈其中出兮
陰霾披離以浮繹施岳瀆以定位兮乎參差之
白黑崩騰上下以恫惶兮聊按衍而自抑指哉
都以委墜兮職鄉閭以倚直原田蕪穢兮崢嶸
榛棘喬木摧解兮垣屋不飾山嵎嵎以嵒立兮

複貽其所知許孟容書其略云立身一敗
萬事瓦裂墳墓不掃宅三易主恐一日死
墮先緒意託孟容以少北昔故作夢歸
賦初言覽故都喬木而悲中言仲尼欲居
九夷老子適戎以自釋來云首丘鳴號示
終不忘其舊當世憐之然衆畏其才高竟
廢不
復云

罹擯斥以窘束兮余惟夢之爲歸精氣注以凝
沍兮循舊鄕而顧懷夕余寐于荒陬兮心慊慊
而莫違質舒解以自恣兮息愔翳而愈微欻騰
踴而上浮兮俄滉瀁之無依圓方混而不形兮
顥醇白之霏霏上茫茫而無星辰兮下不見夫

166

蓋夫衡山余因楚越之交極兮邈離絶乎中原
壤汙潦以墳洳兮蒸沸熱而恒昏戲鳧鶴乎中
庭兮蒹葭生於堂筵雄虺蓄形於木杪兮短狐
伺景於深淵仰矜危而俯慄兮弭日夜之拳攣
慮吾生之莫保兮忝代德之元醇孰眇軀之敢
愛兮竊有繼乎古先明神之不欺余兮庶激烈
而有聞冀後害之無辜兮匪徒蓋乎曩愆

夢歸賦第三十九

晁氏曰夢歸賦者柳宗元之所作也宗元
既貶海上年[illegible]

微兮抗危辭以赴淵古固有此極憤兮矧吾生
之藐艱列往則以考己兮指斗極以自陳登高
嵒而企踵兮瞻故邦之毅韡山水浩以蔽虧兮
路蓊勃以揚氣兮空廬穨而不理兮翳立木之榛
榛塊窮老以淪放兮匪魑魅吾誰鄰仲尼之不
惑兮有垂訓之蟇言孟軻四十乃始持心兮猶
希勇乎黜賁顧余貧愚而齒滅兮宜觸禍以阽
身知從善而革非兮又何懼乎今之人寔禹績
之勤備兮曾莫理夫茲川殷周之廓大兮南土不

眇兮漭浪浪而常流膏液竭而枯居兮魄離散
而遠遊言不信而莫余白兮雖遑遑欲焉求合
喙而隱志兮幽默以待盡爲與世而舛繆兮固
離披以顚隕騏驥之棄辱兮駑駘以爲騁玄虬
蹶泥兮畏避䵷黽行不容之崢嶸兮螣蝘而
無所隱鱗介槁以積陸兮鵂鶹嘯羣而厲吻心沉
抑以不舒兮形低摧而自慰肆余目於湘流兮
望九疑之垠垠波淫溢以不返兮蒼梧鬱其壟
雲重華幽而野死兮世莫得其僞眞孟子之惜

兮雖顯寵其焉加配大中以爲偶兮諒天命之
謂何

閔生賦第三十八

晁氏曰閔生賦者柳宗元之所作也宗元
雅善蕭俛在江嶺間貽書言情云宗元與
罪人交十年官以是進辱在附會今天子
定邪正海內皆欣欣怡愉而僕與四五子
者淪陷如此豈非命歟然苦治平終以身爲
頑人之類猶有少耻未能盡忘此蓋以救
文輩爲罪人頑人謂已耻辱雖在困事當
云爾者然悔舊掾矣其曰閔吾生之險阨
兮紛喪志以逢尤蓋自以
生之不幸喪志而爲此云

閔吾生之險阨兮紛喪志以逢尤氣沈鬱以杳

162

沈淵而隕命兮詎蔽罪以塞禍惟滅身而無後
兮顧前志猶未可進路呼以劃絶兮返伏匿又
不果爲孤囚以終世兮長拘攣而轗軻曩余志
之脩蹇兮今何爲此戾也夫豈貪食而盜名兮
不混同於世也將顯身以直遂兮衆之所宜蔽
也不擇言以危肆兮固釁禍之際也御長轅之
無撓兮行九折之峩峩却驚棹以橫江兮泝淩
天之騰波幸余死之已緩兮完形軀之旣多苟
餘齒之有幾兮蹈前烈而不顧死轡衷固吾所

麃之不息淩洞庭之洋洋兮泝湘流之泫泫飄
風擊以揚波兮舟摧抑而廻邅日霾曀以昧幽
兮黝雲涌而上屯暮宵窒以淫雨兮聽嗷嗷之
哀猨飛鳥萃而啾號兮沸淵渚以違山漂遙逐
其詎止兮遊莫屬余之形魂攢藂棄以紆委兮
東洶湧之崩湍畔尺進而尋退兮盪洄汨乎淪
漣際窮冬而上居兮羈縶棼以縈纏哀吾生之
孔艱兮猶凱風之悲詩罪通天而降酷兮不亟
死而生為逾再歲之寒暑兮猶貿貿而自持將

謂炯然而不惑愚者果於自用兮惟懼夫誠之
不一不顧慮以周圖兮專茲道以爲服讒妬構
而不戒兮猶斷斷於所執哀吾黨之不淑兮遭
任遇之卒迫勢危疑而多詐兮逢天地之否隔
欲圖退而保已兮惜乖期乎曩昔欲操術以致
忠兮衆呀然而互嚇進與退吾無歸兮甘脂潤
乎鼎鑊幸皇鑒之明宥兮黜郡印而南適惟罪
大而寵厚兮宜夫重仍乎禍謫旣明懼乎天討
兮又幽慄乎鬼責惶惶乎夜寤而晝驚兮類麏

昔之異謀稚聰明爲可考兮追駿步而遐濟
誠之旣信直兮仁友藹而萃之日施陳以繫縻
兮邀堯舜與之爲師上睢盱而混茫兮下駁詭
而懷私旁羅列以交貫兮求大中之所宜曰道
有象兮而無其形推變乘時兮與志相迎不及
則殆兮過則失貞謹守而中兮與時偕行萬類
芸芸兮率由以寧剛柔弛張兮出入綸經登能
抑枉兮白黑濁清蹈乎大方兮物莫能嬰奉討
謨以植內兮欣余志之有獲再徵言信乎策書兮

學君軀

懲咎賦第三十七

鼂氏曰懲咎賦者柳宗元之所作也貞元十九年宗元爲監察御史裏行時年三十三矣王叔文韋執誼用事二人奇其才引納禁中與計議擢禮部員外郎欲大用之既而叔文敗宗元與劉禹錫等七人俱貶而宗元爲永州司馬元和十年乃徙柳州刺史以卒而宗元竄斥崎嶇蠻瘴間堙厄感鬱一寓於文爲離騷數十篇懲咎者志也其言曰苟餘齒之有懲兮蹈前烈而不頹後之君子欲成人之美者讀而悲之

懲咎

懲咎愆以本始兮孰非余心之所求處卑汙以閔世兮固前志之爲尤始余學而觀古兮怪今

君胡樂出幽險而羨平夷兮惻蹙愁苦而以衰
歸上黨易野兮以舒蹈跡厚土堅無虞兮路脈
布彌九區出無入有百貨俱周游微睨神目如
撞鐘擊鮮燕歡娛君不返兮欲誰須勝萬得聖
捐鹽魚范子去陶安陶朱呂氏行賈南面孤弘
羊公計登謀謨者臨六治九鄉居祿秩山委收
國祖賢智走諸爭下卑道遜幾傲出所趨君不
返兮論爲感滄海寶兮賈尚不可爲而又海是
圖死爲陰魄兮生爲貪夫亦獨何樂哉歸來兮

不返兮以充飢弱水蓄縮其下不極投之必沉
脊羽無力鯨鯢蜒長淫淫巍巍君不返兮卒自
賊怪石森立逕重淵高下迴還滑沱顛崩濤攫
蹴劍戈鋋君不返兮春沉巔其外大泊浮瀛淪
終古迴薄旋天根八方易位更錯陳君不返兮
亂星辰東極傾瀉流不竭泯泯超忽紛盪沃殆
而一蹶兮沸入湯谷舳艫霏解拍若木君不還
兮魂爲薄海若霾霰號風雷巨鼇頷首立山顛
徂狂雲號翻九垓君不返兮寥以摧蒼海畏兮

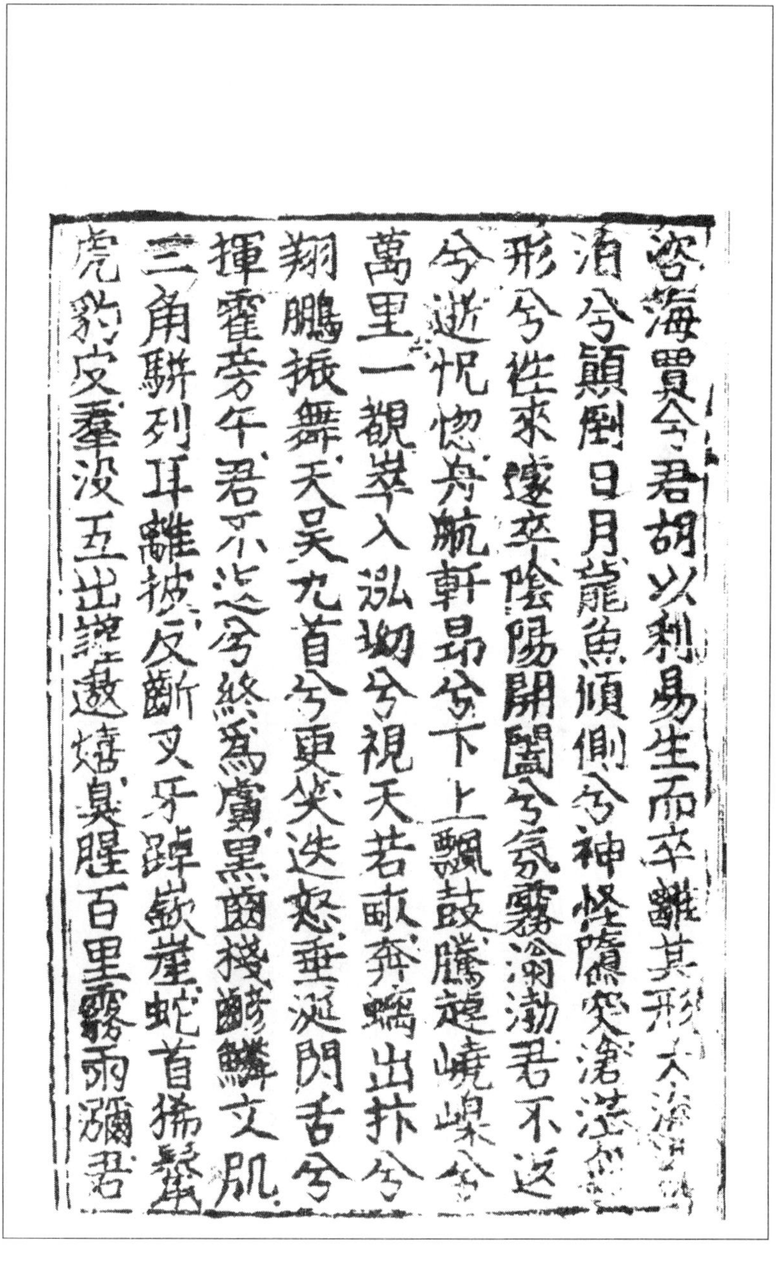

溶海貫兮君胡以刺易生而卒離其形大溶[illegible]
洎兮顛倒日月龍魚傾側兮神怪隱突滄茫兮
形兮往來變卒陰陽開闔兮氣霧滃渤君不返
兮遊怳惚舟航軒昂兮下上飄鼓騰趠嶢嵲兮
萬里一覩峷入泓坳兮視天若畝奔螭出抃兮
翔鵬振舞天吳九首兮更笑迭怒垂涎閃舌兮
揮霍旁午君不返兮終爲厲黑齒棧齴鱗文肌
三角駢列耳離披反斷叉牙踔巇崖蛇首豨鬣
虎豹皮羣没五出挫邀嬉奡腥百里霧雨瀰君

楚辭後語卷第五

招海賈文第三十六

晁氏曰招海賈文者唐柳州刺史柳宗元
之所作也昔屈原不遇於楚傍偟無所依
欲乘雲騎龍遨遊八極以從己志而不可
猶徊然念其故國至於將死精神離散四
方上下無所不往又有熊鼉虎豹蝮蛇之
害故大招其魂而復之言皆不若楚國之
樂者招海賈文雖變其義蓋取諸此也言
賈尚不可為而又浮於海大泊爾論八方
易位魚龍神怪其揭不測孰與上黨易貿
出入無虞而可樂哉上黨亦晉地宗元以
謂嘲嘔冒利遠而不復不返己欲嚮常摩
之樂而以冥世之士行險以儌幸不如居
易以俟
命云

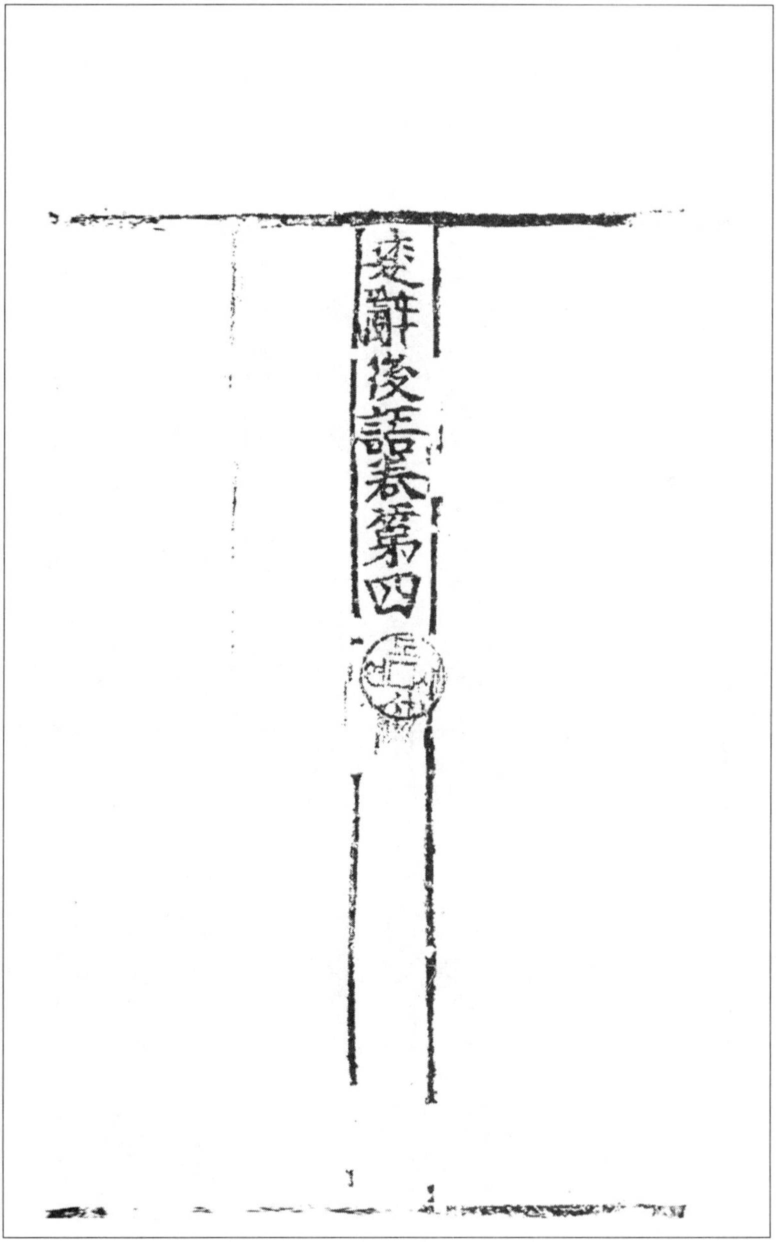
楚辭後語卷第四

目窈窈兮其凝其盲耳肅肅兮聽不聞聲朝不
日出兮夜不見月與星有知無知兮爲死爲生
嗚呼臣罪當誅兮天王聖明
　殘形擽曾子夢見一狸不見其首依
有獸維狸兮我夢得之其身孔明兮而頭不知
吉凶何爲兮覺坐而思夙宵上天兮識者其誰

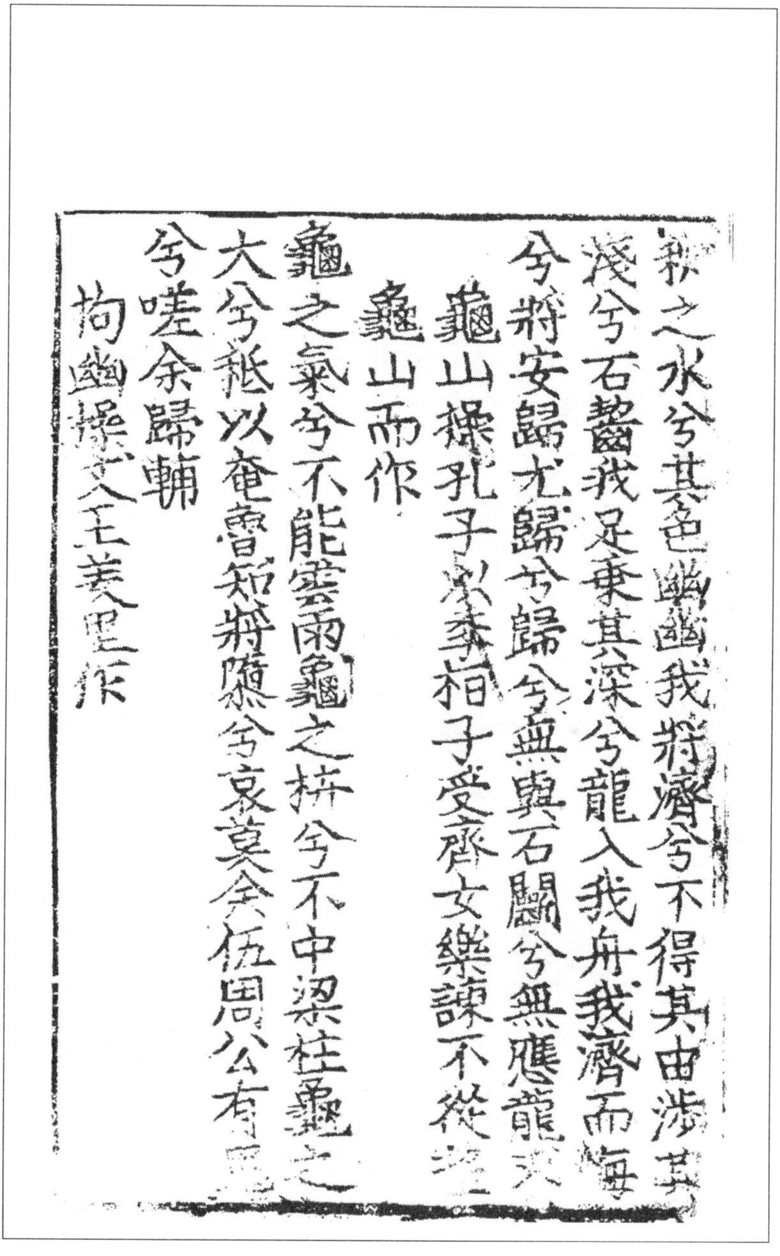
狄之水兮其色幽幽我將濟兮不得其由涉其
淺兮石齧我足乘其深兮龍入我舟我濟而悔
兮將安歸尤歸兮歸兮無與石鬬兮無應龍求
龜山操孔子以季桓子受齊女樂諫不從望
龜山而作
龜之氣兮不能雲雨龜之枿兮不中梁柱龜之
大兮祗以奄魯知將隳兮哀莫余伍周公有鬼
兮嗟余歸輔
拘幽操文王羑里作

150

[illegible]結蟠我民報事兮無怠其始自今兮歛予世
世

琴操第三十五

晁氏曰琴操者韓愈之所作也愈博學羣書奇辭奧旨如取諸室中物以其所涉博故能[illegible]而爲此也夫孔子於三百篇皆弦歌之[illegible]亦弦歌之辭也其取興幽眇怨而不言[illegible]近離騷離騷本古詩之衍者至漢而衍[illegible]故辭騷上操與詩賦同出而異名蓋衍復於約者約故去古不遠然則發之欲爲離騷者推然猶近之十操取其幽以近楚辭其刪大首者詩也

將歸操孔子之趙聞殺鳴犢作

池神且能動於靈響愈傷宗元[illegible]以
其事白唐史臣非之夫神不可知孔子廼
不語雖然此非羅池神
之文也愈弔宗元之文也
茘子丹兮蕉黃雜肴蔬兮進侯堂侯之船兮兩
旗度中流兮風泊之待侯不來兮不知我悲侯
乗駒兮入廟慰我民兮不嚬以笑鵝之山兮柳
之水桂樹團團兮白石齒齒侯朝出游兮暮來
歸春與猨吟兮秋鶴與飛北方之人兮爲侯是
非千秋萬歲兮侯無我違福我兮壽我驅厲鬼
兮山之左下無苦濕兮高無乾秔稌充羨兮蛇

嗟余去此其從誰當秦氏之敗亂得一士而可王何五百人之擾擾而不能脫夫子於劒鋩豈所寶之非賢抑天命之有常昔闕里之多士孔聖亦云其遑遑苟余行之不迷雖顚沛其何傷自古死者非一夫子至今有耿光跽陳辭而薦酒魂髣髴而來享

享羅池第三十四

晁氏曰享羅池者韓愈之所作也愈善柳宗元宗元爲柳州刺史且死語其所[illegible]與游者曰吾謫於此與若等相好也明年吾當死死而爲神若等祠我如期而[illegible]

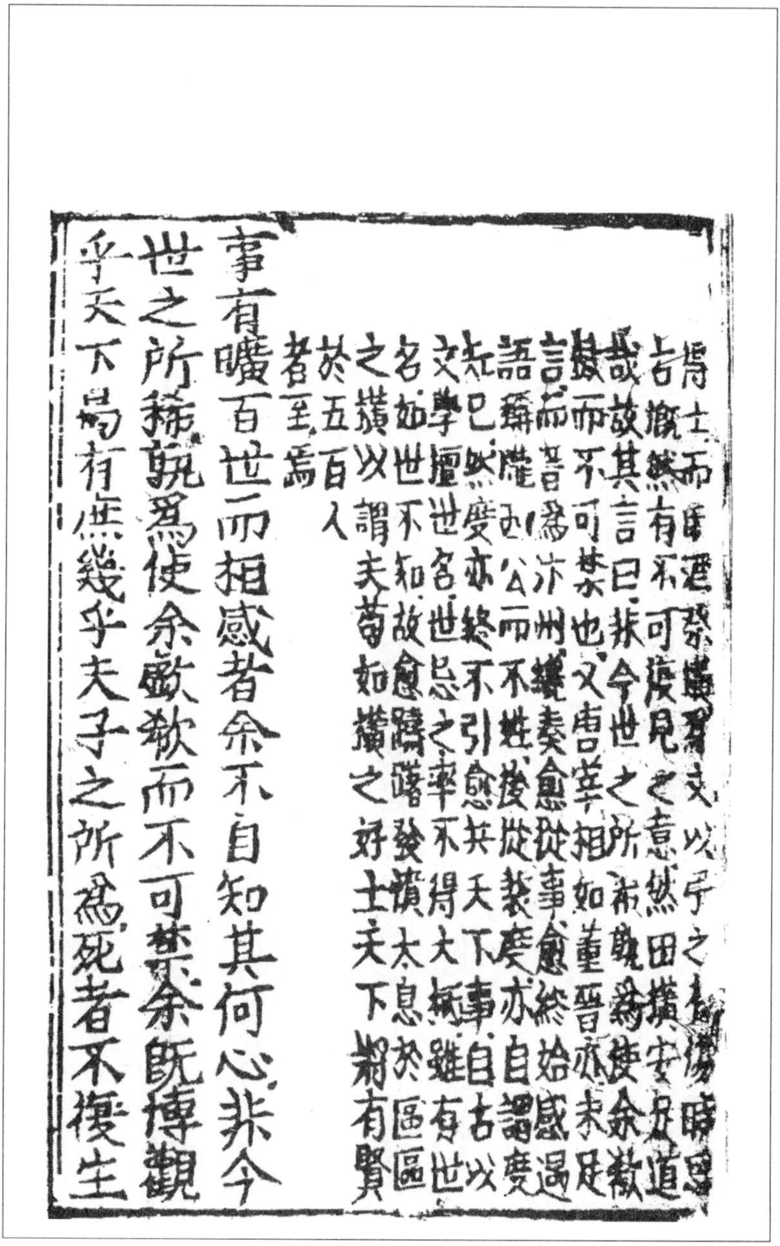

得士而屢遷桑蟲屬文以予之傷時學
古憾然有不可復見之意然田横安足道
哉故其言曰非今世之所稀孰爲使余歔
欷而不可禁也又唐韓相如董晉亦未足
言而晉爲汴州續奏愈從事愈終始感遇
語稱隴西公而不姓後從裴度亦自謂愛
知已然變亦終不引愈共天下事自古以
文學擅世名世忌之率不得大抵雖有世
名如世不知故愈躓躓發憤太息於區區
之横以謂夫苟如横之好士夫下將有賢
於五百人
者至焉
事有曠百世而相感者余不自知其何心非今
世之所稀孰爲使余歔欷而不可禁余既博觀
乎天下曷有庶幾乎夫子之所爲死者不復生

146

於爾兮豈有其他求其時兮修祀事羊甚肥兮
酒甚旨食足飽兮飲足醉風伯之怒兮誰使雲
屛屛兮吹使醨之氣將交兮吹使離之鑠之使
氣不得化寒之使雲不得施嗟爾風伯欲逃其
罪其又何辭上天孔明兮有紀有綱我今上訟
兮其罪誰當天誅加兮不可悔風伯雖死兮人
誰汝傷

弔田橫文第三十三

晁氏曰弔田橫文者韓愈之所作也愈有
大志不爲世用故行經橫[illegible]感焉[illegible]

以遷留

訟風伯第三十二

晁氏曰訟風伯者韓愈之所作也旱以論時宰澤不下流風伯以比小人實為此萬雲以障君子欲施而不可得以夫為此厭者間之也此楚辭也而近詩投畀有昊之義故繫之於此云

維茲之旱兮其誰之由我知其端兮風伯是尤山升雲兮澤上氣雷鞭車兮電搖幟雨寖寖兮將墜風伯怒兮雲不得止暘烏之仁兮念此下民閟其光兮不鬭其神嗟風伯兮其獨謂何我

144

上何高之不求紛擾擾其旣多咸喜能而嫉悠
寧安顯而獨裕顚阨窮而共愁惟知心之難得
斯百一而爲收歲癸未而遷逐侶蟲蛇於海陬
遇夫人之來使關公館而羅耆索微言於亂志
發孤笑於羣憂物何深而不鏡理何隱而不抽
始參差以異序卒爛漫而同流何此歡之不可
恃遂駕焉而廻輞山礒嗷其相軋樹蓊翳其相
驟雨滾滾其不止雲浩浩其常浮知來者之不
可以數哀去此而無由倚郭郭而俺弟空盡日

兮小人有得其時聊固守以靜俟兮誠不及古
之人兮其焉悲

別知賦第三十一

晁氏曰別知賦者韓愈之所作也愈論宮
市貶陽山之明年則歲癸未也以時揚儀之
爲湖南支使以使來愈愛儀之以謂智足
以造謀才足以立事忠足以勤上惠足以
存下又脩之以詩書六藝之學宜其從事
於是府而流聲實於天朝也以此宣州李
摶權擧賓主謂非已以爲邑長於斯而媚
夫人若比以送揚歸湖南亭考之愈自謂
知儀之故於是別爲此賦不知與閔已[illegible]
先後而復志閔已愈自道也故以先別

余取友於天下將歲行之兩周下何深之不即

異飲食乎陋巷兮亦足以頤神而保年有至聖
而爲之依歸兮又何不自得於艱難曰余昏昏
其無類兮望夫人其已遠行舟檝而不識四方
兮涉大水之漫漫勤祖先之所貽兮勉汲汲於
前脩之言雖舉足以蹈道兮哀與我者爲護衆
皆捨而已用兮忽自惑其是非下土茫茫其廣
大兮余豈不知其可懷就水草以休息兮怕春
安而既危兮拳拳其何故兮亦天命之本宜惟
否泰之相極兮感一得而一違君子有荻貧

閔己賦第三十

晁氏曰閔己賦者韓愈之所作也愈去汴州依武寧張建封辟府推官以鯁直稱後遷監察御史上疏極論宮市德宗怒貶陽山令時貞元十八年也憲宗即位始召爲國子博士猶選職方員外郎坐論柳事復爲博士愈以才高數黜官頗自傷其不遇故此賦云就水草以休息兮恒未安而既危君子有失其所兮小人有得其時蓋思古人靜俟之義以自堅其志終之於無悶云

余悲不及古之人兮伊時勢而則然獨閔閔其曷已兮憑文章以自宣昔顏氏之庶幾兮在隱約而平寬固哲人之細事兮夫子乃嗟歎其賢

140

竟歲年以康娛時乘閒以獲進兮顏垂歡而愉
愉仰盛德以安窮兮又何忠之能輸昔余之約
吾心兮誰無施而有獲嫉貪佞之溷濁兮曰吾
其旣勞而後食懲此志之不脩兮愛此言之不
可忘情怊悵以自失兮心無歸之茫茫苟不內
得其如斯兮孰與不食而高翔抱關之阨陋兮
有肆志之揚揚伊尹之樂於畎畝兮焉富貴之
能當恐誓言之不固兮斯自訟以成章往者不
可復兮冀來兮之可望

浸近而逾遠哀白日之不與吾謀兮至今十年
其猶初豈不登名於一科兮曾不補其遺餘進
旣不獲其志願兮退將遁而竄居排國門而東
出兮慨余行之舒舒時憑高以廻顧兮涕泣下
之交如悼洛師而悵望兮聊浮遊以躊躇假大
龜以視兆兮求幽貞之所廬甘潛伏以老死兮
不顯著其名譽非夫子之洵美兮吾何爲乎浚
之都小人之懷惠兮猶知獻其至愚固余異於
牛馬兮寧止乎飮水而求芻伏門下之默默兮

迹兮超孤舉而幽尋旣識路又疾驅兮孰知余
力之不任考古人之所佩兮闕時俗之所服恕
忘身之不肖兮謂靑紫其可拾自知者爲明兮
故吾之所以爲惑擇吉日余西征兮亦旣造夫
京師君之門不可遻而入兮遂從試於有司惟
名利之都府兮羌衆人之所馳競乘時而附勢
兮紛變化其難推全純愚以靖處兮將與彼而
異宜欲奔走以及事兮顧初心而自非朝騁騖
乎書林兮夕翱翔乎藝苑諒却步以圖前兮不

之撫送京師軍遥安愈徵輸[illegible]貞元
十二年也蓋愈自傷幼學既壯而弗獲思
復其志以晉知
已欲去來可云
居悒悒之無解兮獨長思而永歎豈朝食之不
飽兮寧冬裘之不完昔余之既有知兮誠坎軻
而艱難當歲行之未復兮從伯氏以南遷凌大
江之驚波兮過洞庭之漫漫至曲江而乃息兮
逾南紀之連山嗟日月其幾何兮攜孤嫠而北
旋值中原之有事兮將就食於江之南始專專
於講習兮非古訓爲無所用其心窺前脩之逸

爲氣雖淺短而意若差健云

日窅窅兮下山望佳人兮不還花落兮屋上草生兮階間日日兮春風芳菲兮欲歇老不可兮更少君胡爲兮輕別

復志賦第二十九

晁氏曰復志賦者唐文公韓愈之所作也其自叙云愈從隴西公平汴州其明年七月有負薪之疾退休于居作復志賦以寄書考之隴西公蓋董晉也漢仲舒之後自廣川徙隴西云初貞元十一年宣武李萬榮死李迺作亂鄧惟恭縛迺以歸朝廷伏誅德宗詔晉節度宣武軍始奉愈觀察推官晉受命不召兵直造汴唯[illegible]

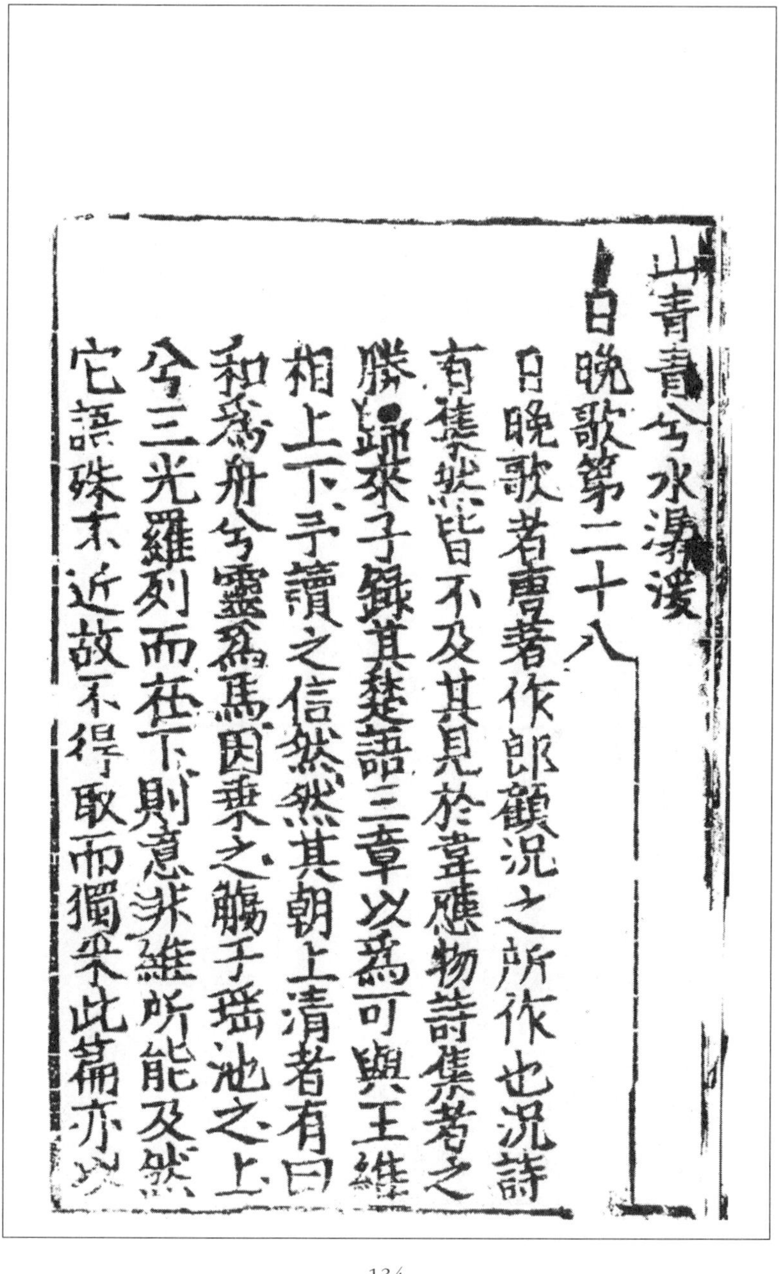

山青青兮水潺湲

日晩歌第二十八

日晩歌者唐著作郎顧況之所作也況詩有集然皆不及其見於韋應物詩集著之勝跡李子錄其楚語三章以爲可與王維相上下耳讀之信然然其朝上清者有曰和爲舟兮靈爲馬因乘之觴于瑤池之上兮三光羅列而在下則意非維所能及然它語殊不近故不得取而獨采此篇亦以

134

睨下兮紫微悵塵事兮多違駐驂馬兮雙樹望
青山兮不歸

魚山迎送神曲第二十七

魚山迎送神曲者王維之所作也

坎坎擊鼓魚山之下吹洞簫望極浦女巫進紛
屢舞陳瑤席湛清酤風凄凄兮夜雨神之來兮
不來使我心兮苦復苦紛進拜兮堂前目眷眷
兮瓊筵來不語兮意不傳作暮雨兮愁空山悲
急管思繁絃靈之駕兮儼欲旋倏雲收兮雨歇

不才兮妨賢嫌旣老兮貪祿誓解印兮相從何
詹尹兮可卜
山中人兮欲歸雲冥冥兮雨霏霏水驚波兮翠
菅蘼白鷺忽兮翻飛君不可兮褰衣山萬重兮
一雲混天地兮不分樹晻曖兮氛氳猿不見兮
空聞忽山西兮夕陽見東皐兮遠村平蕪綠兮
千里眇惆悵兮思君
望終南第二十六　　三
望終南者王維之所作也

山中人者唐尚書右丞王維之所作也維以詩名開元間遭祿山亂陷賊中不能死事平復幸不誅其人既不足言詞雖清雅亦萎弱少氣骨獨此篇與望終南迎送神爲勝云

山寂寂兮無人又蒼蒼兮多木羣龍兮滿朝君何爲兮空谷文寡和兮思深道難知兮行獨悅石上兮流泉與松間兮草屋入雲中兮養雞上山頭兮抱犢神與棗兮如瓜虎賣杏兮收穀窮

文字者亦沖澹而隱約譬古錚琴之不諧於
里耳而詞義幽眇玩之翛然若有塵外之
趣云

天曠漭兮杳泱茫氣浩浩兮色蒼蒼上何有兮
人不測積清寥兮成元極彼元極兮靈且異思
一見兮藐難致思不從兮空自傷〻怪勞兮意
煌懩思假翼兮鸞皇乘長風兮上狂揖元極兮
体深實餐至和兮永終日

山中人第二十五

130

食鳳孤飛而無鄰蝘蜓嘲龍魚目混珍嫫母衣
錦西施負薪若使巢由桎梏於軒冕兮亦奚異
乎夔龍蹩躠於風塵哭何苦而救楚笑何誇而
却秦吾誠不能學二子沽名矯節以耀世兮固
將棄天地而遺身白鷗兮飛來長與君兮相親

引極第二十四

引極者唐容管經略使元結之所作也歸
來子曰結性耿介有憂道閔俗之意天寶
之亂或仕或隱自謂與世聱牙豈其見於

搌石駭膽慄黿羣呼而相號峯崢嶸以路絕挂
星辰於巖嶅送君之歸兮動鳴臯之新作爻鼓
吹兮彈絲觴清泠之池閣君不行兮何待若返
顧之黃鶴揭梁園之羣英振大雅於東洛巾征
軒兮歷阻折尋幽居兮越巘崿盤白石兮生素
月琴松風兮寂萬籟望不見兮心氤氳羅冥冥
兮靄紛紛水橫洞以下淥波小聲而上聞虎嘯
谷而生風龍藏谿而吐雲寡鶴清唳飢鼯嚬呻
塊獨處此幽默兮愀空山而愁人難聚族以爭

嗚皐歌第二十三

嗚皐歌者唐翰林供奉李白之所作也白天才絶出尤長於詩而賦不能及魏晉獨此篇近楚辭然歸來子猶以爲白才自逸蕩故或離而去之者亦爲知言云

若有人兮思嗚皐阻積雪兮心煩勞洪河淩兢不可以徑度冰龍鱗兮難容舠邈仙山之峻極兮聞天籟之嘈嘈霜崖縞皓以合沓兮若長風扇海湧滄溟之波濤玄猿綠羆舔舕岌危咆柯

及

請息交以絶游世與我而相遺復駕言兮焉求
悅親戚之情話樂琴書以消憂農人告余以春
將有事乎西疇或命巾車或棹孤舟旣窈窕以
尋壑亦崎嶇而經丘木欣欣以向榮泉涓涓而
始流善萬物之得時感吾生之行休已矣乎寓
形宇內能復幾時曷不委心任去留胡爲遑遑
欲何之富貴非吾願帝鄕不可期懷良辰以孤
往或植杖而耘耔登東皐以舒嘯臨淸流而賦
詩聊乘化以歸盡樂夫天命復奚疑

奚惆悵而獨悲悟已往之不諫知來者之可追
實迷途其未遠覺今是而昨非舟遙遙以輕颺
風飄飄而吹衣問征夫以前路恨晨光之熹微
乃瞻衡宇載欣載奔僮僕歡迎稚子候門三徑
就荒松菊猶存攜幼入室有酒盈罇引壺觴以
自酌眄庭柯以怡顏倚南窻以寄傲審容膝之
易安園日涉以成趣門雖設而常關策扶老以
流憩時矯首而遐觀雲無心以出岫鳥倦飛而
知還景翳翳以將入撫孤松而盤桓歸去來兮

潛有高志遠識不能俯仰時俗嘗爲彭澤
令督郵行縣且至吏白當束帶見之潛歎
曰吾安能爲五斗米折腰向鄉里小兒耶
卽日解印綬去作此詞以見志後以劉裕
將移晉祚恥事二姓遂不復仕宋文帝時
特徵不至卒謚靖節徵士歐陽公言兩晉
無文章幸獨有此篇耳然其詞義夷曠蕭
散雖託楚聲而無其尤怨切蹙之病云
歸去來兮田園將蕪胡不歸旣自以心爲形役

之一平兮假高衢而騁力懼匏瓜之徒懸兮畏
井渫之莫食步棲遲以徙倚兮白日忽其將匿
風蕭瑟而並興兮天慘慘而無色獸狂顧以求
羣兮鳥相鳴而舉翼原野闃其無人兮征夫行
而未息心悽愴以感發兮意忉怛而憯惻循階
除而下降兮氣交憤於胸臆夜參半而不寐兮
悵盤桓以反側

歸去來辭第二十二

歸去來辭者晉處士陶淵明之所作也

陶牧西接昭丘華實蔽野黍稷盈疇雖信美而
非吾土兮曾何足以少留遭紛濁而遷逝兮漫
踰紀以迄今情眷眷而懷歸兮孰憂思之可任
憑軒檻以遙望兮向北風而開襟平原遠而極
目兮蔽荊山之高岑路逶迤以脩迥兮川既漾
而濟深悲舊鄉之擁隔兮涕橫墜而弗禁昔尼
父之在陳兮有歸歟之歎音鍾儀幽而楚奏兮
莊舃顯而越吟人情同於懷土兮豈窮達而異
心惟日月之逾邁兮俟河清乎其未極冀王道

楚辭後語卷第四

登樓賦第二十一

登樓賦者魏侍中王粲之所作也歸來子曰粲詩有古風登樓之作去楚詞遠又不及漢然猶過曹植潘岳陸機愁詠閑居懷舊蔑作蓋魏之賦極此矣

登茲樓以四望兮聊假日以銷憂覽斯宇之所處兮實顯敞而寡仇挾清漳之通浦兮倚曲沮之長洲背墳衍之廣陸兮臨皐隰之沃流北彌

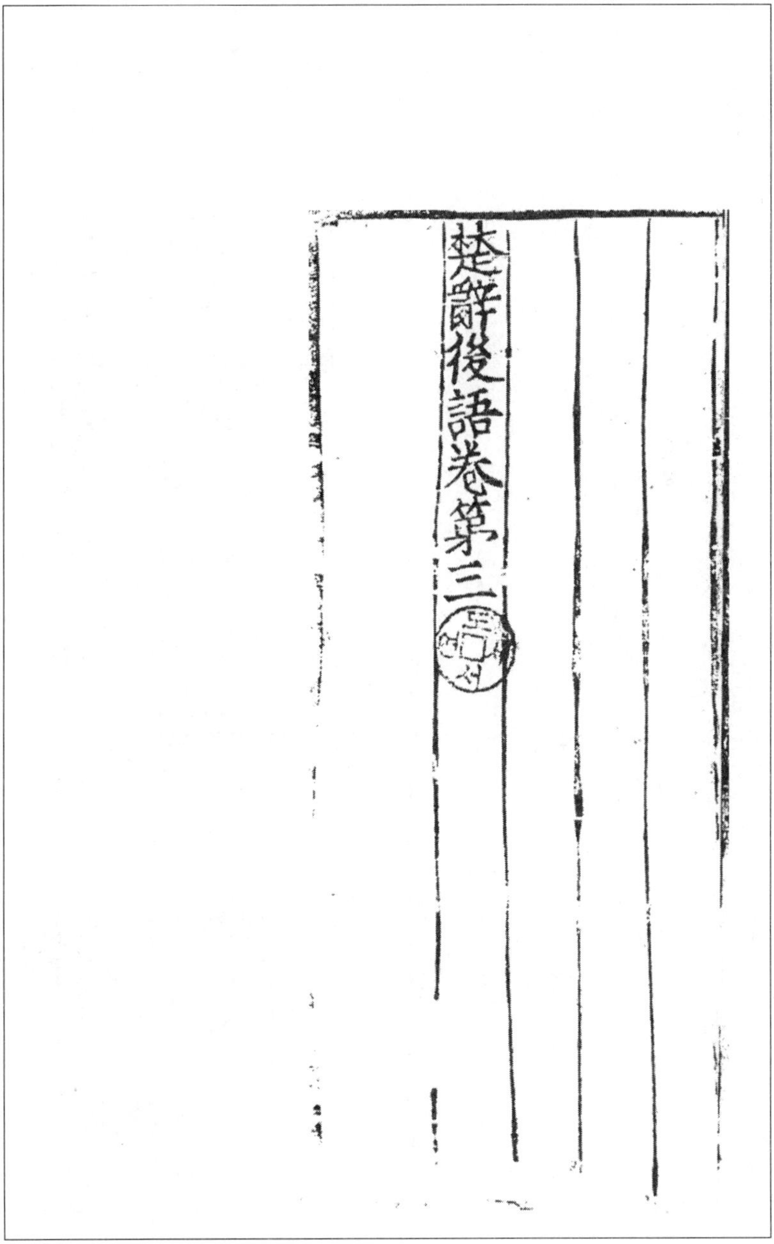
楚辭後語卷第三

120

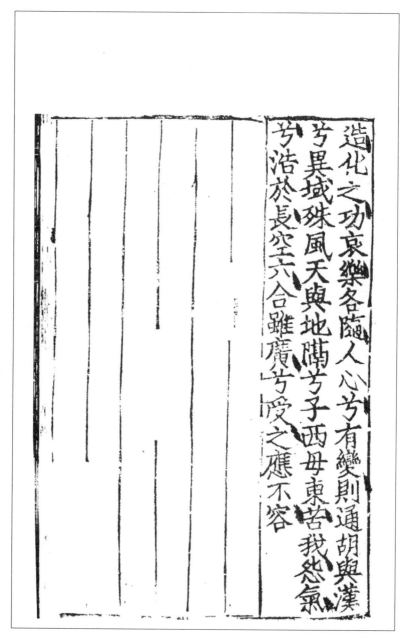

造化之功哀樂各隨人心兮有變則通胡與漢
兮異域殊風天與地隔兮子西母東苦我怨氣
兮浩於長空六合雖廣兮受之應不容

兮新怨長泣血仰頭兮訴蒼蒼胡為生我兮獨
罹此殃
十七拍兮心鼻酸關山阻脩兮行路難去時懷
土兮心無緒來時別兒兮思漫漫塞上黃蒿兮
枝枯葉乾沙場白骨兮刀痕箭瘢風霜凜凜兮
春夏寒人馬飢豗兮筋力單豈知重得兮入長
安歎息欲絕兮淚闌干
胡笳本自出胡中緣琴翻出音律同十八拍兮
曲雖終響有餘兮思無窮是知絲竹微妙兮均

兮涕淚交垂河水東流兮心是思
十五拍兮節調促氣塡胷兮誰識曲處穹廬兮
偶殊俗願得歸來兮天從欲再還漢國兮歡心
足心有懷兮愁轉深日月無私兮曾不照臨子
母分離兮意難任同天隔越兮如商參生死不
相知兮何處尋
十六拍兮思茫茫我與兒兮各一方日東月西
兮徒相望不得相隨兮空斷腸對萱草兮憂不
忘彈鳴琴兮情何傷今別子兮歸故鄉舊怨平

漢使迎我兮四牡騑騑號失聲兮誰得知與我
生死兮逢此時愁爲子兮日無光輝焉得羽翼
兮將汝歸一步一遠兮足難移魂消影絶兮恩
愛遺十有三拍兮絃急調悲肝腸攪刺兮人莫
我知
身歸國兮兒莫知隨心懸懸兮長如飢四時萬
物兮有盛衰唯我愁苦兮不暫移山高地闊兮
見汝無期更深夜闌兮夢汝來斯夢中執手兮
一喜一悲覺後痛吾心兮無休歇時十有四拍

在戎壘胡人寵我兮有二子鞠之育之兮不羞
耻閔之念之兮生長邊鄙十有一拍兮因茲起
哀響纏綿兮徹心髓
東風應律兮暖氣多知是漢家天子兮布陽和
羌胡蹈舞兮共謳歌兩國交懽兮罷兵戈忽遇
漢使兮稱近詔遣千金兮贖妾身喜得生還兮
逢聖君嗟别稚子兮會無因十有二拍兮哀樂
均去住兩情兮誰具陳
不謂殘生兮却得旋歸撫抱胡兒兮泣下沾衣

兮如白駒之過隙然不得歡樂兮當我之盛年
怨兮欲問天天蒼蒼兮上無緣舉頭仰望兮空
雲煙九拍懷情兮誰與傳
城南烽火不曾滅疆場征戰何時歇殺氣朝朝
衝塞門胡風夜夜吹邊月故鄉隔兮音塵絕哭
無聲兮氣將咽一生辛苦兮緣別離十拍悲深
兮淚成血
我非貪生而惡死不能捐身兮心有以生仍冀
得兮歸桑梓死當埋骨兮長已矣日居月諸兮

日暮風悲兮邊聲四起不知愁心兮說向誰是
原野蕭條兮烽戍萬里俗賤老弱兮少壯爲美
逐有水草兮安家葺壘牛羊滿野兮聚如蜂蟻
草盡水竭兮羊馬皆徙七拍流恨兮惡居於此
爲天有眼兮何不見我獨漂流爲神有靈兮何
事處我天南海北頭我不負天兮天何配我殊
匹我不負神兮神何殛我越荒州製茲八拍兮
擬排憂何知曲成兮心轉愁
天無涯兮地無邊我心愁兮亦復然人生倏忽

㝡苦天災國亂兮人無主唯我薄命兮沒戎虜
殊俗心異兮身難處嗜慾不同兮誰可與語尋
思涉歷兮多艱阻四拍成兮益悽楚
鴈南征兮欲寄邊聲鴈北歸兮爲得漢音鴈飛
高兮邈難尋空斷腸兮思愔愔攢眉向月兮撫
雅琴五拍泠泠兮意彌深
冰霜凜凜兮身苦寒飢對肉酪兮不能飡夜聞
隴水兮聲嗚咽朝見長城兮路杳漫追思往日
兮行李難六拍悲來兮欲罷彈

戎羯逼我兮為室家將我行兮向天涯雲山萬
重兮歸路遐疾風千里兮揚沙人多暴猛兮
如虺蛇控弦被甲兮為驕奢兩拍張弦兮弦欲
絶志摧心折兮自悲嗟
越漢國兮入胡城亡家失身兮不如無生氈裘
為裳兮骨肉震驚羯羶為味兮枉遏我情鞞鼓
喧兮從夜達明胡風浩浩兮暗塞營傷今感昔
兮三拍成銜悲畜恨兮何時平
無日無夜兮不思我鄉土禀氣含生兮莫過我

何邪琰失身胡虜不能死義固無可言然
猶能知其可耻則與揚雄反騷之意又有
間矣今錄此詞非恕琰也亦以甚雄之惡
云爾
我生之初尚無爲我生之後漢祚衰天不仁兮
降亂離地不仁兮使我逢此時干戈日尋兮道
路危民卒流亡兮共哀悲煙塵蔽野兮胡虜盛
志意乖兮義節虧對殊俗兮非我宜遭惡辱兮
當告誰笳一會兮琴一拍心憤怨兮無人知

110

還顧之兮破人情心怛絶兮死復生

胡笳第二十

胡笳者蔡琰之所作也東漢文士有意於騷者多矣不錄而獨取此者以爲雖不規規於楚語而其哀怨發中不能自已之言要爲賢於不病而呻吟者也范史乃棄不錄而獨載其悲憤二詩二詩詞意淺促非此詞比眉山蘇公已譏其妄矣蔚宗文下固有不登歸來子祖屈而宗宋不容闕此

零沙漠壅兮塵冥冥有草木兮春不榮人似禽
兮食臭腥言兜離兮狀窈停歲聿暮兮時邁征
夜悠長兮禁門扃不能寐兮起屛營登胡殿兮
臨廣庭玄雲合兮翳月星北風厲兮肅泠泠胡
笳動兮邊馬鳴孤雁歸兮聲嚶嚶樂人興兮彈
琴箏音相和兮悲且清心吐思兮胸憤盈欲舒
氣兮恐彼驚含哀咽兮涕沾頸家既迎兮當歸
寧臨長路兮捐所生兒呼母兮啼失聲我掩耳
兮不忍聽追持我兮走煢煢頓復起兮毀顏形

悲憤詩第十九

晁氏曰悲憤詩者漢中郎蔡邕女琰之所作也琰嫁爲衛仲道妻遭亂爲胡騎所獲沒於南匈奴左賢王者十二年爲生二子曹操素善邕痛其無後以金璧重賂贖之而重嫁於董祀琰自傷失節而不能忘其二子爲作此辭

嗟薄祐兮遭世患宗族殄兮門户單身執略兮入西關歷險阻兮之羌蠻山谷眇兮路曼曼眷東顧兮但悲歎冥當寢兮不能安飢當食兮不能餐常流涕兮眥不乾薄志節兮念死難雖苟活兮無形顏惟彼方兮遠陽精陰氣凝兮雪夏

逍遙

坂若

陵之欽崟共夙昔而不貳兮固終始之所服也
夕惕若厲以省諐兮懼余身之未勑也苟中情
之端直兮莫吾知而不恧墨無爲以凝志兮與
仁義乎消摇不出户而知天下兮何必歷遠以
劬勞系曰天長地久歲不留俟河之清祗懷憂
願得遠度以自娛上下無常窮六區超踰騰躍
絶世俗飄颻神舉逞所欲天不可階仙夫希柏
舟悄悄吝不飛松喬高跱孰能離結精遠遊使
心攜回志朅來從玄諆獲我所求夫何思

106

返故

欽而
修道

兮情悄悄而思歸䰟眷眷而憂顧兮馬倚輈而
徘徊雖遨遊以婾樂兮豈愁慕之可懷出閶闔
兮降天塗乘飈忽兮馳虛無雲霏霏兮繞余輪
風眇眇兮震余旟纚聯翩兮紛暗曖倏眩眃兮
反常閭收疇昔之逸豫兮卷淫放之遐心脩初
服之婆娑兮長余珮之參參文章煥以粲爛兮
美紛紜以從風御六藝之珍駕兮遊道德之平
林結典籍而爲罟兮歐儒墨而爲禽玩陰陽之
變化兮詠雅頌之徽音嘉曾氏之歸耕兮慕歷

眺

之驀驀兮獵青林之芒芒彎威弧之撥剌兮身
嶓冢之封狼觀壁壘於北落兮伐河鼓之磅硠
乘天潢之汎汎兮浮雲漢之湯湯倚招搖攝提
以低回剹流兮察二紀五緯之綢繆遹皇偃蹇
夭矯娩以連卷兮雜沓叢顇颯以方驤戫汩飂
戾沛以罔象兮爛漫麗靡藐以迭逿凌驚雷之
砊礚兮弄狂電之淫裔踰痝澒於宕冥兮貫倒
景而高厲廓盪盪其無涯兮乃今窺乎天外據
開陽而頫眡兮臨舊鄉之暗藹悲離居之勞心

遠女

乎玄冥屬箕伯以函風兮澂淟涊而爲清曳雲
旗之離離兮鳴玉鸞之嚶嚶涉清霄而升遐兮
浮蔑蒙而上征紛翼翼以徐戾兮焱回回其揚
靈叫帝閽使闢扉兮覿天皇于瓊宮聆廣樂之
九奏兮展洩洩以彤彤考理亂於律鈞兮意建
始而思終惟盤逸之無斁兮懼樂往而哀來素
撫弦而餘音兮大容吟曰念哉既防溢而靜志
兮迨我暇以翱翔出紫宮之肅肅兮集大微之
閬閬命王良掌策駟兮踰高閣之將將建罔車

罢兮

騰

天遊

風 會兮僉恭職而並迓豐隆軿其旁鏈兮列宿
爆其 照夜雲師黮以交集兮涷雨沛其灑塗轙
琱輿而樹葩兮攙應龍以服輅百神森其備從
兮屯騎羅而星布振余袂而就車兮脩劒揭以
低昂冠罢兮岌其映蓋兮佩繽纚以煇煌儀夫儼
其正策兮入乘攄而超驤氛旄溶以天旋兮蜺
旌飄而飛揚撫軨軹而還睨兮心灼藥其如湯
羨上都之赫戲兮何迷故而不忘左青琱以揵
芝兮右素威以司鉦前長離使拂羽兮委水衡

解水承夢

兮盃詠詩而清歌歌曰天地絪縕百卉含蘤鳴
鶴交頸鴛鴦相和處子懷春精魂回移如何淑
明忘我實多將荅賦而不暇兮羨整駕而亟行
瞻崑崙之巍巍兮臨縈河之洋洋伏靈龜以負
坻兮亘螮龍之飛梁登閬風之曾城兮構不延
而爲牀胥瑤粲以爲糇兮斟白水以爲漿挹巫
咸以占夢兮迺貞吉之元符滋令德於正中兮
含嘉秀以爲敷既垂穎而顧本兮爾要思乎故
居安和靜而隨時兮姑純懿之所靈殊無

石 愍 邀仙女 皪

遡洄兮於地底兮軼無形而上浮出右窗之
野兮不識蹊之所由遠燭龍令執炬兮過鍾山
而中休瞑瑤谿之赤岸兮弔祖江之見劉聘王
母於銀臺兮羞玉芝以療飢戴勝愁其既歡兮
又誚余之行遲載太華之玉女兮召洛浦之宓
妃咸姣麗以蠱媚兮增嫮睩而蛾眉舒妙婧之
纖腰兮揚雜錯之袿徽鮮霽而微笑兮頰之
孌以遺光獻環琨與瑯綢兮申歡好以玄黃[illegible]
色豔而賂美兮赤[illegible][illegible]而不嘉僾村悲於一下[illegible]

北遊　其　于　越漂

魂儵悶而無儔偪區中之隘陋兮將北度而宣
遊行積氷之磑磑兮清泉沍而不流寒風凄而
永至兮拂穹岫之騷騷玄武縮於殼中兮螣蛇
蜿而自糾魚矜鱗而并凌兮鳥登木而失條坐
太陰之屏室兮慨含欷而增愁怨高陽之相寓
兮㑥顓頊而宅幽庸織絡於四裔兮斯與彼其
何瘳望寒門之絕垠兮縱余緤乎不周迅飈潚
其媵我兮鶩翩飄而不禁趨谽嘑之洞穴兮摽
通淵之碄碄經重陰乎寂寞兮愍墳羊之潛

剩 疹 治

靈顯於言天兮占水火而羑詳孚叓患夫[illegible]
兮丁厥子而事刃親所睇而弗識兮矧幽冥之
可信母綿攣以滓已兮思百憂以自瘵被天監
之孔明兮用桀怫而佑仁湯蠲體以禱祈兮蒙
厖禠以拯人景三慮以營國兮熒惑次於它辰
魏顆亮以從理兮鬼亢回以徽秦咎繇邁而種
德兮樹德茂乎英六桑未寄夫根生兮卉既殿
而已毓有無言而不讎兮又何往而不復盍退
迹以飛聲兮覬時之可蓄兮矯首以遥望兮

制

昏

逢昆箕必噬齧兮殪而尸亡兮取蜀禪而引世
死生錯而不齊兮雖司命其不聯處號行於代
路兮後擠祚而繁廡王肆後於漢祚兮卒銜血
而絕緒尉屠眉而郎潛兮逮三葉而遘武董帝
寇以言發兮設王隧而弟處夫吉凶之相仍兮
栢夜測而靡所穆負天以悅牛兮竪亂叔而幽
王文斷祛而忌伯兮闍謂賊而寧后遐人嚚戾
好黠兮豈發威之能剖羸擿讖而寇胡兮備讒
於而發內或輦賄而遑軍兮孚行臺而爲讐 六

次中

黃灵言命

轃於西海兮跨汪氏之龍魚聞此國之千歲兮
曾焉足以娱余思九土之殊風兮從蓐收而遂
徂欻神化而蟬蛻兮朋精粹而爲徒蹶白門而
東馳兮云台行乎中野亂弱水之潺湲兮逗華
陰之湍渚號馮夷俾清津兮櫂龍舟以濟予會
帝軒之未歸兮悵相佯而延佇晒河林之蓁蓁
兮偉關雎之戒女黃靈詹而訪命兮摎天道其
焉如曰近信而遠疑兮六籍闕而不書神遂眛
其難覆兮疇克謨而從諸牛哀病而成虎兮雖

次南 火

次西 據

風之食言指長沙以邪徑兮存亦孳華乎南鄰京
二妃之末從兮翩儐處被湘瀨流目瀕夫衡阿
兮睹有黎之坉墳屏炎正之無穢兮託山陂以
孤寬鬱蔚蔚以暮遠兮越邛州而倫敷濟日中
于昆吾兮憩炎天之所陶揚芸熛而絳天兮水
泫沄而涌濤溫風翕其增熱兮氣鬱邑其難聊
顧羈旅而無友兮余安能乎留茲顉金天而歎
息兮吾欲往乎西嬉前祝融使舉麾兮纚朱鳥
以承旗躚建木於廣都兮招若華而躊躇整軒

治行

先東

以

嘉

而無悔兮簡元辰而俶裝旦余沐於清原兮晞
余髮於朝陽漱飛泉之瀝液兮咀石菌之流英
翾鳥舉而魚躍兮將往走乎八荒過少皡之窮
野兮問三丘乎句芒何道眞之淳粹兮去穢累
而票輕登蓬萊而容與兮鼇雖抃而不傾留瀛
洲而採芝兮聊且樂乎長生憑歸雲而遐逝兮
夕余宿乎扶桑噏靑岑之玉醴兮餐沆瀣以爲
糧發昔夢於木禾兮穀崑崙之高岡朝吾行於
湯谷兮從伯禹於稽山集羣神之執玉兮疾防

思雖世遠猶

筮決

卜斷

以流亡恐漸冉而無成兮留則敝而不章心猶
豫而狐疑兮即岐阯而攄情文君為我端蓍兮
利飛遁以保名歷衆山以周流兮翼迅風以揚
聲二女感於崇岳兮或氷折而不營天蓋高而
為澤兮誰云路之不平勔自強而不息兮蹈玉
階之嶢崢懼筮氏之長短兮鑽東龜以觀禎遇
九皐之介鳥兮怨素意之不逞遊塵外而瞥天
兮據冥翳而哀鳴鵰鶚競於貪婪兮我脩絜以
益榮子有故類也於玄鳥兮歸母氏而後寧占既吉

事
不隨時
益自修
歎時晏

弗御兮羈要褭以服箱行陂僻而獲志兮循法
度而離殃惟天地之無窮兮何遭遇之無常不
抑操而苟容兮譬臨河而無航欲巧笑以干媚
兮非余心之所嘗襲溫恭之黻衣兮被禮義之
繡裳辯貞亮以爲鞶兮雜技藝以爲珩昭綵藻
與雕琢兮璜聲遠而彌長淹棲遲以恣欲兮耀
靈忽其西藏恃己知而華予兮鶗鴂鳴而不芳
冀一年之三秀兮遒白露之爲霜時亹亹而代
序兮疇可與其比伉咨姣嫮之難並兮想依韓

感 固守 棄才

無及何孤行之煢煢兮孑不羣而介立感鬱鬱
之特操兮悲淑人之稱合投與合其何傷兮患
猥偽之冒眞旦獲讒于羣弟兮啓金縢而乃信
覽烝民之多僻兮畏立辟以危身曾煩毒以迷
惑兮羌孰可與言已私湛憂而深懷兮思繽紛
而不理願竭力以守義兮雖貧窮而不改孰離
告[illegible]而試象兮貼焦原而跟止庶斯奉以周旋兮
要既死而後已俗遷渝而事化兮很行矩之圓
方珍蕭艾於重笥兮謂蕙芷之不香[illegible]

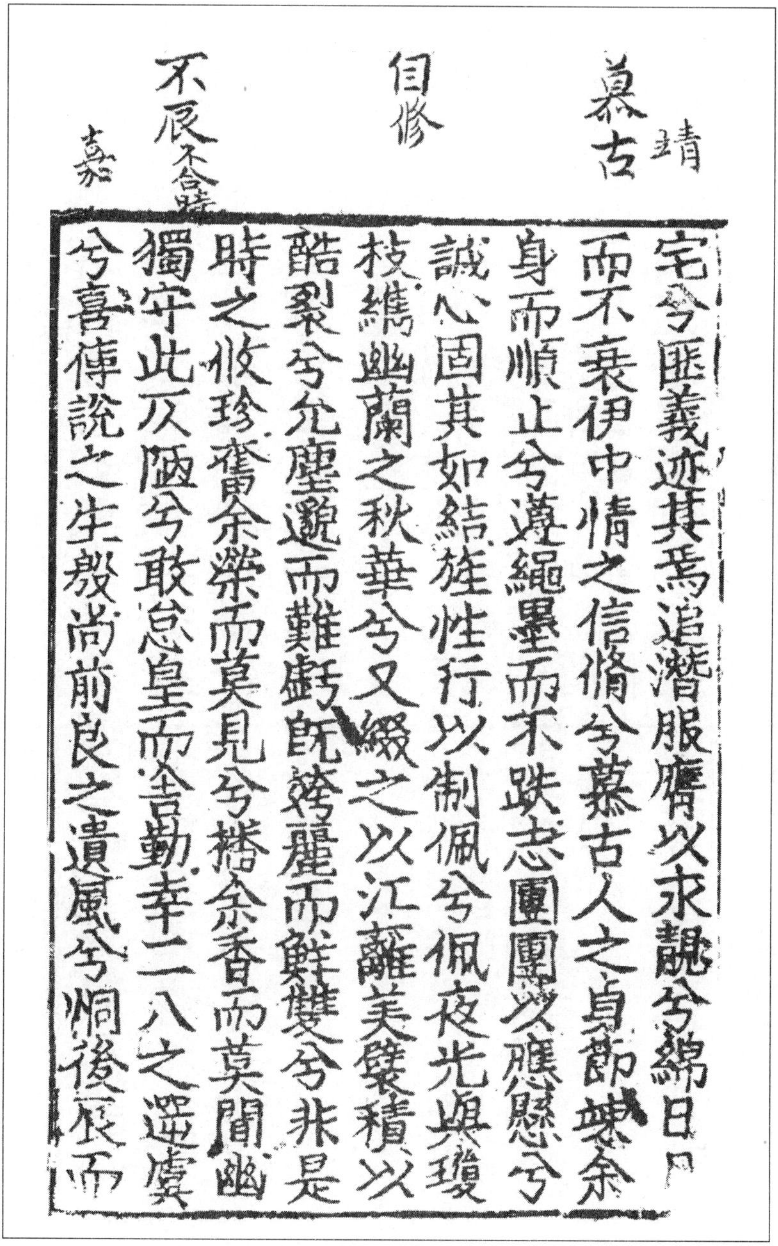
靖
慕古
自修
不辰 不含時
嘉

宅兮匪義迹其焉追潛服膺以永翫兮綿日月
而不衰伊中情之信脩兮慕古人之貞節嘆余
身而順止兮遵繩墨而不跌志圓團以應懸兮
誠心固其如結旌性行以制佩兮佩夜光與瓊
枝纗幽蘭之秋華兮又綴之以江蘺美襞積以
酷裂兮允塵邈而難虧既薆靡而鮮雙兮非是
時之攸珍賁余榮而莫見兮播余香而莫聞幽
獨守此仄陋兮敢怠皇而舍勤幸二八之遌虞
兮喜傳說之生殷尚前良之遺風兮惆後辰而

天光兮自列招上帝兮我察招呼也秋風爲我塗
浮雲爲我陰陰古吟字嗟若是兮欲何留撫神龍兮
攬其須留字叶音閭或云須叶音秋如游驥迴兮反亡期雄
失據兮世我思自言英雄失據反當爲世所思也

思玄賦第十八

鼂氏曰思玄賦者漢侍中張衡之所作也
順帝引在幃幄諷議左右嘗問衡天下所
疾惡者宦官懼其毀己皆共目之衡乃詭
對而出猶共危衡衡常思圖身之事以爲
吉凶倚伏幽微難明遂作
思玄賦以宣寄情志云

仰先哲之玄訓兮雖彌高其弗違匪仁里其焉

89

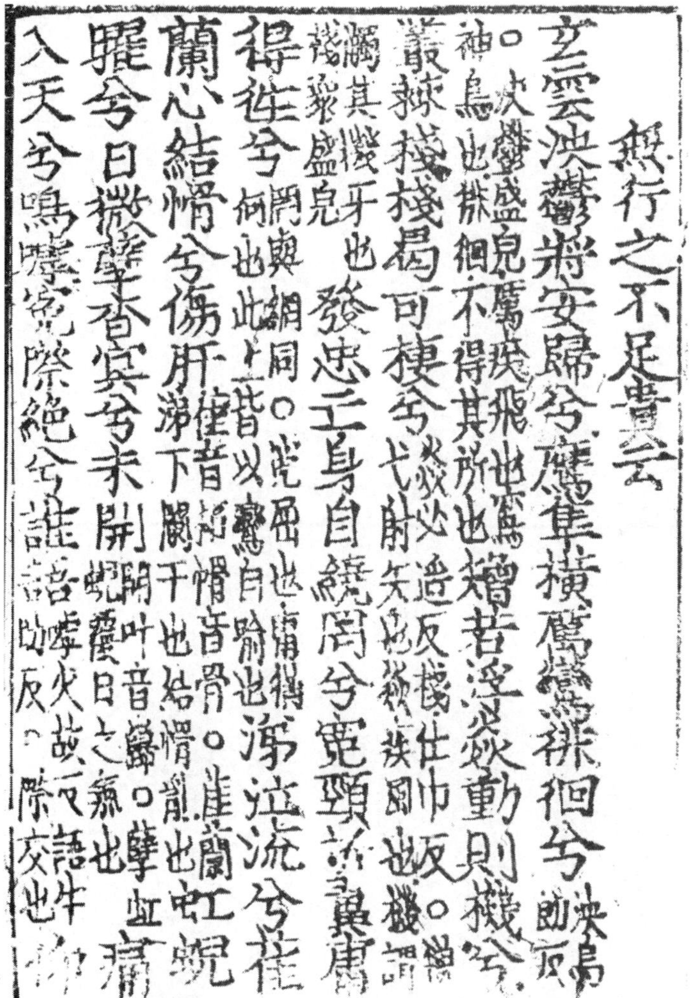
熙行之不足貴兮
玄雲泱鬱將安歸兮鷹隼橫厲鸞徘徊兮泱烏郎反
○泱鬱盛皃鷹隼疾飛也鸞神鳥也徘徊不得其所也矰若浮焱動則機兮
叢棘棧棧曷可棲兮猋必遙反機仕巾反○矰弋射矢也猋疾風也機謂
觸其機牙也棧棧盛皃　發忠忘身自繞閔兮寃頸
得往兮閔與綱同○何由也此土皆以鸞自喻也○咤屈也痛懼涕泣流兮雈
蘭心結憎兮傷肝涕下闌干也結憎音骨○雈蘭
曜兮日織孽香冥兮未開蜺開叶音鶂○蜺覆日之氣也孽
入天兮鳴嘷寃際絕兮誰語嘷火故反○語牛故反○際交也

楚辭後語卷第三

絕命詞第十七

絕命詞者漢息夫躬之所作也躬以變告東平王雲祠祭祝詛事拜官封侯而雲坐誅死後又數上疏論事語皆險詖竟以罪繫詔獄仰天大嘑絕咽而死躬以利口作姦死不償責而此詞乃以發忠忘身號乎上帝甚矣其欺天也特以其詞高古似賈誼故錄之而備其本末如此又以見文

一引仲山甫寗武子事而不論其所遭
時所處之位有不同者則疎矣其一欲以
原比於三仁則夫父師少師者皆以諫而
見殺見囚耳非故捐生以赴死如原之所
爲也蓋原之所爲雖過而其忠終非世間
偷生幸死者所可及洪之所言雖有未至
而其正終非雄固之推之徒所可比余是
以取而附之反騷之篇

楚辭後語卷第二

86

如屈子乃千載而一人哉孔子曰人之過
也各於其黨觀過斯知仁矣此觀人之法
也夫屈原之忠忠而過者也屈原之過過
於忠者也故論原者論其大節則其它可
以一切置之而不問論其細行而必其合
乎聖賢之榘度則吾固已言其不能皆合
於中庸矣尚何說哉且凡洪氏所以爲辨
者三其一以爲忠臣之行發其心之所不
得已者而不暇顧世俗之毀譽則幾矣其

泯身哉屈子之事蓋聖賢之變者使遇孔〻
當與三仁同稱雄奉足以與此班孟堅顏之
推所云無異妾婦兒童之見余故具論之
嗚呼余觀洪氏之論其所以發屈原之心
者至矣然屈原之心莫爲忠清潔白固無
待於辯論而自顯若其爲行之不能無過
則亦非區區辯說所能全也故君子之於
人也取其大節之純全而略其細行之不
能無弊則雖三人同行猶必有可師者況

84

獨知之司馬相如作大人賦宏放高妙讀者有淩雲之意然其語多出於此至其妙處相如莫能識也太史公作傳以爲其文約其辭微其志潔其行廉其稱文小而其指極大舉類邇而見義遠其志潔故其稱物芳其行廉故死而不容自疏濯淖汚泥之中以浮游塵埃之外推此志也雖與日月爭光可也斯可謂深知已者揚子雲作反離騷以爲君子得時則大行不得時則龍蛇遇不遇命也何必

之氣豈與身俱亡哉仍羽人於丹丘留不死之舊鄉超無爲以至清與太初而爲隣此遠遊之所以作而難爲淺見寡聞者道也仲尼曰樂天知命故不憂又曰樂天知命有憂之大者屈原之憂憂國也其樂樂天也離騷二十五篇多憂世之語獨遠遊曰道可受兮不可傳其小無内兮其大無垠無滑而魂兮彼將自然壹氣孔神兮於中夜存虛以待之兮無爲之先此老莊孟子所以大過人者而原

任責微子去之可也楚無人焉原去則國從
而亡故雖身被放逐猶徘徊而不忍去生不
得力爭而強諫死猶冀其感發以改行使百
世之下聞其風者雖流放廢斥猶知愛其君
眷眷而不忘臣子之義盡矣非死爲難處死
爲難屈原雖死猶不死也後之讀其文知其
人如賈生者亦鮮矣然爲賦以弔之不過哀
其不遇而已余觀自古忠臣義士慨然發憤
不顧其死特立獨行自信而不回者其英烈

81

而已離騷曰阽余身而危死兮覽余初其猶
未悔則原之自敘審矣或又曰甯武子邦無
道則愚而仲山甫明哲以保其身兮原乃用
智於無道之邦以虧明哲保身之義亦何足
爲賢乎曰愚如武子全身遠害可也有官守
言責斯用智矣山甫明哲固保身之道然不
曰夙夜匪解以事一人乎士見危致命況同
姓兼恩與義而可以不死乎且比干之死微
子之去皆是也豈原其不可[illegible]得比干以

80

臣之義亦雄猶知至此乃以爲言亦其貪
生惜死之心勝是以貎焉而不自知耳
丹陽洪興祖曰揚雄所以譏屈原者如此而
班固亦譏其露才揚已顯之雄又病其顯暴
君過愚嘗折衷而論之曰或問古人有言殺
其身有益於君則爲之屈原雖死何益於懷
襄曰忠臣之用心自盡其愛君之誠耳死生
毀譽所不顧也故比干以諫見戮屈原以放
自沈比干紂諸父也屈原楚同姓也爲人臣
者三諫不從則去之同姓無可去之義有死

剄也不遇故去豈予所欲哉事賢之心如此存躝未及而其拳拳於宗國尤見臣子之至情豈忍逆料其君之不可諫而先自已哉此等義理雄皆不足以知之惟有偷生惜死一路則見之明而行之熟耳以此識哀是以鵰梟而笑鳳凰也 昔仲尼之去魯兮斐斐遲遲而周邁終回復於舊都兮何必湘淵與濤瀨斐芳菲反往來兒孔子異姓之臣其去魯也但玆亂耳未有危亡之纍也可去而去可歸而歸與亟原事全不相似雖說誤矣溷漁父之餔歠兮絜沐浴之振衣棄由聃之所珍兮蹠彭咸之所遺漁父事音義見本篇由許由聃老聃蹠蹠也之亦反許由事不經見雖亦本不之信今乃言之已為牴牾而又不察其生當堯舜之間身與讒賊之禍與原事亦不相似也老聃之學私於為我而無君

臺之逸女抨雄鴆以作媒兮何百離而曾不壹
耦抨普耕反也徐允騷經使乘雲蜺之旖旎兮望崑崙以樛
流覽四荒而顧懷兮奚必云女彼高丘亦見騷經但高
丘無一文本言高丘無女可求以喻列國無賢君可[illegible]乎此詞文字乃作去聲讀恐亦非本文
之意也既乘鸞車之幽藹兮焉驤入龍之委蛇臨
江瀕而掩涕兮何有九搖與九歌此言原實無軌可乘何焉
可驚又方就死淵淵何有歌舞之樂議騷經之言不實也夫聖哲之不遭兮
閔時命之所有雖增欷以於邑兮吾恐靈脩之
不累改有叶音以改叶音已言楚王必不爲屈原而改也孟子曰千里而見王是予所

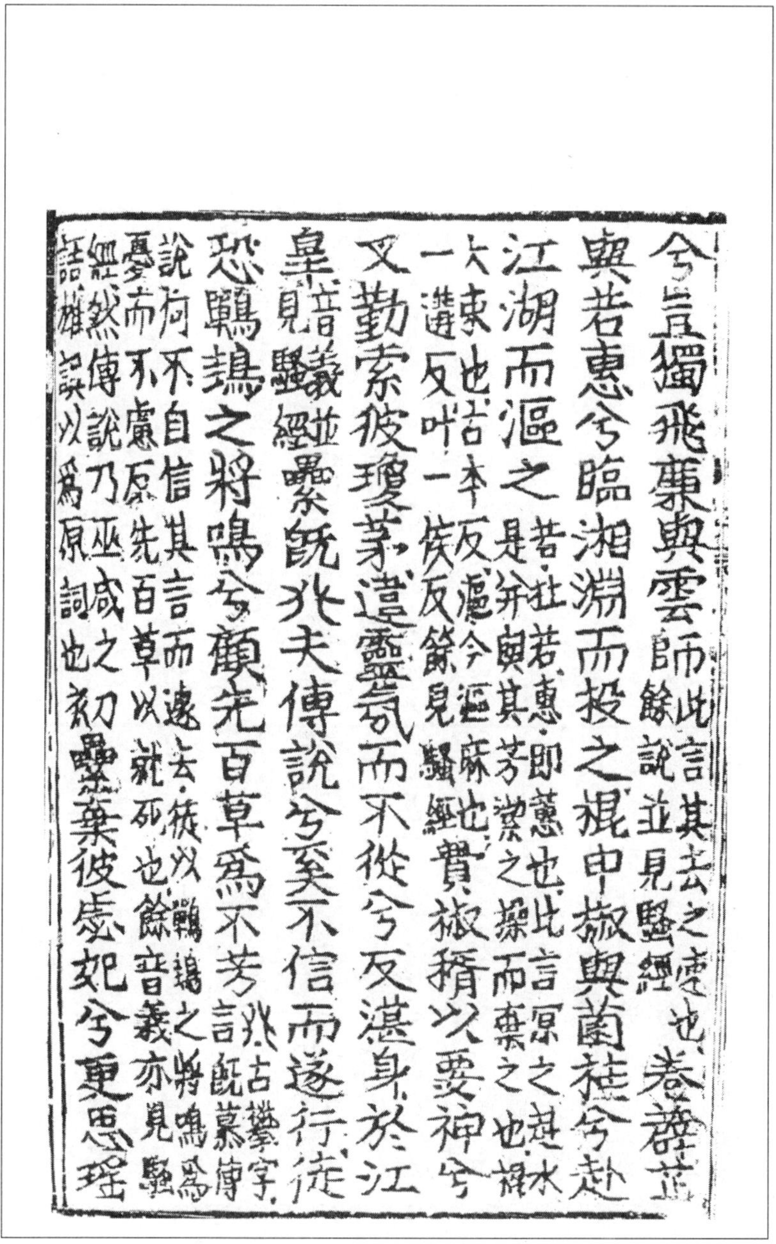

兮豈獨飛廉與雲師此言其去之速也餘說並見騷經卷薜芷
與若蕙兮臨湘淵而投之棍申椒與菌桂兮赴
江湖而漚之若杜若蕙即蕙也此言原之赴水是并與其芳潔之操而棄之也棍
大東也古本反漚今漚麻也一遘反叶一侯反餘見騷經費椒稰以要神兮
又勤索彼瓊茅違靈氛而不從兮反湛身於江
皋音義並見騷經纍既兆夫傅說兮奚不信而遂行徒
恐鷤鴂之將鳴兮顧先百草爲不芳兆古攀字言既慕傅
說何不自信其言而遠去徒以鷤鴂之將鳴爲憂而不慮原先百草以就死也餘音義亦見騷
經然傅說乃巫咸之語雄誤以爲原詞也初纍棄彼虙妃兮更思瑤

76

長而遭霜言不遇時也憂讀與羌同猶古悴字橫江湘以南征兮云走
乎彼蒼吾馳江潭之汎濫兮將折衷乎重華走音
奏趣也吾與悟同衷竹仲反說見騷經舒中情之煩或兮恐重華
之不纍與陵陽侯之素波兮豈吾纍之獨見許
陽侯見九章言屈原欲自投江以陵素波纍必不許之也洪興祖曰吾恐重華許原之沈江以
死亦不許雄之投閣而生也斯言得之矣精瓊靡與秋菊兮將以延
夫天年臨汨羅而自隕兮恐日薄於西山此又議原
欲餐王以延年而反懷沙以求死蓋雖知生固我所欲而不知所欲有甚於生者故也解
扶桑之總轡兮縱令之遂奔馳鸞皇騰而不屬

夫容之朱裳兮芳酷烈而莫聞兮不如襞而幽之
離房衿其襟反帶也茄古荷字夫容亦古芙蓉字通用餘並見騷經襞音璧疊衣也離房
多也房閨中容競淖約兮相態以麗佳知衆嫭之
嫉妒兮何必颺纍之蛾眉佳叶音圭言衆士爭能猶衆女之競容也
淖約婥容止也態猶勝也言以麗佳相勝也眉
古眉字言原自擧其眉使衆憎嫉也音義並見
騷經懿神龍之淵潛兮竢慶雲而將擧亡春風之
被離兮孰焉知龍之所處懿美也竢待也龍以潛居待雲爲美以譏
屈原不能隱德自取禍也被讀曰披愍吾纍之衆芬兮颺爗爗之
芳苓遭季夏之凝霜兮慶夭顇而喪榮苓香草名音零

肆而質𪆰賓娵娃之珍髻兮鸞九戎而索賴貯

也肆放也𪆰音械娭也言其文詞放麗而性猜
娭也娵子侯反閭娵也娃於佳反吳娃也皆古
美女也髻被計反髮也賴剩也言原仕楚無資
美女之髻而鸞於九戎之中其人被髮無所用
也

鳳皇翔於蓬階兮豈駕鵝之能捷騁驊騮以

曲囏兮驢騾連蹇而齊足

蓬階蓬萊之階也駕
音加駕鵝鳥名也捷
及也驊騮駿馬名若馳於屈曲艱
阻之處則與蹇驢無異足叶音接

枳棘之搸搸兮蝯狖擬而不敢下靈脩既信椒蘭之唼佞兮

吾羸怨焉而不蚤睹

搸音臻又士巾反梗穢貌
蝯狖見九歌擬疑也靈脩
原以寄意於楚王也椒蘭
見騷經唼音妾讒言也

衿芰荷之綠衣兮皷

祖曰比干見剖箕子纍或曰禮喪容纍纍又記孔子纍纍然如喪家之狗趙武靈王見其長子纍然也皆衰悴之意未知孰是
惟天軌之不辟兮何純絜而離紛紛纍以其淟涊兮暗纍以其繽紛軌路也辟讀爲闢開也紛難也淟吐典反涊乃典反纖濁也繽匹人反繽紛交雜也
漢十世之陽朔兮招搖紀于周正正皇天之清則兮度后土之方貞十世數高祖呂后至成帝也招搖斗杓星也周正十一月也記以此時投文也正天度地自言己志也
圖纍承彼洪族兮又覽纍之昌辭
帶鉤矩而佩衡兮履欃槍以爲綦圖案其系圖也鉤規也矩方也衡平也欃槍妖星綦履下飾言賤之也
纍初貯厥麗服兮何文

72

夫竟死莽朝其出處大致本末如此豈其
所謂龍蛇者耶然則雄固爲屈原之罪人
而此文乃離騷之讒賊矣它尚何說哉

有周氏之蟬嫣兮或鼻祖於汾隅靈宗初諜伯
僑兮流于末之揚侯 蟬嫣連也嫣於連反鼻始也汾隅揚邑也雄自言系出於周而食采於揚也諜譜也周衰而揚氏有號爲揚侯者侯叶音胡 淑周楚之
豐烈兮超旣離虖皇波因江潭而淮記兮欽弔
楚之湘纍 淑善也夫汾隅拋巫山得周楚之美烈也超遠也離罹也皇大也經河及江壁大波也潭深淵也淮音往乘水而往也記書也纍力追反叶力禾反指屈原也罪囚也哉

雄作法言已稱其美比於伊尹周公及莽
篡漢竊帝號雄遂臣之以耆老久次轉爲
大夫又放相如封禪文獻劇秦美新以媚
莽意得校書天祿閣上會劉棻等以作符
命爲莽所誅辭連及雄使者來欲收之雄
恐懼從閣上自投下幾死先是雄作解嘲
有爰清爰靜遊神之廷惟寂惟寞守德之
宅之語至是京師爲之語曰爰清靜作符
命唯寂寞自投閣雄因病免旣復召爲大

反離騷者漢給事黃門郎新莽諸吏中散
大夫揚雄之所作也雄少好詞賦慕司馬
相如之作以爲式又怪屈原文過相如至
不容作離騷自投江而死悲其文讀之未
嘗不流涕也以爲君子得時則大行不得
則龍蛇遇不遇命也何必湛身哉(湛讀曰沈)迺
作書往往摭離騷文而反之自岷山投諸
江流以弔屈原云始雄好學博覽恬於勢
利仕漢三世不徙官然王莽爲安漢公時

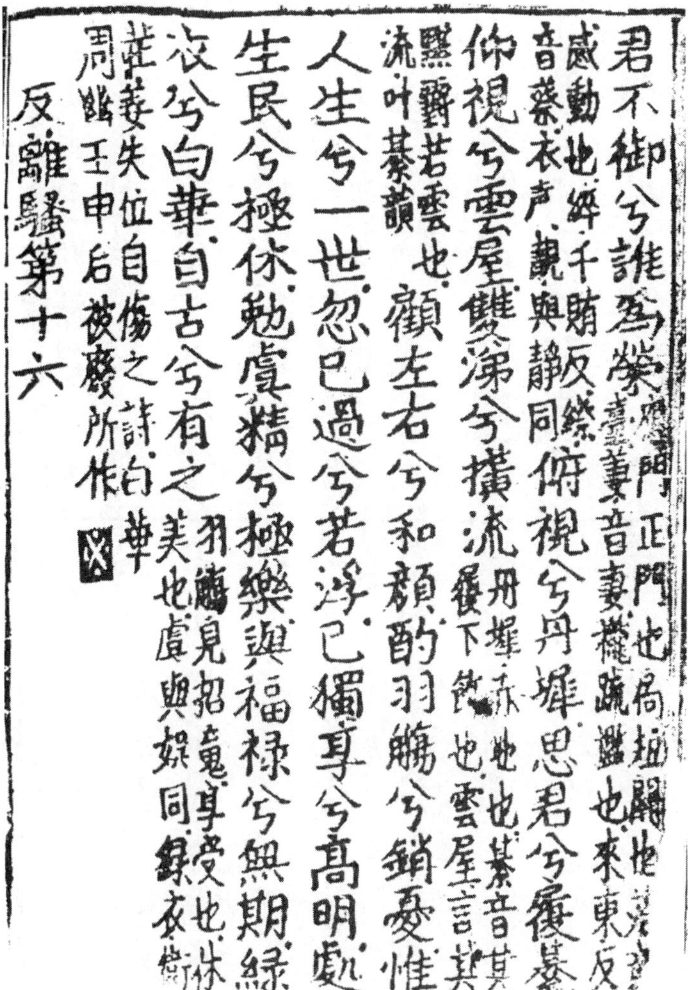
君不御兮誰爲榮門正門也扃扃關也
感動也紵千睹反縈董音妻蘩蹤蹤也來東反
音蔡衣声鶂與靜同俯視兮丹墀思君兮履綦
仰視兮雲屋雙濞兮橫流丹墀赤地也綦音其
黫黳若雲也履下飲也雲屋言其
流叶綦韻顧左右兮和顏酌羽觴兮銷憂惟
人生兮一世忽已過兮若浮已獨專兮高明處
生民兮極休勉虞精兮極樂與福祿兮無期綠
衣兮白華自古兮有之羽觴見鈕竈身受也休
美也虞與娛同綠衣衛
莊姜失位自傷之詩白華
周幽王申后被廢所作
反離騷第十六

伃嘗就産子數月失之災求並叶 滋韻 白日忽已移光兮遂晻莫
而昧幽猶被覆載之厚德兮不廢捐於罪郵奉
共養于東宮兮託長信之末流共洒埽於帷幄
兮永終死以爲期願歸骨於山足兮依松栢之
餘休 晻與暗同又烏感反莫讀作暮或曰靜也如字郵共養並見上流下共居容反洒音
灑埽先到反山足謂陵下休廕也 重曰潛玄宮兮幽以清應門
閉兮禁闥扃華殿塵兮玉階落中庭萋兮綠草
生廣室陰兮帷殿暗房櫳虛兮風泠泠感帷裳
兮發紅羅紛綷縩兮紈素聲神眇眇兮密靚

67

女圖以鏡監兮顧女史而問詩悲晨婦之作戒
兮哀褒閻之爲郵美皇英之女虞兮榮任姒之
母周雖愚陋其靡及兮敢舍心而忘茲絫古累字累息
言懼而增累喘息也離與罹同袿衣之帶也女
子適人父結其縭而戒之故言自思也晨雞見
尚書曰牝雞之晨惟家之索言婦人不當預外
事也褒褒姒周幽王之嬖妾也見天問閻即詩
所謂豔妻亦指褒姒也郵過也皇娥皇英女英
見九歌女尼據反女虞謂嫁於虞舜也任太任
文王母姒太姒武王母也
鄭周皆叶時韻讀舍息也歷年歲而悼懼兮閔
蕃華之不滋痛陽祿與柘館兮仍襁褓而離災
豈妾人之殃咎兮將天命之不可求陽祿柘館二觀名[illegible]

自安援古以自慰和平中正然不過於慘
傷又其德性之美學問之力有過人者則
論者有不及也嗚呼賢哉柏舟綠衣見錄
於經其詞義之美殆不過此云

承祖考之遺德兮何性命之淑靈登薄軀於宮
闈兮充下陳於後庭蒙聖皇之渥惠兮當日月
之盛明揚光烈之翕赫兮奉隆寵於增成何音賀任
也負也陳列也增成後
宮之舍德仍所居也　既過幸於非位兮竊庶
幾乎嘉時每寤寐而絫息兮申佩離以自思陳

伃稀復進見飛燕遂譖倢伃祝詛
問倢伃倢伃對曰妾聞死生有命富貴在
天脩正尚未蒙福爲邪欲以何望使鬼神
有知不受不臣之愬如其無知愬之何益
故不爲也上善其對事遂釋然倢伃恐久
終見危求得共養太后長信宮共巨用反養弋向反
因作賦以自悼歸來子以爲其詞甚古而
侵尋於楚人非特婦人女子之能言者是
固然矣至其情雖出於幽怨而能引分以

自悼賦第十五

自悼賦者漢孝成班倢伃之所作也班氏世世以儒學顯倢伃以選入宮貴幸嘗從游後庭帝召欲與同輦載辭曰觀古圖畫賢聖之君皆有名臣在側三代末主廼有嬖女今欲同輦得無近似之乎上善其言而止數近反巨倢伃誦詩及窈窕德象女師之篇每進見上疏依則古禮詩謂關雎以下也窈窕德象女師之箴皆古箴戒之書也後趙飛燕姊弟自微賤興

谷𧮰乎谽谺 𧮰音何反 陁徒何反 宎音鳥 步宎 二反 並也 曾重也 嵔巨依反 曲岸
頭也 嵔碕同 差叶初歌反 谽音龍 滜通 皃 𧮰
呼活反 谽呼含反 大開皃 谺呼加反 叶音何
汩淢㠍以永逝兮注平皐之廣衍 觀衆樹之蓊
薆兮覽竹林之榛榛 汩于筆反 淢音域 疾皃 㠍先合反 㠍意 皐水邊地
蓊烏孔反 薆音愛 陰蔽皃 榛側巾反 盛皃 叶韻未詳 恐有機音
北揭石瀨兮弭節容與兮歷弔二世 持身不謹兮
亡國失勢 揭丘例反 褰衣而涉也 石而淺水曰瀨 信讒不寤兮宗
廟滅絕 烏乎操行之不得 墓蕪穢而不修兮 魂
亡歸而不食 操七到反

旣以讒廢而不得入於楚詞大人之於遠
遊其漁獵又泰甚然亦終歸於諛也特此
二篇爲有諷諫之意而此篇所爲作者正
當時之商監尤當傾意極言以寤主聽顧
乃低徊局促而不敢盡其詞焉亦足以知
其阿意取容之可賤也不然豈其將死而
猶以封禪爲言哉
登陂陁之長阪兮坌入曾宮之嵯峨臨曲江之
隑州兮望南山之參差巖巖深山之谾谾兮通

其若歲兮懷鬱鬱其不可再更澹偃蹇而待曙
兮荒亭亭而復明妾人竊自悲傷兮究年歲而
不敢忘

哀二世賦第十四

哀二世賦者司馬相如之所作也相如嘗
從上至長楊獵還過宜春宮宜春者本秦
離宮閻樂殺胡亥之地也相如奏賦以哀
二世行失其詞如此蓋相如之文能侈而
不能約能諂而不能諫其上林子虛之作

不可長案流徵以却轉兮聲幼妙而復揚貫歷
覽其中操兮意慷慨而自卬左右悲而垂淚兮
涕流離而從橫舒息悒而增欷兮蹝履起而彷
徨揄長袂以自翳兮數昔日之諐殃無面目之
可顯兮遂頹思而就床摶芬若以爲枕兮席荃
蘭而茝香忽寢寐而夢想兮魂若君之在傍惕
寤覺而無見兮魂迋迋若有亡衆雞鳴而愁予
兮起視月之精光觀衆星之行列兮畢昴出於
東方望中庭之藹藹兮若季秋之降霜夜漫漫

兮聲噌吰而似鐘音刻木蘭以爲榱兮飾文杏
以爲梁羅丰茸之游樹兮離樓梧而相撐施瑰
木之欂櫨兮委參差以槺梁時髣髴以物類兮
象積石之將將五色炫以相耀兮爛燿燿而成
光致錯石之瓴甓兮象瑇瑁之文章張羅綺之
幔帷兮垂楚組之連綱撫柱楣以從容兮覽曲
臺之央央白鶴噭以哀號兮孤雌跱於枯楊日
黃昏而望絕兮悵獨託於空堂懸明月以自照
兮徂清夜於洞房援雅琴以變調兮奏愁思之

而專精兮天飄飄而疾風登蘭臺而遙望兮神
怳怳而外淫浮雲鬱而四塞兮天窈窈而晝陰
雷隱隱而響起兮聲象君之車音飄風迴而起
閨兮擧帷幄之襜襜桂樹交而相紛兮芳酷烈
之誾誾孔雀集而相存兮玄猿嘯而長吟翡翠
脅翼而來萃兮鸞鳳飛而北南心憑噫而不舒
兮邪氣壯而攻中下蘭臺而周覽兮步從容於
深宮正殿塊以造天兮鬱並起而穹崇間徙倚
於東廂兮觀夫靡靡而無窮擠玉戶以撼金鋪

右及相如傳無奉金求賦復幸事然此亦
古妙最近楚辭或者相如以后得罪自爲
文以諷非后求之不知叙者何從實此云
夫何一佳人兮步逍遥以自虞魂踰佚而不反
兮形枯槁而獨居言我朝往而暮來兮飮食樂
而忘人心慊移而不省故兮交得意而相親伊
予志之慢愚兮懷貞慤之懽心願賜問而自進
兮得尚君之玉音奉虛言而望誠兮期城南之
離宮脩薄具而自設兮君不肯乎幸臨廓獨潜

爲室兮旃爲牆以肉爲食兮酪爲漿食飤也音飼居
常土思兮心內傷願爲黃鵠兮歸故鄕

長門賦第十三

長門賦者司馬相如之所作也歸來子曰
此諷也非高唐洛神之比梁蕭統文選云
漢武帝陳皇后得幸頗妬別在長門宮閔
蜀郡司馬相如天下工爲文奉黃金百斤
爲相如文君取酒因求解悲愁之辭而相
如爲文以悟主上皇后復得幸而漢書皇

建女細君爲公主妻烏孫王昆莫爲右夫
人公主至其國自治宮室居歲時一再與
昆莫會置酒飲食昆莫年老言語不通公
主悲愁自爲作歌如此昆莫乃上書請使
其孫尚公主詔許之公主不聽亦上書言
狀天子乃報使從其俗公主詞極悲哀固
可録然并著其本末者亦以爲中國結昏
夷狄自取羞辱之戒云
吾家嫁我兮天一方遠託異國兮烏孫王穹廬

后土讌飮中流歡甚作此文中子曰秋風

樂極而哀來其悔心之萌乎

秋風起兮白雲飛草木黃落兮鴈南歸蘭有秀兮菊有芳懷佳人兮不能忘汎樓船兮濟汾河橫中流兮揚素波簫鼓鳴兮發棹歌懽樂極兮哀情多少壯幾時兮奈老何 蘭秀菊芳以興下句之詞與湘夫人及越人歌同法知此則知興之體矣

烏孫公主歌第十二

烏孫公主歌者漢武帝元封中以江都王

搴長茭兮湛美玉河伯許兮薪不屬搴音[illegible]茭音交竹葦

絙以引置土石者也湛讀爲沈沈美玉卯玉榮也屬之欲反沈玉禮神神已見許但以薪不屬遂

故無功也新不屬兮衛人罪燒蕭條兮噫乎何以御

水御與禦同止也東郡衛地言以旱燒而薪不屬乃禦止人之罪將何以止水也隤林

竹兮楗石菑宣防塞兮萬福來隤林竹即所謂下淇園之竹菑

側其反菑也楗石菑者剚石立之以爲楗也

右二

秋風辭第十一

秋風辭者漢武帝之所作也帝幸河東祠

52

吾山謂東阿魚山也平者鑿山以填河山平也鉅野即禹貢之大野澤史記弗作沸沸鬱兮不
樂也柏與迫同求長漏溢穢濁不滿哉魚不樂又迫冬日將甚困也正道兮離
常流蛟龍騁兮放遠遊史記正作延正道河之正道也弛壞也歸
舊川兮神哉沛不封禪兮安知外沛普人反○神哉沛言神
靈滂沛也又言不因封禪則不知關外有此水爲我謂河伯兮何不仁
泛濫不止兮愁吾人漢書爲我二字作皇伯作公齧桑浮兮
淮泗滿久不反兮水維緩水緩求之綱維也

右一

河湯湯兮激潺湲北渡回兮迅流難史記同

其功之不就爲作歌詩二章於是卒塞瓠
子築宮其上名曰宣防史記防作房後同而導河
北行二渠復禹舊迹自此梁楚之地復寧
無水災矣歸來子曰武帝是時封禪巡祭山
川殫財極侈海內爲之虛耗及爲此歌乃
閔然有顧神憂民惻怛之意云

瓠子
瓠子決兮將奈何浩浩洋洋兮慮殫爲河史記洋作浩慮
作閭注云謂川閭也殫爲河兮地不得寧功無已時兮吾注云吾山
山平吾山平兮鉅野溢魚弗鬱兮柏冬日

楚辭後語卷第二

弔屈原第八

服賦第九 並見續離騷

瓠子之歌第十

瓠子歌者漢孝武帝之所作也帝既封禪乃發卒數萬人塞瓠子決河還自臨祭沈白馬玉璧令羣臣從官皆負薪寘決河時東郡燒薪柴少乃下淇園之竹以爲揵撓旱也樹竹塞水決口謂之揵以草塞天平其裏以土填之有石以石爲之

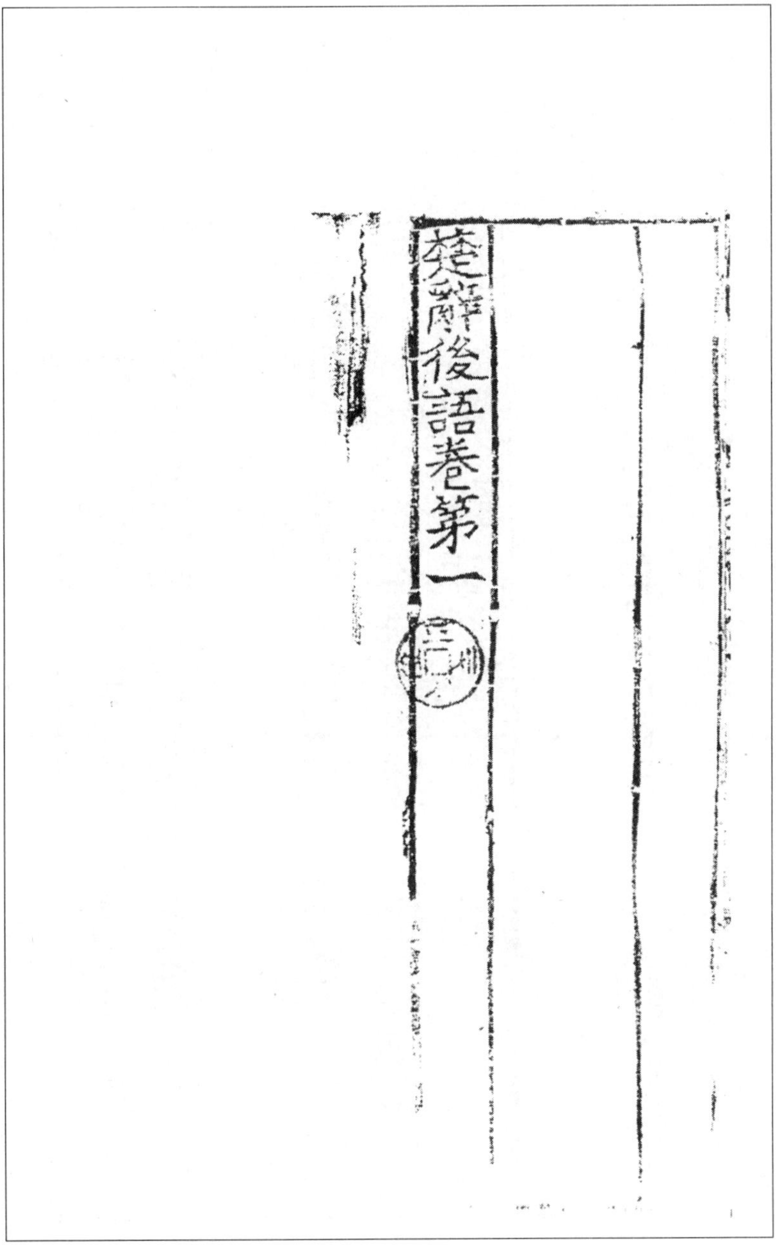
楚辭後語卷第一

48

杜牧所謂四老安劉反爲滅劉者眞可爲寒心也哉抑此詞卒章意象蕭索亦非復三侯比矣

鴻鵠高飛一擧千里羽翼已就橫絶四海海叶音喜〇絶謂飛而直度也橫絶四海又可柰何雖有矰繳尚安所施施叶踈向反〇繳弋射也其矢曰矰

之理矣留侯姑亦權其正且棄者而亦
以爲是甚不獲已之計非別有長策可決
左之以就此也嗚呼向使高祖之心去于
出於私愛則必能深以天下國家之大計
爲己憂而盡與張陳陵勃諸公謀之權其
以定其論可則以恒易盈固爲兩得不可
則姑仍其舊而屬大臣輔以誼護庶幾呂氏
悍戾之心亦無所激而將自平則後來亦
禍猶可以不至於若是其烈今既不然則

彼四人者輔之羽翼已成難動矣呂氏眞
廼主矣戚夫人泣涕上曰爲我楚舞吾爲
若楚歌歌數闋戚夫人歔欷流涕上起去
罷酒竟不易太子云余嘗怪留侯明炳幾
先算無遺策而其爲此則不唯不暇爲高
祖愛子計亦不復爲漢家社稷計矣抑高
祖之歌詞如此而其言曰呂氏眞廼主矣
此又豈專以太子柔弱之故而爲是舉哉
一念之差甚然造禍以至於此固無所

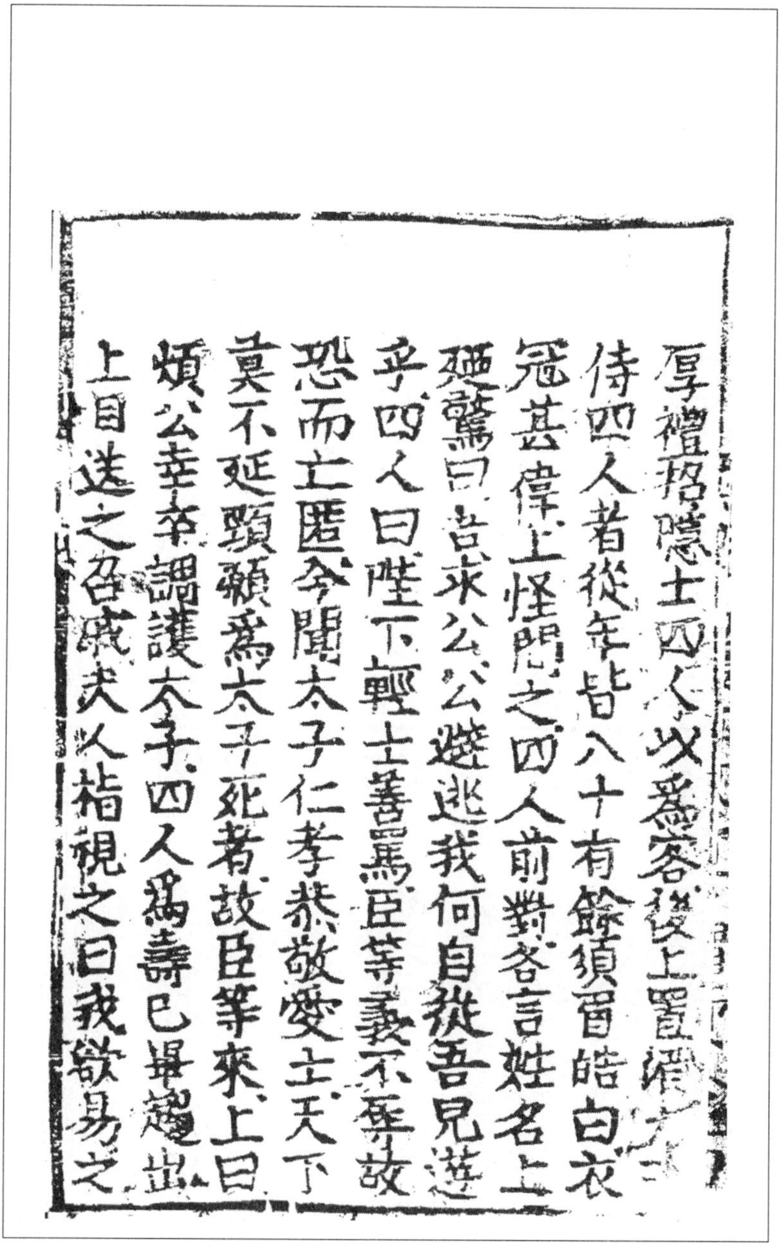
厚禮招隱士四人以爲客後上置酒太子
侍四人者從年皆八十有餘須眉皓白衣
冠甚偉上怪問之四人前對各言姓名上
廼驚曰吾求公公避逃我何自從吾兒遊
乎四人曰陛下輕士善罵臣等義不辱故
恐而亡匿今聞太子仁孝恭敬愛士天下
莫不延頸願爲太子死者故臣等來上曰
煩公幸卒調護太子四人爲壽已畢趨出
上目送之召戚夫人指視之曰我欲易之

44

嗚呼雄哉
大風起兮雲飛揚威加海內兮歸故鄉安得猛
士兮守四方

鴻鵠歌第七

鴻鵠歌者漢高帝之所作也初呂后起閭
閻佐高帝定天下既老而疎太子盈又柔弱
而戚夫人有寵於上上以其子趙王如意
爲類己欲廢太子而立之呂后恐不知
爲問計於留侯留侯爲畫計使太子卑

乃起舞忼慨傷懷泣數行下謂沛父兄曰
游子悲故鄉吾雖都關中萬歲之後吾魂
魄猶思沛且朕自沛公以誅暴逆遂有天
下其以沛爲朕湯沐邑復其民世世無有
所與此其歌正楚聲也亦名三侯之章文
中子曰大風安不忘危其伯心之存乎美
哉乎其言之也漢之所以有天下而不能
爲三代之王其以是夫然自千載以來人
主之詞亦未有若是其壯麗而奇偉者也

42

則亦可以爲強不義者之深戒云

力拔山兮氣盖世時不利兮騅不逝騅不逝兮可柰何虞兮虞兮柰若何

大風歌第六

大風歌者漢太祖高皇帝之所作也上破黥布於會甀上工外反下丈瑞反還過沛留置酒沛宮悉召故人父老子弟佐酒發沛中兒得百二十人教之歌酒酣上擊筑筑音竹。狀似琴而大頭細頸安弦以竹擊之故名爲筑自歌令兒皆歌習之

盡漢師諸侯圍之數重羽夜聞漢軍四面
皆楚歌乃驚曰漢皆已得楚乎是何楚人
多也起飲帳中有美人姓虞氏常幸從駿
馬名騅常騎蒼白雜毛曰騅羽迺悲歌忼慨自爲
歌詩歌數曲美人和之羽泣下數行左右
皆泣莫能仰視於是羽遂上馬戲下騎從
者八百餘人夜直潰圍南出漢追及之羽
遂自剄羽固楚人而其詞忼慨激烈有千
載不平之餘憤是以著之若其成敗得失

知聲詩之體古今其貫胡越一家有非人
之所能爲者是以不得以其遠且賤而遺
之也

今夕何夕兮搴洲中流今日何日兮得與王子
同舟蒙羞被好兮不訾詬耻心幾頑而不絶兮
得知王子山有木兮木有枝心說君兮君不知

垓下帳中之歌第五

垓下帳中歌者西楚霸王項羽之所作也
漢王大會諸侯以伐楚羽壁垓下軍少[illegible]

生亦未知其何以安之也且余於此又
以其詞之悲壯激烈非楚而楚有足觀者
於是錄之它固不遑深論云
風蕭蕭兮易水寒壯士一去兮不復還

越人歌第四

越人歌者楚王之弟鄂君泛舟於新波之
中搒枻越人擁楫而歌此詞其義鄙褻不
足言特以其自越而楚不學而得其餘韻
且於周太師六詩之所謂興者亦有契焉

[illegible][illegible]秦攻伐諸侯無已時使荊軻奉督亢之圖樊於期之首入秦刺秦王將發太子及賓客知其事者皆白衣冠以送之至易水之上既祖取道高漸離擊筑荊軻和而歌爲變徵之聲士皆垂淚涕泣又前而歌復爲羽聲忼慨士皆瞋目髮盡上指冠於是荊軻就車而去夫軻匹夫之勇其事無足言然於此可以見秦政之無道燕丹之淺謀而天下之勢已至於此雖使聖賢復

叶音備嬪字疾刃反嫉叶音寐嫫音謨許既反
○疾赤玉瑤美玉布錦不畀言精粗不同而不
能辨也閭娵字奢古之美女也或曰奢當作都
然則乃謂男子也嫫母已見九章刃父未詳
以盲爲明以聾爲聰以危爲安以吉爲凶嗚呼
上天曷維其同言衰亂之極人懷私意乖異反易至於如此故呼天而問之曰
何爲而可使之同乎同則合乎天下之公是非則
善惡皆當於理而天下治矣此明天下意悔禍
轉禍爲福撥亂反正不足爲難以解學子之惑
也或曰槩嘆之卒章曰瞻卬昊天曷惠其寧恐
此或用其語則維當作
惠而文意愈明白矣

易水歌第三

易水歌者燕剌客荊軻之所作也燕太子

弟子亦勉於學以俟時耳天道神明豈終忘此
世若哉況今之時衰亂已極雖有聖人亦拱手
而不能有爲盖物極必反
時運之開其亦將不久矣興惡亦疑顚闇反辭
此爲子弟子勉學之詞而請問之詞思爲其自
稱也盖曰聖人拱手則天下果巳不可爲矣而
曰時幾將矣則是興我以疑而使我終不能曉
也故顚闇其所以必反之說而使我無所疑也
其小歌也此九章亦有少歌
此卽反詞也念彼遠方何其塞矣
仁人誠約暴人衍矣忠臣危殆讒人般矣塞字音義
皆未詳或恐是賽字也般音盤叶蒲典反一作
服九歌首章服亦作般盖通用也○衍饒裕也
般樂也琁玉瑤珠不知佩也雜布與錦不知異也
閭娵子奢莫之媒也嫫母刀父是之喜也琁音旋

公家之利以爲己有而反得華室以居也悲哉
也華甲也二訓也言無私心而治有罪之人乃
反恐爲叛亂言而常爲兵革以備之也將將声
也詩曰佩王將將蟠見九歌蝘蜓蜴蜥也鵙梟
見惜誓
昭聰乎其知之明也郁郁乎其遇時之不
祥也拂乎其欲禮義之大行也闇乎天下之晦
盲也明盲皆叶音芒行叶户郎反○揚雄曰郁
郁有文章貌拂違也此蓋誤耳當爲拂乎
其遇時之不祥也郁郁乎其欲禮
義之大行也晦盲言人莫之識也皓天不復憂
無疆也千秋必反古之常也弟子勉學天不忘
也聖人共手時幾將矣皓與昊同秋一作歲共
讀爲拱○言若使昊天
之運往而不復則所憂無窮顧盛衰消息循環
代至未有千歲而不反者此固古今之常理也

然此其說又與前異未知其果孰是云

天下不治請陳佹詩治叶平聲佹賁詭同○佹詩佹異激切之詩也○天
地易位四時易鄉列星隕墜旦暮晦盲幽闇登
昭日月下藏盲叶音芒昭或作照公正無私反見縱橫志
愛公利重樓疏堂無私罪人憼革二兵道德純
備讒口將將仁人絀約敖暴擅強天下幽險恐
失世英螭龍為蝘蜓鴟梟為鳳皇比干見刳孔
子拘匡横叶音黄羊反敖與傲同英叶音央兵叶補芒反螭丑知反將七蝘
音偃蜓音典鴟處脂反梟古堯反刳口[illegible]反且從横者反見謂爲縱橫反覆之人也[illegible]

佹詩者荀卿子之所作也晁曰荀卿爲
蘭陵令客有說春申君者曰湯以亳武王
以鎬皆有天下今荀子賢而君借以百里
之勢臣爲君危之春申君乃謝荀子荀子
去之趙人又說春申君曰昔伊尹去夏入
殷殷王而夏亡管仲去魯入齊魯弱而齊
強賢者所在其君未嘗不尊榮也今荀子
天下賢士君何爲謝之春申君又使人請
荀子荀子不還而遺之賦蓋即此佹詩也

32

嫌見不視也此已上君論有五之事也 君敎出行有律吏謹將之

無鈸滑下不私請各以宜舍巧拙 鈸與拔同滑與汩同音骨

以下疑脫行字○五論旣明則敎令之出皆有法律而吏謹持之無敢紛拔汩亂者矣君擧下兢敢私請不守所宜而以巧拙爲強弱哉

而 臣謹修君制變公察善惡

論不亂以治天下後世法之成律貫 言臣下但當謹守法

變而君制其變以出非常之斷公察而善惡之則其論不亂而天下後世皆得守之以成法律之條貫也或疑思當作惡

右三章

詭詩第二

必得隱者侵顯民反誠綱尺訂反蟀冀堤ヒ呵叶音民分叶学巾反謀
叶音麋請當作情〇稱謂當罪當罪之法燕陳
則各守其分限矣下不得專用刑法則私門自
輕矣禍亦罪也棋吉也又言請故治吉梓之事
亮明其所有之基業五聽見劇礼脩饋講修之
使得綱領莫不有文理相續也主自款持此道
不使攘歸於下矣參伍錯綜雜也又言或桂棻
之或往伍之皆使明體悉其賞刑言猜翎
不使潛濫也幽隱皆通則民不誅僞矣〇言
有節稽其實信誕以分賞罰必下不欺上皆以
情言明若日節叶音節〇節謂法度欲使民言有法度不欺誑在稽考其事實也
〇上通利隱遠至觀法不法見不視耳目既顯
吏敬法令莫敢恣上通利不壅蔽則幽隱遐遠者皆至也所觀之法非法則

30

君法明諭有常表儀既設民知方進退有律莫
得貴賤孰私王○君法儀禁不爲莫不說教名
不務修之者榮離之者辱孰它師明叶音芒○君法所以明
在言論有常不二三也進人退人皆以法律臣
下不得以意爲貴賤則孰有能自相貴者乎又
言君者民之法儀當自禁止不爲惡既能正己
則民皆悅上之教而善名不移也孰敢以它焉
帥言皆歸王道不敢離貳也○刑稱陳守其銀下不得用輕
私門罪禍有律莫得輕重威不分○請牧祺用
有基主好論議必善謀五聽循領莫不理續主
執持○聽之經明其請參伍明謹施賞刑顯

右二章

請成相言治方君論有五約以明君謹守之下皆平正國乃昌明叶音芒○論爲君之道有五甚簡約明白謂臣下職一也法明二也刑稱情三也言有節四也上通利五也○臣下職莫游食本節用財無極事業聽上莫得相使一民力○守其職足衣食厚薄有等明爵服利往卬上莫得擅與孰私得服叶蒲北反卬宜亮反○游食謂不勤於事素食游手也所興事業皆聽於上羣下不得擅相役使則民力一也又言民不失職則衣食足明爵服謂貴賤有等也利之所往皆卬於上莫得擅爲賜與則誰敢私得於人乎擅相賜與若奪由己然○

人專剌監謗逐爲國人所逐而流于彘周幽厲所以敗不聽規諫
忠是害嗟我何人獨不遇時當亂世幽厲王豩幽王也淫
昏暴虐無道尤甚後爲犬戎所殺欲哀對言不從恐爲子胥身
離以進諫不聽剄丶獨鹿棄之江哀對當作對哀乃與韻叶
而二作以鹿與麗同音鹿二一說獨毀一作屬鏤
上之欲反下力朱反江叶音工○哀誠也欲對
以誠恐言不從而遇禍如子胥也獨鹿罣覺小
吾也言子胥自剄之後盛以小器而棄之江也
一說獨鹿屬鏤也劍名吳王以賜子胥使自剄
曰也二說未知孰是然作獨鹿即以當作而作
屬鏤即而當作以竊觀往事以自戒治亂是非
請依本文者近是
亦可識託於成相以喻意識叶音志戒叶音計

亟折向無我猜辟之途矣豈可尤人而
以爲美乎蓋凡事之得失必有其故當自省也
不知戒後必有恨後遂過不肯悔讒夫多進反
覆言語生詐態有疑當作悔恨後疑當作後復人之態不如備
爭寵嫉賢利惡忌妬功毀賢下斂黨與上蔽匿
如當作知匿叶奴計反○言人之詐態上若不
知爲備則有忌嫉蔽匿之患也利惡忌謂以惡
忌賢者爲己利也斂聚也
下聚黨與則上蔽匿矣上壅蔽失輔執任用
讒夫不能制執公長父之難厲王流于彘父音甫難
去聲○主蔽匿則賢人不得盡忠於上而自失
輔助之勢蓋其始以讒人爲可任而後已失勢
遂不能制之也執當作郭郭公長父爲厲王之
臣未詳其事彘地名在河東厲王無道信任小

先此一節有脫誤患難哉昄
爲先尤不可曉姑闕之 聖知不用愚者謀
前卑已覆後未知更何覺時此上亦脫六字謨
叶音禦更平聲○
後後卑也更改也謂改轍也屬上句何覺時
言前事之戒如此之明而猶不覺悟後豈復有
覺悟時也不覺悟不知苦迷惑失指易上下忠不上
達蒙揜耳目塞門戶悟叶上聲指下一有門戶
不字非是下叶音戶
塞大迷惑悖亂昏莫不終極是非反易比周欺
上惡正直○比必寐反惡去聲莫冥寞言闇也正是惡心無度邪
枉辟回失道途已無鄰人我獨自美豈無故一是
作直辟讀爲僻途叶去聲鄰一作尤一本豈下
有獨字非是○正直是惡則心無尺度不知

穀 禹導土平天下，躬親爲民行勞苦，得益皋陶
横革直成爲輔溥一作傅皆讀爲敷○溥土見
州之土也益皋陶尚書言洪水泛濫分布治九
尚書橫革直成未詳契玄王生昭明，居於砥石
遷于商，十有四世，乃有天乙是成湯○明叶音芒
契字以母簡狄吞玄鳥卵而生故號之曰玄
王也昭明契子也砥石未詳或云即砥柱也商
商丘也十四
世見史記 天乙湯論舉當身，讓卞隨舉牟光
道古賢聖基必張 當叶平聲牟或作務○湯讓
天下於卞隨務光二人不受
亦見莊子又言湯能行古
聖賢之事故基業張大也 願陳辭世亂惡善不
此治隱諱，疾賢良由姦詐，鮮無災患，難哉阪爲

尙得推賢不失亭外不避仇內不阿親賢者予下叶古得當作德亭予並叶上聲○舜之授禹亦以天下之故也不避仇謂殛鯀與禹不阿
親則不私其子惟賢者則予之也禹勞心力堯有德干戈不用
三苗服舉舜甽畝任之天下身休息○甽與畎同三苗服
見尚書乃事此誤也舜得后稷五穀殖夔爲樂正鳥獸服
契爲司徒民知孝弟尊有德稷夔契事並見尚書亦堯臣舜申命
之禹有功抑下鴻辟除民害逐共工北決九河
通十二渚疏三江辟與闢同共音恭○抑遏也下謂治水使歸下也鴻即洪
水也流共工決九河通三江並見尚書但共工亦舜事今以爲禹誤矣十二渚亦未詳

請成相道聖王堯舜尚賢身辭讓許由善卷重
義輕利行顯明讓叶平聲卷音拳。明叶音芒。道亦言也堯讓天下於許由舜
讓天下於善卷二人不受並見莊子堯讓賢以爲民氾利兼愛德
施均辨治上下貴賤有等明君臣賢叶音形。爲去聲。○爲萬
民求明君所以不私其子堯授能舜遇時尚賢推德天下治
雖有賢聖適不遇世孰知之能叶音尼。治叶平聲。堯不德
舜不辭妻以二女任以事大人哉舜南面而立
萬物備德叶音帝。辭叶音似。妻去聲。大人哉舜四字爲一小句。○堯授舜以天下而不
自以爲德舜受堯之天下而不辭授受皆以至公無私情也舜授禹以天下

去聲。爲治之意後權埶與富者則公道行而貨賂息也誠之好以待者誠意好之以待用也
處之厚固又能深藏則能遠慮也思乃精志之榮好而壹之神
以成精神相反二而不貳爲聖人好去聲。好而不二則通於神明矣相反謂反覆不離散治之道美不老君子由之佼以
子也下以敎誨子弟上以事祖考佼音絞。老休息也爲治當日新其美不使休息佼亦好也
成相竭辭不蹷君子道之順以
達宗其賢良辨其殃孽蹷音蹶。嘳盡也蹷仆也此論成相之事雖至終篇辭不仆蹷言無窮也道言說也辭既不蹷君子言之必和順而通達也

右一章

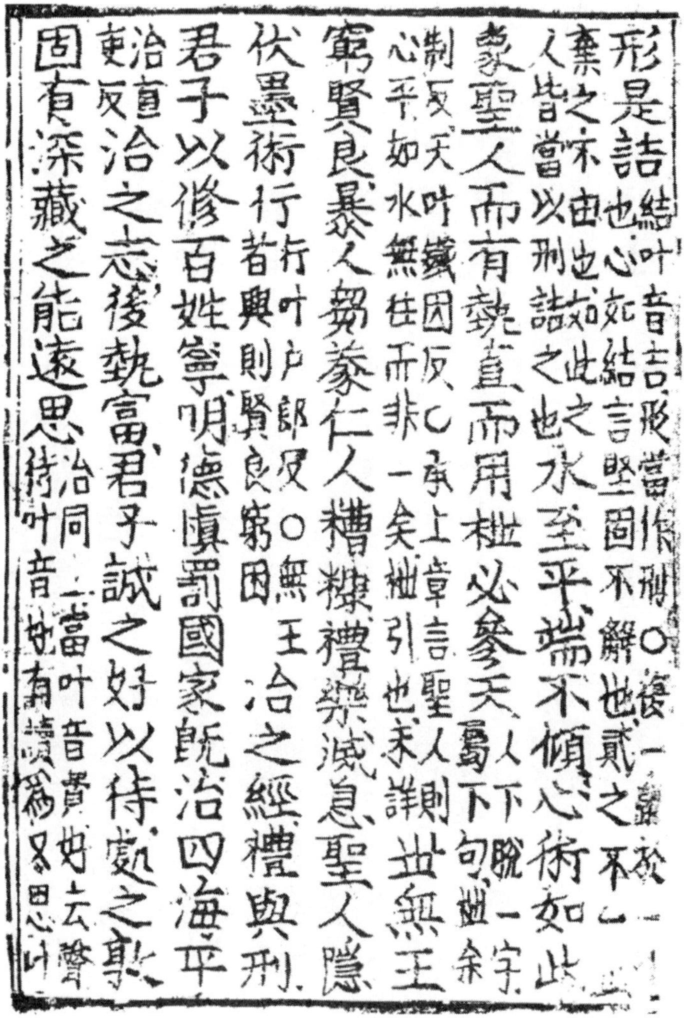

形是詰結叶音吉形當作刑○後一[illegible]於一也心如結言堅固不解也貳之不[illegible]棄之宋由也如此之人皆當以刑詰之也水至平端不傾心術如此

象聖人而有埶直而用世必參天人下脫一字屬下句世余

制反天叶鐵因反○承上章言聖人則心平如水無枉而非一矣世引也求詳世無王

窮賢良暴人芻豢仁人糟糠禮樂滅息聖人隱

伏墨術行行叶户郎反○無者興則賢良窮困王治之經禮與刑

君子以修百姓寧明德慎罰國家既治四海平

治直吏反治之志後埶富君子誠之好以待處之敦

固有深藏之能遠思治同上當叶音貴好去聲待叶音㞢有讀爲多思叶

20

賢者思亮在萬世如見之讒之罔極險陂傾側

此之疑陂與詖同○此治也言賢者必常見思雖久不忘但讒人必毁之使人君疑

於此人然後得行其姦詖已基必施辯賢罷文武之道同伏

戲由之耆治不用耆亂何疑爲罷音見上戲與義同○文武周

文王武王張戲言常王太昊氏始畫八卦造書契者言古今一理順之則治逆之則亂無可疑

也凡成相辨法方至治之極復後王慎墨季惠

百家之說誠不祥祥一作詳○後王當時之王謂當自立後爲一王之法不

必事事沿古也慎慎到墨墨翟季季梁列子云楊朱之友也惠惠施也祥善也治復一

脩之吉君子執之心如結衆人貳之讒

武王誅之呂尚招麾殺民懷剳音誥麾平聲與
比干箕子事見九章天問縲同纍胡威反○
縲囚縶也呂尚太公也世之禍惡賢士子胥
見殺百里徙穆公得之強配五伯六卿施禍叶許詭
反伯讀爲霸施叶上聲○子胥吳大夫伍員字
也諫夫差不聽爲所殺百里奚虞公之臣徙遷
也謂不見用虞滅係虜遷徙於秦穆公秦伯任
好也六卿天子之制施猶置也言其強大猶置
天子之官也○世之愚惡大儒逆斥不通孔子拘展禽
三絀春申道綴基畢輸惡去聲綴讀作輟○逆拒斥逐大儒不使通拘
謂畏匡厄陳也展禽魯大夫名獲居於柳下謚
曰惠爲士師三見絀春申楚相黃歇封爲春申
君綴止也畢盡也輸傾委也言春申爲
李園所殺其政治基業盡傾覆委地也請牧基

也能明君臣之道則爲賢臣也主之孽讒人達賢能遁逃國乃覆愚以重愚闇以重闇成爲桀孽災也覆顚覆也乂而愚闇愈甚遂至於夏桀之無道也世之災妬賢能飛廉知政任惡來卑其志意大其園圃高其臺能叶奴來反臺下本有榭字以韻叶之知是後人誤加今删去○惡來飛廉之子惡來有力飛廉善走父子俱以材力事紂也卑其志意言無遠慮不慕往古蓋當高者反卑而當卑者反高也武王怒師牧野紂卒易鄉啓乃下武王善之封之於宋立其祖怒叶去聲野叶上與反鄉讀作向下叶音戶○易鄉向也謂前徒倒戈攻于後啓微子名下[illegible]也立其祖使祭祀不絶也世之衰讒人歸比干見刳箕子[illegible]

過反其施尊主安國尚賢義拒諫飾非愚而
同國必禍過叶音規義叶平聲禍叶許規反○論論其罪而治之也言治臣下之過
者必當自省而反其所為不可尤而劾之也欲尊主安國者必尚賢義然後可為若如紂之和
足以飾非辨足以拒諫已自恐暗又欲使人同己則國必禍也上與尚同曷謂罷國
多私比周還主黨與施遠賢近讒忠臣蔽塞主
勢罷請依疲比必審反遠近皆去聲○謂務弱不任事也國語曰罷士無伍罷女無家
是也若國多私則其君亦罷矣還繞也讒人用事能使忠臣蔽塞而人莫敢言則權在於彼而
不在君矣此主勢所以移於下也曷謂賢明君臣上能尊主愛
下民主誠聽之天下為一海內賓○賢叶胡鄰反賓謂賢臣

入申商間此其所以傳不壹爾而爲督責
坑焚之禍也差之毫釐謬以千里可不謹
哉可不謹哉

請成相世之殃愚闇愚闇墮賢良人主無賢如
瞽無相何倀倀相竝息亮反上叶平聲墮許規反倀丑羊反○相助也成相
力之歌也墮壞也瞽無相瞽者無目故必使人助之亦謂之相不可無也倀倀在惑之皃
請布基愼聖人愚而自專事不治主忌苟勝羣
臣莫諫必逢災愼讀作順人可音兌治直吏反叶平聲災叶音菑○布基謂始
布基業之事也忌猜忌也苟勝不顧義理
而苟求勝以居下文所引商紂之[illegible]

詩以風時君若將以爲工師之誦旅賁之
規者其尊主愛民之意亦深切矣相者助
也舉重勸力之歌史所謂五羖大夫死而
春者不相杵是也卿非屈原之徒故劉向
王逸不錄其篇今以其詞亦託於楚而作
又頗有補於治道故錄以附焉然黃歇亂
人卿乃以爲託身行道之所則已誤矣卿
學要爲不醇粹其言精神相反爲聖人意
乃近於黃老而後王君論五者或頗出

楚辭後語卷第一

成相第一

成相者楚蘭陵令荀卿子之所作也荀卿
趙人名況學於孔氏門人馯臂子弓者尤
邃於禮著書數萬言少遊學於齊歷威宣
至襄王時三爲稷下祭酒後以讒適楚
春申君以爲蘭陵令春申君死荀卿亦廢
遂家蘭陵而終焉此篇在漢志號成相雜
辭凡三章雜陳古今治亂興亡之效

以其自謂晉臣恥事二姓而言則其意亦不[illegible]
不惑矣亭列於此又何疑焉至於終篇特著張
夫子呂與叔之言蓋又以告夫游藝之及此者
使知學之有本而反求之則文章有不足爲者
矣其餘纖文碎義又各附見於本篇此不暇悉
著云

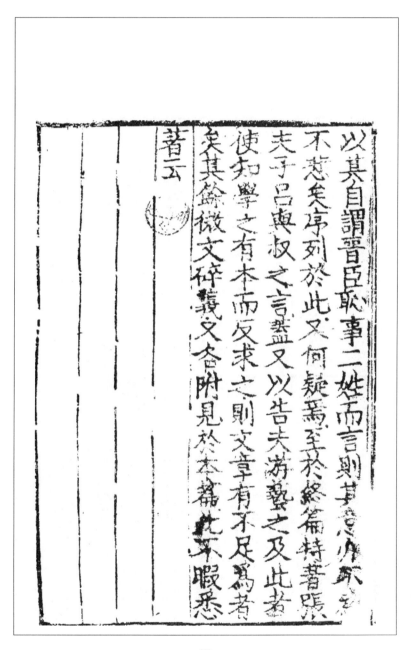

佛偈家之讀禮耳幾何其不爲戲笑之資而何
誠一之有哉其息夫躬柳宗元之不棄則鼂氏
已言之矣至於揚雄則未有議其罪者而余獨
以爲是其失節亦蔡琰之儔耳然琰猶知愧而
自訟若雄則反訕前哲以自文宜又不得與琰
比矣今皆取之豈不以夫琰之母子無絶道而
於雄則欲因反騷而著蘇氏洪氏之貶詞以明
天下之大戒也陶翁之詞鼂氏以爲中和之發
於此不類特以其爲古賦之流而取

意於求似則雖迫眞如揚柳亦不得已而取之
耳若其義則首篇所著荀卿子之言指意深切
詞調鏗鏘君人者誠能使人朝夕諷誦不離於
其側如衛武公之抑戒則所以入耳而著心者
豈但廣夏細旃明師勸誦之益而已哉此固余
之所爲眷眷而不能忘者若高唐神女李姬洛
神之屬其詞若不可廢而皆棄不錄則以義裁
之而斷其爲禮法之罪人也高唐卒章雖有思
萬方憂國害開聖賢輔不逮之云亦屠兒之禮

10

補定著凡五十二篇晁氏之爲此書固主於辭
而亦不得不兼於義今因其舊則其考於辭也
宜益精而擇於義也當益嚴矣此余之所以兢
兢而不得不致其謹也蓋屈子者窮而呼天疾
痛而呼父母之詞也故今所欲取而使繼之者
必其出於幽憂窮蹙怨慕淒涼之意乃爲得其
餘韻而宏衍鉅麗之觀懽愉快適之語宜不得
而與焉至論其等則又必以無心而冥會者爲
貴其或有是則雖遠且賤猶將汲而進之一有

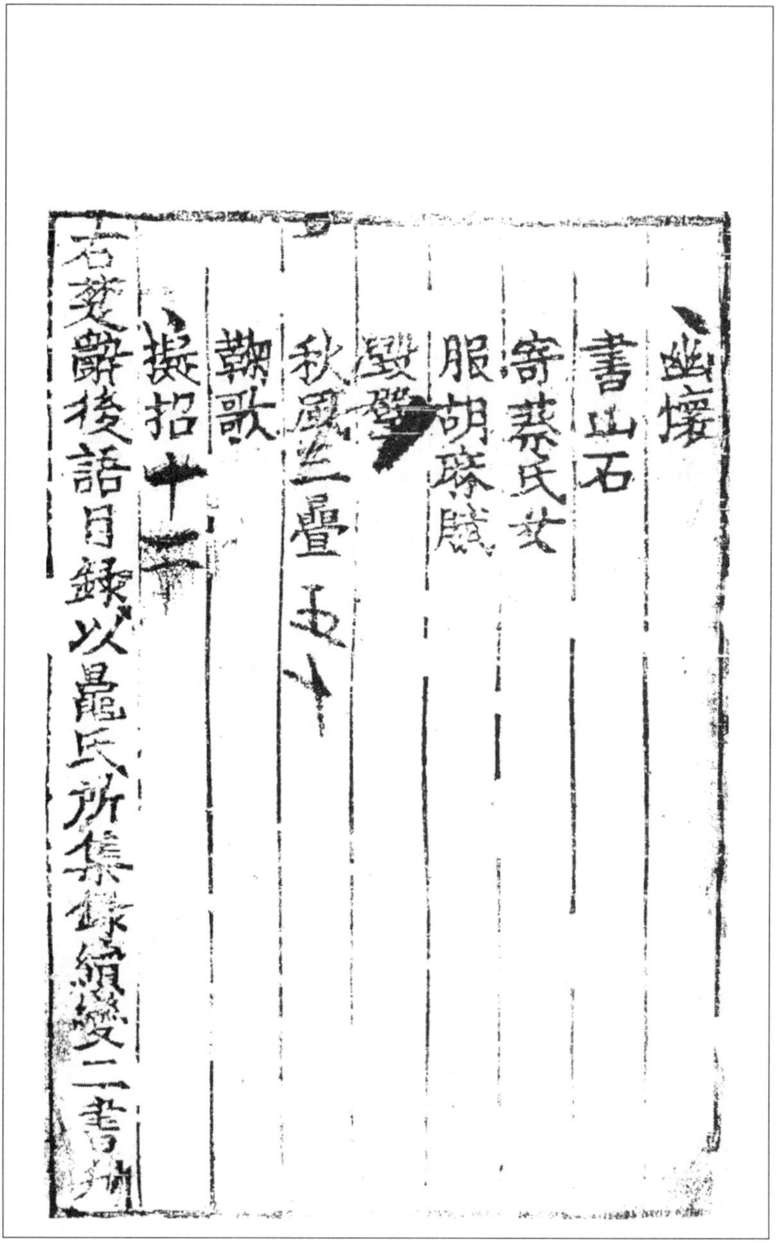

幽懷
書山石
寄蔡氏女
服胡麻賦
毀璧
秋風三疊五十
鞠歌
擬招十二
右楚辭後語目錄以鼂氏所集錄續變二書刊補

8

、招海賈

、愍咎賦

、閔生賦

、夢歸賦

、弔屈原

四十

弔萇弘

弔樂毅

乞巧文

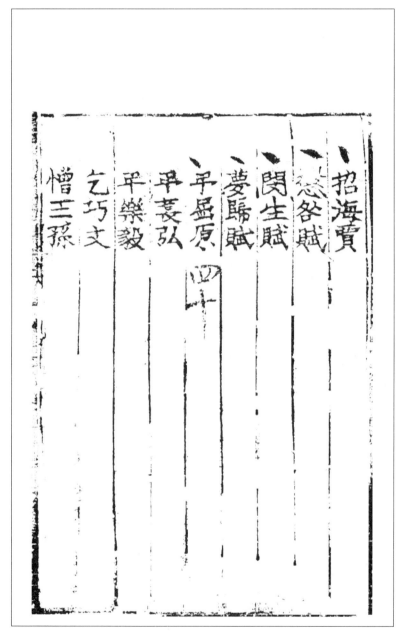

憎王孫

魚山迎送神

日晚

復志賦

閔己賦 三十

別知賦

訟風伯

弔田橫

享羅池

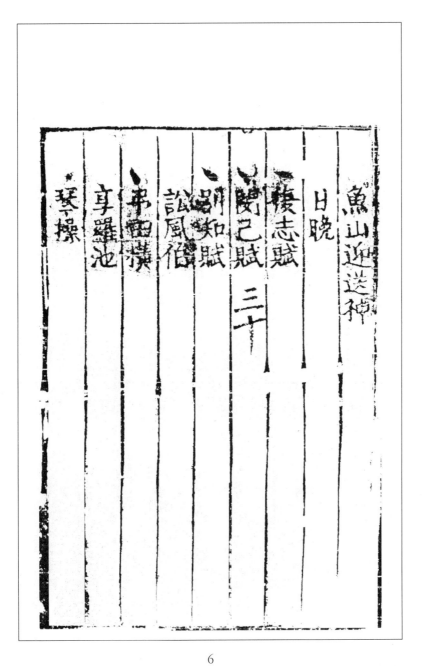

琴操

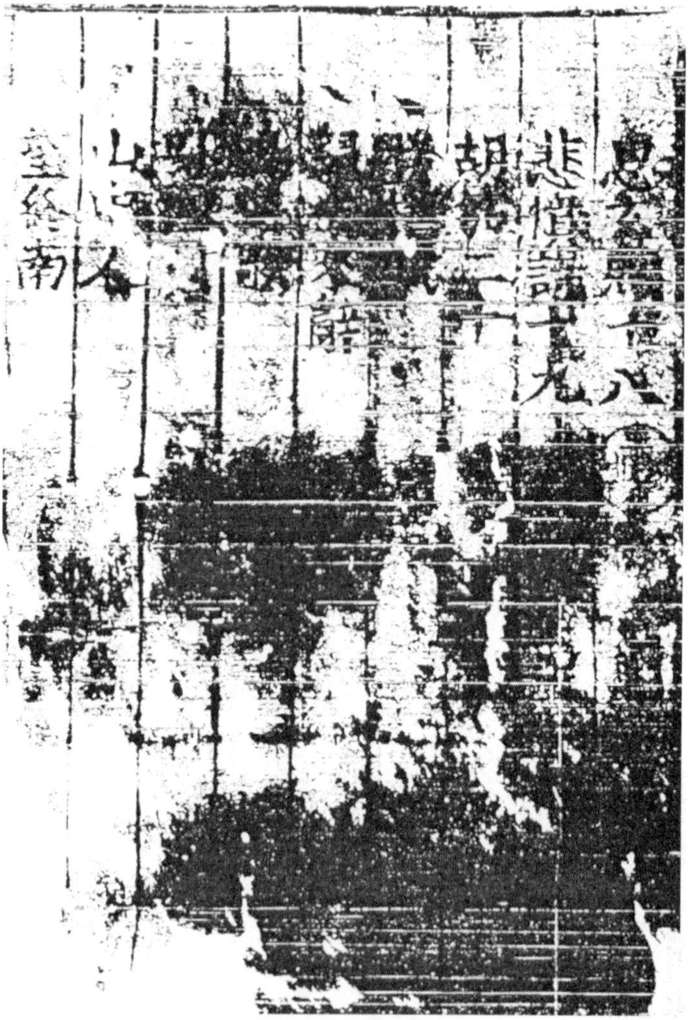

楚辭後語目録

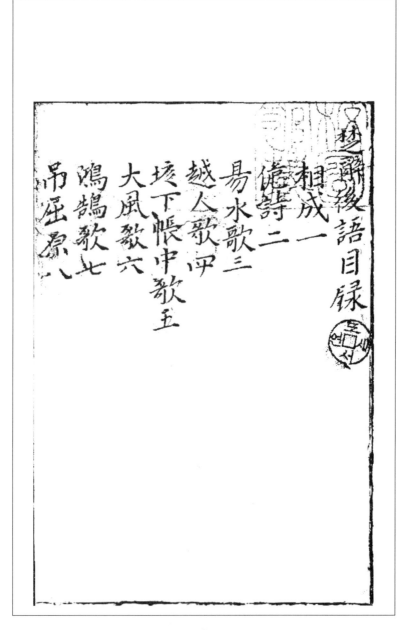

2

楚辭後語

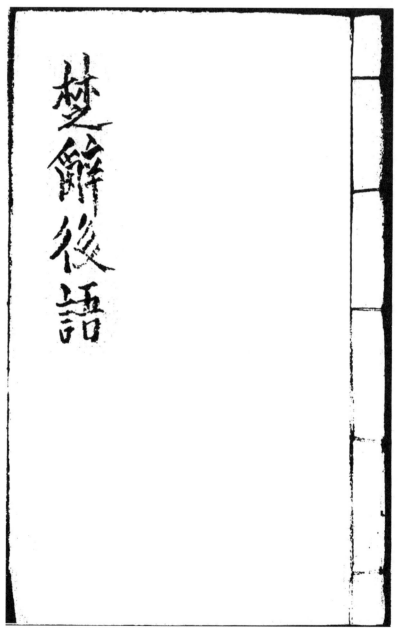

한국 초사문헌 집성 上

여기서부터 영인본을 인쇄한 부분입니다. 이 부분부터 보시기 바랍니다.

가첩 賈捷

중국 산서사범대학교 중문과를 졸업하고 중국 남통대학교 중문과 대학원에서 석사학위를 취득하였으며 연세대학교 국문과 대학원에서 박사학위를 취득하고, 현재 중국 남통대학교 인문대학 강사로 재직 중이다. 저서로는 『한국 초사 문헌 연구』(제1저자), 『楚辭』(공저), 『韓國古代楚辭資料彙編』(공저)가 있으며, 주요 논문으로는 「『楚辭 · 大招』創作時地考」, 「『楚辭 · 天問』'顧菟'考」, 「조선본 『楚辭』의 문헌학적 연구」 등 다수가 있다.

허경진 許敬震

1974년 연세대학교 국문과를 졸업하면서 시 '요나서'로 연세문화상을 받았고, 1984년에 연세대학교 대학원에서 연민선생의 지도를 받아 '허균 시 연구'로 문학박사학위를 받았으며, 목원대 국어교육과를 거쳐 현재 연세대학교 국문과 교수로 재직 중이다. 열상고전연구회 회장, 서울시 문화재위원 등으로 활동하고 있다. 『허난설헌시집』, 『허균 시선』을 비롯한 한국의 한시 총서 50권, 『허균평전』, 『사대부 소대헌 호연재 부부의 한평생』, 『중인』 등의 저서가 있으며 『삼국유사』, 『서유견문』, 『매천야록』, 『손암 정약전 시문집』 등의 역서가 있다. 최근에는 조선통신사 문학과 수신사, 표류기 등을 연구하고 있다.

주건충 周建忠

중국 양주사범학원(현 양주대학교) 중문과를 졸업하고 상해사범대학교 중문과 대학원에서 박사학위를 취득하였으며, 남통대학교 부총장, 인문대 학장 등을 역임하였다. 현재 남통대학교 인문대학 교수이며 초사연구센터 주임으로 재직 중이다. 또한 남통대학교 范曾藝術館 종신 관장, 중국굴원학회 부회장, 북경대학 겸임교수 등을 맡고 있다. 주요 저서로는 『當代楚辭研究論綱』, 『楚辭論稿』, 『楚辭와 楚辭學』, 『蘭文化』, 『楚辭學通典』, 『楚辭考論』, 『五百種楚辭著作提要』, 『楚辭演講錄』, 『中國古代文學史』 등 십여 종이 있으며, 주요 논문으로는 「屈原仕履考」, 「출토문헌과 굴원 연구」, 「楚辭의 층차와 구조 연구—「離騷」를 중심으로」, 「王夫之의 『楚辭通釋』 연구」 등 100여 편이 있다.

한국초사문헌총서 2

한국 초사 문헌 집성 上

2018년 8월 30일 초판 1쇄 펴냄

엮은이 가첩·허경진·주건충
발행인 김홍국
발행처 보고사

책임편집 황효은
표지디자인 손정자

등록 1990년 12월 13일 제6-0429호
주소 경기도 파주시 회동길 337-15 보고사 2층
전화 031-955-9797(대표), 02-922-5120~1(편집), 02-922-2246(영업)
팩스 02-922-6990
메일 kanapub3@naver.com / bogosabooks@naver.com
http://www.bogosabooks.co.kr

ISBN 979-11-5516-813-4 94810
979-11-5516-710-6 (세트)

정가 38,000원